MORT D'UNE LIBRAIRE

Alice Slater a été libraire à Londres. Podcasteuse spécialiste de *true crime*, elle aime collectionner les cristaux et errer dans la forêt avec son petit chien blanc, ainsi que les livres dans lesquels les personnages désagréables se font des choses désagréables. *Mort d'une libraire*, son premier roman, est un best-seller traduit dans le monde entier.

ALICE SLATER

# *Mort d'une libraire*

TRADUIT DE L'ANGLAIS PAR NATHALIE PERONNY

LA CROISÉE

*Titre original :*
DEATH OF A BOOKSELLER
Publié aux éditions Hodder & Stoughton, UK, en 2023.


ISBN : 978-2-253-25306-8 – 1re publication LGF

*Pour mon père, Nick*

*« Le répugnant a quelque chose d'attirant. »*

David Wilson,
*A History of British Serial Killing*

# Prologue

Laura Bunting. Son nom, c'étaient les garden-parties, Wimbledon et les mariages royaux. C'étaient les salons de thé pittoresques, le flegme britannique et les vide-greniers de la paroisse. C'était le chamboule-tout de la fête foraine, le stand de cakes aux fruits et le putain de jeu-concours pour deviner le poids du gâteau.

Le teint pâle, un carré blond, les yeux noisette. Des courbes harmonieuses, un mètre soixante dans ses ballerines plates. Une constellation de grains de beauté sur la poitrine, le cou et les bras. Un anneau en argent dans la narine gauche, la minuscule cicatrice d'un ancien piercing à droite de sa lèvre inférieure. Les avant-bras et les mollets parsemés de tatouages clichés et affadis : une ancre marine, une sirène, une rose. Deux hirondelles, une sur chaque épaule, volant vers son cœur. Un brin de lavande au creux du poignet.

Laura et ses petites robes vintage, ses bérets, son rouge à lèvres écarlate. Ses cigarettes roulées, son omniprésent parfum à l'huile essentielle de rose.

Laura et sa poésie.

Laura et sa tragédie.

Oh, comme le reste de l'équipe adorait sa petite Laura

chérie. Toujours prête à rendre service, toujours prête à prendre n'importe quel rayon en main. Business ? Mais bien sûr. Histoire ? Avec joie. Même les tâches les plus fastidieuses devenaient un pur délice quand Laura s'en chargeait : elle vidait les chariots, elle collait les étiquettes de prix sur les mini-pochettes-surprises, elle savait toujours où ranger les livres les plus improbables.

Elle transformait le coup d'aspirateur du dimanche matin en une valse aérienne à travers la librairie, s'arrêtant au passage pour papoter et rire avec ses collègues. Elle avait toujours un mot pour chacun, une blague d'initiés ou une info qui l'avait fait penser à eux. Elle avait trouvé sa place en un clin d'œil, comme si elle avait été de retour après une longue absence et que le magasin n'attendait qu'elle.

On avait un lien fort, toutes les deux, même si elle était trop arrogante pour l'admettre. Avec moi, ce n'étaient que brefs mouvements de tête, petit ton scc ct visage pincé, une franche expression de dégoût sur son visage. Elle avait rejeté toutes mes tentatives d'amitié et ne s'était pas intéressée le moins du monde à notre histoire commune. D'ailleurs, elle passait le plus clair de son temps à m'ignorer comme si j'étais transparente, à passer devant ma caisse sans m'adresser le moindre regard.

À Noël, Laura Bunting n'était plus des nôtres. Et c'était ma faute.

SEPTEMBRE 2019

# Roach

Les néons du dôme de la Brixton Academy luisaient comme les geysers de vomi dans *L'Exorciste*. Il était un peu plus de dix-huit heures, et les *normies* faisaient déjà la queue en une grosse veine qui tournait à l'angle pour plonger dans l'obscurité entre les bennes à ordures trop remplies, les piles de cartons aplatis et les ruisseaux de pisse qui s'écoulaient dans le caniveau.

Des grappes de meufs bavardaient en retouchant leur rouge à lèvres devant leur miroir de poche et posaient pour des selfies joyeux, le regard vide. Le genre d'idiotes qui ressentent un frisson d'excitation quand l'été cède la place à l'automne, que vient le moment de remettre des foulards, des collants et des bottines en cuir, et que Starbucks ressort son latte à la cannelle épicée. Les Pumpkin Spice Girls, comme on les appelait. Et elles raffolaient des podcasts d'affaires criminelles. Le true crime avait le vent en poupe, et ces courges adoraient se jeter sur tout ce qui était à la fois décalé et mainstream. Les drag-queens, Halloween, l'astrologie. Toutes ces conneries.

Les Murder Girls ne drainaient pas la même énergie que les concerts de métal auxquels j'assistais à la

Brixton Academy, avec un public plus dur, plus coriace. Je me sentais bien mieux au milieu d'une foule en rangers et blousons de cuir défoncés qu'entourée de petites robes Zara et de tote bags ornés de citations littéraires.

J'ai rejoint la queue derrière deux filles insipides, sûrement des étudiantes, aux longs cheveux ternes et au look ironico-branché chiné en friperie. La première portait une chemise à carreaux oversize et d'immondes lunettes style années 80 qui ressemblaient à celles de Jeffrey Dahmer; quant à la seconde, elle arborait un tee-shirt noir sur lequel on pouvait lire *Est-ce que les serial killers pensent autant à moi que je pense à eux?* en lettrage rose et girly.

« Si elles font Ted Bundy, disait Lunettes à la Dahmer, je meurs sur place.

— Elles l'ont déjà fait, lui a répondu sa copine. Il y a deux ans, genre.

— Mais il s'est passé tellement de trucs depuis ! »

Tellement de trucs depuis *quand?* ai-je grogné intérieurement. Ted Bundy était mort, passé à la chaise électrique par l'État de Floride en 1989. Ces fans en carton-pâte ne savaient même pas de quoi elles parlaient. J'ai pouffé de façon audible et elles se sont tournées vers moi, sidérées par cette interruption. Un même dégoût s'est affiché sur leurs traits à la vue de mes cheveux violets et de mes fringues, de mon look ténébreux.

« Ben quoi ? m'a dit Lunettes à la Dahmer d'un ton brusque.

— Ted Bundy est mort, ai-je expliqué d'une voix lente comme si je m'adressais à une demeurée. Il y a trente ans, genre. »

Elles ont échangé un regard gêné. Lunettes à la Dahmer a repris la parole :

« Et alors ?

— Soyons réalistes, que peut-il arriver de plus à un homme mort ? »

Mon ton se voulait sarcastique, mais une pensée m'a traversé l'esprit : y aurait-il eu un développement quelconque, un angle nouveau ou un rebondissement qui m'aurait échappé ? Je me suis rapprochée d'elle, toute fébrile :

« Attendez, il s'est vraiment passé un truc ? On lui a collé un *cold case* sur le dos ?

— Je parlais du film », m'a-t-elle rétorqué en reculant d'un pas.

Le visage de sa copine s'est illuminé tandis que le mien s'affaissait.

« Ah, Zac Efron !

— Mais grave ! »

Sur ces paroles définitives, elles m'ont tourné le dos et ont continué à parler de *Extremely Wicked, Shockingly Evil and Vile* sur un ton beaucoup plus bas. J'aurais aimé avoir quelqu'un à mes côtés, une présence amie pour rendre cette épreuve plus supportable. J'aurais marmonné quelque chose comme « *J'espère qu'elles vont faire Zac Efron !* » avec une voix de midinette stupide, et on aurait réprimé un fou rire mauvais.

Au lieu de ça, j'ai branché mes écouteurs pour me repasser l'épisode de la veille. J'ai l'habitude de les réécouter systématiquement parce que je rate toujours des trucs la première fois. Les Murder Girls ne suivaient jamais aucun script : leurs échanges avaient un côté spontané et chacune de leur performance était unique.

Elles ne postaient qu'un seul épisode en public par tournée, donc si vous n'alliez pas tous les voir, vous ne pouviez pas savoir ce qui s'était passé dans les autres. Le seul moyen de ne rien rater – ni aucune blague ni aucune anecdote, ni aucun détail sur chacun des meurtres – était d'assister au plus grand nombre d'enregistrements possible. J'avais toujours rêvé de les suivre en tournée, d'aller peut-être les voir à Birmingham ou à Manchester en plus de Londres, mais les billets coûtaient une blinde et je n'avais jamais les moyens de m'en payer plus d'un à la fois.

La queue avançait à mesure que les fans entraient au compte-gouttes. Quand mon tour est enfin arrivé, j'ai montré mon téléphone au videur, un type d'un bon mètre quatre-vingt au crâne rasé, pour qu'il scanne mon billet électronique. Une femme maigre aux traits fripés et aux cheveux rouges attachés en queue de cheval m'a fait une palpation de sécurité. Elle a inspecté le contenu de mon sac, au cas où je transporterais une bouteille de prosecco ou je ne sais quelle daube bue par les *normies* quand ils font semblant de passer un bon moment.

Avant même que je puisse envisager de les suivre, les deux groupies débiles de Ted Bundy ont disparu dans la foule. Leur bavardage insipide était une torture pour mon cerveau, mais j'aimais bien suivre les gens. C'était comme une force qui me consumait, pour reprendre l'expression de Bundy lui-même, et marcher dans l'ombre de quelqu'un me donnait l'impression d'avoir un but. Il m'arrivait de suivre des clients à la librairie, histoire de voir combien de temps je pouvais tenir. Il m'arrivait même de suivre des inconnus dans la rue, histoire de voir ce qu'ils faisaient, où ils allaient. Où ils vivaient.

Je me suis sentie très seule en traversant le foyer. Ça sentait comme chez Lush, une odeur sucrée et entêtante, mélange de parfums et de sprays pour le corps, de produits coiffants et de crèmes. Des nanas toutes frétillantes discutaient entre elles avec des mini-bouteilles de rosé et des gobelets en plastique du bar, s'appelaient par leurs prénoms et se jetaient dans les bras les unes des autres dans de grandes effusions démonstratives. Je captais des bribes de leurs conversations à mesure que je me frayais un chemin entre elles. Elles balançaient les noms de tueurs en série célèbres comme s'il s'agissait de leurs potes, d'influenceurs ou de pop stars.

« Nilsen ? Non, je l'ai assez vu. »

« Tout le monde y est allé de son Manson, cette année. »

« Si elles nous font Jack L'Éventreur, je crois que je me flingue ! »

« Elles nous doivent un bon Gein, depuis le temps. »

Au stand de merch, le vaste choix de tee-shirts avait attiré des nuées de fans excitées comme des mouches autour d'un cadavre encore frais. Je me suis jetée dans la mêlée en jouant des coudes, en écrasant des pieds et en séparant des groupes, pour passer en force jusqu'au premier rang. J'ai chopé deux tee-shirts Murder Girls, un pin's, un jeu de cartes postales et un bonnet : pas mal, comme butin. Le merchandising était toujours dévalisé avant la fin du show. J'en ai eu pour soixante-dix balles au total, mais c'était mon cadeau de Noël en avance et, pour une fois, je pouvais me le permettre. Je me suis dirigée vers l'entrée de l'auditorium et j'ai montré mon billet électronique à une jeune femme aux cheveux rasés sur les côtés qui m'a désigné la partie droite des gradins.

J'ai acheté deux cannettes de Dark Fruits au bar puis j'ai rejoint ma place, coincée entre deux meufs qui m'ont regardée de haut en bas avant de me tourner le dos pour discuter chacune avec leurs copines. Quelles connes. Je me suis bien calée dans mon siège, j'ai ouvert ma première cannette et j'ai avalé une gorgée sucrée de cidre aux fruits rouges.

Les Murder Girls sont arrivées sur scène un peu avant dix-neuf heures trente sous un tonnerre d'applaudissements. Claudia était sublime, toute en panne de velours noir avec sa longue crinière rousse qui brillait de mille feux sous les projecteurs. Elle a levé les bras en l'air et les manches gigot de sa robe sont venues s'écraser sur ses épaules, on aurait dit une veuve de l'époque victorienne. Sarah, elle, était en mode rebelle avec son tee-shirt blanc aux manches roulottées dévoilant ses tatouages, son pantalon en tartan moutarde et ses Doc Martens délacées, noires avec les coutures jaunes bien visibles. Je me suis fait un pense-bête mental pour chercher les mêmes sur eBay : noires avec coutures apparentes jaunes, déjà portées et bien abîmées. Le public criait, sifflait avec les doigts, et le son s'est répercuté tout autour du vieux théâtre pendant que les héroïnes de la soirée saluaient tout le monde en souriant, l'air un peu aveuglées par les spots braqués sur elles.

« Rock'n'roll ! a hurlé Sarah dans son accent traînant du sud des États-Unis, l'index et le petit doigt levés pour faire un signe des cornes ironique. Comment ça va, Londres ? »

Une immense acclamation lui a répondu. Les Murder Girls semblaient boire l'amour de l'assistance et elles s'en sont imprégnées encore un moment avant de s'installer pour démarrer l'émission, perchées sur des tabourets hauts de part et d'autre d'une table sur laquelle les attendaient déjà leurs notes, des bouteilles d'eau et de bière.

Leurs prestations en public commençaient toujours de la même manière : une discussion informelle autour de leur voyage, ponctuée d'anecdotes et de blagues d'initiés soulignant la complicité de leur binôme. Une petite séquence d'introduction servant à résumer le déroulement de leur tournée, comme si les fans ne les suivaient pas à la trace sur le Net.

« Et maintenant, a déclaré Sarah d'un ton de conspiratrice en se rapprochant de son micro, j'ai une question pour vous. » Elle a marqué une pause, histoire de ménager son effet. « Vous avez déjà entendu parler de l'Étrangleur de Stow ? »

Une ovation a envahi la salle et un frisson de connivence m'a parcourue, comme une décharge électrique assez puissante pour réveiller un mort. Je me suis dressée bien droite à l'avant de mon siège et j'ai lutté contre la tentation de lever la main : *oui, moi, oui, je sais !*

Sarah a continué sur sa lancée. Elle s'est un peu plantée sur deux ou trois détails, mais j'étais toute prête à la pardonner parce qu'elle venait de La Nouvelle-Orléans et qu'elle ne comprenait pas que Londres était divisé en *boroughs*, non en *districts* ou en *wards*, et que le métro ici s'appelait le *tube*, et non le *subway*. Il y a aussi eu confusion autour de Walthamstow Village, qu'elles avaient l'air de considérer comme un vrai village situé aux abords de Londres, alors que c'est juste un quartier résidentiel pittoresque de Walthamstow.

Mais elle a bien rendu le fond de l'affaire, et c'était

la seule chose qui comptait. Elle a déployé son récit de façon méthodique : c'était en juin 2009, le temps était sec et chaud. Avant la fin de l'été, cinq femmes allaient trouver la mort, chacune d'elles attaquée par un inconnu et étranglée au moyen d'une cordelette.

Elles ont ensuite passé les victimes en revue et je me suis dandinée sur mon siège en attendant la partie que je préférais. Qui étaient ces femmes, d'où venaient-elles et que venaient-elles faire à Walthamstow Village tard dans la nuit ? Ça n'avait pas vraiment d'importance et les détails se mélangeaient dans ma tête. En revanche, mon attention a été piquée quand elles se sont penchées en détail sur le déroulement des meurtres : ongles cassés, hématomes, traces de lutte.

La première avait été retrouvée au petit matin dans le cimetière de l'église Saint Mary's par un type qui promenait son chien, étendue sur l'une des vieilles tombes fendillées, comme si elle dormait. La deuxième avait été découverte en pleine nuit par des fêtards sur la pelouse en face de l'Ancient House, une maison en bois datant du XVe siècle. La troisième gisait en travers de Church Path, le chemin qui serpentait derrière le Vestry House Museum, et la suivante avait elle aussi été déposée dans le cimetière, mais cette fois adossée contre l'église.

« Est-ce que je peux juste t'interrompre une seconde pour souligner à quel point ces noms de lieux sont *fabuleux ?* a demandé Claudia, l'air incrédule et émerveillé.

— Grave ! a répondu Sarah. Vinegar Alley ? On se croirait de retour à l'époque de la peste noire ! »

Ça m'est revenu peu à peu : les rues tranquilles, le claquement des escarpins sur les pavés, la menace d'une averse estivale au crépuscule. On avait grandi vite, cet été-là. À quatorze ans, j'apprenais à exister dans le monde en tant que femme, à scruter les recoins sombres, à regarder par-dessus mon épaule, à scanner les rues du regard pour repérer d'éventuels inconnus tapis derrière des bagnoles ou planqués dans des buissons.

« Des femmes vulnérables, si vous voyez ce que je veux dire, a déclaré Sarah. Trahies par la société, trahies par le gouvernement et trahies par les flics qui n'en avaient tellement rien à foutre qu'ils ne se sont même pas donné la peine d'ouvrir une enquête sur les circonstances de leur mort. Trahies par chacune des institutions censées les protéger.

— Mais tout cela a changé, a enchaîné Claudia, les yeux brillants, quand l'Étrangleur de Stow s'en est pris à Karina Cordovan. »

Karina Cordovan, la dernière victime de l'Étrangleur de Stow, avait été retrouvée dans Vinegar Alley, la cordelette encore nouée autour de son cou. Karina Cordovan n'était ni SDF, ni alcoolique, ni droguée, ni prostituée. Elle était commerçante, mère de famille, membre active de la communauté, et elle était sortie faire son jogging tard le soir. Sa mort avait marqué la fin des meurtres et le début de l'enquête policière.

« Soudain, a ironisé Sarah, tout le monde a eu l'air de penser que ce serait peut-être une bonne idée de choper cette ordure avant qu'il fasse une autre victime. »

Elle avait sa théorie pour expliquer les défaillances de l'enquête : les atermoiements, le manque d'intérêt, l'incompétence des policiers, le scandale du cafouillage autour de la vidéosurveillance, ou la question de savoir si, oui ou non, les meurtres avaient tous été commis par le même homme. Claudia s'est faite l'avocat du diable en pointant les failles de son argumentation. Le débat était détendu, chaque point de vue exploré sous tous les angles, alors que la conclusion était connue d'avance : on savait déjà qu'il s'agissait de Lee Frost, on savait qu'il était policier, on savait qu'il avait pris perpète pour le meurtre de Karina Cordovan et de trois autres des victimes, et qu'il pourrissait derrière les barreaux de la prison de Frankland. À ces mots, certaines filles dans le public ont applaudi et poussé des hourras, comme si elles entendaient l'histoire pour la première fois – un étalage d'ignorance franchement gênant. N'importe quel fan de true crime digne de ce nom connaissait l'affaire par cœur.

« Je vais vous dire, moi, ce que j'en pense », a déclaré Sarah du ton lent et sans appel qu'elle employait toujours en conclusion. Venait-il vraiment de s'écouler une heure ? Elle a reposé sa bouteille de bière vide sur la table et s'est levée pour s'adresser au public. « En 2009, une femme a perdu la vie et les flics n'ont pas levé le petit doigt pour rechercher son assassin, parce qu'elle n'était pas digne d'intérêt à leurs yeux. Et, comme ils n'ont rien fait pour arrêter ce connard, une autre femme a perdu la vie. Puis une troisième, une quatrième et enfin une cinquième. Quatre autres femmes ont perdu la vie, quatre autres familles ont été brisées. »

Des huées ont fusé depuis la salle gonflée à bloc.

« Ce salopard a des enfants », a-t-elle poursuivi. Ses yeux ourlés de khôl se sont embués de larmes qui n'avaient cependant aucune chance de jaillir, car si Sarah était une passionaria, ses convictions l'emportaient toujours sur ses émotions. « Il a quand même la chance de les voir grandir, il voit quand même passer Noël et les anniversaires, et un jour, qui sait ? il sera peut-être libre de tuer à nouveau. »

Un frisson de plaisir m'a envahie. Je me suis penchée en avant, prête à scander la célèbre phrase finale de l'émission.

« Mais écoute-moi bien, sale connard, espèce de pourriture humaine, a-t-elle lâché, répétant à présent l'une des variantes du mantra qui clôturait chaque épisode. Tant qu'on vivra et qu'on respirera, on continuera à parler de ce que tu as fait. *Jamais* tu ne seras libre, *jamais* on ne te pardonnera, et… »

Sarah a levé la main, les doigts pliés pour refaire le signe des cornes, et l'assistance a pris une grande inspiration pour crier les derniers mots rituels à l'unisson :

« Rendez-vous en *enfer* ! »

Les applaudissements se sont déchaînés, tout le monde tapait des mains et des pieds. Les spectatrices acclamaient, les spectatrices huaient, les spectatrices exultaient, et j'étais là, avec elles, totalement intégrée à la foule, toutes unies dans ce grand moment de communion.

« C'était nous, les Murder Girls ! a crié Claudia dans le micro. Et vous êtes magnifiques ! Merci Londres, on vous aime, bonne soirée ! »

Les acclamations sont allées crescendo et, quand les premiers rangs se sont levés pour une standing ovation, j'ai fait pareil, applaudissant jusqu'à ce que mes paumes me brûlent, martelant le sol jusqu'à ce que l'auditorium tout entier semble à deux doigts de s'effondrer sous le poids de notre amour, de notre passion et de notre soif de justice.

## Laura

Je me prépare un bon petit déjeuner pour tâcher de réparer les excès de la veille. Café noir, jus d'oranges pressées. Un œuf poché, un demi-avocat étalé sur une tranche de pain au levain et saupoudré de poivre concassé. J'ajoute un zeste de citron vert sur ma tartine et j'assaisonne mon œuf de sauce piquante parce que je raffole de ce mélange acide et brûlant.

Sous la douche, je règle la température du jet pour le rendre bouillant jusqu'à la limite du supportable. Mon shampoing violet entretient le lustre de mes cheveux blonds et mon baume onctueux aux senteurs vanillées de milk-shake leur permet de conserver leur souplesse. Je m'exfolie le corps à l'aide d'un gel aux fragrances tropicales et d'une éponge de bain ; quand je sors de la douche, la vapeur qui s'échappe de ma peau sent bon le smoothie, tout comme j'aime. Il fait froid, mais il est encore trop tôt pour allumer le chauffage. L'an dernier, j'ai tenu jusqu'à Noël.

Je me sèche et m'enduis les bras et les jambes d'une crème hydratante parfumée à l'amande. En visualisant le déroulement de ma journée, je passe en revue les robes et les jupes sur mon portant pour choisir ma tenue avec soin. Je dois pouvoir être à l'aise et polyvalente, sans négliger mon sens du style. Marinière noir et blanc à la Bardot dévoilant mes clavicules, jupe écarlate, collant noir très fin, ballerines émeraude et béret jade foncé pour offrir le contrepoint parfait. Mignon, impeccable et bien assorti. Je me sèche les cheveux, me maquille légèrement et dépose une seule goutte d'huile essentielle de rose derrière chacune de mes oreilles afin que chacune des personnes que je rencontrerai aujourd'hui se sente accueillie par le parfum floral et réconfortant de l'amour.

Dans un tote bag taché d'encre, je rassemble tout ce dont j'ai besoin pour faciliter et organiser ma journée : téléphone et chargeur, portefeuille, clés, rouge et stick à lèvres, crème pour les mains, briquet, tabac et feuilles à rouler. Je travaille sur un poème en ce moment, donc je veille à prendre aussi le nécessaire de ce côté-là : le matériau source, mon carnet de poésie, un bloc de Post-it et deux ou trois crayons. J'emporte également une cannette d'eau de Seltz à la cerise sans sucre et issue d'une production locale, ainsi qu'un Tupperware de salade de *risoni* pour ma pause. Sharona voudra peut-être qu'on déjeune dehors, auquel cas je pourrai toujours laisser ma collation au frigo pour demain.

Avant de partir, je palpe le terreau de mon monstera pour vérifier s'il est assez humide. Le trouvant un peu trop sec à mon goût, je vais remplir mon brumisateur en verre et vaporise le pied. Tant que j'y suis, j'hydrate aussi les plantes sur le rebord de ma fenêtre – ces petites beautés feuillues qui filtrent l'air et donnent à ma cuisine exiguë l'allure d'une mini-serre lumineuse.

Je me mets en route de bonne heure, histoire de

profiter des rayons du soleil tant qu'ils sont encore là, avant que le sinistre ciel hivernal reprenne le dessus. J'adore aller au travail à pied. Je traverse tranquillement le parc en lançant une playlist de folk américaine rétro et, tandis que Joni Mitchell chante son retour chez elle, je ressens le rythme de mes semelles sur le sentier craquelé, je pense à Patti Smith dans le paysage urbain de New York, à Joan Didion à Sacramento, à chacun des pas que j'effectue et qui me relie à ce quartier, à ces rues dans lesquelles j'ai appris à faire du vélo, où j'ai marché main dans la main avec ma mère, ici, à Walthamstow, où malgré la douleur, l'absence et le deuil, je me sens chez moi corps et âme parce qu'elle est encore présente dans l'air, tel un fantôme qui se superpose à la vision familière de chaque lieu. Elle connaissait ces rues, ces arbres, ces briques, ces bornes kilométriques. Ces pavés se souviennent de la foulée de ses baskets de footing. Je ne peux toujours pas me résoudre à passer devant son ancienne boutique, même si je sais qu'elle a déjà changé au moins trois fois de propriétaire au cours de la dernière décennie, et je fais un long détour à la place.

Parvenue à l'entrée du marché de Walthamstow, je m'arrête pour me rouler une cigarette, geste on ne peut plus français de ma part, avant de m'engager entre les étals de fruits et légumes sous les cris des marchands – « Une livre la livre, une livre la livre ! » – qui ponctuent chacun de mes pas. Des femmes en salwar kameez, leurs dupattas aux couleurs vives drapés autour de la tête et des épaules, examinent les casseroles à prix réduits, les contrefaçons de parfums de grande marque, les bijoux en argent et les rouleaux de tissus, de rubans et de dentelles. L'air matinal s'emplit du fumet des poulets rôtis qui cuisent lentement à la broche, leur peau déjà d'un brun doré.

Je me suis toujours sentie chez moi là où on vend des livres. Il y avait deux librairies indépendantes dans la grand-rue quand j'étais petite. Ma mère et moi les avions surnommées celle « aux billes » et celle « pour les grands ». La seconde était une librairie généraliste spécialisée dans les romans et les essais. Elle était très beige – murs pop-corn, tapis couleur biscuit. Je la trouvais bien ennuyeuse, avec tous ses ouvrages pour adultes aux couvertures sans intérêt, alors que la librairie aux billes était un lieu magique, un coffre à trésor géant, plein de joie et de couleurs. On y trouvait des livres pour enfants et des jouets, les murs étaient du même mauve que les emballages de chocolat Cadbury et les étagères orange vif rappelaient la couleur de la chaîne de télé Nickelodeon.

La librairie aux billes était tenue par un homme qui me faisait l'effet d'un vieillard en raison de ses cheveux gris, de ses longs sourcils broussailleux et des touffes de poils qui dépassaient de ses narines, mais qui devait probablement avoir une quarantaine d'années. Il portait d'amples chemises tissées, comme celles du prof de musique hippie de mon école, et un petit anneau doré à l'oreille gauche. Il sentait toujours le chewing-gum Juicy Fruit et je le trouvais gentil parce qu'il me permettait de choisir une bille chaque fois que j'achetais un livre. J'adorais les livres, mais j'avais aussi une passion pour son bocal de billes, lesquelles constituaient la monnaie d'échange de mon enfance. Et ma bibliothèque s'est donc agrandie en même temps que ma précieuse collection de billes. Ma préférée était transparente avec une patine iridescente, comme une aile de libellule. Je l'ai encore quelque part chez moi, bien qu'elle m'évoque désormais un hommage à *Œil-de-chat* de Margaret Atwood – typiquement le genre de bouquin que je n'aurais jamais pensé aimer lire un jour quand j'étais enfant. À l'instar des fromages bleus ou des anchois, le goût pour la littérature s'acquiert et s'affine au fil des ans.

La librairie Spines Walthamstow se situe à l'autre extrémité du marché, sa devanture bordeaux coincée entre une agence de paris sportifs et un café Costa. Une fois arrivée devant, je reste dehors encore une minute, le temps de finir ma cigarette, et j'en profite pour examiner la vitrine défraîchie. Derrière le carreau graisseux, les livres sont décolorés par le soleil et ne tiennent plus très droit, comme s'ils avaient été oubliés là depuis un bon moment. Une mouche morte gît au sol.

Quand cette succursale de la chaîne de librairies Spines a ouvert à la fin des années 90 avec son choix imbattable de titres et sa grande vitrine remplie d'ouvrages à prix soldés, la librairie pour les grands n'y a pas survécu : moins de deux ans plus tard, elle déposait le bilan. Celle aux billes a fini par disparaître à son tour, même si je n'étais déjà plus la même quand elle a cessé d'exister. Tout avait changé. Et j'avais perdu bien davantage que ma passion pour les billes.

# Roach

Sur le chemin du boulot, j'ai écouté un podcast à propos d'un serial killer indonésien qui étranglait des femmes selon un rituel mystique de son invention. Le débat était animé par trois mecs assez grande gueule qui n'arrêtaient pas de se lancer des vannes et de se couper la parole. Toutes ces femmes avaient eu confiance en Ahmad Suradji parce qu'il était leur leader spirituel. Assez confiance pour le suivre dans les champs de canne à sucre autour de chez lui et le laisser les enterrer jusqu'à la taille. Là, il les avait étranglées avant de les réenterrer avec le visage orienté en direction de sa maison, dans l'espoir de recueillir leur énergie et de booster sa magie. Elles avaient toutes été retrouvées couchées sur le dos ou le ventre, mais je ne pouvais pas m'empêcher d'imaginer un champ de squelettes enfoncés jusqu'à la taille, leur crâne tourné en direction de chez lui comme des fleurs attirées par le soleil.

Il faisait froid. Encore dopée par l'émission en public de la veille, j'avais tenu à revêtir un de mes nouveaux tee-shirts Murder Girls, mais si ça caillait dehors, ça caillerait aussi à la librairie. J'avais donc ajouté une seconde couche sous la forme d'une chemise noire ornée d'un pin's en forme de couteau de boucher ensanglanté. Le sens du détail. Toujours veiller à ce qu'on se souvienne de vous pour les bonnes raisons. C'était ce que m'avait seriné ma mère, Jackie, durant toute mon enfance, même si c'était plutôt en le persiflant sur le ton du reproche quand je faisais un truc qui ne lui plaisait pas devant les habitués, comme poser des escargots baveux sur mes bras nus ou discourir avec autorité sur le choléra, la peste bubonique ou la lèpre avec leurs mioches. J'ai eu une grosse phase infections bactériennes quand j'étais gamine.

J'ai toujours été fascinée par la mort. Ça a commencé par *Les Histoires horribles*, une série de bouquins remplis de cadavres putréfiés et d'atrocités, d'exécutions sanglantes et de pratiques médicales archaïques qui m'inspiraient à la fois ravissement et dégoût. Ils avaient beaucoup de succès à la bibliothèque, mais quand la plupart de mes camarades se contentaient de les feuilleter pour les besoins d'un devoir à rendre avant de les oublier aussi sec, je rêvais de potences, de sangsues et de lobotomies. Tous les enfants ont un côté morbide, mais j'étais de loin la première de ma catégorie.

Petite, je me sentais souvent mise à l'écart. J'étais rarement invitée à goûter chez les gamines de mon âge et elles ne voulaient jamais de moi pour leurs soirées pyjama en raison de mes goûts bizarres. Par contre, les anniversaires consistant à inviter la terre entière quand on a sept ans, je me retrouvais souvent coincée dans des fêtes de petites princesses prétentieuses durant des samedis après-midi entiers.

J'étais toujours frappée de voir à quel point les autres enfants étaient *présents* chez eux. Il y avait leurs diplômes de natation et leurs dessins collés sur le frigo avec des magnets en forme d'œufs au plat, de glaces à l'eau ou de lettres de l'alphabet. Il y avait leurs jouets éparpillés sur le sol, de petits machins en plastique qui s'enfonçaient dans vos plantes de pieds, des Barbie et des peluches cachées sous le canapé, des DVD Disney empilés autour de la télé, des imperméables jaunes, des méduses à paillettes et des bottes en caoutchouc en forme de grenouilles près de l'entrée. Chez moi, au pub, on n'avait pas trop la place pour les méduses ou les céréales rigolotes, et Jackie ne me prenait pas beaucoup en photo, pas plus qu'elle n'affichait mes dessins sur le frigo. En vrai, elle avait plutôt tendance à me balayer sous le tapis avec mes centres d'intérêt.

J'ai donc eu une enfance solitaire, mais les bouquins m'ont tenu compagnie. Mes préférés étaient ceux de la série *Point Horror* parce que je rêvais d'être enfin une adolescente. Je comprenais que c'était le moment où on commençait vraiment à vivre, et le quotidien des ados américains semblait auréolé de glamour. Tout ce qui était cool semblait provenir des États-Unis : les pom-pom girls, les annuaires scolaires, le bal de promo, le satanisme et la famille Manson. Je m'imaginais au centre commercial, au drive-in ou à la patinoire avec des amis prénommés Chuck ou Stacy, quelqu'un de la bande se ferait assassiner et je sortirais avec un garçon au regard ténébreux qui me laisserait des messages aussi inquiétants que sibyllins : des photos de gens aux yeux grattés, des menaces tracées au rouge à lèvres sur le miroir de la salle de bains, un pommeau de douche arraché et aspergé de faux sang.

Sur le chemin de la librairie, le soleil luttait avec des nuages d'un gris de cendres crématoires. De l'autre côté de la rue, Abbi venait à ma rencontre tout en fouillant dans son sac. Elle travaillait à l'agence de voyages et on se croisait souvent le matin. Elle avait toujours une parade toute prête pour m'éviter, comme si j'avais la moindre envie de l'écouter parler de son mec insipide, de ses projets de vacances ou de tous ses trucs de *normie* nuls à chier. Je l'ai quand même appelée par son prénom pour la saluer, et elle m'a décoché un regard avant de m'adresser un hochement de tête glacial.

Abbi avait grandi dans une maison située sur le même trottoir que le pub de ma mère et ses parents faisaient partie des habitués, même s'ils fréquentaient désormais un autre établissement plus gentrifié. Quand les meurtres avaient commencé à faire la une des journaux, ils s'étaient inquiétés pour la sécurité de leur fille et nos mères nous avaient fait promettre de toujours rentrer ensemble. Durant les dernières semaines de l'année scolaire, je vivais enfin mon rêve le plus fou, comme dans *Point Horror :* les infos ne parlaient que de meurtres, le quartier tout entier vivait dans la peur et j'avais vaguement ce qui ressemblait à une copine, même si Abbi continuait de m'ignorer au collège et rentrait parfois chez elle sans m'attendre.

Sa mère nous avait appris à toujours rester sur nos gardes, nos clés insérées entre nos doigts comme des griffes. Le conseil de Jackie avait été plus direct : « Si un type s'approche vers vous avec des intentions louches, filez-y un coup de genou dans les couilles et barrez-vous en courant ! » avait-elle déclaré en adressant un clin d'œil à la mère d'Abbi, qui n'avait pas eu l'air de trouver ça drôle.

Mais l'Étrangleur de Stow ne s'intéressait pas aux adolescentes. Le temps que la presse lui invente son surnom, il avait déjà sa dernière victime. Je ne m'étais jamais vraiment sentie menacée, mais la seule proximité du danger était aussi addictive qu'excitante. J'ai appris à observer les passants, à mémoriser leur taille, leurs vêtements, leur couleur de cheveux, leur démarche. Le moindre détail pourrait avoir son importance quand on découvrirait un nouveau corps.

J'avais aussi étudié Abbi avec l'œil affûté d'une détective. Elle assortissait toujours son rouge à lèvres à la météo : des gloss pêche ou rose quand il faisait beau, des nuances caramel pour le mauvais temps. Les gens avaient l'air de l'apprécier. Je n'avais pas la moindre intention de me faire des potes parmi les *normies*, mais ma tendance naturelle à imiter mon entourage m'avait poussée à entrer chez Boots pour m'acheter les mêmes teintes de gloss fruitées qu'Abbi. Je m'étais aussi mise à singer son look à base de hauts baby-doll à bretelles, jupes en jean, ballerines et collants sans pieds.

Ado, mon ressentiment envers les *normies* cachait une envie désespérée d'être acceptée dans leurs rangs. Je me baladais avec un sac à main, un baume à lèvres dont je ne servais jamais et une paire de Wayfarer à monture plastique rouge que je ne mettais jamais non plus. Mais l'autobronzant, les fringues de chez Jane Norman et les serre-têtes, ce n'était pas moi. J'ai continué à cultiver ma passion pour le meurtre et je suis passée de *Point Horror* à Stephen King, Clive Barker et James Herbert. Je voyais la mort comme un événement théâtral et corrosif, loin de la triste réalité des tenues de deuil achetées chez Marks & Spencer et des buffets de petits-fours rassis. Quand les autres filles m'ont vue le nez plongé dans des bouquins où des femmes se faisaient kidnapper, assassiner et démembrer, elles m'ont détestée. Elles savaient que j'étais différente, que mes robes de chez Primark n'étaient qu'une couverture, un déguisement d'Halloween. Ma vie a vraiment commencé quand j'ai arrêté de faire semblant et enfin assumé ma vraie personnalité, tel un crocodile s'enfonçant dans l'eau boueuse d'un marécage.

Quand je suis arrivée devant la librairie, les trois animateurs du podcast en étaient à se demander en rigolant s'ils oseraient encore passer leurs vacances en Indonésie, alors que l'assassin avait été arrêté et exécuté depuis longtemps.

J'ai ouvert la porte, j'ai refermé à clé derrière moi, j'ai désactivé l'alarme et appuyé sur l'interrupteur pour allumer le magasin. J'avais réussi à fuir la responsabilité du double des clés pendant huit ans et le fait d'avoir provisoirement hérité du trousseau de Barbara me faisait l'effet d'une punition. Les gens qui possédaient les clés de la librairie étaient d'astreinte 24 heures sur 24 pour pouvoir gérer l'alarme lorsqu'elle se déclenchait, ce qui arrivait souvent. Entre les rats, le vent, la pluie, les SDF qui venaient pisser contre la porte de derrière et les ados qui grimpaient sur le toit, il y avait toujours un truc. Chaque fois que l'idée de me confier un jeu de clés était revenue sur le tapis, je m'étais arrangée pour faire une connerie, si bien que ça ne s'était jamais fait. Laisser le tiroir-caisse ouvert. Oublier de mettre l'alarme. Rien d'assez grave pour me faire virer, mais juste assez préoccupant pour que Barbara change d'avis. Lorsqu'elle était partie, j'avais été obligée de récupérer son double.

La version officielle était que Barbara, avec ses doigts noueux, ses faux ongles et sa blondeur frisottée, avait décidé de quitter son poste de manager « pour préserver sa santé mentale ». On savait tous que c'étaient des conneries parce que son départ avait été très compliqué : Jim, le directeur régional, avait passé quatre heures enfermé dans le bureau avec elle à tenter de l'amadouer, avant de la convaincre d'accepter le poste de directrice adjointe de la succursale de Loughton en charge du rayon cartes de vœux. Ce qui revenait à la placardiser, puisque le magasin de Loughton avait déjà un libraire spécialisé dans les articles de papeterie et les produits dérivés. Ils voulaient juste se débarrasser d'elle parce qu'elle passait ses journées dans le bureau à se limer les ongles et à passer des coups de fil. Moi, ça m'allait très bien comme ça : tant qu'elle restait pendue au téléphone, elle ne pouvait pas me donner d'ordres toutes les cinq minutes et j'étais libre comme l'air.

La librairie était déserte, sombre et moche, encore imprégnée d'une odeur de plâtre humide et de moquette un peu moisie à cause des fortes pluies de la semaine précédente. Quelques cartons étaient entassés sur le pas de la porte et je les ai ramassés pour les balancer sur le comptoir avant de monter à la salle de pause, au deuxième, poser mon sac et mon sweat à capuche. J'y ai découvert un petit mot de Noor, qui avait fait la fermeture dimanche soir, posé contre la bouilloire : elle n'arrivait pas à remettre la main sur *Le Journaliste et l'Assassin* commandé pour un client. Ce dernier avait du goût, assurément. Je me suis préparé un café instantané et je suis redescendue au rez-de-chaussée, où je me suis installée derrière la caisse pour ouvrir le courrier en attendant que ma tasse refroidisse. La commande du client n'était pas là mais la mienne, en revanche, était bien arrivée. *Les Tueurs en série de A à Z.*

« Bonjour, bonjour ! » a lancé Barry, pas tant à moi qu'au magasin, en refermant la porte derrière lui avant de se diriger vers l'ascenseur.

Il venait toujours au boulot avec son coupe-vent chocolat et ses chaussures de marche, comme s'il avait l'intention d'aller randonner dans une lande dépeuplée durant sa pause déjeuner.

J'ai retourné *Les Tueurs en série de A à Z* pour lire la quatrième de couverture : « Il n'y a rien de plus choquant ou fascinant que les personnes qui tuent. » Tellement vrai. J'ai enregistré le livre dans la base de données et je l'ai réservé à mon nom.

J'ai su qu'elle était libraire à la seconde où je l'ai vue. Elle était coiffée d'un béret vert et portait un imperméable camel comme un détective privé dans un film noir. À son épaule pendouillaient les anses entortillées d'un tote bag miteux. Une citation en typo machine à écrire était dessus et même sans la lire, je pouvais deviner laquelle : *La vie est un théâtre*, ou *Je préférerais ne pas*, ou encore *On ne voit bien qu'avec le cœur*.

« Bonjour, a-t-elle déclaré en s'avançant vers la caisse avec son grand sourire plein de dents blanches bien alignées. Je suis Laura.

— Salut.

— Je ne sais pas si l'équipe était prévenue de mon arrivée… Sharona est déjà là ? »

Elle a enlevé son imper et l'a replié sur un bras. En découvrant sa petite tenue proprette, son béret assorti à ses chaussures, son rouge à lèvres écarlate, j'ai repensé à toutes les *normies* dans son genre avec lesquelles j'avais déjà eu l'occasion de bosser. Toutes ces Pumpkin Spice Girls. Ces fanatiques de jardineries qui remplissaient leurs apparts d'œuvres en macramé et de plantes aériennes. Ces filles qui passaient leur week-end à lire Jane Austen, à se préparer des muffins et à siroter des lattes glacés au lait d'avoine.

« J'en sais rien, ai-je marmonné d'un ton peut-être trop sec. C'est qui, Sharona ?

— La nouvelle manager », m'a-t-elle répondu avec une assurance qui m'a fait comprendre qu'elle était dans le métier depuis un moment.

Je ne sais pas trop quelle réponse elle espérait de ma part, mais mon silence indifférent a semblé lui déplaire et son sourire s'est figé. D'autres détails plus surprenants ont alors attiré mon attention : la cicatrice laissée par un ancien piercing à sa lèvre, un tatouage visible à travers son collant et un autre au creux de son poignet. Intéressant. Je me suis demandé si elle était réellement branchée culture alternative, si c'était juste une poseuse ou une ancienne goth qui était passée à autre chose.

« Je vais faire un petit tour, a-t-elle fini par dire en promenant son regard autour d'elle. Désolée, tu es… ?

— Roach.

— Rach ? Comme Rachel ?

— Non. Roach. Comme une blatte en anglais. »

Elle s'est éloignée avec un petit rire, laissant dans son sillage une odeur écœurante de pétales de rose. « Roach, comme la blatte. Je m'en souviendrai. »

Trop sympa de ta part, ai-je pensé.

J'étais Roach depuis aussi longtemps que je bossais

chez Spines. Il y avait déjà une autre Brogan dans l'équipe. Un peu moins d'un mètre soixante, les cheveux châtain foncé, les yeux verts, la silhouette élancée, un grain de beauté en relief sous l'œil gauche, un papillon tatoué au creux du poignet droit. Bref, un paquet de signes distinctifs.

On avait toutes les deux démarré le même jour, si bien que nos nouveaux collègues avaient décidé de nous appeler par nos surnoms respectifs. L'autre Brogan était devenue « Mackee » pour son premier – et aussi son dernier, à ma connaissance – Noël en tant que libraire. Elle s'était fait virer dès le mois de janvier à force de débarquer en retard, l'haleine chargée de vodka, moche et ramollie par la gueule de bois, jusqu'à dégueuler (au moins une fois, mais peut-être plus, allez savoir) dans la corbeille à papier sous le comptoir.

Après le départ de l'autre Brogan, le reste de l'équipe avait eu la flemme de me rebaptiser. Comme je n'avais que seize ans, j'étais trop jeune pour oser l'ouvrir. Il suffit de pas grand-chose, parfois. Roach n'était pas un surnom très sexy, mais ça me plaisait. Je préférais encore être comparée à une blatte, à un insecte rampant et répugnant capable de survivre à l'apocalypse, qu'à une *normie* insipide prénommée Brogan.

L'équipe de libraires de ce premier Noël s'était dispersée au fil des ans : ils avaient déménagé, changé de succursale, trouvé autre chose ailleurs, d'autres boulots plus intéressants, d'autres échelons à gravir. Mais mon surnom, lui, était resté. Et si certains vestiges de mes anciens collègues étaient encore présents à la librairie (noms grattés sur les portes de casiers, photos de pots de Noël encore punaisées sur le panneau d'affichage, effets personnels oubliés, comme un gilet ou une gourde, jamais réclamés année après année, jeux d'épreuves écornés, vieux tubes de crème pour les mains, Tupperware décolorés et boîtes de sachets de thé sentant la poussière et la mort), l'autre Brogan n'avait pas laissé la moindre trace derrière elle.

Pendant que j'étais perdue dans mes pensées, deux inconnus avaient poussé la porte de la librairie : une femme au look bohème savamment étudié qui semblait débarquer tout droit de Glastonbury, et un grand type en jean avec les épaules voûtées et un bonnet noir enfoncé sur les oreilles.

La druidesse hippie devait être Sharona, ai-je réalisé. La remplaçante de Barbara.

## Laura

On se prend dans les bras et il sent le chaud, le saut du lit, le sommeil et la peau, comme l'odeur des draps le dimanche matin. Je ne peux m'empêcher de penser à la saveur de sa bouche – un goût de cigarette, terreux et à base d'herbes, comme le thé vert, comme le matcha, comme l'encens.

« Je ne m'attendais pas à te voir ici », dis-je au creux de son cou comme si c'était une mauvaise nouvelle, une punition, une déception terrible. Eli rit un peu tandis qu'on s'écarte, et je l'observe : ses cheveux bouclés ont poussé en un halo hirsute autour de sa tête et il s'est un peu remplumé depuis la dernière fois qu'on s'est vus. Ça lui va bien. Son visage s'est adouci maintenant qu'il a les joues moins creuses. J'essaie de me rappeler à quand tout cela remonte – au moins deux ans.

« Tu sais que je suis Sharona à la trace, plaisante-t-il.

— Comme c'est mignon.

— Hey, salut beauté ! » Sharona me tombe dessus pour m'étreindre à son tour. Elle porte toujours le même parfum, épicé, chaleureux, et irradie encore d'un dernier soupçon de bronzage estival, une constellation de taches de rousseur éparpillées sur ses joues hâlées. L'été, elle assiste à des festivals musicaux avec sa copine et revient avec une fine tresse ornée de perles au milieu de sa chevelure luxuriante ou des dessins au henné sur les doigts. Eli est son bras droit depuis plusieurs années. Je crois qu'elle apprécie son indépendance d'esprit et ils travaillent bien ensemble, dans la confiance, la bienveillance et l'efficacité.

« Tu nous as tellement manqué ! s'exclame-t-elle avec un sourire lumineux. T'étais passée où ?

— Bloomsbury. Et toi ? Je te croyais à Cambridge en ce moment.

— Non, c'était juste le temps de remettre un magasin d'aplomb. Ensuite, on a filé sur le Strand pour aider à la préparation de la rentrée.

— Et maintenant, nous voilà », conclut Eli en désignant l'intérieur de la librairie d'un geste ironique.

Je promène mon regard sur les présentoirs tristounes, les rayonnages éraflés, la moquette râpée, les tables mal agencées et bancales, les conseils de lecture griffonnés n'importe comment sur des étiquettes jaunies avec des stylos dépareillés.

« Des travaux sont prévus ? » je demande.

Sharona grimace et jette un coup d'œil par-dessus son épaule pour voir si l'employée derrière la caisse, celle au prénom bizarre et aux cheveux violets attachés en une queue de cheval peu flatteuse, nous écoute. Elle nous observe avec un regard inexpressif, l'air complètement à l'ouest.

« Hélas, non, répond Sharona à voix basse. Rien ne va changer ici avant un bon moment. »

La moquette est d'un rouge passé et couverte de moutons de poussière si gros qu'on les repère à l'œil nu. Elle est tellement élimée devant la caisse qu'elle laisse même apparaître un trou, à l'image d'une tonsure sur un crâne dégarni. Le plafond est parsemé de vieux crochets en plastique dont certains retiennent encore des morceaux de fil en nylon qui se balancent dans le vide telles des toiles d'araignée. Vestiges de vieilles décorations de Noël.

« Tu es du quartier, pas vrai ? » me demande Eli tandis qu'on se dirige vers l'ascenseur au fond au magasin.

Je sens le regard de Roach peser sur nous à mesure qu'on s'éloigne vers le rayon Jeunesse. Plusieurs ampoules au plafond ont grillé et n'ont jamais été remplacées. Plus on s'enfonce dans la librairie, plus elle paraît sombre et humide, comme l'intérieur d'une grotte.

« Oui, j'habite juste derrière Lloyd Park maintenant, mais j'ai grandi dans le Village. »

Une fois au fond du rayon Jeunesse, Sharona presse le bouton de l'ascenseur. Un inquiétant bruit de ferraille retentit depuis le sous-sol, comme si elle venait de convoquer une créature venue des profondeurs, un kraken mécanique attendant son heure dans les entrailles de la librairie.

« Un peu glauque », dis-je quand la porte s'ouvre en tintant devant nous. La cabine dégage cette odeur métallique et un peu cuivrée des vieilles pièces de monnaie. Ça me retourne tellement l'estomac que je dois presser ma manche sous mon nez pour respirer le doux parfum des roses à la place.

« T'inquiète pas, je suis là », dit Eli en passant le bras autour de mes épaules.

Sharona fait semblant de réprimer un haut-le-cœur tout en enfonçant le bouton du deuxième étage. La porte se referme et l'ascenseur s'ébranle.

« Alors, dis-je, maintenant qu'on est enfin seuls. Je vous écoute. C'est quoi, le plan, ici ?

— C'est la merde, me répond Eli.

— Je n'emploierais pas ce terme, nuance Sharona en lui faisant les gros yeux.

— Les chiffres sont merdiques, en tout cas », insiste-t-il. La porte s'ouvre, et il s'écarte pour me laisser sortir juste derrière Sharona. « C'est très mal situé, tout au bout de ce long marché. La surface est beaucoup trop grande pour la fréquentation, et l'équipe est en sous-effectif depuis bien deux ans. Ils ne sont que cinq au total, en comptant la manager.

— *Cinq* libraires ? Dans un espace aussi grand ?

— Je crois qu'ils se sont pas mal appuyés sur les remplacements en interne », explique Sharona en ouvrant la porte de la salle de pause, qui se révèle étonnamment spacieuse et lumineuse grâce à de grandes lucarnes qui laissent entrer la lumière du jour. Il y a trois tables de cafétéria, une kitchenette sale, une rangée d'une trentaine de casiers et plusieurs étagères en désordre. « Mais les sites sont tellement éloignés les uns des autres, dans ce secteur, que ce n'est pas toujours possible. Alors ils se débrouillent comme ils peuvent. Sans doute la raison pour laquelle le niveau est tombé aussi bas. »

Des types en costume-cravate, bien assis dans leurs luxueux bureaux au siège du groupe, avaient réparti les librairies en plusieurs secteurs reposant non pas sur leur emplacement géographique, mais sur leur chiffre d'affaires et leur taille. Une stratégie pour le moins confuse, mise au point par des gens qui ne connaissaient plus que les distributeurs d'eau fraîche, les réunions et les PowerPoint, bien loin de l'époque où ils vendaient des calendriers à gommettes, si tant est qu'ils en aient jamais vu de leur vie. J'imaginais la direction comme une sorte de gentlemen's club tout en boiseries sombres, volutes de cigares et lourds verres à whisky, imprégné de la gravité masculine d'une salle de crise.

« On est en négo avec le propriétaire, soupire Sharona en posant son sac sur l'une des grandes tables. C'est un grand espace, et il va avoir du mal à le remplir si on plie bagage. Si on revoit le loyer à la baisse et on booste les ventes à Noël, la librairie tiendra peut-être le coup encore un an ou deux. Le rêve serait de pouvoir rouvrir ailleurs dans Walthamstow. Un lieu plus petit et mieux situé, comme le centre commercial par exemple, mais… » Elle hausse les épaules avec impuissance avant de se saisir de la bouilloire pour faire du thé.

« C'est triste, quand on y pense, ajoute Eli en s'asseyant sur une autre table pour se rouler une cigarette. Aussi bien pour le quartier que pour les libraires. Ils sont là depuis toujours.

— En fait, dis-je en posant mon sac et mon manteau sur un vieux fauteuil défoncé pour sortir mon tabac, il y avait ici deux librairies indépendantes, avant. Spines les a écrasées comme des mouches. C'est ce qu'on appelle la loi du marché, non ?

— Regardez-moi ça, s'amuse Eli. Une vraie petite capitaliste. »

## Roach

Les trois nouveaux ont passé la matinée à explorer la librairie comme s'ils étaient chez eux, inspectant chaque rayon d'un œil critique en prenant des notes. Barry les regardait faire tout en s'occupant des livraisons et des clients, la mine grave, les lèvres pincées.

À midi pétant, je les ai plantés là pour aller déjeuner. En salle de pause, Laura avait déposé son imper beige et son tote bag crasseux sur *mon* fauteuil. J'ai soulevé son manteau entre le pouce et l'index pour le déplacer afin de m'asseoir, et j'en ai profité pour lui faire les poches au passage. Je n'ai trouvé qu'un briquet en plastique violet et quelques pièces de monnaie dans la première, et un mouchoir roulé en boule dans la seconde. Après un regard prudent vers la porte, j'ai décidé de m'intéresser à son sac. La citation littéraire imprimée dessus était «*Nolite te salopardes exterminorum*», avec une tache d'encre bleue dans un coin. J'ai plongé la main dedans tout en guettant le moindre bruit en provenance du couloir. Il y avait une ribambelle de tubes graisseux là-dedans, des trucs poisseux que je n'aurais jamais trimballés sur moi. Quand j'avais les mains sèches, il fallait vraiment que mes paumes se fendillent avant que j'envisage de m'acheter de la crème. Et quand j'avais les lèvres gercées, je m'arrachais les petites peaux pour les avaler, savourant le goût piquant et cuivré du sang.

Je suis tombée sur un livre de poche et, à ma grande surprise, j'ai reconnu un truc que j'avais déjà lu : *Et je disparaîtrai dans la nuit*, une enquête détaillée sur les meurtres du Golden State Killer. Son exemplaire était fatigué et écorné, avec des onglets autocollants sur certaines pages et des passages surlignés. Je me suis demandé pourquoi elle lisait ce genre de textes – un projet de recherches pour un essai ou un article, peut-être ? À moins qu'elle ne s'occupe d'un podcast ? En tout cas, elle était clairement branchée true crime. J'ai aussitôt senti la glace se briser entre nous. On pourrait se prêter des bouquins, aller voir les Murder Girls ensemble. Peut-être s'envoyer des liens pour se conseiller des articles au long cours sur des histoires de kidnappings, d'assassins d'enfants et d'enquêtes bâclées. Je l'avais clairement mal jugée en la rangeant dans la catégorie des Pumpkin Spice Girls. Je nous voyais déjà partir en virée ensemble au Kenwood Lady's Pond de Hampstead pour traîner au milieu d'écrivaines et d'artistes, manger de la tarte aux pommes maison et parler de nos serial killers préférés.

Je lui ai piqué un peu de sa crème pour les mains qui m'a laissé la peau enduite d'une pellicule grasse à l'odeur sucrée comme du glaçage fondu, et j'ai sorti une espèce de cannette de soda à la cerise pour hipsters que j'ai aussitôt planquée dans mon casier sous mes piles de livres, de dossiers de presse et d'enveloppes matelassées. J'ai accroché son sac au portemanteau avec son imper, et je me suis calée dans mon fauteuil avec un pot de tarama et un paquet de crackers. J'ai rangé *Les Tueurs en série de A à Z* sur mon étagère et choisi de lire autre chose. Inspirée par mon échange de la veille dans la queue pour les Murder Girls, j'ai opté pour *Un tueur si proche*.

Alors que je venais à peine de commencer, la porte s'est ouverte brutalement et Laura est entrée avec le nouveau libraire, tous deux hilares d'une blague quelconque.

« Ah ! Tu dois être… » Il s'est tourné vers le planning punaisé au tableau d'affichage près de l'entrée. « Brogan ?

— Roach, a corrigé Laura de sa voix enjouée et artificielle. Comme la blatte, c'est ça ? »

J'ai repensé au livre de poche écorné que j'avais trouvé dans son sac et répondu au brillant faisceau de son attention par un sourire timide.

« Moi, c'est Eli », a dit le type en sortant un paquet de tabac à rouler de sa poche arrière. Il s'est assis sur le canapé en similicuir écaillé, la tête appuyée contre un poster promotionnel géant de *Twilight : Révélation* datant de 2009. C'était le préféré de Barbara, et je me suis demandé si ses cheveux sales ne risquaient pas d'y imprimer une trace de gras, comme ces traînées de gel coiffant que les gens laissent parfois sur les vitres des bus.

Laura est allée s'asseoir sur une des tables et j'ai franchement remercié le ciel quand ils ont commencé à parler boulot. Je détestais faire la conversation. Je détestais écouter les gens blablater à propos de leur week-end, de leurs vacances ou de ce qu'ils avaient vu à la télé. Leurs querelles sans intérêt avec leurs proprios, leur mec ou leur banquier. Je détestais devoir partager la salle de pause avec les autres et me creuser la tête pour trouver quoi répondre quand ils me posaient une question banale, du genre « qu'est-ce que tu lis de beau, en ce moment ? » ou « c'est quoi, ton genre de musique préféré ? », parce que la vérité n'était jamais la bonne réponse et tuait la discussion aussi sec.

Laura avait encore son béret sur la tête et j'ai remarqué que ses ballerines étaient exactement du même vert sapin. Ce détail m'a frappée – le béret assorti aux chaussures. Je me suis demandé si elle les avait achetés au même endroit ou si elle avait passé des mois à traquer la bonne nuance. J'apprendrais par la suite que Laura coordonnait toujours ses tenues : la pochette rouge cerise qui allait bien avec les talons compensés vernis à bouts ouverts, la petite sacoche en cuir noire avec les richelieus BCBG, la paire d'Adidas Superstars et le sac de sport vintage.

Je trouvais ça un peu convenu, au début. Mais des années plus tard, alors que j'étais à La Nouvelle-Orléans pour assister à un enregistrement public des Murder Girls spécial Halloween, j'ai craqué pour une paire de talons compensés violets à bouts ouverts dans une boutique goth hyper chère parce qu'elles étaient de la même couleur que le bandeau que j'avais dans les cheveux. C'est seulement en descendant Bourbon Street avec mes nouvelles pompes qui me tuaient les orteils que j'ai pris conscience que le fantôme de Laura avait orienté mon choix. Je la laissais encore s'insinuer dans mon esprit, me hanter de son influence. J'ai balancé mes chaussures neuves sous le lit de mon Airbnb et je n'ai jamais répondu au message attentionné de l'hôte me demandant à quelle adresse il pourrait me les renvoyer.

« Eh, Roach, tu veux un biscuit ? » m'a demandé Eli en me tendant un sachet en papier tout froissé qui semblait avoir déjà été recyclé plusieurs fois. À l'intérieur, j'ai aperçu des espèces de pépites brunes et granuleuses ressemblant à des crottes de chat. « Recette végane, a-t-il ajouté. C'est ma copine qui les fait.

— Je suis pas végane.

— Dans ce cas, mes biscuits et toi avez moins de points communs que je le croyais, a-t-il répondu avec le genre de petit rire que toutes les femmes devaient trouver irrésistible. Laura ? »

Elle a fixé le sachet d'un regard inexpressif avant de secouer la tête, une légère moue aux lèvres. D'une voix étonnamment grave comparée au ton enjoué qu'elle avait pris pour s'adresser à moi il y a deux minutes à peine, elle a répondu : « Non, ça ira. »

Eli ne s'est pas laissé abattre et il a mordu dans un biscuit. Sa mâchoire s'est crispée pendant qu'il mâchait. « Qu'est-ce que tu lis de beau, Roach ? »

Je lui ai montré la couverture. Il a penché la tête en souriant, avalé sa bouchée et lu le titre en séparant bien chaque mot :

« *Un tueur si proche*. Et c'est bien ? Ça parle de quoi ?

— Heu… de Ted Bundy. »

Il ne s'est pas départi de son sourire bienveillant, donc j'ai décidé de développer, espérant attirer l'attention de Laura. « C'était un serial killer américain. Il a tué plus de trente personnes avant de se faire arrêter, mais on ignore le nombre exact de ses victimes, et comme il était très séduisant et charismatique il faisait semblant d'être blessé pour endormir la méfiance de ses victimes et il a nié ses crimes pendant une décennie entière, puis il s'est échappé de prison deux fois et il a fini par être condamné à la chaise électrique, et… »

Mon enthousiasme est un peu retombé quand je me suis aperçue qu'Eli riait à gorge déployée, exhibant jusqu'aux plombages de ses molaires et aux morceaux de biscuit restés coincés entre les dents. Il a levé la main en un geste de capitulation. « OK, OK…

— … il gardait leur tête chez lui, parfois, ai-je conclu sur ma lancée.

— Eh bien, je le lirai peut-être, à l'occasion, a-t-il répondu d'un ton poli qui m'a fait comprendre qu'il n'en avait nullement l'attention.

— On peut fumer, là-bas ? »

On s'est tous les deux tournés vers Laura. Elle désignait la fenêtre donnant accès à la terrasse sur le toit, avec ses tables en bois et ses pigeons qui chiaient sur l'asphalte.

« Oui », ai-je répondu, dépitée.

J'avais espéré qu'elle rebondirait sur mes propos pour me donner son avis sur Ted Bundy, mais elle fixait la fenêtre avec une expression étrangement neutre.

« Cool, a-t-elle répondu. Alors j'y vais. »

## Laura

J'apprends à connaître chaque libraire de l'équipe d'après le rayon dont il est responsable. Barry laisse une traînée d'empreintes boueuses tout autour des rayonnages d'histoire et sélectionne avec soin les titres qu'il présente en *facing*. Quand Noor est là, il y a toujours des cerises et des amandes qui traînent dans la section Voyages, où elle rêve de vagues turquoise venant lécher des plages de sable fin comme du sucre ; les jours où elle n'est pas là, elle laisse des petits mots rédigés de sa belle écriture ronde pour conseiller ses récits de voyage préférés et les guides vers les destinations qu'elle aimerait visiter. Kofi, notre intérimaire pour la période de Noël, est grand et mince, les cheveux rasés, avec les sourcils en accents circonflexes et d'élégantes pommettes. Il préfère l'agitation en caisse et ne s'anime que lorsqu'il a un public à séduire, mais c'est aussi un étudiant en lettres et il passe toutes ses heures de pause à dévorer les classiques – Dickens, Austen, Wilde – ou les yeux rivés sur son téléphone.

J'évite Roach autant que possible. Je ne saurais expliquer pourquoi. Question de feeling, de répulsion instinctive. Elle a un besoin désespéré d'attirer l'attention.

C'est écrit en gros sur son front chaque fois qu'on se parle : *regarde-moi, écoute-moi, intéresse-toi à moi, moi, moi.* Elle campe toujours autour de la caisse du premier étage, semble y passer plus de temps que n'importe où ailleurs, et va régulièrement s'affairer au rayon True Crime. Celui-ci est bien trop grand pour le nombre de titres que nous avons en stock, avec beaucoup trop de livres en *facing* sur les étagères – des trucs bizarres et de mauvaise qualité, publiés par d'obscures petites maisons d'édition –, si bien qu'ils dégringolent sans arrêt.

« C'est sympa de voir de nouvelles têtes. » Martin se frotte les mains d'un air réjoui. Il a une petite soixantaine d'années, la voix douce, le cheveu argenté et tout à fait la dégaine d'un ancien hippie. Quand il parle, il plisse les yeux avec un léger sourire, comme s'il était gêné par la fumée d'une cigarette, et je l'imagine sans mal faisant la queue derrière Sharona au stand de curry au tofu d'un festival de world music.

Hélas, mes espoirs de me faire un ami au rayon Jeunesse s'évanouissent dès le troisième jour. Il rôde autour de moi tel un hélicoptère pendant que je réorganise les rayonnages, surveille chacun de mes faits et gestes, critique et corrige l'air de rien chacun de mes choix. Il est hostile au moindre changement, habitué à faire les choses à sa manière, et semble considérer que je suis là pour apprendre de lui, et non le contraire.

Je profite de son jour de congé pour passer à l'action. Je sors tous les ouvrages de fonds dans la section 9-12 ans et je débarrasse sa table de classiques tristounets pour les remplacer par une pimpante sélection de nouveautés au format poche, disposées en une pyramide parfaite. Les imagiers pour poussettes – ces petits cartonnés munis d'élastiques ou de crochets, et capables de résister aussi bien aux doigts maladroits qu'aux bouches baveuses des plus jeunes lecteurs – sont éparpillés un peu partout, donc je les rassemble et les range dans une caisse en acrylique exhumée de la réserve. Comme il reste une étagère vide au rayon des ouvrages éducatifs, je choisis de beaux albums pour créer un présentoir attrayant, mêlant constructions historiques de toutes les périodes et documentaires ludiques sur le corps humain.

Quand je rentre de ma pause déjeuner le lendemain midi, Martin a détricoté tout mon travail. Il a remis en place ses textes classiques alors que le stock est insuffisant pour garnir une table, et il a troqué mes jolis albums éducatifs contre une sélection d'imagiers piochés au hasard parmi le fonds. Les petits cartonnés pour poussettes ont totalement disparu, jusqu'à ce que je retrouve la caisse en acrylique coincée au milieu des livres-objets. Ses choix n'ont aucun sens, aussi bien sur le plan commercial que logique.

« Je sais ce qui plaît à mes clients », martèle-t-il souvent, alors que nous n'en avons pas.

## Roach

Je n'ai pas beaucoup croisé Laura pendant la première semaine. À mon plus grand agacement, j'ai d'abord été envoyée à la librairie de Wood Green remplacer un arrêt maladie. Ensuite, ça a été mon jour de congé. Puis celui de Laura. Je me suis demandé ce qu'elle faisait de son temps libre. Je l'imaginais penchée sur son MacBook dans un petit café branché d'East London, son exemplaire annoté de *Et je disparaîtrai dans la nuit* posé devant elle. J'avais absolument besoin de savoir quel projet morbide lui demandait de s'immerger dans la lecture de ce bouquin. Mais quand on s'est enfin retrouvées en même temps à la librairie, je n'ai pas su comment aborder la question sans avouer que j'avais fouillé dans son sac.

Plantée derrière la caisse du premier étage, je l'observais déambuler d'un rayon à l'autre, organiser des présentoirs et réarranger les tables quand Eli m'a fait sursauter en tapotant son stylo contre son badge, m'arrachant à mes sombres ruminations. J'avais encore buggé. Parfois, j'avais l'impression qu'on pressait un interrupteur dans ma tête et que je partais loin, très loin dans le donjon de mon esprit, happée par mes pensées tordues.

« C'est un peu dégarni, chez toi, m'a lancé Eli en fixant mon badge des yeux tout en continuant à désigner le sien, qui affichait un jeu complet de huit pins dorés. Tu es libraire depuis combien de temps ?

— Ça fera huit ans au mois de décembre. »

Il a siffloté, surpris. « Wow. Attends… tu avais quel âge quand tu as commencé ?

— Seize ans.

— Tu dois connaître un truc ou deux, je parie. » Il a ponctué ces mots d'un clin d'œil et, à ma honte suprême, je me suis sentie rougir. « Comment ça se fait que tu n'aies qu'un seul pin's ? »

Je l'ai juste dévisagé en soupirant comme si la réponse allait de soi. Ces pin's étaient une invention stupide censée montrer les spécialités de chaque libraire. Il n'y avait que les *normies* comme Eli ou Noor pour y accorder de l'importance. Chaque rayon était symbolisé par un petit pin's doré conçu pour s'accrocher sur nos badges. Il y avait un pinceau pour les beaux-arts, la photo et le design, un avion pour les voyages, une loupe pour les romans policiers, etc. Résultat, les clients qui avaient pigé le système scrutaient nos badges de leurs petits yeux de fouines et écoutaient nos conseils d'un air méfiant si on n'avait pas le putain de pin's correspondant.

Raison pour laquelle j'avais toujours refusé de jouer le jeu, même s'il fallait au moins six pin's sur son badge pour accéder au titre de libraire spécialisé. Le mien aurait pu rester à poil pour toujours si Barbara n'avait pas fini par insister en disant que ça ne faisait pas très pro et en m'obligeant à mettre le pin's de la fiction générale, un petit livre froid et dur aux pages feuilletées par une main fantomatique.

En un acte de rébellion secrète, j'avais bricolé mes propres pin's inspirés de mes serial killers préférés. John Wayne Gacy, avec son maquillage de Pogo le Clown, semblait un choix évident pour le rayon Humour, même si j'avais choisi d'utiliser sa photo d'identité judiciaire, celle où il fait la gueule juste après son arrestation. Pour les livres de cuisine, le profil blond et ciselé de Jeffrey Dahmer : sadique, nécrophile et surtout cannibale. La section Jeunesse était incarnée par les yeux ourlés de noir et le carré blond platine de la tueuse d'enfants Myra Hindley. Quant à l'histoire de Londres, qui d'autre que l'Étrangleur de Stow ?

J'avais peaufiné mes dessins durant mes longues heures de solitude au comptoir du rayon Histoire, les jours où Barry n'était pas là. Je m'étais servie de la connexion Internet de la librairie pour chercher l'inspiration sur Wikipédia et des photos sur Google Images, histoire que mes portraits soient un minimum ressemblants. De temps en temps, il m'arrivait de tomber sur les vestiges d'un vieux forum de discussion où des ados désœuvrés et des divorcés atrabilaires débattaient des faits divers les plus sordides du monde occidental. Des messages postés en 2002 ou 2003. Seize ou dix-sept ans plus tard, ils étaient toujours là, tels des caddies rouillés au fond d'un canal.

Mon obsession pour les affaires criminelles avait démarré à l'adolescence. Je me souviens d'avoir regardé un documentaire de Channel 4 à propos de gens qui se prenaient pour de vrais vampires et se baladaient avec des capes et de coûteuses fausses dents en porcelaine pour commettre des meurtres. La voix off était solennelle et les scènes de reconstitution en noir et blanc se concentraient sur les passages les plus ennuyeux, par exemple quand la mignonne et chaste lycéenne (une *normie*, bien sûr) avec son jean, son pull, ses bonnes notes et son brillant avenir montait dans la voiture de l'assassin et qu'on comprenait que c'était foutu pour elle.

Comme le documentaire n'entrait pas trop dans les détails, j'avais dû poursuivre les recherches sur mon ordi pour chacun des meurtres, histoire de bien me documenter. Je n'aime pas sentir qu'il me manque des infos. J'avais veillé très tard ce soir-là, happée par Google.

« Au fait, tu savais que Laura écrivait de la poésie ? » a poursuivi Eli en me donnant cette fois un petit coup de stylo sur l'épaule. J'ai reculé d'un pas pour mettre un peu plus d'espace entre nous. « Elle fait une lecture ce soir, je pense que tu devrais venir. Même si tu n'es pas branchée poésie, ça pourrait être sympa.

— Chais pas. J'ai le terrarium de mon escargot à nettoyer. »

Un étonnement ravi a illuminé ses traits. « Tu as des escargots ?

— Un escargot géant africain. Je l'ai appelé Bleep.

— Bleep ! Trop mignon, a-t-il commenté d'un air amusé. Dommage. Je me doute que la poésie n'est pas ton truc, mais si ton escargot peut attendre une journée de plus, je te paierai une bière, OK ? Toute l'équipe sera là. »

Il a marqué une pause – sans doute parce qu'il venait de remarquer le badge des Murder Girls épinglé sur ma chemise ou de se remémorer mon exposé sur Ted Bundy quelques jours auparavant. « L'écriture de Laura peut être… très sombre. Ça pourrait te plaire, tu sais. »

Mes oreilles ont vibré dès qu'il a prononcé les mots « très sombres ». Je me suis souvenue du bouquin que j'avais trouvé dans le sac de Laura, écorné et surligné de partout, lu et relu jusqu'à la lie. Dennis Nilsen était devenu poète en prison. Damien Echols, l'un des West Memphis Three, écrivait lui aussi depuis le couloir de la mort. J'aimais le concept même de la poésie – son chaos facile, sa noirceur, le fait que n'importe qui pouvait coucher des mots sur le papier et se prétendre poète –, mais je n'avais jamais assisté à une lecture.

Eli a repéré une cliente à l'air égaré, un papier à la main, les yeux plissés devant les intitulés des rayonnages comme si elle tentait de déchiffrer des hiéroglyphes. Tout en s'éloignant vers elle pour l'aider à trouver la daube inepte qu'elle était venue acheter, il m'a jeté un dernier coup d'œil par-dessus son épaule :

« Alors c'est d'accord, tu viendras, hein ? » m'a-t-il lancé.

J'ai tenté de masquer mon enthousiasme derrière un simple pouce levé, mais j'en frétillais déjà d'excitation.

Tu m'étonnes que j'allais venir.

# Laura

Une dame âgée aux cheveux blancs et légèrement voûtée est à la recherche des *Lettres à un jeune poète*. Un blond aux joues roses creusées par des fossettes, tout à fait l'image du chérubin adulte, achète *American Psycho*. Une adolescente aux mèches rose bonbon, le nez tartiné d'une épaisse couche de fond de teint, repart avec *La Source vive*.

« OK, ne me déteste pas », dit Eli en venant poser une grosse pile d'ouvrages de bien-être et de spiritualité à côté de ma caisse.

Les anges, les cristaux, le tarot, les auras. Des écrans de fumée pour enfouir la dure réalité de la vie sous une moelleuse couche de mysticisme.

« Ça ne dépend que de toi », lui dis-je du tac au tac en faisant glisser hors de la pile un très bel ouvrage grand format intitulé *Astropoets* pour parcourir la quatrième de couverture.

« J'ai invité le reste de l'équipe à venir ce soir », m'avoue-t-il avec un sourire espiègle.

Je repose le livre et le foudroie du regard.

« Oh non, t'abuses.

— Fais pas cette tête, dit-il en remettant sa pile

d'aplomb. J'ai invité Sharona, qui a invité Martin, qui a demandé s'il devait envoyer un SMS à Barry, et ça a fait boule de neige. Tu m'en veux vraiment ?

— Je pensais qu'il n'y aurait que nous deux, voilà tout. »

Il s'apprête à répondre, visiblement contrarié, puis se ravise et semble chercher ses mots. Je réalise avec horreur que je lui ai peut-être donné l'impression d'envisager cette soirée comme un rencard. « Enfin… je comptais en parler à Sharona, bien sûr, je m'empresse d'ajouter. Mais tu étais vraiment obligé d'inviter la terre entière ?

— C'est pour un truc caritatif, non ? Je croyais que l'intérêt était de faire venir le plus de gens possible.

— Oui, mais… » Une angoisse sourde me traverse et soudain la vision de Roach, les yeux brillants pendant sa tirade exaltée sur Ted Bundy, se calcifie dans mon esprit. « Bah, ça ira. J'aurais juste préféré que tu m'en parles d'abord. »

Je m'appuie contre le comptoir et regarde fixement mes ongles. Le vernis s'est écaillé sur les bords, ne laissant qu'un petit îlot couleur pêche au milieu.

« Tu vas assurer, me dit-il d'un ton confiant et adorable. Tu ne me détestes pas vraiment, j'espère ? »

Il sent la sueur fraîche et l'encens indien. Quand il sourit, une fossette se dessine sur chacune de ses joues.

« Je ne te respecte pas assez pour te détester », dis-je.

Il éclate de rire avant de s'éloigner vers l'ascenseur.

Une petite fille en imperméable jaune choisit un album cartonné avec un canard en caoutchouc sur la couverture. Un vieux monsieur vêtu d'un costume trois-pièces en tweed taché demande *Le vieux qui ne voulait pas fêter son anniversaire*. Une femme au rouge à lèvres assorti à sa tenue en acrylique fuchsia achète *La Vallée des poupées*.

Parfois les gens me surprennent, et parfois pas du tout.

## Roach

La lecture avait lieu dans un bar appelé le Nib. Une fille avec les cheveux verts et un piercing au septum qui lui donnait l'air d'une vache se tenait perchée sur un tabouret de bar à l'entrée, un bloc-notes et un seau en plastique violet à la main.

« Bonsoir tout le monde, chacun donne ce qu'il veut ! a-t-elle annoncé en agitant son seau devant nous. Tous les bénéfices de la soirée iront à l'association Pour les femmes ! »

L'endroit était tout à fait dans le style à vomir que les *normies* adorent, le genre qui essaie désespérément de se donner l'image cool d'un rade new-yorkais déglingué. Les murs peints en noir étaient couverts d'éraflures et des tabourets en similicuir déchiré s'alignaient le long du comptoir. Le barman coiffé de dreads hochait la tête au rythme du riff de guitare naze craché par les haut-parleurs. Je l'imaginais tout à fait en train de faire glisser des verres de whisky vers deux inspecteurs à la mine grise et épuisée venus s'oublier dans l'alcool, effacer la vision de leur dernière scène de crime de la journée et se débarrasser de tous ces échos sanguinaires avant de rentrer chez eux retrouver leur femme.

Des tables hautes étaient disposées face à une petite estrade recouverte de stickers à moitié arrachés, de flyers collés de travers, flanquée d'un piano et d'un yucca en pot. Sur l'insistance de Laura, les libraires s'étaient installés au fond de la salle. « Sinon, j'ai trop conscience de mon auditoire, a-t-elle expliqué en ôtant son imper avant de se réserver une place à côté d'Eli. Je suis meilleure sur scène quand je me sens anonyme. »

Je me suis jetée sur l'autre place disponible à côté d'elle. J'avais passé toute la journée à essayer d'engager la conversation et, malgré son sourire poli chaque fois que je lui adressais la parole, elle se contentait toujours de réponses laconiques sur un ton distrait. J'espérais que cette soirée serait propice à un véritable échange et qu'elle prendrait enfin conscience de notre passion commune.

Laura est partie dire bonsoir à un grand type mince aux pommettes saillantes et à la barbe négligée pendant que Sharona se dirigeait vers le bar. Elle en est revenue avec un seau métallique rempli de bouteilles de Budweiser couvertes de gouttes de condensation qui se sont mises à dégouliner sur la table et par terre.

Eli, Noor et Kofi se sont servis dans le seau de Sharona, mais Martin s'est levé après un bref échange avec Barry pour aller commander deux pintes de brune au bar. J'avais très envie de me prendre un Dark Fruits, mais tout le monde n'était pas encore installé et je ne voulais surtout pas risquer de perdre ma place de choix à côté de Laura. Je me suis donc résignée à prendre la dernière bière dans le seau.

« J'essaie de mettre de l'argent de côté, expliquait Noor.

J'aimerais partir en vadrouille en 2020, mais je ne sais pas encore de quel budget j'aurai besoin.

— Ça dépend de l'endroit où tu veux aller, a répondu Sharona en soulevant sa bière pour l'essuyer par en dessous et l'empêcher de couler sur ses vêtements. Si tu rêves d'un trip en Inde, ton plus gros poste de dépense sera le billet d'avion. Une fois sur place, tu t'en sortiras pour pas un rond. L'Europe devient de plus en plus abordable à mesure qu'on s'enfonce vers l'est, et les États-Unis coûtent cher partout. Barouder en Amérique du Sud, par contre… »

On ne pouvait plus l'arrêter. Un vrai moulin à paroles. Noor était du genre menue, épaules délicates et poignets osseux. Le seul scénario dans lequel je pouvais l'imaginer en routarde avec sac à dos était un reportage sur sa disparition aux infos du soir.

« Super projet, en tout cas, a commenté Eli. Il faut faire ça tant qu'on est jeune. Pas vrai, Sharona ?

— Ta gueule, lui a-t-elle asséné avec un large sourire révélant une canine manquante. Je n'ai que 40 balais, je te signale.

— Ha ha, c'était pour rire. De toute manière, on n'est jamais trop vieux pour voyager, a déclaré Eli en buvant une gorgée de bière. J'espère bien continuer à découvrir de nouveaux endroits quand je serai centenaire !

— Merci, continue », s'est esclaffée Sharona, et sa bonne humeur a contaminé le reste de la table, qui s'est mise à la chambrer en riant. Quand les gens se foutaient de ma gueule, je le sentais jusque dans mes os, comme la douleur vive et profonde de la fraise d'un dentiste. Mais Sharona ne semblait pas s'en formaliser. Ça avait l'air de l'amuser, au contraire.

Autour de nous, la salle se remplissait, mais le siège de Laura restait obstinément vide. Pendant que les libraires continuaient à jacasser, je l'ai regardée virevolter à travers la salle tel un oiseau-mouche butinant le nectar de l'attention des autres. Elle avait à la main un verre de je ne sais quoi avec du Coca et un livret rose aux pages agrafées. Quand le grand barbu a allumé le micro, elle s'est tournée vers l'estrade pour applaudir sans renverser une goutte.

Laura était la première à passer. L'animateur a annoncé son nom et des applaudissements polis ont retenti dans la salle. Elle s'est avancée dans la lumière et a pris place devant le micro sans un seul regard en direction de notre table. Eli a levé sa bière en un encouragement silencieux, mais elle était trop occupée à feuilleter son fascicule rose pour lui prêter attention.

« Bonsoir tout le monde ! Moi, c'est Laura, écrivaine et poétesse du Village. » Elle avait la même voix qu'avec les clients : enjouée, lumineuse, chaleureuse. « Ce soir, j'ai choisi de vous lire un ou deux poèmes *ready-made*. Mon projet consiste à détourner des ouvrages traitant d'affaires criminelles pour produire une poésie qui rende hommage à la vie des femmes si souvent reléguées au second plan dans les récits de féminicides. Certains de ces poèmes sont plus macabres que d'autres, cela dit, donc je tenais à prévenir les personnes sensibles. »

Clairement, j'étais tout ouïe.

« Celui-ci s'intitule *Il était maintenant 5 heures du matin* », a-t-elle annoncé avant de commencer sa lecture.

Elle a soudain paru enrouée, comme si elle se remettait d'une grosse crève, et sa voix a résonné dans le micro avec une lenteur râpeuse qui a aussitôt forcé l'attention du public. Le silence est tombé sur la salle : on n'entendait plus qu'un cliquetis occasionnel de glaçons quand quelqu'un essayait de boire discrètement une gorgée de son verre et le bruit sec du tiroir-caisse qui se refermait. Autour de la table, les libraires semblaient tous hypnotisés, à l'exception d'Eli. Il l'écoutait, mais les yeux rivés sur sa bouteille, en grattant l'étiquette humide du pouce, les traits graves. Il était le seul d'entre nous à ne pas la regarder.

Au début, j'ai trouvé sa poésie plutôt ennuyeuse – dans le genre cieux roses et aurores pâles –, mais petit à petit, je me suis sentie happée par la noirceur de son univers. Si son but était de désamorcer la violence des récits d'affaires criminelles dont elle s'inspirait, le résultat obtenu était tout le contraire. Derrière ses descriptions de la météo et de femmes vaquant à leurs occupations (étendre du linge, rapporter des films au vidéoclub, déposer les enfants à l'école), je sentais sourdre les flaques de sang, la menace constante du meurtre, les flashs de froideur et de danger. En ôtant la violence, elle m'y faisait penser encore plus. Qu'était-il arrivé à ces femmes ? À quel moment leur quotidien banal avait-il basculé dans la légende, au détour d'une simple – et fatidique – mauvaise rencontre ? J'ai tendu l'oreille tout du long pour tâcher de déterminer l'époque ou le lieu, de déceler n'importe quel indice susceptible de me mettre sur la piste des tueurs évoqués entre les lignes.

À la fin, Laura a eu droit à une ovation. J'ai posé ma bière pour applaudir aussi fort que je pouvais. Elle a penché la tête, presque en une révérence, puis elle a récupéré son verre sur le piano et s'est empressée de quitter l'estrade pour rejoindre notre table. J'avais hâte de la féliciter et je cherchais déjà mes mots pour lui dire à quel point sa poésie m'avait remué les tripes. Surtout, je brûlais d'envie de savoir de quels livres elle s'était inspirée, quels étaient les meurtriers qui hantaient ses poèmes. Le moment tant attendu de notre grande communion.

Mais Laura n'était pas sur la même longueur d'onde. Elle est passée devant moi, comme *à travers* moi, pour foncer droit vers Eli. Il lui a tendu une cigarette roulée et un verre de machin-Coca – pas de vulgaire bière à la bouteille pour Laura – tel un supporter accueillant une marathonienne sur la ligne d'arrivée.

« Donne-moi ça, vite ! » a-t-elle plaisanté en se saisissant de la clope d'une main et du verre de l'autre.

Pendant que le poète suivant était annoncé, Sharona s'est penchée vers elle pour lui tapoter l'avant-bras.

« Bravo, lui a-t-elle glissé tout bas. C'était impressionnant, meuf. Tu as assuré.

— Merci », lui a répondu Laura dans un souffle avec un petit sourire satisfait.

Elle a consulté Eli du regard, qui lui a répondu d'un hochement de tête. Alors qu'ils s'éloignaient ensemble vers le patio, j'ai vu les gens s'écarter sur leur passage. Je l'imaginais déjà prise d'assaut par une foule d'admirateurs : d'autres poètes accourant pour la féliciter, peut-être un agent littéraire spécialisé en poésie (ça existe, ça ? oui, forcément) venu lui glisser sa carte, ou un éditeur prêt à lui faire signer un contrat sur-le-champ. La seule explication était que tout le monde était encore en état de sidération, comme moi, réduit au silence par les mots qui résonnaient encore dans notre tête. J'ai presque regretté de ne pas fumer pour avoir une bonne raison de les suivre.

Sur scène, un type aux traits délicats, en chino et sweat

à capuche dézippé, était en train d'ajuster la hauteur du micro, comme s'il ne venait pas de se passer un truc hors du commun juste avant lui.

« OK, a-t-il annoncé, ça parle de ma peur des églises. »

Je me suis frayé un chemin jusqu'au bar pour me commander une pinte de Dark Fruits. Une fois mon verre à la main, je me suis sentie intrépide. Sans réfléchir, j'ai contourné la table de mes collègues avec mon cidre glacé pour rejoindre Laura dehors. Avait-on besoin d'avoir un paquet de clopes pour avoir envie de prendre l'air ? Il fallait absolument que je lui parle tant que j'avais encore la tête à l'envers, le cœur qui battait. Si j'essayais de le faire plus tard, à la librairie, ce ne serait pas pareil. Ma démarche aurait l'air forcée, artificielle, et Laura risquerait de s'imaginer que je me montrais juste polie envers elle. Elle m'enverrait promener sans m'écouter vraiment. Je voulais qu'elle sache que je savais de quoi elle parlait, que j'avais grandi dans l'ombre d'un serial killer et que je comprenais le pouvoir de la violence.

Le patio grouillait de monde, l'air était saturé d'odeurs de vapoteuses saveur chewing-gum ou Fraise Tagada. J'ai repéré la blondeur de Laura à travers la foule, tout au fond. Elle se tenait assise sur une table ronde, les pieds sur le banc, visiblement indifférente au fait qu'il avait plu en début de soirée et que le bois humide allait mouiller le tissu fin de sa jupe. Elle riait à un truc que venait de lui dire Eli, sa clope non allumée entre les doigts.

« Je ne peux pas partir maintenant. Ce serait mal vu, gloussait-elle, toute rose de plaisir, en levant le menton vers lui d'un air espiègle. Je crois que tu es coincé ici. T'as du feu ? »

C'était le moment ou jamais. Je me suis avancée vers eux lorsqu'un *normie* m'a bousculée. Une gerbe de Strongbow a aspergé tout le devant de ma veste, laissant une traînée poisseuse et sombre sur le denim noir.

« Oh, salut Roach, m'a lancé Eli avec un sourire poli en sortant un briquet de sa poche de jean. Qu'est-ce qu'on peut faire pour toi ? »

J'étais mortifiée. Il croyait que je venais quémander un service, transmettre un message ou poser une question, comme à la librairie. J'ai ignoré sa question pour m'adresser à Laura.

« Je voulais juste te dire que… c'était incroyable. Genre, vraiment incroyable.

— Oh, merci ! » a-t-elle gazouillé d'un ton détaché avant de se pencher vers Eli et son briquet allumé. La flamme n'arrêtait pas de vaciller. L'air vaguement irrité, Laura a pris le briquet pour se débrouiller elle-même. Puis ils m'ont regardée, et je me suis dandinée d'un pied sur l'autre.

« Et donc, heu… tu lis beaucoup de true crime ? »

Elle a civilement recraché sa fumée du coin des lèvres et détourné la tête, comme si elle réfléchissait.

« Pas vraiment. C'est juste pour écrire mes poèmes.

— Et tu t'inspires de quels livres ? lui ai-je demandé en buvant une gorgée de mon cidre. J'ai cru choper une allusion à Richard Ramirez, mais… »

Peut-être était-ce l'effet du petit vent frais qui s'était mis à souffler, mais il m'a semblé la voir se crisper.

« Mes poèmes ne s'intéressent pas aux assassins, a-t-elle rétorqué en tapotant la cendre de sa cigarette. J'écris pour rendre hommage aux victimes.

— Bien sûr, j'avais compris », ai-je dit aussitôt pour

me corriger. Mais ma bévue l'a clairement refroidie : son expression s'est figée en un masque dur et hostile. J'ai changé d'approche. « En tout cas, j'aimerais en lire plus. Tu as un recueil, quelque chose ?

— Ouais. J'ai réuni certains de mes poèmes dans une petite brochure, il y a quelques années. Elle est en vente sur la table, près des vestiaires, avec les fanzines et le reste. Il y en avait encore toute une pile au début de la soirée.

— Mais ça risque de partir vite, a ajouté Eli. Tu devrais peut-être te dépêcher avant qu'il n'y en ait plus.

— Ah, cool. » J'ai reculé d'un pas, les dents serrées. « Je file voir ça, alors.

— Super, a répondu Laura en tirant une taffe sur sa cigarette avant de recracher un nuage de fumée. Merci d'être venue, Roach.

— On se revoit à l'intérieur ? »

Elle a levé le pouce sans enthousiasme et échangé un regard furtif avec Eli. À peine avais-je tourné les talons qu'elle a explosé de rire dans mon dos. J'ai senti le feu me monter aux joues.

J'ai foncé au milieu des poseurs du patio et de leurs vapoteuses au kombucha. Le stand de merchandising consistait en une simple table à tréteaux avec quelques fanzines imprimés sur papier coloré, des badges et des fascicules, ainsi que des flyers pour des cercles de poésie, des manifestations et des groupes d'entraide. La vente était assurée par une fille de mon âge, coiffée de tresses bleu électrique. Elle tricotait un truc en mohair mauve, mais, quand je me suis approchée, elle tenait ses deux aiguilles d'une main et tapotait sur son téléphone de l'autre.

« Tu as le recueil de Laura Bunting ? » lui ai-je demandé en promenant mon regard sur la table.

Elle a levé les yeux et m'a fixée d'un air morne. « Qui ça ?

— La première intervenante de la soirée, Laura Bunting ? Elle m'a dit que son recueil de poésies serait en vente ici.

— Ah. Elle. » La fille a remisé son tricot et commencé à chercher parmi les piles de fanzines photocopiés et de fascicules mal imprimés. « Il faut fouiller, a-t-elle ajouté. Je ne sais pas trop quelle tête ça a… »

On s'est donc mises à chercher ensemble, unies dans notre quête silencieuse, jusqu'à ce qu'elle trouve enfin quelques exemplaires, planqués sous un pamphlet contre les sandwichs de supermarchés. Ça s'appelait *leurs moments d'insouciance étaient si beaux* – sans majuscules, très accrocheur, très stylé – avec une femme anonyme dessinée au trait sur la couverture, la tête penchée par une fenêtre à guillotine. Il y avait le choix entre plusieurs nuances dans les tons pastel : parme, jaune sorbet, abricot. Je les ai feuilletés avant d'opter pour un modèle rose barbe à papa, le même que celui de Laura. J'ai payé avec une pièce de deux livres et je suis retournée m'asseoir pour me plonger dedans illico.

« C'est le recueil de Laura ? m'a demandé Sharona en se penchant vers moi. Je peux voir ?

— Non », ai-je rétorqué en le pressant contre moi.

Les textes de Laura m'emmenaient dans des villes et des quartiers de banlieue, sur des plages et des sentiers de randonnée. J'étais déterminée à percer moi-même l'énigme de ses poèmes, mais elle avait pris soin de gommer les noms de lieux et les marqueurs temporels. Le soleil brûlant pouvait aussi bien chauffer l'asphalte des rues de Los Angeles, de Chicago, de Boston ou de n'importe quelle ville entre les trois. Ces femmes pouvaient être parties faire des courses, conduire leur voiture ou marcher dans les années 70, 80 ou 90. La pluie pouvait marteler les fenêtres d'Édimbourg, de Manchester ou de Londres. C'était impossible à dire. Laura jouait avec nos nerfs et je ne pouvais pas m'empêcher de penser que ses poèmes auraient été bien meilleurs si elle avait eu le courage de balancer toute la vérité au lieu de s'appesantir sur des trucs chiants.

Un autre poète était monté sur scène entre-temps, suivi d'un autre. Quand Laura et Eli sont revenus à notre table, Eli s'est installé à côté de moi et Laura entre lui et Sharona. J'ai à peine bougé. Quand j'ai fini le tout dernier poème du recueil de Laura, j'ai levé les yeux pour regarder autour de moi. Je n'en revenais pas de me retrouver exactement au même endroit, sur la même chaise, dans ce même bar, le même soir, entourée des mêmes personnes. J'avais l'impression d'avoir vécu un rêve et de revenir d'un coup à la réalité.

J'ai repris du début et j'ai tout lu une seconde fois, déterminée à passer chaque poème au peigne fin au cas où un détail m'évoquerait quelque chose – une expression, une phrase, un vers susceptible de m'apporter un indice sur l'identité du monstre que Laura prenant tant de soin à éluder. J'étais happée, complètement transportée par le flot de sa poésie, comme si je flottais dans un océan de mots, d'images et d'idées qui se mélangeaient dans mon esprit pour composer les visages de différents meurtriers, aussi insignifiants qu'un bout de bois flottant, malmené par les vagues que Laura avait créées.

## Laura

J'enchaîne les verres d'amaretto Coca Light, cocktail bien trop cher pour mes moyens, mais auquel je ne peux pas résister non plus. C'est à la fois sucré, fort et agréable à boire, mais je les descends un peu trop vite et la salle commence à tanguer autour de moi. Une étincelle de provoc dans le regard, Eli m'avait suggéré qu'on s'éclipse juste après ma lecture. J'avais réagi par un simple éclat de rire, mais j'avoue que sa proposition m'avait donné le frisson.

Roach s'est plongée comme une furie dans la lecture de mon vieux recueil de poèmes, et j'avoue que son emballement est gênant. Je ne vois pas ce que quelqu'un comme elle peut y trouver d'intéressant. Elle serait bien du genre à traîner sur les lieux d'accidents de voiture pour voir s'il y a du sang. Ma poésie n'est pas destinée aux gens comme elle.

Mon verre presque vide entre les mains, j'observe la réaction de chacun de mes collègues à ma performance. Barry affecte une indifférence polie tout en sirotant sa bière et en rédigeant de temps à autre un SMS sur son vieux Nokia qu'il tient à bout de bras devant lui, les yeux plissés pour lire. Noor a les deux coudes posés sur la table, le menton entre les mains, et elle observe l'estrade d'un regard vitreux, rêvant peut-être des plages de palmiers de Ko Samui. Sharona, la plus littéraire de l'équipe, écoute les intervenants d'un air hyper concentré et se penche vers moi à intervalles réguliers pour me glisser « wow » ou « canon » à l'oreille.

Mon verre est à nouveau vide. Barry et Martin sont partis se commander une nouvelle tournée et reviennent avec deux pintes remplies à ras bord. Les autres se succèdent au bar pour rapporter des seaux de bouteilles de bière blonde à dix livres, mais celui qui est actuellement posé sur la table ne contient plus que des glaçons fondus et tout le monde boit avec lenteur, leurs bouteilles encore remplies aux trois quarts. Je n'ai pas envie qu'on remarque à quelle vitesse j'engloutis mes amaretto, mais je n'ai pas non plus envie de rester assise là avec un verre vide. Je me lève discrètement pour me faufiler vers le bar.

« Je peux t'offrir quelque chose ? »

Roach. Son haleine tiède sent la pourriture, mélange de fruits rouges et de dents gâtées. Je détourne aussitôt la tête.

« Ça ira pour moi », dis-je.

Mais elle fait signe au barman et lui demande une pinte de Dark Fruits. Leurs deux têtes se tournent vers moi. Et merde. Pour la peine, je me prends un double amaretto Coca Light.

« Je viens de finir de lire ton recueil, m'annonce-t-elle, comme si elle ne venait pas de passer une heure à l'orienter exprès dans ma direction en tentant désespérément de croiser mon regard.

— Merci beaucoup », dis-je avec un sourire pincé.

Elle me dévisage comme si elle voulait me manger et je sens une sorte d'énergie fébrile émaner d'elle. Je me tords le cou pour voir où en est le barman avec notre commande et l'aperçois en train de plaisanter avec un des autres poètes, mon verre vide à la main, comme s'il avait toute la soirée devant lui.

« Je suis vraiment branchée true crime, poursuit-elle.

— Ah ouais ?

— J'aimerais en savoir davantage sur tes sources.

— Écoute, je crois que tu fais fausse route si tu essaies de relier mes poèmes aux affaires criminelles qui les inspirent, dis-je en débitant le laïus tout préparé que j'ai l'habitude de sortir en soirées. Je recontextualise des récits qui exploitent les violences faites aux femmes. Si je te révèle mes sources, ça changera ta perception de ce que j'écris. » Roach me dévisage d'un air stupide, la lèvre pendante. « Ça dénature complètement mon travail si je te dis qui sont les victimes, parce que tu sauras alors qui sont les assassins.

— J'adore les serial killers », me balance-t-elle. *Tu m'étonnes,* me dis-je aussitôt avec une bouffée de mépris. Je ne daigne même pas gratifier cette déclaration d'une réponse, mais elle insiste : « J'ai hyper envie de savoir.

— Je sais. Et je ne te dirai rien. Désolée. »

Le barman pose nos verres devant nous et je m'empresse d'emporter le mien avec un « merci » glacial.

La table des libraires commence à se vider. Barry est le premier à partir, en plein milieu d'une lecture. Il finit sa bière, se lève, enfile son manteau et s'en va après un petit salut de la tête. Martin l'imite peu de temps après en me pressant l'épaule pour me dire au revoir, puis c'est au tour de Kofi et de Noor de me souffler des baisers avec la main avant de s'éclipser. Mais j'ai envie d'un autre verre, et Eli ne se fait pas prier pour retourner nous commander à boire.

« On pourrait aller manger des falafels, lui dis-je lorsqu'il me rapporte mon énième amaretto. Je connais un super endroit pas loin d'ici.

— Bonne idée », répond-il en posant une pinte de cidre violacé devant Roach. Roach. Qu'est-ce qu'elle fait encore là, celle-là ? Décharnée, les cheveux gras de la même couleur que son cidre, des boutons blancs aux coins du nez. Je n'ai aucune envie qu'elle reste là pour nous tenir la chandelle.

J'agrippe mon verre et concentre toute mon attention sur Eli. On se met à parler de nos anciens collègues, des livres qu'on a lus, des librairies dans lesquelles on a travaillé, et Roach n'a aucun moyen de s'incruster dans la conversation. Elle reste là, à nous écouter sans rien à dire. C'est cruel et mesquin, mais j'ai trop bu et je lui en veux d'imposer sa présence comme un poids mort entre Eli et moi.

La cloche du bar sonne, signe qu'il est temps de passer les dernières commandes. J'ai encore envie d'un verre, mais Eli enfile déjà sa veste.

« On a école demain, plaisante-t-il.

— Je suis partante, me lance Roach d'un ton plein d'espoir.

— Mais c'est ma tournée ! » dis-je à Eli. Il éclate de rire et me visse mon béret sur le crâne. « Allez, sois pas chiant !

— Laura, je suis partante pour un dernier verre »,

insiste Roach un peu plus fort, mais je fais semblant de fouiller dans mon sac comme si je n'avais rien entendu.

Dehors, la lune est pleine et ronde, comme un ventre de femme enceinte en suspension dans le ciel noir. Eli et moi sortons nos cigarettes et nous repassons le briquet. La molette marche mal et le vent joue contre nous, mais une flamme finit par jaillir.

« Allez, quoi, juste un dernier », lui dis-je en retenant la première bouffée de ma clope quelques instants supplémentaires, la douce brûlure du tabac dans mes poumons. « Sois cool, ça fait des siècles qu'on n'a pas bu un verre ensemble.

— On vient de s'en enfiler une bonne dizaine », nuance-t-il en riant.

La fumée s'échappe d'entre ses lèvres et le scénario du reste de la soirée se déploie dans ma tête. Encore un ou deux verres, un pain pita aux falafels accompagné de bonnes frites brûlantes et bien salées, avant d'aller finir la nuit chez moi.

« Le Mother Black Cap est ouvert jusqu'à deux heures le vendredi, intervient Roach. Et c'est seulement trois livres la pinte.

— Trois livres la pinte ? répète Eli d'un air intéressé. Pas mal. Et c'est où, ce…

— Non, ça pue là-bas, dis-je en tapotant la cendre de ma cigarette. Je préfère encore crever de soif. »

Roach resserre sa main autour de mon recueil, le papier écrasé entre ses doigts crispés. Quand nos regards se croisent, le sien se durcit d'un éclat haineux.

« T'habites où, Roach ? lui demande soudain Eli avec un petit sourire qui m'indique que j'approche dangereusement du but.

— Fraser Road, dit-elle en indiquant la direction de Walthamstow Village.

— On est presque voisins, alors. Mais je préfère raccompagner la miss chez elle. Ça ne t'embête pas de rentrer seule, dis ?

— Non », marmonne-t-elle d'une voix dépitée.

Je me demande si elle n'a pas un petit faible pour lui.

« Sois prudente, hein ? dit-il en la saluant joyeusement de la main.

— Ouais, à plus », dis-je avant de tourner les talons pour m'éloigner d'elle au plus vite.

On se retrouve à longer Hoe Street, juste Eli et moi. Les phares des voitures dessinent des faisceaux lumineux et la nuit nous sourit, pleine de promesses.

« C'était un peu vache, non ? me dit-il.

— Oh, la ferme. Je refuse d'aller au Mother Black Cap. Ce n'est qu'un trou à rats, personne n'y met les pieds. »

On passe devant un SDF en train de manger des cuisses de poulet dans un emballage en carton, avec sur les genoux un Staffie blanc endormi dans une couverture sale. Eli s'arrête pour sortir une pièce de sa poche et la dépose dans son gobelet Starbucks cabossé. L'animal relève la tête avec ce sourire curieux qu'ont souvent les chiens de cette race. Je me dis que je devrais donner un peu d'argent, moi aussi, mais je n'ai rien dans les poches de mon manteau et, avant que je trouve mon portefeuille, il est déjà trop tard – nous voilà repartis.

« Je ne savais pas que tu habitais dans le quartier, dis-je en plongeant mes mains dans mes poches pour les réchauffer.

— Oui, répond-il en contournant un groupe de gens

devant un arrêt de bus. On vient d'emménager dans le Village.

— *On*.

— Arrête avec ça.

— Avec quoi ?

— Sois pas odieuse.

— *Moi*, je suis odieuse ? »

Je bouillonne intérieurement. On chemine en silence pendant un moment. Des ombres s'avancent et des types envahissent le trottoir, fument, crachent par terre et titubent, s'interpellent bruyamment. Une femme en robe rouge et talons hauts nous croise et je tressaille au son de l'inévitable concert de sifflements qui émane des mecs bourrés. Une voiture klaxonne, des vannes sexistes s'élèvent par-dessus le vrombissement du bus. Je me retourne et vois la fille revenir sur ses pas. J'essaie de chasser de ma tête l'idée qu'elle est en danger, que nous sommes toutes en danger. La nuit semble nous encercler, nettement moins bienveillante qu'il y a un instant.

« Allons boire un dernier verre, dis-je. S'il te plaît. Je peux même t'emmener au putain de Mother Black Cap s'il n'y a que ça pour te faire plaisir.

— Je ne sais pas si c'est une bonne idée.

— Mais il n'est même pas encore minuit…

— Lydia m'attend », dit-il.

*Ah*. Mon estomac se serre et un arrière-goût d'amande me remonte dans la gorge. Il paraît que c'est aussi le goût du cyanure.

« J'ai toujours pensé qu'on pourrait bien s'entendre si je la rencontrais. »

Eli se frotte les yeux en soupirant. « Ce n'est pas le problème, Lau.

— Alors c'est quoi ?

— Elle est juste un peu jalouse.

— Jalouse ? De *moi* ? »

Lydia a vu son premier recueil de nouvelles publié chez un éditeur important il y a deux ans. Après quoi elle est partie trois mois en Europe pour « faire des recherches » en vue de l'écriture de son roman, postant une interminable série de photos de lattes et de pâtisseries raffinées sur Instagram. Eli a pris l'avion pour la rejoindre à Rome et ils ont sillonné l'Italie ensemble. J'étais certaine qu'il allait la demander en mariage, je m'y étais même préparée psychologiquement, mais non. Ça n'est jamais arrivé. Il apparaissait juste parfois au second plan sur les photos de Lydia, ses pommettes saillantes accentuées par le noir et blanc, à siroter des espressos et à fumer ses clopes industrielles de duty-free derrière ses Ray-Ban noires.

« Tu sais très bien pourquoi, répond Eli en arquant les sourcils. On a, comment dire… un passif, toi et moi.

— Tu parles. Un simple dérapage après un verre de trop. » J'ai honte de m'entendre évoquer cette fameuse nuit avec une telle désinvolture. « Je n'appelle pas ça un passif. C'est juste une note de bas de page, un non-événement. Circulez, y a rien à voir ! On est potes, non ? »

Je ne suis pas sûre d'y croire moi-même, mais je me sens galvanisée par les litres d'amaretto qui coulent dans mes veines. C'était il y a des années, quelques mois avant sa rencontre avec Lydia. Les larmes, le goût du gin, ses mains sur mon corps, puis un mur d'amnésie éthylique. Parfois, après un verre de trop, c'est comme si mon cerveau cessait d'emmagasiner les souvenirs.

Il ne me restait rien d'autre que le fantôme de la réminiscence, la trace d'émotions confuses et un sentiment général de honte.

« Bien sûr qu'on est potes », dit-il. Les lampadaires nous baignent d'un halo chaleureux et il est si craquant, si angélique que je pourrais l'embrasser, oui, l'embrasser ici, tout de suite. « Je ne crois pas que Lydia soit hyper pressée de devenir copine avec toi, si tu vois ce que je veux dire. Ça ne nous empêche pas de passer du temps ensemble. Elle me fait confiance, elle est juste… un peu jalouse. C'est tout.

— Bien sûr qu'on peut passer du temps ensemble », dis-je. Nous marchons du même pas, la nuit me sourit à nouveau, et je sens que je peux enfin me détendre avec lui. « Faisons ça, OK ? »

## Roach

Walthamstow grouillait de *normies*. Les bars autour du métro étaient remplis d'ivrognes et de losers qui s'étaient sapés à mort pour passer leur soirée à boire de l'alcool de merde en mauvaise compagnie. J'ai foncé dans tout un groupe de meufs à l'haleine chargée au sambuca. Elles attendaient leur taxi pour le centre-ville et je me suis frayé un passage entre elles à coups d'épaule.

Laura et Eli ne marchaient pas très vite parce que Laura était bourrée et qu'Eli était ravi de jouer les chevaliers servants. Ils se sont arrêtés pour se rouler des clopes, et je me suis arrêtée à mon tour pour les observer avant de repartir en même temps qu'eux, dans le sillage de leur nuage de fumée. Je savais vaguement que Laura habitait de l'autre côté de Lloyd Park, mais c'était l'occasion ou jamais d'en apprendre plus. Vivait-elle encore chez ses parents ou dans une joyeuse colocation pleine d'éclats de rire nocturnes, avec un groupe de copines qui l'attendaient en pyjama autour d'une pizza et d'une bouteille de vin ? Ou bien dans l'un des apparts 1900 du lotissement Warner, un petit nid cosy qu'elle partagerait avec un amoureux ? J'étais aussi curieuse de découvrir s'ils m'avaient virée juste pour continuer la soirée sans moi. Ça m'était arrivé plus d'une fois en me retrouvant à boire des coups avec des gens du taff.

Ils se sont arrêtés pour parler à un SDF, puis ils sont passés devant Mirth, devant le Rose and Crown, et j'ai vraiment eu l'impression qu'ils allaient rentrer chacun chez soi. Laura a tourné à gauche dans Ruby Road, mais, à ma grande surprise, ils ont tous les deux pris à droite et longé Lloyd Park jusqu'à ce qu'ils aient regagné Hoe Street. Un détour bien inutile – ils auraient pu se contenter de suivre la courbe de l'avenue pour se retrouver pile au même endroit. Ç'aurait été plus rapide. Avait-elle oublié que le parc était fermé à cette heure ? Non, peu probable.

Ils se sont arrêtés devant The Bell, et j'ai profité de ce que le feu piéton passait au vert pour traverser la rue sans avoir à les dépasser. Le pub était encore ouvert, avec ses lumières disco et sa pop music qui beuglait de l'intérieur, et Laura semblait chercher à convaincre Eli de prendre un dernier verre, mais il secouait la tête en la poussant gentiment à avancer. Si tu mourais tellement de soif, Laura, pourquoi avoir refusé de boire un coup avec moi ?

J'ai fait semblant d'attendre à l'arrêt de bus, histoire de leur laisser un peu d'avance, puis je me suis élancée à travers la rue déserte pour continuer à les suivre à une distance raisonnable. Ils ont fini par tourner dans une petite rue tranquille, et Laura s'est arrêtée – bingo – devant un immeuble du lotissement Warner situé juste en bordure du parc.

« Voilà, on y est ! » a-t-elle lancé par-dessus son épaule, sa voix résonnant dans le silence. Je me suis planquée derrière une camionnette blanche sur le trottoir d'en face et je l'ai vue galérer avec ses clés puis ouvrir la porte et se tourner vers Eli pour lui dire quelque chose qui s'est perdu dans le velours de la nuit. À mon grand intérêt, je l'ai vu la suivre à l'intérieur.

Le béton de la petite allée était craquelé, et des mottes de mousse sombre poussaient dans les interstices. Les fenêtres en saillie étaient sombres, les rideaux tirés. Tout avait l'air si ordinaire, si désespérément banal, que je me suis demandé si je serais capable de retrouver l'endroit en plein jour. J'ai sorti mon téléphone pour noter l'adresse, au cas où.

L'espace entre les rideaux s'est mis à palpiter d'une lumière tremblotante. J'ai quitté la sécurité de ma planque derrière le van pour m'engager à pas de loup sur sa pelouse et observer la scène de plus près. Au pied de sa fenêtre, il y avait un rectangle de terre avec une espèce d'arbuste mort dedans. J'ai cassé ses branchages pour me faire de la place et mes chaussures se sont enfoncées dans la terre meuble pendant que je jetais un œil à l'intérieur. Laura se tenait debout, pieds nus, une boîte d'allumettes longues à la main. De grosses bougies votives brûlaient déjà dans la cheminée et elle était en train d'en allumer d'autres, plus petites, alignées sur le rebord. J'ai vu plusieurs étagères de livres, mais les titres étaient plongés dans l'ombre, impossibles à discerner depuis mon poste d'observation derrière la vitre.

Eli est apparu sur le seuil du salon avec une bouteille et deux verres. Il est allé s'asseoir sur un canapé marron défoncé et il a ôté le bouchon avant de servir le vin, d'un jaune pisseux. C'était comme de regarder la télé, un petit documentaire privé rien que pour moi. Elle a pris le verre qu'il lui tendait et elle s'est allumé une cigarette à la flamme d'un cierge couleur crème. J'aurais pu les observer toute la nuit à travers la fente entre les rideaux, la regarder déployer le plan de séduction qu'elle avait en tête, mais j'ai entendu quelqu'un tousser juste derrière moi. J'ai fait volte-face et je me suis retrouvée devant un type en short de foot et sweat à capuche Nike, le visage et les jambes luisantes de sueur.

« Tout va bien ? m'a-t-il demandé en haletant, les sourcils froncés.

— Je crois que mon petit ami me trompe », lui ai-je répondu en soutenant son regard sans ciller jusqu'à ce qu'il tourne enfin les talons et reprenne son jogging nocturne. Il a jeté un ou deux coups d'œil dans ma direction par-dessus son épaule avant de disparaître au coin de la rue.

## Laura

Du vin, de la musique, des bougies. Les ombres tressaillent et Eli rit de bon cœur en fumant des cigarettes, les joues de plus en plus rouges, la conversation se déploie comme les volutes de tabac sur nos langues et pendant tout ce temps, pendant qu'on joue cette comédie de l'amitié lui et moi, le souvenir de ses lèvres me hante, nos regards se font plus insistants et je ne cesse de me dire que tout peut arriver.

« J'aime bien, chez toi, dit-il. Ça te ressemble. »

Il a calé sa cheville gauche sur son genou droit, et étendu un bras contre le dossier du canapé. Les cheveux sombres et ébouriffés comme Robert Mapplethorpe, comme Jim Morrison. Des perles en bois autour des poignets, une cordelette en cuir autour du cou.

« Ça veut dire quoi ? »

Il exhale et se passe une main dans les cheveux. « Ça te ressemble, c'est tout. Une sorte de bric-à-brac créatif. Tu dois te sentir un peu seule, cela dit. Sans parler du loyer.

— Je vis dans cet appart depuis que j'ai quoi… vingt et un ans ? Mon proprio vit en Australie, il s'en fout un peu. Il n'a sans doute pas conscience qu'il pourrait me demander beaucoup plus, aujourd'hui.

— La chance. » Il soulève la bouteille pour nous resservir.

Quand j'étais étudiante, la maison où je vivais en coloc était une cacophonie de musique, d'éclats de rire et de fêtes, un joyeux tourbillon de potes et de camarades de cours, de petits copains et copines, de plans cul et de parfaits inconnus qui squattaient tranquillement notre table de cuisine, notre canapé ou les lits des autres filles. Ce défilé permanent me tapait sur les nerfs, d'autant qu'il était imprévisible, et ça me plongeait dans un tel état de stress que je ne pouvais plus dormir sans m'assommer de somnifères. Pour ma santé mentale, il vaut mieux que je vive seule – même dans un trou à rats comme celui-ci, gorgé d'humidité et couvert de moisissures. Si mon propriétaire décide un jour de mettre l'appart en vente ou de s'intéresser de plus près à l'évolution des loyers dans le quartier, je suis mal. Je n'ai pas de quoi me payer un deux-pièces au prix actuel du marché avec mon salaire de libraire. Rien que d'y penser, je me sens glisser sur une pente sombre et vulnérable, alors j'inspire un grand coup avant d'avaler une gorgée de vin au goût de pêches trop mûres, piqué par l'astringence des tanins.

« Tu écris autre chose, en ce moment ? me demande Eli.

— Pour l'instant, je me contente de lire et de réfléchir à ce que j'ai envie de faire. J'ai commencé à travailler sur un nouveau poème, mais le thème est un peu… dur à gérer pour moi. C'est très violent, et… » Je m'interromps, le temps de rassembler mes pensées. Je pense à ma mère, et je ne peux m'empêcher de me demander ce dont Eli se souvient de la soirée où on s'est embrassés.

J'ai toujours eu le sentiment gênant qu'on avait parlé de ma mère, mais aucun détail ne m'en est resté et je n'ai jamais su comment lui poser la question. « Je ne sais pas, finis-je par soupirer. Il est peut-être temps que je tourne la page. Que je suive mon instinct et que je fasse autre chose. Fuck la poésie, tout ça. »

Eli brandit son verre pour porter un toast. « Allez, fuck la poésie ! » Nous trinquons ensemble. « Tu écrirais quoi, à la place ? » finit-il par me demander.

Dehors, le cri d'un renard perce la nuit.

Ma mère. Oui, j'écrirais sur ma mère.

« Une histoire d'amour », dis-je.

## Roach

Sur le chemin du retour, je me suis arrêtée dans une épicerie de nuit. J'ai acheté un concombre pour Bleep et deux cannettes de Dark Fruits à boire chez moi. Devant la caisse, avec un haussement d'épaules désinvolte, j'ai demandé un paquet de Pall Mall, celles avec le filtre muni de la petite bille qu'il suffit de presser pour leur donner un goût mentholé. Laura, Eli et Sharona roulaient tous les trois leurs cigarettes, mais je n'étais pas sûre de maîtriser le truc. Il fallait d'abord savoir marcher avant de courir.

Il faisait assez sombre à l'intérieur du Mother Black Cap, et l'ambiance était aux blagues foireuses de fin de soirée, aux chicanes et aux confessions larmoyantes typiques de la clientèle du lieu à base d'ivrognes, de losers du quartier et d'étudiants attirés par la perspective de boire de la bière pas chère le plus tard possible. Le bar sentait le désinfectant et les mots de Laura ont résonné dans ma tête. *Ça pue, là-bas.* N'importe quoi. Elle avait dû confondre avec un autre endroit. Elle ne faisait pas autant de chichis quand elle avait un verre à la main.

Jackie était assise au comptoir avec une vodka tonic,

toute pomponnée dans son top à paillettes et son maquillage des grands soirs. Elle souriait à l'un des habitués, un pauvre type entre deux âges qui semblait surtout guetter une occasion de filer. En me voyant, elle s'est interrompue au beau milieu d'une phrase.

« Tu rentres bien tard », a-t-elle déclaré en m'attrapant par le bras pour me coller un baiser plein de rouge à lèvres sur la joue. Elle s'était mis trop de parfum – une violente bouffée d'Obsession de Calvin Klein m'a sauté à la figure. « Je racontais justement à Dave que…

— C'est Frank, et je… »

Il avait l'air tout penaud, comme un chien qui aurait chié sur le tapis et s'attendrait à prendre une rouste. Mais Jackie a repris la parole, imperturbable, avec une anecdote à rallonges sur la fille de son coiffeur. Et pendant tout ce temps, elle a gardé le bras enroulé autour de ma taille comme pour me clouer sur place.

« Enfin bref, elle a quand même pu récupérer sa caution », a-t-elle conclu en faisant remuer les glaçons dans son verre.

« OK, bonne nuit », j'ai dit en me tortillant pour essayer de me libérer. Elle m'a regardée d'un air interdit, comme si elle avait oublié ma présence. Le client, Franck, a saisi sa chance et bondi vers la sortie avec un rapide « au revoir ».

« Alors, t'étais passée où ? » m'a demandé Jackie en dirigeant les pleins feux de son attention sur moi. Son regard brillait d'une lueur soupçonneuse, comme si elle s'attendait à ce que je lui mente.

« J'étais sortie, c'est tout, ai-je répondu en me dégageant enfin de son étreinte.

— T'avais un rencard ?

— Juste un truc de boulot.

— Un truc de boulot ? Quel truc de boulot ?

— On est allés boire un verre. »

J'ai filé derrière le bar pour rejoindre l'escalier avant qu'elle ait le temps de me coincer dans une conversation.

« Ah oui ? Et où ça ? Pas au Rose and Crown, j'espère ? »

Je me suis précipitée à l'étage sans lui répondre. Il fallait la jouer rapide, avec Jackie. Garder ses distances et parler le moins possible.

Vivre au-dessus d'un pub avait ses avantages, mais c'était aussi la garantie d'une enfance solitaire. Je n'avais jamais eu personne pour me donner mon bain ou me border dans mon lit. Jackie ne comptait pas ses heures pour faire tourner le pub. Même quand elle n'officiait pas derrière le bar, elle y était quand même, à choisir la musique, papoter avec les clients, raconter ses histoires et harceler ses employés. C'était son petit théâtre et elle était à la fois l'actrice principale, la dramaturge et la metteuse en scène de sa propre pièce.

Gamine, je débarquais n'importe quand avec des traînées de confiture autour de la bouche, le cou sale, les cheveux emmêlés, dans des vêtements à l'odeur suspecte, un petit animal toujours affublé de leggings et de tee-shirts mal ajustés, parce que je n'étais pas bâtie comme les filles de mon âge. J'étais trop robuste, trop grande, dotée d'épaules larges et de petits bouts de seins ridicules dont j'avais honte. Jackie en faisait toujours des tonnes à chacune de mes apparitions, me filait des sachets de chips au vinaigre, des verres de Coca, et j'allais m'asseoir dans un coin pour lire mes *Chair de poule* et mes *Horrible Histories* jusqu'à la tombée de la nuit, moment où j'étais priée de déguerpir dans ma chambre. Parfois, elle me passait un gant de toilette sur le visage et dans le cou comme si elle venait juste d'y penser, appliquait sa main sur mes cheveux et me collait un serre-tête Alice sur la tête pour essayer de me faire ressembler à quelque chose. Je me disais que le problème venait de moi. Il y avait toujours un truc qui manquait, un vide dans mon cœur que j'ai fini par combler avec les meurtres, la mort et la chair putréfiée.

Dans le confort de ma chambre, je me suis ouvert une cannette de Dark Fruits et je me suis entraînée à fumer à ma fenêtre, qui était bordée de picots métalliques pour empêcher les pigeons nichant sous le toit de chier devant l'entrée du pub. La nuit, ils roucoulaient en une symphonie à la fois douce et infernale. J'avais déjà entendu quelqu'un qualifier les Pall Mall de « clopes de pucelles », mais le menthol adoucissait le goût âcre du tabac pour lui apporter une sorte de fraîcheur chimique – c'était un peu comme de se brosser les dents en enfer.

J'ai pris mon téléphone et cherché Laura sur les réseaux sociaux pour tâcher d'en savoir plus sur elle – comment elle s'habillait en dehors du boulot, si elle aimait poster des photos du ciel ou de ce qu'elle mangeait, ou si elle était plutôt adepte des selfies insipides. Mais non : son profil n'était qu'une succession de bouquins de poche photographiés dans des décors différents, devant un mur de briques peint en bleu, une prairie ou une plage de grès. Aucun intérêt.

Bleep remuait ses antennes, intrigué de me voir métamorphosée en fumeuse. Il bavait contre la vitre de son terrarium tel un témoin silencieux, son petit corps humide de la même couleur qu'une poire Conférence bien mûre. J'ai plongé l'index pour caresser sa coquille, qui était d'un marron chocolat marbré de blanc. La plupart des gens ne s'imaginent pas que les escargots puissent être des animaux de compagnie attachants, mais j'ai toujours été attirée par leur présence docile et timide. La lueur de la lampe chauffante du vivarium me faisait office de veilleuse quand j'étais petite, et les escargots ont toujours été ma plus grande source de réconfort. Mon premier géant africain s'appelait Slimer. Il appartenait à l'un des habitués du pub qui voulait se débarrasser de lui ; à la seconde où j'ai appris qu'il était disponible, j'ai su dans mon cœur que j'allais devenir une maman d'escargots.

« Un putain d'escargot ? s'était exclamée Jackie. Pourquoi elle peut pas vouloir un hamster ou un chaton, comme tout le monde ? »

Les hamsters et les chatons ne m'intéressaient pas. Mon rêve absolu, c'était un serpent, mais je savais qu'il ne fallait pas trop compter dessus et mon escargot géant africain s'est révélé tout aussi bien. Slimer a vécu jusqu'à l'âge canonique de neuf ans avant d'aller manger les laitues par la racine. Je l'ai remplacé par Bleep, qui affichait une santé éclatante. Il avait un train de vie modeste, un régime alimentaire à base de raisins, de concombre et de salade verte, le tout agrémenté de temps à autre d'une pincée de calcium pour l'aider à renforcer sa coquille. Il avait besoin que son terrarium soit nettoyé chaque semaine, et je prenais un plaisir particulier à écraser ses couvées de petits œufs nacrés sous un verre à pinte. À part ça, il se contentait surtout de baver et on vivait en parfaite harmonie tous les deux.

À force d'alterner les gorgées de cidre et les taffes sur ma cigarette, j'ai commencé à apprécier le contraste entre la fumée et le sucré, le chaud et le froid, le sec et l'humide, le mort et le vivant. La tête me tournait. J'ai lancé mon podcast criminel préféré, histoire de redescendre sur terre, et j'ai regardé passer lentement les bus de nuit qui relâchaient de temps à autre une grappe de fêtards éméchés, des *normies* qui rentraient chez eux en titubant après une soirée à Shoreditch ou à Dalston. Les filles étaient insouciantes et écervelées, avec leurs kebabs, leurs pochettes et même leurs escarpins à la main, pieds nus sur le trottoir couvert de crachats, comme si ces rues sombres n'étaient qu'une extension de leur cuisine et qu'il ne pouvait rien leur arriver de grave.

Les poèmes de Laura résonnaient encore dans ma tête – comment la banalité pouvait basculer dans l'extraordinaire, comment on ne pouvait jamais savoir ce qui nous attendait au coin de la rue. Je fumais en regardant le monde passer sous ma fenêtre, et rien d'extraordinaire n'est arrivé à qui que ce soit. Je me suis demandé comment je réagirais si j'étais témoin d'un truc grave. Quel serait mon premier réflexe : prendre mon téléphone, appeler les secours, saisir notre plus gros couteau de cuisine dans un acte de vengeance solidaire ou garder le silence ? Est-ce que j'interviendrais ou est-ce que je me contenterais de regarder l'horreur se dérouler sous mes yeux, telle une spectatrice aux premières loges ?

## Laura

Ma lecture de poésie me hante encore et cette nouvelle nuit d'ivresse jette une ombre sur mon jour de relâche. Je me réveille au milieu des vestiges de la soirée d'hier : le cendrier puant, la bouteille de vin vide, les paquets de chips éventrés, un pot de houmous nettoyé par un index bourré. J'ai honte de me montrer aussi envahissante, aussi rentre-dedans, aussi peu subtile, mortifiée au souvenir d'Eli écourtant notre étreinte amicale sur le palier pour s'empresser de partir.

Je me traîne jusqu'à la salle de bains avec un affreux mal de tête. Il y a un miroitement bizarre sur le tapis – comme une ondulation qui scintille à la lumière de l'ampoule. Je crois d'abord à un collier tombé par terre ou à un morceau de fil argenté, mais en y regardant de plus près, je m'aperçois qu'il s'agit d'une traînée de bave de limace ou d'escargot. Dégoûtée, je me mets aussitôt à la recherche du coupable, mais en vain : il n'y a pas le moindre invertébré dans ma salle de bains ni dans ma cuisine. Je nettoie le truc avec un carré d'essuie-tout avant de vaquer à mes occupations, d'arroser mes plantes et de remettre le salon en ordre, mais je redoute à tout moment de sentir une masse gluante s'écraser sous mon pied nu et ça me met un peu à cran.

Une fois mon rangement terminé, je me prépare une tasse de thé et me blottis sur le canapé avec mes livres, mais l'affaire que j'étudie est vraiment abominable et j'ai toutes les peines du monde à me concentrer. Je ressens comme un malaise indéfinissable et je m'aperçois que mes pensées me ramènent sans cesse à mon échange d'hier soir avec Roach. *J'adore les serial killers.* Je frissonne au souvenir de son haleine méphitique, de sa proximité insupportable, de son attention dévorante. Elle en salivait presque. J'ai déjà rencontré des gens comme elle. Ceux qui ont un tueur en série préféré, qui collectionnent le merchandising spécialisé et dînent devant des documentaires macabres, ceux qui font du tourisme sur des sites de tragédies comme on se rend à Disneyland. Tchernobyl. Alcatraz. Fukushima.

Éplucher des histoires de meurtre, de violence et de deuil est un exercice pour le moins éprouvant, mais le fait de me lancer dans un nouveau projet d'écriture me donne de la force. Un peu comme si je prenais mon deuil à bras-le-corps, que je canalisais ma colère, que je me libérais d'un poids. Mais voilà que plus rien ne m'inspire. Peut-être parce que ça m'atteint différemment avec quelqu'un comme Roach en face de moi, qui se délecte de ce que j'écris pour de mauvaises raisons.

Autrefois, la poésie venait à moi comme un orage d'été – de longues périodes arides, suivies par un déluge d'inspiration qui pouvait durer une ou deux semaines, un véritable torrent de mots engloutissant des pages et des pages jusqu'à ce que tout s'arrête et que le ciel se tarisse à nouveau pendant un mois. Des carnets, des quantités de carnets, remplis de poèmes et de textes en prose, de notes et de confessions intimes. Quand j'ai de l'argent, je m'achète de beaux modèles de chez Moleskine pour faire comme Hemingway ; quand je suis fauchée, je me contente de cahiers d'écolier bon marché qui me rappellent mes années collège. J'aime la séduction de la page blanche, propre et immaculée comme un lit de chambre d'hôtel, une couche de neige fraîche, une assiette vide posée sur une table.

Je ne sais pas quoi faire de tous les carnets que j'ai remplis. Ils me paraissent à la fois importants et stupides. Chargés de sens et embarrassants. Il y a près d'ici une superbe fresque murale accompagnée d'une citation de William Morris : « *N'ayez rien chez vous que vous ne sachiez utile ou que vous ne croyez beau.* » J'ignore si mes carnets et mes journaux intimes correspondent à cette définition, et j'angoisse à l'idée de léguer à mes enfants des monceaux de paperasse dont ils ne sauront que faire après ma mort.

Quand une personne disparaît, tout devient sacré. Les cartes de vœux avec un mot écrit de sa main, son écharpe, ses produits cosmétiques. Tout. Je ne sais pas vraiment qui a trié les affaires de ma mère après sa mort, ni ce qu'elles sont devenues. Tout cela est un peu flou – je n'avais que seize ans, autant dire que j'étais encore une gamine –, mais j'imagine que c'est ma grand-mère qui s'en est chargée. Mon père n'a pas dû lever le petit doigt.

Ils étaient déjà divorcés depuis longtemps, séparés à l'époque de ma petite enfance. Il n'y avait pas de place pour mon chagrin et moi dans sa nouvelle famille. Sa seconde épouse, Margot, avait des goûts de luxe et je ne cadrais pas dans son petit monde fait d'épiceries fines, de beaux voyages et d'écoles privées. Tout ce que j'ai obtenu de mon père, c'est son nom de famille un peu kitsch et de pénibles dîners à l'approche de Noël ou de mon anniversaire pendant lesquels il critiquait systématiquement mon métier de libraire et tentait de m'orienter vers de « vrais » choix de carrière.

Ma mère s'est trouvée réduite à un coffret en bois rempli de babioles et de souvenirs que ma grand-mère avait gardés à mon attention. Un rouge à lèvres corail de la marque Revlon. Une améthyste au bout d'une cordelette noire que je n'osais jamais porter, de peur de la perdre. Une liste de courses, peut-être les ingrédients d'un gâteau – *œufs, lait, farine, vanille* –, griffonnée au stylo bleu. Une carte d'anniversaire que je lui avais offerte – des fleurs aux crayons pastel bleu et rose sur du papier vert cartonné. Quelques bijoux fantaisie : des colliers de fausses perles blanches ou en plastique rouge, de fins bracelets argentés. Une brosse à cheveux Mason Pearson en plastique noir avec des soies de sanglier plantées dans le coussinet de caoutchouc rouge, cadeau de ses parents pour ses dix-huit ans. La seule chose que j'avais gardée pour moi, c'était un très beau monstera en pot. J'en prenais particulièrement soin. J'avais appris à faire des boutures et à les replanter pour maintenir son esprit en vie, bien après que la plante d'origine était morte.

J'ai longtemps pleuré ce que je n'avais jamais pu récupérer. Ses flacons de parfum, ses robes, ses vrais bijoux. Sa bibliothèque. Elle adorait lire – je revois encore son imposante collection de poches dans la maison de mon enfance –, mais les adolescents ne s'intéressent pas aux objets des adultes et, sur le moment, je n'avais pas eu la présence d'esprit de les réclamer. Je me demande si elle écornait les pages et cassait le dos des livres, comme moi, ou si elle veillait au contraire à ne pas les abîmer.

Un jour, j'ai trouvé une photo de moi, encore toute petite, heureuse et potelée, avec des plis au niveau des coudes et des genoux. Je tiens un éléphant bleu en peluche à la main, debout devant une bibliothèque. L'image semblait avoir été prise à la va-vite car les titres des ouvrages étaient nets alors que j'étais floue, et le cliché avait sans doute été considéré comme raté. Aujourd'hui, je le chéris comme un trésor car il m'ouvre une fenêtre précieuse sur la bibliothèque de ma mère. J'ai racheté tous ses livres pendant un moment, ceux dont je pouvais lire les titres. Jilly Cooper et Jackie Collins, Shirley Conran, Jacqueline Susann. J'ai lu *Riders* et *Lucky*, *Lace*, *La Vallée des poupées*, puis je m'en suis lassée pour explorer mes propres envies littéraires : Sylvia Plath, J. D. Salinger, Stephen Chbosky, Jeffrey Eugenides. Je me suis plongée dans les histoires d'adolescents à la dérive, de jeunes gens qui se cherchent ou s'égarent.

Je n'ai finalement pas lu les autres livres de ma mère, mais j'ai réussi à faire le deuil de sa bibliothèque quand j'ai compris le véritable pouvoir de la lecture. Ce ne sont pas les livres physiques, les livres en tant qu'objets, qui comptent. Les pages que ma mère a touchées, tournées, pliées et lues ne m'inspirent pas la même révérence que l'écharpe qu'elle portait l'hiver ou la trace de son écriture. Les livres eux-mêmes n'ont pas plus de signification que les rues qu'elle arpentait, les tasses dans lesquelles elle buvait, les draps dans lesquels elle dormait.

Les mots sont bien plus puissants. Quelque part entre l'encre imprimée sur la page et leur résonance en moi s'étendait une plaine que ma mère avait aussi explorée par la pensée, et ce paysage existait dans n'importe quel exemplaire, qu'elle l'ait tenu ou non entre ses mains. Tel est le pouvoir de la lecture.

Dès lors, je me suis montrée beaucoup moins tatillonne avec mes livres. Aujourd'hui, j'écorne joyeusement leurs pages, j'abîme leurs couvertures, je les fourre sans ménagement dans mon sac, leur laisse des traces de doigts, des taches de vin, de café ou d'eau du bain. Je les perds, je les prête, je les donne. Je ne dis pas qu'ils n'ont aucune valeur, mais mon amour pour eux ne s'étend qu'aux mots qu'ils contiennent, à la magie qui palpite entre leurs lignes. Je crois que c'est ce qui fait de moi une bonne libraire. Je vends une marchandise, certes. Des choses, des objets. Mais pas seulement. Je vends aussi de la magie.

Je me sens toujours vidée après une gueule de bois : j'ai tendance à angoisser, à me prendre la tête, mais une journée passée à me morfondre suivie d'une longue douche chaude et d'une bonne nuit de sommeil est le parfait antidote pour m'aider à ne plus penser à ma lecture de poésie, au fait que j'ai encore trop bu et que je me suis jetée au cou d'Eli. Quand je sors de chez moi pour me rendre au travail le lendemain matin, le ciel est d'un bleu optimiste, l'air chargé de la vivifiante promesse de l'automne.

Sur le trottoir d'en face, une femme en mocassins roses et gilet gris est en train de sortir ses poubelles. Un gros chat roux l'observe de derrière un van blanc ;

lorsqu'elle retourne vers sa porte, il fonce entre les barreaux du portail et se faufile à l'intérieur de la maison en miaulant pour réclamer son petit déjeuner.

Petit déjeuner. Mon estomac gargouille douloureusement et je me souviens du Tupperware de salade de haricots noirs que j'ai oublié sur le plan de travail de ma cuisine. Alors que je reviens sur mes pas tout en cherchant mes clés dans mon sac, je remarque que le fuchsia sous la fenêtre de mon salon est abîmé, ses branches automnales tordues, voire brisées par endroits.

Je lutte contre un violent accès de panique. Au pied de la plante saccagée, juste devant ma fenêtre, deux grosses empreintes de pas se dessinent nettement dans la terre, comme si quelqu'un était venu m'espionner par la vitre.

OCTOBRE 2019

## Roach

Les jours qui ont suivi la lecture de Laura, j'ai senti une sorte de glissement sismique s'opérer entre nous. Malgré son attitude méprisante envers moi à la fin de la soirée, quelque chose avait changé. La terre avait basculé sur son axe, les planètes s'étaient alignées, deux âmes sœurs avaient enfin croisé leurs destins.

Je relisais ses poèmes comme une prière, un psaume, comme la lettre d'un amant parti à la guerre. Je me réveillais le matin avec ses mots en tête, je me douchais avec ses mots en tête, je me séchais, je m'habillais, je me rendais au travail avec ses mots en tête. Je me comportais comme d'habitude, mais tout me semblait différent pour la simple raison que je regardais le monde à travers les yeux de Laura. La promesse de violence était partout, elle chantait dans l'air tout autour de nous.

Hélas, Laura n'avait pas conscience de ce lien nouveau qui s'était créé entre nous. Mes journées de travail avec elle se déroulaient toutes selon le même modèle : elle émettait un flot de paroles et de questions futiles, une logorrhée inepte destinée au collègue ou au client qui se trouvait près d'elle – n'importe qui, sauf moi.

Je l'entendais jacasser au rayon Littérature (vous avez lu *Virgin Suicides* ? vous avez lu *Mon année de repos et de détente* ? vous avez lu *Le Maître des illusions* ?), au rayon Jeunesse (tu as lu *Junk* ? tu as lu *Qui es-tu, Alaska* ? tu as lu *Entre chiens et loups* ?), au rayon Poésie (vous avez lu *Ariel* ? vous avez lu *Qu'on leur donne le chaos* ? vous avez lu *Ciel de nuit blessé par balles* ?), au rayon Biographies (vous avez lu *L'Écart* ? vous avez lu *I Am, I Am, I Am* ? vous avez lu *Je sais pourquoi chante l'oiseau en cage* ?) et au rayon Bandes dessinées (vous avez lu *Maus* ? vous avez lu *Fun Home* ? vous avez lu *Ghost World* ?).

Quand la réponse était oui, elle serrait le livre contre elle en soupirant avec délice. Et quand la réponse était non, elle le serrait contre elle en soupirant d'un air peiné. Elle le pressait contre son cœur, les paupières closes et la tête penchée, l'image même de la femme amoureuse, de la femme au cœur brisé, ou les deux à la fois. Laura était amoureuse des pages, de l'encre, de la colle, de tous les poches bon marché qu'elle avait lus au cours de son existence. Elle les adorait, les cajolait comme ses enfants chéris, ses bébés.

Dès qu'il s'agissait de moi, en revanche, c'était une autre histoire. Elle ne m'adressait la parole que contrainte et forcée. Elle se montrait polie, mais n'engageait jamais la conversation comme avec les autres libraires et fuyait mon regard comme si j'étais une cliente pénible dont elle n'avait pas envie de s'occuper. Je faisais pourtant tout pour attirer son attention – j'arborais mes tee-shirts Murder Girls au travail, je positionnais son recueil de poésies bien en évidence sur la table en salle de pause et, chaque fois que je me retrouvais à lire *Un tueur si proche* en sa présence, j'inspirais bruyamment ou me mettais à rire bien fort pour piquer sa curiosité. Il n'y avait jamais le moindre retour de sa part. J'ai commencé à me demander si elle n'avait pas une dent contre moi.

Par exemple, elle aimait bien lancer des petits jeux entre collègues quand il n'y avait pas de clients. Des sortes de tests de personnalité, comme la liste des livres qu'on emporterait sur une île déserte ou des questions genre « Si tu avais le choix entre… ? ». Un après-midi, elle a demandé à chacun de se décrire en cinq adjectifs.

« Ça montre ce que je pense de moi, pas qui je suis en réalité, a objecté Eli en lui donnant un petit coup de stylo sur l'épaule.

— Justement… c'est très révélateur, non ? lui a-t-elle répondu, les yeux brillants.

— OK, alors je me définirais comme quelqu'un de détendu, bienveillant… pacifique… philosophe et… curieux.

— Moi aussi, curieuse ! s'est exclamée Laura, toute contente. Curieuse, ordonnée… enfin, la plupart du temps… audacieuse, stylée et créative. »

Pendant tout ce temps, j'ai attendu mon tour. Mais elle ne m'a pas interrogée. Je me suis vraiment demandé pourquoi. Que t'avais-je fait, Laura ? Pourquoi t'intéressais-tu si peu à moi, si la curiosité était l'un de tes principaux atouts ?

Si Laura avait daigné se tourner vers moi pour me demander de me décrire en cinq adjectifs, j'aurais sans doute répondu « curieuse », moi aussi. J'adorais faire des recherches, lire des histoires vraies. On avait toujours vanté ma curiosité d'esprit à l'école, sauf en arts plastiques peut-être, où mes dessins atteignaient un degré de réalisme sanguinolent qui effrayait les autres gamins et inquiétait mes profs.

Morbide, macabre, flippante, sinistre. Tous ces mots que Jackie aimait me balancer à la figure, bien qu'ils soient tous synonymes en réalité. « Créative » était peut-être plus approprié. Mon esprit était capable de pensées très sombres, et j'avais toujours été douée pour canaliser l'horreur dans des poèmes ou des dessins.

Ça avait commencé quand j'avais compris qu'il existait de nombreuses façons de mourir. Comme le cancer, les maladies cardiaques, les ruptures d'anévrisme, les accidents de voiture, les incendies domestiques et la noyade. Mais il y avait aussi toutes les autres manières, celles auxquelles on n'avait pas le temps de penser quand on était trop occupé à bouffer du chou kale ou à se faire examiner les seins pour traquer les grosseurs suspectes. Comme se faire écraser par un mur qui s'écroule, par exemple, emporter par un glissement de terrain ou piquer à mort par des guêpes. Personne n'y pensait jamais. Mais moi, si.

Quand les *normies* entendent parler d'un accident exceptionnel, comme une nappe de brouillard soudaine provoquant un carambolage sur l'autoroute ou un manège qui se décroche à la fête foraine, ils sont tristes pour les victimes. Ils se disent que ces gens n'ont vraiment pas eu de bol, qu'ils se sont retrouvés au mauvais endroit, au mauvais moment. Ils se promettent d'arrêter la clope, de se rendre au travail à vélo, de faire enfin la croisière de leurs rêves ou d'appeler leurs parents plus souvent. Tous les clichés qu'on peut imaginer. Mais ces belles résolutions sont souvent des pétards mouillés.

Bientôt, ils se remettront à fumer et à filtrer les coups de fil de leur mère quand ils seront bourrés.

Personne ne se dit jamais qu'il trouvera la mort dans un accident rarissime, justement parce qu'ils sont rares. On ne les range pas dans la même catégorie que les accidents ordinaires – tomber d'une échelle ou se faire renverser par un bus. Mais si on calculait le nombre d'accidents « rarissimes » qui se produisent chaque année, on s'apercevrait qu'on a plus de chance d'y laisser sa peau qu'on ne le croit. En réalité, ça doit arriver tout le temps. C'est juste qu'on ne nous parle que des meilleurs.

C'était une soirée de calme plat avec un temps pourri dehors, un temps à rester chez soi plutôt que d'aller au pub. Je me suis assise près des machines à sous avec une pinte de cidre, un carnet tout neuf et le recueil de poésies de Laura. Le qualifier de « recueil » était un peu exagéré, pour être honnête. Ça tenait plus du fanzine bricolé main et mal agrafé, sans doute par Laura elle-même dans sa chambre. Cette pensée m'a serré le bide – de pitié ou d'agacement, difficile à dire.

Mon exemplaire était bien amoché, tout écorné, et l'encre de la couverture avait bavé sous mes doigts. Je l'ai posé sur la table pour le lisser sous ma paume, bien à plat.

La pluie crépitait derrière les fenêtres. Jackie a allumé la télé grand écran qui servait à diffuser le sport et elle a zappé jusqu'à ce qu'elle tombe sur des rediffusions de *EastEnders* qu'elle matait avec les sous-titres, comme un film muet. Deux habitués étaient assis au bar avec leurs pintes de Guinness et un sachet de cacahuètes qu'ils partageaient en discutant à voix basse.

J'avais envie d'écrire, mais je n'avais pas grand-chose à dire. Au stylo noir, j'ai souligné les trois premiers vers du poème avec lequel Laura avait commencé sa lecture au Nib.

*Il était maintenant 5 heures du matin, et l'aube,*
*L'aube étouffante, enflammée,*
*Envahissait peu à peu des cieux tristes et calmes.*

Je les ai recopiés dans mon carnet. J'aimais bien le glissement du stylo sur la page. J'aimais bien la forme des mots couchés sur le papier. Nets et permanents, comme un tatouage. J'ai décidé de recopier la suite, le poème tout entier, comme un exercice.

La poésie était depuis longtemps mon mode d'expression artistique préféré. J'y avais pris goût durant ma phase Columbine, même si ça remontait à une version très différente de moi-même, une première ébauche située quelque part entre les restes de la fille branchée que j'avais essayé d'être, celle qui portait un sac à main, et la créature que j'étais devenue.

J'avais été attirée par une communauté de filles en ligne qui suivaient les auteurs de fusillades scolaires comme des rock stars. Tordu, je sais – mais le cœur est un chasseur solitaire. Elles leur dédiaient des poèmes, elles dessinaient leur portrait et confiaient leurs rêves les plus fous sur le forum, avec le même amour et le même dévouement que des groupies, avec des étoiles plein les yeux. C'est là que j'avais trouvé ma voix en tant que poète. J'avais écrit un premier texte inspiré par Dylan, le blond à l'air timide et au fusil calibre 12 à double canon. Je portais une mitaine noire à la main gauche en signe d'alliance avec lui – un hommage privé qui ne voulait rien dire aux yeux du passant lambda, mais qui était chargé de sens pour moi.

Je n'avais pas d'auteur préféré et je ne lisais pas vraiment de poésie. À quoi bon ? Je n'avais pas besoin de ça pour me sentir l'âme d'une poète. Je ne suis même pas sûre d'avoir jamais lu un recueil entier, du début à la fin. Ça non plus, ça n'avait pas d'importance. Personne ne lisait un précis d'anatomie avant de prendre un rasoir pour se taillader le bras. La poésie était une soupape, une forme d'expression saine et thérapeutique.

Vers dix-sept ou dix-huit ans, j'ai trouvé que la communauté des fans de Columbine devenait trop haineuse sur le plan politique pour moi. Je n'étais plus sûre de comprendre où s'arrêtait la misanthropie ironique et où commençait le fascisme pur et dur. Ces ados angoissées avec leurs selfies retouchés à mort, leur frange emo devant leurs yeux barbouillés d'eye-liner et leurs cicatrices de scarification sous leurs longues manches à rayures, étaient en train de devenir de jeunes adultes qui posaient avec des armes à feu et des couteaux de chasse, arboraient des tee-shirts avec des slogans comme « Sélection naturelle » ou « Colère divine », et troquaient la poésie contre des références nazies. Je ne voulais surtout pas m'engager là-dedans. Et donc j'avais tout arrêté.

Jackie avait réagi avec soulagement.

« Personne n'a envie de venir au pub pour croiser la Trenchcoat mafia[1], bon sang, avait-elle déclaré.

---

1. Nom d'une bande d'élèves du lycée de Columbine, dont les deux auteurs de la fusillade faisaient partie. *(Toutes les notes sont de la traductrice.)*

— C'est pourtant la clientèle des pubs rock de Camden, avait marmonné l'un des habitués.

— J'ai une tête à vouloir ouvrir un pub rock à Camden ? » avait persiflé Jackie, les mains sur les hanches – franchement gonflé de la part de quelqu'un qui la ramenait sans arrêt sur le fait qu'elle traînait avec Shane MacGowan et Spider Stacy au Devonshire Arms dans les années 80.

Après Columbine, j'avais ressenti le besoin de m'investir dans une cause plus vertueuse et j'étais partie à fond sur les West Memphis Three. Je continuais à écrire de la poésie, mais Damien Echols était devenu mon nouveau centre d'intérêt. Il était beau, avec ses longs cheveux noirs et son regard profond. Je pensais que mon attirance pour lui m'élevait humainement parce que ce n'était pas un meurtrier : j'avais bien étudié l'affaire, et j'étais convaincu de son innocence. J'écrivais le genre de textes que je l'imaginais composer depuis sa cellule en prison : spirituels et folkloriques, magiques, résilients et sages, truffés d'incantations et de sortilèges, inspirés par la nature et la mort. Je noircissais des carnets entiers de vers libres sur Dieu et le diable, le catholicisme et le satanisme, alors que je n'y connaissais rien. Je me baladais avec des lunettes noires et un tee-shirt « LIBÉREZ LES WEST MEMPHIS THREE » que je m'étais fabriqué moi-même.

J'ai fini de recopier le poème de Laura et je l'ai relu. Je brûlais tellement d'envie de savoir dans quel livre elle avait « trouvé » ces phrases. La chaleur semblait évoquer la Californie. Helter Skelter, peut-être ? Fallait-il voir Charles Manson rôder entre ces lignes avec sa joyeuse bande d'assassins ? Ou étions-nous plutôt au Kansas, dans *De sang-froid*? Était-ce Truman Capote, obsédé par la bourgade de Holcomb, qui décrivait une aube étouffante et enflammée, un ciel triste et calme ?

Il fallait que je sache. Laura s'était forcément inspirée d'un livre que j'avais déjà lu et je tenais absolument à résoudre cette énigme. À relire ces poèmes à travers ses yeux. Je rêvais du moment où je pourrais lui reposer la question et où elle s'ouvrirait enfin à moi. Je pourrais même lui recommander des lectures. Et elle m'en serait reconnaissante. Je me disais que le seul moyen d'approcher la vérité serait de m'infiltrer chez elle, de passer sa bibliothèque au peigne fin et de trouver les réponses moi-même, mais ce scénario semblait aussi improbable que celui où elle acceptait de me parler.

« C'est quoi ? » m'a demandé Jackie en ramassant mon verre vide et en se dévissant le cou pour voir ce que j'écrivais. Son rouge à lèvres rose filait autour de sa bouche et elle avait de petites crottes de mascara au coin des yeux.

« Rien, de la poésie, j'ai répondu en cachant la page avec ma main.

— De la *poésie ?* Merde alors. Faudrait vraiment que tu sortes un peu, que tu rencontres quelqu'un. Quand j'avais ton âge, j'avais un mec différent à mon bras tous les soirs de la semaine. »

Elle s'est lancée dans un long monologue sur sa folle jeunesse passée à boire des Pernod cassis et à traîner aux concerts punks en minijupe. Dans ses anecdotes, elle avait toujours le mot de la fin, la meilleure réplique, toujours un vague rapport avec une célébrité, sauf que les détails évoluaient au gré de la quantité d'alcool qu'elle avait ingurgitée, de son auditoire et de son humeur. Elle avait même affirmé une fois avoir roulé des pelles à un jeune David Bowie avant de nier l'avoir jamais dit.

« Mais je veux *pas* rencontrer quelqu'un. » J'aurais voulu prononcer ces mots sur le ton de l'indifférence, blasée et insolente, mais c'est sorti comme un geignement de gamine. *Je veux paaaas.*

## Laura

Je signale à la police les empreintes de pas sous ma fenêtre. La femme à laquelle je m'adresse m'écoute avec attention, me communique un numéro de dossier et me conseille de bien fermer ma porte d'entrée, mais je sens que mon histoire ne l'intéresse pas plus que cela. Quand je raccroche, je suis trop agitée pour lire ou écrire.

Je travaille à un nouveau poème. Il y est question de couples assassinés par un policier qui s'introduisait chez eux au milieu de la nuit. Ce n'est jamais un plaisir pour moi de me plonger dans ce genre de lectures, mais, cette fois, je ne peux même pas aller jusqu'au bout. Le sujet est trop sensible, trop éprouvant. Je parcours les pages en diagonale pour chercher ce qui m'intéresse – les descriptions de ces femmes telles qu'elles étaient dans la vie : leur quotidien, leur quartier, le temps qu'il faisait. Mais chaque fois que je reprends le livre, je suis hantée par la vision d'un inconnu m'épiant derrière la fenêtre et je me sens si mal que je dois tout arrêter.

Heureusement, le travail à la librairie m'occupe. Une énorme livraison d'ouvrages scolaires est arrivée à la mi-octobre : de gros guides de révision moches et criards sur le raisonnement verbal, les maths et les sciences.

Je leur colle chacun un sticker promotionnel « 2 pour le prix d'1 » en vue des soldes prévus à la fin du mois, mais quand la semaine en question arrive, c'est un naufrage commercial. Les bourrasques et la pluie cinglante tapissent les trottoirs de feuilles mortes et poussent la plupart de nos clients, même les plus fidèles, à se rabattre sur le centre commercial. La place du marché a des allures de terrain vague arpenté par de rares courageux trempés avançant avec détermination, la tête baissée.

Nous sommes trop nombreux. Sharona, habituée au rythme effréné des périodes de soldes à Londres, s'attendait à une semaine de folie entre les premières courses de Noël, les parents venus faire le plein d'ouvrages scolaires et les familles en vadrouille. Mais les heures s'étirent sans le moindre client à l'horizon, et tout le monde tourne en rond en cherchant des petits trucs à faire pour s'occuper.

Une fois la période des soldes terminée, je retire consciencieusement toutes les étiquettes des manuels invendus. Mes ongles s'accrochent aux petits amas de colle têtus, se ramollissent, se dédoublent et se cassent. Ça me prend des heures, et je me sens un peu comme Sisyphe à ôter des stickers que j'avais passé des heures à coller, mais je ne suis pas mécontente d'avoir quelque chose à faire.

Je sens le regard perçant de Roach posé sur moi, bien que je m'efforce de l'éviter. Elle semble toujours sur le point de vouloir me parler, mais, heureusement, elle se dégonfle au dernier moment. Quand je peux enfin m'accorder un break, je sens son odeur, à la fois rance et sucrée, flotter en salle de pause. Même quand elle n'est pas là, il faut que la pièce me régurgite un souvenir d'elle, comme un fantôme piégé entre les murs de la librairie.

Sharona s'enferme dans le bureau pour s'efforcer de trier des décennies de paperasse mal rangée. C'est étrange de la voir si peu : c'est une cheffe omniprésente, d'habitude, le genre à donner l'exemple en étant constamment sur le pont. Elle émerge de temps à autre pour fumer une cigarette et se préparer un thé, la mine défaite et résignée. Chaque fois que j'entrouvre la porte pour récupérer des rouleaux de monnaie ou lui proposer un verre, son parfum, mélange d'encens, de tabac roulé et d'huiles essentielles, m'évoque les stands de bagues en argent et autres babioles à Camden Market.

« Ça ne va pas du tout, me confie-t-elle en désignant les piles de feuilles volantes et de vieux reçus jaunis par le temps. Je vais peut-être devoir faire venir Jim pour un audit complet. »

Parfois, pendant que je range des livres en rayon ou que j'exécute des corvées administratives sans fin, il me vient des idées de vers. Je m'empresse de les noter sur des morceaux de ticket de caisse vierges que je glisse dans ma poche. J'ai beaucoup du mal à me replonger dans mon projet de poésie *ready-made*, mais je suis bien décidée à ne pas laisser ma créativité se tarir pour autant. Une fois de retour chez moi, quand je fais ma lessive, je retrouve ces petits bouts de papier couverts de mots décousus et je suis incapable de me remémorer leur source d'inspiration, leur contexte et leur signification.

« Tu ne dis plus fuck à la poésie, finalement ? me demande Eli en me voyant griffonner mes petits trucs derrière la caisse.

— Je dis beaucoup de choses quand j'ai trop bu », lui

dis-je sans décoller mes yeux de mes notes. Il vient de me faire perdre le fil de mes pensées, alors j'écris une liste de mots au hasard pour ne pas lui montrer à quel point il me perturbe. *Pomme, pêche, melon, rhubarbe, poire.*

« Tant mieux, parce que j'ai un cadeau pour toi », répond-il, tout sourire. Il cache quelque chose derrière son dos. « Ferme les yeux et tends les mains. »

Je m'exécute avec un gloussement nerveux, m'attendant plus ou moins à ce qu'il me colle une araignée ou une limace, comme une mauvaise blague de collégien dragueur. Mais je sens alors un petit livre recouvert de tissu. J'ouvre les yeux et découvre un journal intime pour fillettes, une sorte de gros carnet mauve fermé par un mini-cadenas en forme de cœur. « Je l'ai trouvé dans un coin, au milieu d'autres bricoles. Oublié là après un déstockage, sans doute. Il n'y a ni code-barres ni étiquette dessus, mais il a encore ses petites clés, par contre… tu le veux ? J'ai pensé que tu pourrais t'en servir pour écrire ton histoire d'amour.

— Merci. » J'ai la voix rauque tout à coup, la bouche sèche. Je retourne le carnet entre mes mains. Il est encore tout chaud du contact prolongé des siennes. « Quand j'avais neuf ans, dis-je en m'éclaircissant la gorge, je rêvais d'en avoir un comme ça alors que je n'avais pas le moindre secret à raconter. »

Il me sourit avec indulgence. « Les enfants aiment les secrets, pas vrai ?

— Je les aime toujours. »

Il n'y a pas un chat autour de nous. Enhardie par ce cadeau, je m'avance vers lui et l'étreins pour le remercier.

« C'est chouette de retrouver la bande au grand complet, hein ?

— La dream team », dis-je en lui flanquant un sticker sur l'épaule. L'étiquette ne colle plus du tout, et elle se recroqueville sur elle-même avant de tomber à nos pieds.

C'est l'une de ces sublimes soirées d'octobre où le soleil brille d'un doré ardent juste avant de se coucher. Devant la librairie, Eli et Sharona plaisantent en se roulant des cigarettes. Ils sont tous les deux de l'après-midi, demain, et l'ambiance est clairement à la débauche.

« Ça te dit d'aller boire un coup ? me propose Eli. On pensait aller faire un tour dans ce pub avec des chats, à Walthamstow Village… le Nags Head ?

— Je ne peux pas, dis-je en sentant déjà la brûlure du regret. J'ai un truc, ce soir.

— Sûre de ne pas pouvoir, juste pour un petit verre ? » Sharona tourne sa clé dans le verrou avant de tirer sur la poignée pour s'assurer que la porte est bien fermée.

« Non, vraiment pas.

— Laura Bunting, refuser un verre ? s'amuse Eli en abaissant le rideau de fer. Est-ce qu'on doit faire venir un exorciste ?

— Ha ha.

— Tu vas par où ? me demande Sharona en allumant sa cigarette.

— Je dois écrire à mes amis pour savoir où ils sont, dis-je. Filez, ne m'attendez pas. »

Je leur adresse un dernier signe de la main et les regarde traverser lentement le marché en direction du Village. J'attends qu'ils aient disparu au milieu des vendeurs qui remballent leurs étals, et j'emprunte le même chemin qu'eux. Je pense à la chouette soirée qui les attend : rosé bien frais, pizzas croustillantes et échange de potins à bâtons rompus pendant que le jour décline. Comme ils fument, ils se prendront une table en extérieur sous une lampe chauffante et des chats viendront se frotter contre leurs chaises pour leur réclamer des câlins tandis que des senteurs d'ail et d'origan viendront leur chatouiller les narines depuis la cuisine.

Par contraste, le centre communautaire est glacial et empeste le désinfectant, l'odeur de mon adolescence, celle des postes de police et des bureaux des services sociaux, des salles d'attente et des séances de groupes de parole. Hannah et Charity bavardent à voix basse en mélangeant du sucre et du lait dans leurs gobelets de café instantané pendant que Des finit de placer les chaises en demi-cercle. J'aperçois un ou deux nouveaux visages et je reconnais quelques habitués dont je ne retiens jamais les noms. Ici, les gens vont et viennent. Parfois, ils annoncent qu'ils ne reviendront plus, mais, le plus souvent, ils cessent juste de se pointer aux séances. Parfois, ils reviennent au bout d'un moment. Mais c'est rare.

J'avise une femme corpulente aux boucles hirsutes et aux yeux cernés qui s'essuie le nez dans un mouchoir, ainsi qu'un homme aux épaules voûtées, les cheveux frisés poivre et sel, qui triture une casquette entre ses mains. Je lâche mon sac et mon manteau sur une chaise, et leur propose quelque chose à boire. Les nouveaux sont souvent sur leurs gardes et n'osent pas se servir eux-mêmes. La femme, sans doute un peu émue par la situation, me répond non merci, mais l'homme veut bien un thé avec du lait et du sucre. Au moment où je lui tends son gobelet en carton, il me tapote le bras d'un geste maladroit et m'indique son prénom, John, avec un léger accent caribéen. La tristesse brille déjà dans son regard. Je lui presse gentiment l'épaule.

Je me sers un thé dont je n'ai pas particulièrement envie. La chaleur du gobelet entre mes paumes est réconfortante et m'aide à détourner mon attention de l'envie de nicotine qui me titille déjà.

«Bon, on s'y met?» déclare Des en se frottant les mains comme si on s'apprêtait à faire un truc sympa tous ensemble, genre allumer un barbecue ou regarder un film. J'avale une gorgée de thé en regrettant que ce ne soit pas du vin pendant que la femme hirsute se présente à l'assemblée.

«Ça fait vingt ans, dit-elle en tamponnant les larmes au coin de ses yeux. Elle est encore la première chose à laquelle je pense le matin et la dernière à laquelle je pense le soir. Je rêve d'elle. Elle était mon univers tout entier et sans elle, je...» Sa fragile carapace se fendille et elle presse son mouchoir contre son visage. «J'ai l'impression que tout le monde a tourné la page, sauf moi... mais c'est impossible, comment le pourrais-je?»

Je me sens totalement détachée d'elle, comme si j'assistais à cette séquence devant l'écran d'une télé. Le chagrin, la souffrance, la consolation, le désespoir. J'ai déjà assisté à tout cela, une fois par semaine, depuis près de cinq ans.

«C'est difficile, en effet, commente Des avec sa voix grave de croque-mort, la compassion gravée sur ses traits. Les autres ont parfois du mal à comprendre.

— C'est un deuil comme aucun autre, renchérit Charity. Et si cela te fait du bien de lui parler, ne t'en prive surtout pas. Je m'adresse à ma fille tous les jours, comme si elle était encore à mes côtés.»

John se penche vers la femme pour lui dire quelque chose que je n'entends pas, des paroles de réconfort rien que pour elle. Charity ferme les yeux, les lèvres pressées l'une contre l'autre, et lui prend la main en un geste de compréhension mutuelle.

Ma mère n'est plus à mes côtés. Elle m'est apparue une fois, quand j'avais seize ans, juste après les événements. Elle était perdue, coincée dans le souvenir de ses derniers instants. Elle ne m'a pas reconnue – ou peut-être ne pouvait-elle pas me voir parce qu'elle était en train de courir, ou que nous étions branchées sur des ondes différentes. Debout derrière une vitre, je la regardais faire son jogging, sa foulée souple dans ses baskets le long du trottoir. Les lèvres corail, le visage luisant de sueur, mais toujours apprêtée. Un filet de sang coulait depuis la naissance de ses cheveux et son cou était rouge et enflé, marbré d'ecchymoses. L'éclat laiteux des lampadaires, les rues désertes. Ça ne ressemblait pas du tout à un rêve normal, souvenirs pêle-mêle déformés par la logique onirique. Ça semblait réel. À mon réveil, je sentais encore son odeur – un mélange de sueur, de terre fraîche et de Shalimar qui me raccrochait à mon rêve. C'était un cadeau de ma mère. Un cadeau, un souvenir, une leçon. Un voile sépare les vivants des morts. Les rêves nous permettent de l'écarter pour voir au-delà de notre monde, l'espace d'un instant.

« Parfois, ça me console de me dire qu'elle est toujours avec moi, déclare Charity en touchant le minuscule crucifix en or autour de son cou. Mais parfois, ça ne fait que me miner encore plus, parce qu'elle devrait être là. Son meurtre a mis ma foi à l'épreuve comme rien d'autre au cours de ma vie, avant ou après. »

Hannah prend la parole pour parler de sa sœur, tuée par un petit ami violent. Une autre femme évoque sa mère, assassinée par son père. Chaque histoire est différente, mais c'est le même fardeau que nous portons.

Mon attention va et vient au fil des échanges. J'essaie de me rappeler la dernière conversation que j'ai eue avec ma mère. J'interviens rarement pour raconter son histoire. Quand elle est morte, je n'en avais pas besoin : tout le monde était déjà au courant. Au lycée, le silence se faisait quand j'entrais dans une salle de classe. Des murmures fébriles résonnaient derrière moi, où que j'aille. Même les profs s'adressaient à moi différemment, et leur regard me renvoyait la tristesse qui se dégageait de moi. Je me sentais souillée, marquée par le deuil.

À la fac, l'anonymat m'a fait l'effet d'une bouffée d'air frais. Mes amis savaient que ma mère n'était *plus de ce monde* – l'euphémisme parfait, si doux et élégant –, mais je ne m'étendais jamais sur la question. Ce qui arrangeait bien tout le monde. Les jeunes gens n'aiment pas parler de la mort. Ils ne savent pas ce qu'ils sont censés dire ni ce qu'ils ont le droit de demander, donc ils évitent le sujet.

Je repense à Roach. Elle est bien du genre à se mêler de ce qui ne la regarde pas. Avec ses cheveux gras, sa sale tronche. *J'adore les serial killers*. Elle serait capable de me demander des détails croustillants avec une curiosité de voyeuriste, ça ne fait aucun doute. Je me demande si elle a déjà été confrontée à la réalité de la mort. Je me demande si elle a déjà été exposée à la souffrance sans filtre et bien réelle de gens comme Hannah, Charity et John.

Je n'ai jamais aimé raconter les circonstances de la

mort de ma mère avec le groupe, bien que je me sois plus largement confiée ici qu'avec n'importe qui d'autre – à part Eli, peut-être, mais je ne peux pas en être certaine. J'observe tout ce chagrin autour de moi, ces visages défaits, ces épaules affaissées. Si je ne peux pas m'ouvrir ici, à quoi bon venir ? J'inspire un grand coup, ma décision prise, et profite d'un blanc naturel dans la conversation pour m'éclaircir la voix.

« Bonsoir tout le monde. Je m'appelle Laura. Ça fait cinq ans que je viens ici, plus ou moins régulièrement. Je suis toujours le bébé du groupe. » Un rire nerveux m'échappe. Des m'adresse un petit sourire.

« J'ai perdu ma mère il y a dix ans. » Je bois une gorgée de thé, histoire de temporiser pour chercher mes mots. Hannah me tapote l'épaule de sa petite main pâle. Elle m'adresse un discret sourire d'encouragement, la bouche pincée, et le plissement de ses yeux révèle délicatement ses pattes d'oie.

« Je m'aperçois que je suis de moins en moins à l'aise lorsqu'il s'agit de parler d'elle. Nous avons chacun nos histoires, mais la mienne est un peu différente. Elle a été tuée dans la rue, comme beaucoup d'entre vous le savent déjà. »

Des opine avec lenteur, la mine grave, tout en passant une main sur sa barbe blanche.

« Mais il y a une chose que je n'ai encore jamais dite… »

Le groupe est silencieux, prêt à accueillir ma parole. J'ai appris très tôt que la révélation de ce détail ouvrait souvent la porte à des questions malvenues, même au sein d'un groupe comme celui-ci, et je me suis toujours efforcée de rester vague. Résultat, peu de gens sont au courant et c'est presque un tabou pour moi de prononcer ces mots à voix haute. Je prends mon élan et je me lance.

« Son meurtrier était un tueur en série. »

Je plonge mes yeux au fond du gobelet. Il y a du mouvement au sein du cercle : certains se penchent, d'autres se redressent sur leur chaise, m'écoutent d'une oreille nouvelle, et je leur en veux de l'intérêt qu'ils me portent soudain. Des incline respectueusement la tête, les mains posées l'une sur l'autre, et je me rends compte qu'il a sans doute glané assez d'informations au fil des ans pour reconstituer l'histoire de lui-même.

« L'affaire a été très médiatisée, et… c'est difficile pour moi de voir mon traumatisme associé à ce fait divers sordide. De ne pas pouvoir parler de l'un sans évoquer l'autre. C'est insupportable que son nom soit pour toujours lié à celui de son assassin et que le monde se souvienne d'elle comme d'un simple chapitre dans le récit de sa vie à lui. »

Un long silence s'installe. Je me demande qui, autour de moi, brûle d'envie de me poser l'inévitable question : *Mais c'était qui ? Quel tueur en série ?*

Hannah me presse la main. « Je n'ose même pas l'imaginer. »

Un chœur réconfortant s'élève du groupe. J'accueille cette nouvelle salve de condoléances d'un hochement de tête, mais je sens déjà se former en moi l'infime noyau du regret. Après tout, ce qui a été dit ne peut plus être effacé.

« C'est important de continuer à parler d'elle », commente Des. Il promène lentement son regard autour de lui pour s'adresser à l'ensemble du groupe. « Et je tiens à dire que tant que tu seras ici, avec nous, tu es libre de nous en dire autant que tu le souhaites. Personne ici ne te posera de question indiscrète. Nous ne ferons jamais preuve d'impudeur. Tu peux te confier à nous ou ne rien dire. À toi de choisir. »

Il se tourne vers moi et lève le pouce, comme pour me demander si tout va bien. Je fais oui de la tête et il passe la parole à Hannah, qui reprend là où elle s'était arrêtée. La conversation se poursuit, mais je décroche totalement, cette fois. Je pense à la manière dont mon instinct d'auto-protection n'a fait que créer une sorte de secret mystérieux autour de moi. Je dois trouver le moyen d'honorer la mémoire de ma mère tout en réussissant à parler ouvertement des circonstances de sa mort. Pour l'instant, les seules fois où je pense à elle, en dehors des séances avec le groupe, c'est quand je picole trop et que tout me revient dans un déferlement de mélancolie, d'amertume et de regret.

Derrière la fenêtre, le faisceau doré d'un lampadaire éclaire les feuilles mortes qui jonchent l'asphalte. L'angoisse me serre le ventre. Je ne sais pas trop ce à quoi je m'attendais, mais c'est comme si à défaut d'en savoir plus, le groupe n'avait pas d'autre choix que de minimiser ma révélation. Compréhensible, j'imagine. La vérité, c'est que les tueurs en série sont rares. Même dans un groupe de parole comme celui-ci, dédié aux personnes endeuillées par la mort violente d'un proche, personne n'a vécu une histoire tout à fait comme la mienne.

Quand je ressors enfin, le soleil s'est couché et l'obscurité a envahi la rue. Un renard se faufile dans le cimetière, ses poils roux rongés par la gale, et l'air automnal m'apporte un sympathique brouhaha de conversations, quelques notes de jazz et des éclats de rire provenant du pub d'en face.

« Des projets pour la soirée ? » me demande Des en refermant la porte du centre. Il porte sa gentillesse sur lui comme d'autres hommes de l'après-rasage. Je me fends d'un petit sourire triste.

« Je vais peut-être juste rentrer chez moi.

— Écoute, tu as fait preuve de beaucoup de courage, ce soir. Ce n'est jamais facile de s'ouvrir aux autres, alors… continue comme ça. Tu as été très bien.

— Merci, Des.

— À la prochaine ?

— À la prochaine. Ciao. »

Des s'éloigne dans la nuit. Je sors mon téléphone pour voir l'heure et découvre un message d'Eli. Il m'a envoyé une photo de leurs deux pintes sous la guirlande rose électrique d'un patio, avec la queue d'un chat qui apparaît dans un coin. Je m'étais promis de rentrer chez moi juste après la réunion (je me voyais déjà en pyjama, savourant un verre de vin et une assiette de pâtes avant d'étrenner mon journal intime mauve), mais mon envie d'écrire s'estompe déjà. Je sens l'irrésistible force d'attraction du pub, j'imagine Sharona et Eli en train de fumer et de boire leur bière dans la chaleur et les rires, puis j'ai la vision des abjectes traces de pas laissées par un pervers anonyme devant ma fenêtre et la question ne se pose plus. Je ne suis pas encore prête à rentrer chez moi ; je ne me sens pas capable d'être seule. L'appel de l'insouciance est trop fort.

Laura s'enfonçait dans les rayonnages de la librairie avec la détermination butée d'une tique. Elle continuait à me traiter avec une indifférence glaciale, mais les rappels constants de sa présence m'empêchaient de l'ignorer totalement. Un gilet en grosse maille, couleur de sang séché, a ainsi fait son apparition dans l'un des placards derrière la caisse du rez-de-chaussée. Une gourde en métal, un baume à lèvres à la pêche, un tube d'un truc poisseux – une crème pour les mains à la clémentine que j'aime utiliser les jours où elle n'est pas là, bien que ça laisse des traces de doigt sur l'écran de la caisse.

Un mercredi pluvieux, je suis montée déjeuner et je l'ai trouvée installée bien tranquillement en salle de pause, lovée sur le vieux canapé comme un chat. Elle avait enlevé ses chaussures – des ballerines framboise, assorties à son gilet – et écrivait en appui sur un carnet mauve. Nouveau poème ? Non. À ma grande déception, j'ai aperçu des cartes-conseils étalées tout autour d'elle. Son déjeuner, une salade composée dans un Tupperware, était posé en équilibre sur l'accoudoir et répandait des relents vinaigrés dans toute la pièce. Elle a levé les yeux vers moi en m'entendant arriver.

« Tu sais où je peux trouver un autre feutre ? Celui-là montre des signes de fatigue. » Son ton était énergique et un peu cassant, dépourvu de cette touche de camaraderie chaleureuse qu'elle employait avec les autres libraires. Plus proche de cette voix faussement enjouée qu'elle adoptait pour charmer les clients.

« J'en sais rien, ai-je répondu en enfonçant ma clé dans mon casier. Mais il y a un pot à stylos dans le bureau, si tu veux.

— Il faut utiliser des feutres noirs pour rédiger les cartes-conseils. Ça ressort mieux sur le blanc, et ça fait plus propre.

— On les rédige avec ce qu'on trouve.

— J'avais remarqué, répond-elle avec une pointe d'agacement. Mais on est censés utiliser les feutres noirs. »

En vérité, j'étais plutôt contente de tomber sur Laura. Je me suis calée dans mon fauteuil préféré et j'ai sorti mon déjeuner : un sandwich au fromage emballé dans du papier alu, et la cannette d'eau gazeuse à la cerise que j'avais piquée dans son sac des semaines plus tôt. Je l'avais gardée depuis tout ce temps sur ma table de nuit, telle une sentinelle solitaire veillant sur mon paquet de Pall Mall. Mais ce jour-là, j'avais décidé que le moment était venu : j'allais la boire. Et par chance, sous les yeux de Laura. C'était parfait. J'ai ouvert la cannette et bu une longue gorgée bien glougloutante. Je m'attendais à retrouver le goût sombre et écœurant du Dark Fruits, comme la pourriture juteuse des cerises à la fin de l'été, mais ce n'était qu'une espèce d'eau pétillante un peu amère, à peine relevée par un vague arôme de fruits rouges.

« Oh, où est-ce que t'as trouvé ça ? » s'est-elle exclamée en désignant la cannette. Elle venait de mordre à l'hameçon, je jubilais intérieurement. Pour la toute première fois, elle réagissait à ma présence avec intérêt et animation. « Je raffole de ce truc, mais je dois toujours me le commander en ligne.

— Je l'ai acheté à l'épicerie en bas de chez moi », ai-je improvisé. J'avais l'impression de toucher notre connexion, de la sentir palpiter entre mes mains. « Je t'en apporterai, si tu veux.

— Oh non, te fatigue pas, m'a-t-elle répondu aussitôt. Ça ira.

— Ce n'est rien, je t'assure », ai-je insisté, très contente de moi. Je me suis quand même demandé combien ça allait me coûter – ces boissons pour bobos n'étaient pas données – et si ça se commandait à l'unité ou s'il me faudrait en acheter un carton entier. Et si elle s'attendait à ce que je lui en apporte une dès demain ? Il faudrait que je trouve une excuse.

Laura a plongé sa fourchette dans son Tupperware pour piquer un gros paquet de feuilles de salade luisantes. Les bouchées de mon sandwich me paraissaient trop denses, collantes dans ma gorge, pesantes au fond de mon estomac. J'enviais la légèreté des déjeuners de Laura. J'étais sur le point de lui demander ce qu'elle mettait dans ses salades, histoire de prolonger la conversation, mais alors que j'effleurais distraitement le dos d'*Un tueur si proche*, elle m'a devancée, interrompant le fil de mes pensées :

« Ce ne sont que des épreuves brochées ? a-t-elle demandé en désignant mon étagère.

— En partie, oui. Un éditeur m'a envoyé ça, il y a quelque temps, ai-je répondu prenant mon *Les Tueurs en série de A à Z* pour lui montrer la couverture. Mais la plupart sont des commandes que j'ai réservées à mon nom. »

J'en avais une bonne trentaine au total. Je les gardais en salle de pause et je les lisais quand j'avais un moment. C'était un bon système : tant qu'ils ne sortaient pas de la librairie, je n'avais pas à les payer.

Laura a plissé les yeux tel un chat observant un rouge-gorge, avant de se replonger dans ses cartes-conseils sans un mot de plus.

« Tu peux m'en emprunter, si tu veux, lui ai-je lancé, histoire de surfer sur cette connivence naissante entre nous. J'ai de très bons bouquins.

— Merci », a-t-elle répliqué sans relever la tête. C'était forcément le moment où elle allait se rendre compte qu'on était sur la même longueur d'onde et qu'on avait des tonnes de points communs. On écrivait de la poésie, on était branchées true crime. On buvait la même marque de sodas pour hipsters. On n'était pas des groupies de Ted Bundy comme les deux écervelées que j'avais croisées à la soirée Murder Girls – on était des passionnées, mais aussi des chercheuses. On avait bossé le sujet. On savait de quoi on parlait.

« Tu as déjà lu *Et je disparaîtrai dans la nuit* ?

— Je ne lis pas vraiment ces trucs-là. » Elle a remis le bouchon de son feutre desséché en évitant soigneusement mon regard.

« Ah bon ? Mais… ta poésie ? »

Elle a enfin daigné lever les yeux, une moue de mépris aux lèvres.

« Quoi, ma poésie ? » a-t-elle répondu d'un ton vif.

J'ai tressailli. Le lien que j'avais eu l'impression de créer avec la cannette d'eau pétillante était en train de s'effriter. Elle m'a regardé d'un air de dégoût profond avant de soupirer et de rassembler toutes ses petites cartes pour faire une pile.

Qu'avais-je donc fait de travers ? Mystère. Laura était cyclothymique, et ses humeurs changeaient plus vite que la météo. Un jour, elle lisait sa poésie sur scène devant une salle remplie de parfaits inconnus ; le lendemain, c'était soi-disant trop personnel pour qu'elle en discute avec une collègue qu'elle voyait tous les jours.

« Je vais fumer une clope », a-t-elle marmonné en enfilant ses chaussures et son manteau avant de filer vers la porte d'accès au toit.

La petite voix qui m'avait soufflé de venir au boulot avec ma cannette d'eau gazeuse à la cerise ce matin-là avait oublié de me faire penser à mes cigarettes. Si je les avais eues sur moi, j'aurais eu un prétexte pour sortir avec elle, désamorcer la situation et poursuivre notre discussion. Il y avait une telle connivence entre les fumeurs. On devait forcément développer des liens à force de partager des pauses clopes.

Profitant de ce qu'elle était dehors, j'ai mené ma petite enquête et jeté un coup d'œil sous le couvercle de son tupperware. Ça ressemblait à des œufs d'escargots mélangés à des algues pourries, une sorte de feuillage tout flétri sous l'assaut astringent du vinaigre. J'ai vite pris une photo avec mon téléphone avant de tourner mon attention vers le carnet mauve sous sa pile de cartes-conseils. Il n'était pas dans son tote bag les dernières fois où j'avais fouillé dedans. Nouveau gadget ? Ses secrets sordides étaient protégés par un ridicule mini-cadenas en forme de cœur.

J'en revenais pas qu'elle possède un journal intime de

gamine à son âge. Je l'ai remis en place, sous la pile de cartes, et je suis retournée m'asseoir. J'ai tenté de me replonger dans l'ambiance du Seattle de Ted Bundy où les étudiantes disparaissaient au rythme d'une par mois minimum – macabre procession de jeunes femmes aux longs cheveux noirs –, mais j'étais obsédée par ce carnet.

J'ai repris une gorgée de la précieuse eau pétillante de Laura et j'ai avalé en grimaçant. Ce truc avait vraiment un goût merdique.

Après le boulot, je suis allée faire un tour chez Tesco. J'ai passé en revue les sachets de salade gonflés comme des petits coussins, mais j'avais du mal à reconnaître celle de Laura – épinards, cresson ou roquette ? Tout se ressemblait, impossible de choisir. Je ne mangeais pas dans les restaurants branchés et je ne regardais pas non plus les émissions de cuisine. Mes connaissances en gastronomie se limitaient aux instructions de cuisson au dos des emballages des pizzas surgelées. J'ai montré ma photo à une fille occupée à ranger des bananes, qui m'a regardée comme si j'étais une extraterrestre.

« Bah les salades sont derrière vous, elle m'a répondu, l'air de pas trop vouloir s'impliquer.

— Ça sentait un peu le vinaigre, j'ai ajouté.

— Sauces salade, allée numéro 6 », elle a marmonné avant de retourner à ses bananes.

Pour finir, j'ai choisi un sachet de salade verte et un poivron orange. Il n'y avait aucun employé dans l'allée numéro 6, mais j'ai trouvé ce que je cherchais et pris une bouteille de vinaigre de malt qui ressemblait à du Coca sans bulles, parce que c'était le seul truc que je reconnaissais. Je n'ai pas compris à quoi correspondaient les œufs d'escargots en revanche, alors j'ai opté pour un sachet de riz micro-ondable saveur « légumes du soleil » – je ne savais même pas que ça existait.

Le lendemain, je me suis réveillée tard et je n'ai vraiment pas eu le temps de penser à me préparer une putain de salade. Je me suis aussi réveillée tard le matin suivant, puis encore celui d'après, et ainsi de suite, si bien que les feuilles de laitue se sont transformées en une sorte de gélatine vert foncé dans leur sachet et que la peau du poivron s'est ramollie avant de changer de couleur.

Je me suis promis de demander conseil à Laura – c'était quoi, les œufs d'escargots ? et quel genre de vinaigre elle mettait dans ses assaisonnements ? –, mais quand on s'est retrouvées ensemble en salle de pause, la fois suivante, et que je lui ai offert une cannette de sa foutue eau pétillante à la cerise trouvée dans une supérette chicos du Village, elle m'a remerciée sèchement avant de me gratifier d'un silence glacial. J'ai disparu derrière *Un tueur si proche*, les joues brûlantes d'humiliation. Clairement, elle ne faisait que prendre, prendre, prendre. Mes efforts pour créer du lien avec elle se faisaient en pure perte.

Laura était une poupée russe. Elle avait tant de visages différents. Je la regardais virevolter à travers la librairie, réaligner les piles de livres et mettre en place les nouveautés, changer de masque en fonction de son auditoire. Avec Noor et Sharona, c'était une sœur, une confidente. Avec Barry et Martin, une collègue, une collaboratrice. Avec Kofi, une tutrice, une conseillère. Avec Eli, une amante, une gentille allumeuse. Avec les clients, un ange. Et avec moi ? Rien. Une feuille blanche. Une statue de marbre. Un mur de briques.

## Laura

Au lieu d'écrire de la poésie pendant mes pauses déjeuner, je remplis les pages de mon carnet mauve de fragments, de notes et de souvenirs liés à ma mère. J'écris peu, mais souvent, chaque fois que je sens l'inspiration venir. Je parle de son amour de l'automne, des plaids douillets et des bougies dont elle remplissait la maison dès le premier week-end frisquet de la fin du mois d'août pour accueillir la saison froide. Je parle du chaleureux parfum de la cannelle qui embaumait l'air quand elle préparait du crumble aux pommes, des biscuits aux flocons d'avoine ou du banana bread. De son penchant pour la lavande. Je me souviens de ses mains, de sa peau rouge et craquelée entre les doigts à cause de l'eczéma. Je consigne toutes les choses qu'elle m'a apprises : toujours conserver le vernis à ongles au réfrigérateur, bien entretenir ses chaussures, s'appliquer quotidiennement de la crème solaire, acheter un livre quand on doit faire un cadeau, s'offrir des fleurs.

Une nouvelle journée de calme mortel s'annonce à la librairie. Quand je sens que je n'ai plus rien à écrire, je décroche le téléphone du bureau pour prévenir Noor que je vais rester en haut et faire un bon rangement en salle de pause.

Deux lucarnes répandent la lumière du soleil automnal dans la pièce. Le plan de travail de la cuisine est crasseux, taché par des centaines de petites cuillers sales, parsemé de miettes, de marc de café et de sucré renversé. La poubelle déborde de sacs du McDo, d'emballages alimentaires et de cannettes de boissons gazeuses, dont plusieurs de Stokey Cherry Seltzer. Je repense à celle que Roach m'a offerte avec l'enthousiasme fébrile d'un chat rapportant une souris morte à sa maîtresse. Pour je ne sais quelle raison, cet échange m'a totalement dégoûtée d'en boire et la cannette est restée dans mon casier.

Je mets de la musique sur mon téléphone, je retrousse mes manches et fouille les placards à la recherche de produits d'entretien. Une bouteille poussiéreuse de spray nettoyant multi-usages, un rouleau d'essuie-tout, un vieux chiffon gris et de l'encaustique. Je ramasse les miettes du plan de travail avec un carré de Sopalin que je jette à la poubelle, dont je sors le sac puant pour le fermer et le poser près de la porte. J'asperge toutes les surfaces de la cuisine et je frotte les taches sépia de café et de thé avec le chiffon jusqu'à ce que ça brille.

J'appelle Eli, qui s'est attaqué au rangement de la réserve pour la mettre en ordre et la vider avant Noël. « Je suis en salle de pause. Tu pourras me monter des caisses en plastique vides ?

— Bien reçu », dit-il avant de raccrocher.

Je jette les boîtes de tisane périmées et je réunis tous les flacons (sauce soja ou au piment, Marmite et miel) sur la même étagère. Je rassemble les pièces détachées de Tupperware, la plupart tachées d'orange ou déformées par les passages successifs au micro-ondes. Je ne vois pas à qui cela manquerait si je mettais tout ce bazar à la poubelle, mais je dois veiller à ne mécontenter personne, donc je prends l'un des nouveaux feutres noirs que j'ai achetés avec la dernière commande de fournitures pour rédiger un petit mot à l'attention de mes collègues – *Les Tupperware orphelins partiront au recyclage vendredi ! Merci – Laura :)* – et je pose le tout en évidence sur une table.

Le réfrigérateur est une abomination, une bombe puante de denrées pourries. Je vérifie les dates de péremption et balance tout ce qui n'est plus apte à la consommation humaine, avant de laisser un autre Post-it sur la porte : *Le frigo sera vidé vendredi, merci d'étiqueter vos aliments – tout le reste partira à la poubelle ! Laura :)*

Je passe l'aspirateur sur la moquette et j'ôte l'embout pour insérer le tuyau dans les replis du canapé et du fauteuil, puis je passe la serpillière dans les toilettes avant de verser une bonne giclée d'eau de Javel dans les cuvettes incrustées de tartre. Je rédige un dernier Post-it que je colle sur le planning d'équipe de la semaine : *Merci d'étiqueter vos casiers ! Tous les casiers orphelins seront vidés vendredi ! Laura :)*

Eli arrive avec un chariot de caisses en plastique bleues, celles dans lesquelles on reçoit les nouveautés, et je réussis à le convaincre de m'aider à les remplir des jeux d'épreuves brochées qui traînent dans la salle et que personne ne lit.

« Seulement si je peux faire le DJ », dit-il en désignant mon téléphone. Il remplace Fleetwood Mac par

Nick Cave et je le complimente sur son choix alors que je trouve le morceau malsain, d'une violence froide, et que je ne l'aime pas particulièrement.

Les épreuves brochées sont l'un des grands avantages du métier de libraire ; les rejets des uns faisant le bonheur des autres, cela vaut toujours le coup de fouiller la réserve d'une librairie à la recherche de pépites oubliées. Les éditeurs nous envoient des tonnes de livres : cartons d'épreuves pour nous faire saliver sur les titres à paraître, exemplaires enveloppés de papier de soie et de rubans synthétiques accompagnés de cartes postales, de marque-pages et de badges, de pièces en chocolat, de biscuits en sachets individuels ou de mignonnettes d'alcool car tout est bon pour nous séduire, nous courtiser, nous faire tomber amoureux.

Quand on est libraire, on apprend vite à cerner les goûts de ses collègues puisqu'on ne parle que de bouquins, du magasin ou des clients. Et j'aime bien poser des questions. Sharona est une littéraire pur jus qui n'a ni le temps ni l'énergie de tout lire, si bien qu'elle se concentre sur les lauréats du Booker Prize, les petits éditeurs indépendants et la littérature étrangère. Eli est plus porté sur la philosophie, la fiction expérimentale et l'existentialisme, mais il lit lentement : Camus, Sartre, Brautigan… un livre de cent cinquante pages peut rester fourré dans la poche arrière de son jean pendant des semaines jusqu'à ce que la couverture s'abîme et que les pages jaunissent. On en apprend beaucoup sur ses collègues d'après les livres qu'ils ne lisent pas.

Eli et moi travaillons dans un silence bon enfant, faisons le tri entre les épreuves reliées et les « vrais » livres, jetons les vieux argumentaires froissés et vérifions l'état de chaque exemplaire. De temps à autre, il s'interrompt pour chanter en même temps que la musique, et j'aime à penser qu'il le fait un peu pour frimer devant moi.

« Tiens, dis-je en désignant l'étagère de Roach, s'il te reste une caisse, tu veux bien embarquer tous ces trucs de true crime, aussi ?

— Hmm. Ce sont ceux de Roach. Je lui demanderai peut-être de les rapporter chez elle.

— Mais elle n'en a payé aucun.

— Hein ?

— Elle les commande et les réserve à son nom. »

Il se passe une main dans les cheveux, sourcils froncés. « Dans ce cas, laissons-lui une chance de les acheter avant de les remettre en magasin, non ? »

Sa répugnante étagère comporte une bonne trentaine de livres de poche aux titres comme *Dialogues avec les serial killers*, *La Salle des meurtres, Forty Years of Murder*, *Britain's Most Notorious Serial Killers* ou encore *Serial Killers of Britain and Ireland*. J'en reconnais quelques-uns. Les deux ou trois références les plus littéraires de sa collection sont des ouvrages dans lesquels j'ai puisé pour créer mes poèmes.

« Non, allons les ranger à leur place en rayon. J'ai l'impression que leur énergie négative contamine la pièce.

— C'est un peu vache, quand même, dit-il sans croiser mon regard tout en soulevant les caisses pour les poser sur le chariot.

— Alors on lui laisse celui qu'elle est en train de lire. Il est un peu abîmé, de toute manière. Mais j'ai nettoyé cette salle de fond en comble. Elle devrait me remercier.

— D'accord. Et on remet les autres en magasin.

— OK.

— Je ne suis pas là pour faire ton sale boulot, tu sais, me lance-t-il avec des yeux espiègles.

— J'ai dit *OK*.

— On s'en grille une petite avant que je redescende tout ça ?

— Avec joie. »

On va s'asseoir sur la table dehors, les pieds sur le banc, le regard tourné vers les contours brumeux de Londres au loin. Le Shard étincelle au soleil et renvoie le bleu pastel du ciel. Il fait froid, mais ça ne me dérange pas.

Eli martèle un petit rythme sur ses genoux, sa cigarette pendue au coin des lèvres. Parfois, je me dis que c'est son côté un peu lunaire, perdu dans ses pensées, et à d'autres moments je me dis que c'est une pose, une sorte d'indolence performative. J'aime ces moments simples entre nous, ces instants de silence complice. Quelle étrange intimité. On apprend à connaître les gens différemment quand on travaille avec eux, surtout dans la vente. Même les magasins très fréquentés connaissent des périodes de creux. Ces longues matinées tranquilles où il n'y a rien d'autre à faire que bavarder pour passer le temps. On se voit tous les jours ou presque, on se côtoie toute la journée, on se croise, on se raconte des trucs, on échange des blagues et on va boire des coups ensemble plusieurs fois par semaine, juste pour le plaisir.

Je repense à ce qu'il m'a dit tout à l'heure. *T'es un peu vache, quand même*. Est-ce qu'il a raison ? Je n'en sais trop rien.

« Si ça lui pose un problème, dis-je en reprenant le fil

de notre conversation, elle n'a qu'à en parler à Sharona. Ou bien qu'elle aille se faire *mmm*. Ce n'est pas la fin du monde, quand même.

— Se faire *mmm* ? » s'esclaffe-t-il en crachant un nuage de fumée avant de pincer son mégot pour en faire tomber le bout incandescent. Je tire une dernière bouffée de la mienne avant de faire comme lui, et il écrase nos boulettes de braise sous sa semelle. « Tu es trop sage pour dire *se faire foutre*, maintenant ?

— Déformation professionnelle, dis-je en sautant du banc avant de m'étirer. Oh, comme j'aimerais que quelqu'un fasse craquer tous les os de mon dos comme du papier à bulles !

— Ça a l'air violent, ton truc. »

Il repart d'un pas nonchalant et m'ouvre la porte d'accès à la salle de pause. Puis il emporte les caisses au rez-de-chaussée, et je me remets au boulot. Je troque Nick Cave contre Taylor Swift et passe un coup de nettoyant sur les étagères vides avant de remettre en place tous les jeux d'épreuves reliées de 2019 et 2020 par ordre chronologique de sortie, soit d'octobre jusqu'au printemps prochain. Le temps que je finisse, le soleil s'est déjà couché. Je n'ai plus qu'une seule tâche à rayer sur ma liste.

Au premier étage, un vieil homme coiffé d'une casquette plate s'est assoupi dans un des fauteuils près de l'ascenseur, le menton contre la poitrine, une ribambelle de sacs de courses posés à ses pieds. Un trio de collégiennes surexcitées avec de grands gobelets de milk-shake fondu squatte joyeusement le canapé du rayon Voyages, au grand dam d'une cliente en manteau rouge qui tente de parcourir les rangées de *Lonely Planet* et de *Rough Guides* dans le calme.

Eli a empilé les livres de Roach près de la caisse. J'entre certains ISBN au hasard dans la base de données et sens ma résolution s'affermir en constatant que j'avais raison : elle alimente sa petite bibliothèque personnelle aux frais de la boîte et n'a pas payé un seul de ces bouquins.

Les librairies sont des océans et leurs rayons comme les vagues : ils grossissent et diminuent en permanence. Au fil des saisons, des succès, des nouvelles tendances. Polars scandinaves. Dystopies Young Adult. Albums de coloriage pour adultes. Hygge. Il suffit d'un best-seller pour entraîner un tsunami d'imitations. Et juste au moment où vous croyez que le phénomène est parti pour durer, les ventes se tassent et la librairie reprend son souffle, se rétracte, absorbe le stock d'invendus pour le redistribuer entre ses différents rayons, avec les polars ou les albums de loisirs créatifs, et on intervient pour reboucher les trous avant que la vague suivante commence à apparaître.

Le bon libraire sent quand le vent tourne et que les ventes commencent à chuter. Le mauvais libraire, lui, ne s'adapte pas au changement et préfère se raccrocher aux titres en perte de vitesse plutôt que de s'intéresser à ce qui vient ensuite. Quant au très mauvais libraire, il privilégie ses goûts personnels au détriment du bon sens commercial. Et pour moi, Roach appartient à la troisième catégorie, avec sa petite collection de titres minables et obscènes. Je m'empresse de les dispatcher ailleurs, en revérifiant l'état de chaque exemplaire pour repérer d'éventuelles traces d'usure ou d'annotations, bien que je n'ose imaginer le genre de commentaire qu'elle griffonnerait dedans.

Entre les classiques sur Jack l'Éventreur ou les cartels de la drogue, et les anomalies littéraires comme *De sang-froid* et *L'Empreinte*, je tombe sur une bonne dizaine de titres de seconde zone signés d'une certaine Cynthia de la Roche. Tous semblent consacrés à des crimes violents commis à Londres, et j'ai un mauvais pressentiment en ouvrant celui intitulé *Meurtres à East London.* Couverture racoleuse, papier de mauvaise qualité. On dirait presque de l'autoédition, sauf que nous refusons ce type d'ouvrage par principe. Je parcours le sommaire et, sans surprise, je reconnais un nom : celui de l'homme qui a tué ma mère. Il a droit à un chapitre entier sur sa famille, son enfance, sa vie avant ses crimes. Et il est décrit comme un gamin solitaire, un type discret, pilier de sa communauté et homme de loi. Ben voyons.

Cynthia de la Roche raconte méthodiquement la mort de chacune de ces femmes : ce qu'elle faisait, où elle allait, les vêtements et les objets qu'elle portait, ce que l'autopsie nous a appris de ses dernières heures sur Terre. Des existences entières réduites au déroulement d'une soirée, au contenu d'un sac à main ou d'un estomac. Je ne suis pas surprise de voir la vie de ma mère résumée à ses dernières heures et aux circonstances de sa mort, mais cela me heurte malgré tout et je m'en veux d'avoir regardé. *Karina Cordovan, 43 ans, une mère de famille résidant à Walthamstow, a été retrouvée étranglée dans Vinegar Alley par…*

Je ravale un torrent de tristesse, referme le livre et le repose sur l'étagère. Ce n'est pas la première fois que je tombe sur le nom de ma mère. Mais c'est toujours pareil – un paragraphe minuscule, une simple mention au passage. Ces livres finissent par voir leur tirage épuisé, la plupart du temps, et c'est tant mieux. La vérité, c'est que ce n'est sans doute pas une histoire très intéressante pour les gens comme Roach, qui se délectent des détails les plus gore. Quand je pense à la longévité de certaines de ces affaires, les plus célèbres d'entre elles, celles qui conservent une aura de mystère ou une part de doute raisonnable, ces histoires décortiquées jusqu'à la lie, qui finissent adaptées au cinéma, en podcasts ou en séries télé, romancées, rabâchées, réimaginées, je me dis que c'est une chance. Il est peu probable que Roach s'intéresse au meurtrier de ma mère. Ce n'est pas grand-chose, mais c'est déjà un soulagement.

## Roach

Le vendredi, Sharona m'a envoyée à Ilford faire un remplacement au pied levé : une intérimaire en larmes s'était enfermée hors de chez elle en laissant couler son bain et devait attendre l'arrivée du serrurier appelé en urgence. Ça sentait le pipeau à plein nez, mais le culot de la meuf forçait quand même le respect. On m'envoyait souvent faire des remplacements parce que j'étais dispensable, expérimentée et que j'obéissais sans broncher. Les autres librairies Spines de l'Essex avaient des rayons True Crime corrects, quoiqu'un peu trop focalisés sur l'univers carcéral : mémoires de prison, gangsters de l'East End, trafiquants de drogue, toujours un bon stock de *Mr Nice*.

Le magasin était désert et je me suis ennuyée comme un rat mort toute la journée, plantée derrière ma caisse à chercher des références sur Amazon, à lire les pages Wikipédia de films d'horreur que j'avais déjà vus et à vendre des manuels de révision niveau 6e.

Quand j'ai voulu rentrer chez moi en fin d'après-midi, tous les trains avaient du retard à cause d'un type sur la voie à Romford. Mes oreilles se sont mises à me chatouiller. Dès qu'il y avait un mort quelque part, j'étais tout ouïe. J'ai enfoncé mes mains dans mes poches et tapé des pieds pour réactiver ma circulation sanguine. Une odeur douceâtre et putride, synonyme de marijuana, s'est mise à flotter le long du quai. J'ai cherché le coupable du regard. Il n'y avait pas grand monde – il était encore trop tôt pour que les fêtards du vendredi soir transitent vers le centre de Londres dans des rames bondées au milieu de relents d'after-shave, de Lynx et d'autobronzant.

Vers le milieu du quai, j'ai repéré un métalleux en train de fumer un joint, son haleine blanche et épaisse. Il a jeté un coup d'œil dans ma direction et j'ai continué à le regarder. Il n'était pas très grand, un mètre soixante-cinq grand max, le teint pâle et de longs cheveux noirs ondulés. Je m'attendais à ce qu'il se détourne, mais il s'est mis en marche pour venir à ma rencontre et m'a tendu son joint. On aurait dit une clope roulée, sauf que le papier était jaune foncé.

« Nan, j'ai dit en secouant la tête. Mais merci. »

Il a haussé les épaules et il est resté là à fumer, comme si on était potes. Je ne savais pas trop si j'étais censée m'en aller, lui dire comment je m'appelais ou quoi, alors je suis restée plantée là moi aussi. Bêtement.

De près, il avait les pommettes saillantes, les dents en avant et les yeux sombres de Richard Ramirez, le serial killer qui avait terrorisé Los Angeles dans les années 80. Perfecto défoncé, assortiment de badges piqués de rouille sur les revers. Je reconnaissais certains logos de groupes comme Slayer, Cradle of Filth et Megadeth. D'autres ne me disaient rien, avec leurs noms qui ressemblaient à des incantations. Dimmu Borgir. Belphegor. Gorgoroth. J'aurais voulu les prendre en photo pour les chercher plus tard sur Internet.

« Tu ressembles à Richard Ramirez, j'ai dit.
— Ah ouais ?
— Ouais.
— C'est marrant, parce que je m'appelle Richard.
— Sérieux ?
— Nan. Je déconne. Je m'appelle Sam. »

Je pouvais jouer à ce petit jeu. « Et moi, c'est Brodie », lui ai-je répondu. J'avais envie de changement. Laura avait bien un millier de visages différents au gré de ses humeurs, pourquoi n'aurais-je pas le droit de jouer un rôle moi aussi ?

« Comme Brody Dalle ?
— Non, ça s'écrit différemment », a répondu ma bouche à ma place. D'où je sortais un truc pareil ? Ma soudaine habilité à raconter des craques me stupéfiait. J'ai senti que je me tenais un peu plus droite, les épaules bien redressées.

Sam a coincé ses cheveux derrière son oreille gauche. « Fait chier, tous ces retards.
— Tu m'étonnes.
— Une fois, a-t-il poursuivi en fumant son joint, quelqu'un s'est jeté sous un train et le trafic a été interrompu pendant l'après-midi entier.
— C'est long.
— Ouais. C'est parce qu'il faut tout nettoyer derrière. » Il a grimacé, et sa pomme d'Adam a remué dans sa gorge quand il a dégluti. « Ça peut durer des heures, vu qu'ils doivent… je te fais pas un dessin.
— Ils doivent quoi ? j'ai demandé en m'humectant les lèvres.
— C'est glauque, m'a-t-il prévenue en tournant son regard au loin vers la voie ferrée.

— Dis-moi.

— Tu veux vraiment savoir ? »

J'ai fait oui de la tête. Mes paumes de mains étaient moites et je les ai discrètement essuyées sur mon jean.

« Attends, je finis ça d'abord. » Il a tiré une longue bouffée qui a fait rougeoyer le bout de son joint.

Dans un crachotement de haut-parleur, une annonce a résonné sur le quai : le trafic était suspendu « pour une durée indéterminée en raison d'un incident voyageur ». D'un ton navré, le chef de gare nous invitait à emprunter les correspondances pour nous rendre dans le centre-ville.

Sam a jeté la fin de son joint sur les rails inutiles. « Ça te dit qu'on aille boire un verre et que je te raconte tout ça ? »

Je l'ai suivi dans un pub sur la grand-rue, avec du vieux mobilier en bois sombre et une vraie bonne odeur de pub – bière éventée, huile de friture et produits détergents. Le genre d'endroit qui mettait bien le paquet pendant la Coupe du monde, qui fêtait toujours la Saint-Georges en avril et où on trouvait une boîte de coquelicots en papier posée sur le bar dès le mois d'octobre[1].

Ils n'avaient pas de Dark Fruits, alors on s'est commandé des pintes de cidre avec des shots de liqueur de cassis que Sam a payés cash. Avec une liasse de billets crasseux.

Malgré le froid, on est allés s'asseoir dehors pour

1. Chaque automne, une campagne de dons au profit des anciens combattants est organisée à travers le Royaume-Uni sous la forme de vente de coquelicots en papier à porter à la boutonnière.

qu'il puisse fumer. J'ai sorti mes Pall Mall et je m'en suis allumé une. Il n'a pas fait le moindre commentaire. Je ne sais pas à quoi je m'attendais – à ce qu'il me traite de poseuse, peut-être, ou qu'il m'explique que je ne savais même pas comment tenir une clope.

Apparemment, son père était conducteur de train, donc il avait entendu des histoires d'« accidents de personne » toute sa vie.

« C'est comme ça qu'on dit dans le jargon », m'a-t-il expliqué avec un rictus.

Les suicidés du rail m'avaient toujours beaucoup intéressée. J'étais fascinée par la violence du geste, ce chaos, ce sang. Quand j'étais ado, on racontait une légende urbaine à propos d'un serial killer qui aimait pousser les femmes sous les trains et j'avais beau savoir que c'était faux (ce n'était qu'un fantôme, formé par les courants d'air dans les tunnels et la pression des corps agglutinés le long des quais), je rêvais de voir quelqu'un tomber sur les voies chaque fois que je prenais le métro ou le train.

Sam m'a demandé ce que je faisais dans la vie et je lui ai répondu que je bossais dans une librairie. « Cool, il a opiné. Ça te va bien.

— Tu aimes lire ?

— Nan, pas vraiment. J'ai lu que le premier *Game of Thrones* et la bio de Mötley Crüe. C'est génial, tu devrais y jeter un œil. Et j'aime bien certains trucs de true crime.

— Moi aussi ! ai-je répondu en sentant mon intérêt s'éveiller d'un coup. J'adore les serial killers.

— C'est lequel, ton tueur préféré ? »

Je lui ai parlé des West Memphis Three, il m'a parlé

de H. H. Holmes, puis on en est arrivés à l'Étrangleur de Stow et il était hyper content parce qu'il s'en souvenait lui aussi.

« C'était dingue. Mon père avait acheté un coup-de-poing américain à ma mère alors que ça se passait à des kilomètres de chez nous. Elle était furax. *Qu'est-ce que tu veux que j'en fasse ?* » Ça l'a fait marrer, et j'ai aimé la spontanéité de son rire. Il a bu la dernière gorgée de sa pinte et désigné mon verre vide. « T'en veux un autre ?

— OK. »

On est restés là jusqu'à ce qu'il fasse nuit, moi les orteils gelés et le nez qui coulait à cause du froid. Sam est passé du cidre au Jack Daniel's Coca, alors j'ai fait pareil. Le whisky m'a réchauffée de l'intérieur, allumant un feu dans mon ventre que même la nuit glaciale ne pouvait plus éteindre. On a fini par épuiser le sujet des serial killers alors on est passés aux films d'horreur, et on s'est rendu compte qu'on avait les mêmes goûts : plus c'était gore et créatif, mieux c'était.

Au bout d'un moment, quand notre table s'est retrouvée envahie de verres vides et que le cendrier débordait de mégots, il a sorti son téléphone pour vérifier où en étaient les trains et il m'a annoncé que le trafic avait repris.

« On saura ce qui s'est passé ? Genre, si le mec est mort ?

— Non. Mais je peux demander à mon père. T'as qu'à me filer ton numéro et je te tiendrai au courant. »

J'ai tapé mon numéro sur son téléphone et je me suis souvenue juste à temps de l'enregistrer au nom de « Brodie ». Il m'a toute de suite appelée pour que j'aie son numéro. Je l'ai sauvegardé sous le nom de Sam Ramirez.

On est partis du pub. Je me sentais à la fois enhardie et titubante sous l'effet de l'alcool. J'ai commencé à me diriger vers la gare, mais j'ai vu qu'il ne me suivait pas.

« Je, hum… j'habite par là, m'a-t-il expliqué en désignant la direction opposée.

— Si tu vis dans le quartier, pourquoi t'attendais le train tout à l'heure ?

— J'allais à un concert à Camden.

— Alors pourquoi t'as pas pris le bus à Stratford pour récupérer le métro ?

— Parce que je te trouvais cool. » Là-dessus, il m'a mordillé les lèvres et nos bouches se sont écrasées en un baiser humide qui était presque trop pour moi.

Il avait un délicieux goût de cendre fraîche.

## Laura

Des zigzags de bave d'escargot continuent d'apparaître sur le sol de ma cuisine pendant la nuit, comme de mystérieux cercles de culture. J'ai lu un article expliquant qu'il fallait créer un barrage de pièces de monnaie entre la maison et le jardin pour les empêcher d'entrer. Le côté sorcière du rituel me plaît bien : j'échange une pièce d'une livre sterling contre un sachet de pennies à la librairie pour construire un rempart inviolable en travers de ma porte de derrière. Une heure plus tard, je découvre une limace jaune pâle en train de baver sur le lino.

Ça faisait un moment que j'avais écrit à mon propriétaire. Après des semaines de silence radio, il a fini par me répondre pour me proposer de m'envoyer son frère. Un type grassouillet aux cheveux gris coiffés en brosse et aux traits affables arrive au volant d'une camionnette blanche.

« J'peux vous demander combien mon frère vous fait payer pour habiter ici ? me lance-t-il en passant d'une pièce à l'autre. Ça doit valoir un paquet de blé, de nos jours.

— Oh, dis-je en me grattant la tête pour chercher un

moyen de me sortir de là. Je, hum… c'est mon père qui paie le loyer, en fait. Donc je n'en sais rien. »

Il plisse les yeux, mais n'insiste pas. À la place, il se met à quatre pattes pour regarder sous l'évier de la cuisine, autour de la tuyauterie de la salle de bains, mais il ne comprend pas non plus d'où viennent les escargots.

« Suffit que l'un d'eux trouve un passage pour que tous les autres rappliquent derrière, grommelle-t-il avant de se relever et de s'essuyer les mains sur son jean. Vaut mieux nettoyer la bave tout de suite pour pas les encourager à revenir. »

Je profite de sa présence pour lui parler des empreintes de pas devant ma fenêtre et lui demander s'il peut faire quelque chose pour renforcer la sécurité de mes verrous. Il me raconte par le menu un cambriolage qui s'est produit dans le quartier et dont il a entendu parler au pub. Je l'écoute dans un état d'affolement presque catatonique, les mains si crispées autour de mon téléphone que j'en ai mal aux doigts. Mon appart est mon sanctuaire, l'endroit où je me sens le plus à l'abri. L'idée que quelqu'un puisse entrer par effraction chez moi, s'inviter dans mon espace personnel, tripoter mes affaires et, qui sait, m'attendre tapi dans l'ombre, suffit à me mettre en transe. Je m'efforce de respirer par le ventre pour me calmer.

« La télé, les ordinateurs portables… même les chargeurs ! Ils ont tout embarqué », poursuit-il tranquillement sans remarquer ma détresse. Il me propose d'ajouter une chaînette à ma porte d'entrée et revient de la quincaillerie avec du film opaque à coller sur la partie inférieure de la fenêtre du salon.

« Ça les dissuadera de revenir vous espionner, dit-il. Pensez à bien mettre la chaînette le soir et fermez toujours à double tour quand vous sortez. Ce qu'ils cherchent, c'est une cible facile, alors compliquez-leur la vie, compris ? »

Les jours où je ne suis pas à la librairie, je m'enferme chez moi avec la chaînette en place et je fais le ménage en regardant des vlogs de lifestyle. Eli m'a toujours reproché mon addiction à ces trucs – toutes ces femmes au teint de pêche éclairées par des ring lights qui boivent des matchas latte une année et ne jurent que par le charbon activé l'année suivante. Elles parlent toutes la même langue et empochent des millions grâce à leurs tutos sympas sur le gloss, leurs vidéos détaillées sur leurs produits de make-up, les fringues qu'elles ont chinées en friperies, le contenu de leur sac à main ou de leur frigo. Elles proposent des cours en visio, des kits de blanchiment dentaire ou des gummies qui donnent de beaux cheveux, le tout accompagné de l'omniprésent #partenariatrémunéré. Leur petit monde artificiel et ultra filtré me fait pourtant l'effet d'un baume apaisant, comme du bruit blanc, pendant que je plie mes tee-shirts, que je range mes robes sur des cintres et que je nettoie mes chaussures.

Quand Eli voit la vidéo en pause sur l'écran de mon ordi, il démarre au quart de tour.

« Ce n'est qu'un robinet à conneries, narcissique et contrefait. Ce n'est pas la vraie vie. Je n'en reviens pas que tu tombes dans le panneau. Ce n'est que de la publicité nouvelle génération, déguisée en divertissement. Tu réalises que tu mates de la pub pour le plaisir ? »

On boit des bières ensemble autour de la vieille table

de jardin dans ma cuisine. Il est en train de me préparer une cigarette parce que je fumais autrefois des clopes industrielles et que je détestais rouler moi-même, détail de mon passé qu'il a gardé en mémoire, bien que je sois passée au tabac Amber Leaf depuis un moment. La table, d'un joli bleu pastel avec ses chaises assorties, est toute piquetée de rouille et la peinture s'effrite par endroits.

« Ces meufs sur Internet – ces *influenceuses...* » Il s'interrompt une seconde, le temps de dessiner des guillemets invisibles en l'air pour montrer qu'il ne prend pas ce mot au sérieux. « Elles te donnent des complexes pour que tu achètes leurs produits de merde et que tu aies l'impression d'aller mieux, elles empochent ton fric pour se payer encore plus de peelings du visage et d'injections dans les lèvres, et résultat, tu te sens encore plus moche. C'est de l'arnaque pure et simple.

— Je ne crois pas qu'elles cherchent à faire complexer les autres, dis-je en prenant la clope roulée qu'il me tend. Elles veulent juste se sentir bien dans leur peau. Tu vois ce que je veux dire ? C'est... de *bonne guerre*, quoi. » Je trace aussi des guillemets en l'air pour bien montrer que je ne prends pas cette expression au sérieux non plus.

« Mais tout est truqué ! insiste-t-il d'un ton exaspéré en léchant le filtre d'une deuxième cigarette.

— Écoute, après ton SMS cet après-midi, j'ai plié le linge qui traînait sur l'étendoir depuis une semaine, j'ai fait la vaisselle, j'ai rangé le café et le pot de beurre de cacahuètes.

— Et alors ?

— Eh bien... n'est-ce pas de la triche, aussi ? Ne

serait-ce pas plus honnête de ma part de laisser mon bordel, le linge, la bouffe dans la cuisine ?

— Non, j'appelle ça se comporter en adulte », me répond-il en ôtant un brin de tabac collé sur sa lèvre inférieure.

Je me lève et prends une spatule en bois pour soulever le loquet et entrouvrir la fenêtre. Le crépuscule marbre le ciel de nuages violacés, et nos volutes de fumée s'échappent dans l'air du soir.

« Tu veux une autre bière ? dis-je en secouant ma bouteille vide.

— Une dernière. Après ça, il faut que je file. Lydia va se demander où je suis.

— Envoie-lui un texto », dis-je en refermant le frigo d'un coup de hanche avant de décapsuler deux blondes artisanales. Je suis allée exprès à la boutique spécialisée sur Hoe Street pour remplir mon frigo du genre de bières qu'il aime. Mais j'ai quand même réussi à avoir tout faux. Je me suis laissée tenter par des arômes atypiques pour faire original au lieu de me baser sur des critères sérieux comme le nom de la brasserie ou du houblon. Des Porter saveur crème brûlée, des IPA à l'orange sanguine et un truc censé avoir un goût de cerise et de chocolat noir, mais qui ressemble juste à de la bière et qu'il n'a pas l'air d'apprécier plus que ça.

« Alors, maintenant qu'on a pris nos marques, qu'est-ce que tu penses de la librairie ? me demande-t-il en portant sa bouteille à ses lèvres. Genre, honnêtement ?

— C'est un peu mort. J'aime bien quand il y a un peu plus d'animation. Et l'équipe est difficile à secouer.

— J'aime bien Noor, dit-il d'un air pensif, les yeux

tournés vers la fenêtre. Je la verrais bien sur un site plus branché. Celui de Shoreditch, peut-être. Pareil pour Kofi, s'il faisait plus d'efforts avec les clients.

— Et Roach ? » dis-je avec un rictus.

Il s'esclaffe et pointe un index accusateur vers moi. « Je sens un piège dans cette question. Où veux-tu en venir ? »

Je bois une gorgée. Eli a un petit côté moralisateur et il n'aime pas qu'on critique quelqu'un juste parce qu'on ne l'aime pas. Mais s'agissant de Roach, je me dis qu'il y a quand même de fortes chances qu'il se range de mon côté.

« Pour être honnête, je ne la sens pas.

— Elle m'a juste l'air un peu seule, dit-il en tapotant sa cendre dans le pot de Gü qui fait office de cendrier.

— Elle me met hyper mal à l'aise, si tu veux tout savoir. »

Il fronce les sourcils d'un air si prévenant que je me sens fondre un petit peu. « Pourquoi ?

— Son obsession pour les tueurs en série. Franchement, ça me dérange. Être fan de true crime ne constitue pas une personnalité.

— Je comprends. »

Il se renfonce sur sa chaise, une expression insondable sur ses traits. J'ai dans la bouche un souvenir du gin pur bu au goulot, le tonic déjà avalé depuis longtemps, suivi d'un baiser au goût herbeux et citronné rendu amer par le chagrin. Je m'apprête à dire quelque chose, mais je me ravise juste à temps.

Dehors, la nuit est tombée. Nous finissons nos bières en fumant tranquillement mon tabac, et tout semble comme au bon vieux temps. Au moment de partir, il passe ses bras autour de ma taille et me serre longuement – sincèrement – contre lui. L'odeur de sa lessive me rend nostalgique.

« Maintenant que j'habite dans le coin, on devrait se faire ça plus souvent, dit-il en s'écartant doucement. Je suis sérieux. Tu m'as manqué, meuf.

— Tu parles. » J'ouvre la porte pour le laisser sortir.

« À demain, dit-il en s'éloignant.

— Pour une nouvelle journée de bonheur, ha ha. »

À peine la porte fermée, j'insère la chaînette de sécurité dans la glissière. L'appart semble froid et vide sans lui. J'ouvre la bouteille de mauvais vin blanc que j'avais planquée dans le bac à légumes et j'additionne mentalement le prix de toutes ces bières artisanales, je découvre le peu de tabac qu'il reste dans mon paquet après tout ce qu'Eli a fumé, et je regarde la vidéo YouTube d'une femme en train de tester un blush à soixante-quinze dollars – « OK, les filles, c'est parti pour aller faire chauffer la carte bleue chez Trader Joe's ! » – en me demandant combien j'ai encore sur mon compte avant de toucher mon prochain salaire.

## Roach

Le type devant moi sentait le Red Bull et les chips McCoy's saveur barbecue. Ce mélange olfactif de sucre et de viande m'évoquait des images de pourriture et de cadavres boursouflés par une chaude journée d'été. Il feuilletait le livre du mois – un récit larmoyant sur le deuil et la dégustation de vin.

Il a tapoté la couverture pour attirer mon attention.

« Ça cause de quoi ? »

J'étais en train de lire un article de fond sur les suicidés du rail, histoire de pouvoir en parler avec Sam s'il proposait qu'on se revoie, et j'ai lâché un gros soupir pour bien lui montrer qu'il me dérangeait.

« Ça parle d'un type qui entreprend un voyage, mais un voyage aussi bien émotionnel que physique. »

Il a continué à examiner la couverture en silence tout en grattant sa barbe de cou avec ses ongles rongés, et je me suis replongée dans ma lecture.

« Ah oui ? a-t-il fini par répondre. Et c'est bien ?

— C'est le meilleur livre que j'aie jamais lu, j'ai répondu sans lever les yeux de l'ordinateur.

— C'est du baratin, grogne-t-il. Vous devez toucher une com' dessus.

— Je suis payée pareil, que vous l'achetiez ou non.

— C'est du baratin», répète-t-il en sortant son portable de sa poche. Il a commencé à s'agiter et à tripoter son téléphone avec ses doigts rigides.

Noor était occupée à faire du rangement autour de la caisse, mais j'ai remarqué qu'elle avait la main posée sur l'étagère devant elle, la tête penchée sur le côté, comme si elle n'en perdait pas une miette.

« Et il est moins cher sur votre site, en prime ! » Il a brandi son écran sale sous mon nez. « Comment ça se fait ?

— J'en sais rien. C'est comme ça.

— Nous avons des offres différentes en magasin et en ligne, intervient Noor de sa voix suave de commerçante en me coulant un regard gêné. Il est moins cher sur Internet, mais il est gratuit si vous l'achetez en magasin avec un autre ouvrage bénéficiant de la même promotion.

— Ah ouais ? Moi, j'appelle ça de l'arnaque, a répliqué le bonhomme. Et si je ne veux pas acheter deux livres ? Si je veux seulement *celui-là ?* » a-t-il ajouté en martelant l'exemplaire qu'il tenait à la main, laissant une sublime empreinte de doigt sur la couverture mate. Si j'enquêtais sur une scène de crime et que ce type était mon suspect numéro un, j'aurais une pièce à conviction en or pour le coincer.

« Commandez-le en ligne, dans ce cas, ai-je marmonné avant de me replonger dans mon article.

— OK, je veux parler à votre responsable. » Il a croisé les bras comme un videur à l'entrée d'une boîte de nuit, le visage de plus en plus cramoisi.

« Aucun d'entre eux n'est disponible pour le moment, ai-je répliqué.

— Connasse », a-t-il craché avant de se diriger vers la sortie. Sans acheter le stupide bouquin sur le papa mort et le vin.

« Qu'est-ce qui t'a pris ? a sifflé Noor, visiblement secouée par la scène, les mains tremblantes d'adrénaline. On est censés s'aligner sur les prix du site !

— Il n'avait pas l'intention de l'acheter. Il voulait juste taper son petit scandale. »

Elle est partie se remettre de ses émotions au fond de la librairie, me laissant enfin à mes recherches. S'engueuler avec les clients faisait partie du job. Elle n'allait pas faire de vieux os si elle ne s'endurcissait pas un peu.

Eli a débarqué derrière le comptoir avec un carton entier de bobines de caisse neuves et des paquets de sacs en papier. Une traînée grisâtre salissait le devant de son tee-shirt.

« Salut Roach, je voulais te parler, m'a-t-il déclaré en posant son chargement sur le comptoir. On a fait un peu de rangement dans la salle de pause. Sharona ne veut pas qu'on y entrepose des livres, donc hum… j'ai remis la plupart des tiens en rayon. Les épreuves sont toujours là, et j'ai aussi entreposé certains exemplaires dans le placard réservé aux commandes clients, mais Sharona voudrait que ça dégage aussi.

— Quoi ? ai-je lâché, estomaquée.

— On ne doit pas garder de livres en salle de pause, Roach. Tu le sais très bien. Ils doivent soit être en rayon, soit rangés dans le placard des commandes clients. »

Un courant d'air est entré par la porte ouverte et a fait trembler les couvertures des poches disposés près de l'entrée. On aurait dit les battements d'ailes d'une nuée d'oiseaux cloués au sol.

« OK, ai-je soupiré. Je n'ai qu'à les ranger avec les commandes, alors. »

Il s'est renfrogné avant de secouer la tête.

« Non, ça n'ira pas. Tu en as trop. Sharona veut que le placard des commandes clients soit en ordre avant Noël. Soit tu les achètes et tu les gardes en salle de pause, soit ils repartent en rayon pour être vendus. C'est l'un ou l'autre.

— Mais je ne peux pas me permettre de tous les acheter !

— S'ils se vendent, tu n'auras qu'à les commander à nouveau quand tu en auras les moyens.

— Certains de ces livres ont mis des mois à arriver, ai-je insisté dans l'espoir de l'amadouer. Certains viennent des États-Unis ou de tout petits éditeurs indépendants !

— Écoute, m'a-t-il rétorqué en levant les bras avec impuissance, je ne fais que transmettre le message. Laura les a déjà déplacés de toute façon, c'était juste pour te prévenir. »

Laura.

J'ai fusillé Eli du regard pendant qu'il s'éloignait. Barbara, notre ancienne cheffe, ne m'avait jamais emmerdée avec mes commandes. Elle mettait rarement les pieds en salle de pause.

L'après-midi a duré des siècles et je suis restée bouillonnante de colère. J'ai servi une famille qui voulait acheter des manuels de révision, mais a changé d'avis en découvrant que la promotion était terminée et tout laissé en plan à la caisse. Comme ça me soûlait d'aller les ranger, je les ai posés sur un chariot de livres jeunesse. Laura Miss Parfaite n'aurait qu'à s'en occuper puisqu'elle adorait foutre son nez dans les affaires des autres.

## Laura

C'est l'un de ces rares après-midi magiques où je me retrouve seule à la librairie avec Eli et Sharona. On a presque l'impression d'être ailleurs.

« J'ai tellement hâte qu'on aille boire un coup, soupire Eli.

— Il nous reste encore une heure, tu sais.

— Une heure ? grogne-t-il en posant sa tête sur mon épaule. Au secours. »

Je le laisse s'attarder là quelques secondes, la chaleur de son visage contre mon cou, avant de le chasser d'un geste amusé.

À la fin de la journée, pendant qu'il imprime le relevé de caisse et va ranger l'argent liquide dans le coffre-fort, je m'éclipse le temps d'aller me préparer aux toilettes. Je me mets une touche de rouge à lèvres framboise et le frotte jusqu'à l'atténuer en un rose discret. Ma bouche, mais en mieux. Je n'ai rien d'autre pour me maquiller dans mon sac, donc je m'en tapote aussi sur le bout des doigts pour redessiner mes pommettes. L'effet est satisfaisant – j'ai le teint frais et rosé, post-coïtal, les lèvres comme mordillées par un baiser. J'examine mon reflet, m'ébouriffe les cheveux avec les mains, et la fille dans le miroir me regarde avec une moue sensuelle.

J'avais d'autres projets pour ce soir. Je repense aux membres de mon groupe de parole, à la curiosité tapie derrière leurs traits douloureux pendant que je leur parlais de ma mère la semaine dernière. Des et son expression bienveillante, fier de moi parce que j'avais osé dire ma vérité. Mes hésitations se dissipent quand j'imagine la première gorgée de vin. Et merde. Je me jette un dernier coup d'œil avant de sortir discrètement des toilettes. Ni mon temps, ni mon âme, ni mon cœur n'appartiennent à qui que ce soit. Pas plus que mes secrets. Surtout, j'ai très envie d'aller boire ce verre.

On se rend dans un pub tranquille sur la grand-rue, le genre qui fait partie d'une chaîne mais s'efforce de ne pas le montrer. Sharona nous commande une bouteille de vin rouge, un paquet de chips et un sachet de cacahuètes grillées qu'on éventre pour les poser à plat sur la table. On enchaîne les verres, le vin rouge opère sa magie, se répand dans nos veines et nous détend peu à peu.

Chaque fois que Sharona se joint à nous pour boire un verre, la conversation tourne autour de la librairie, du groupe, des ventes, des clients. Parfois, c'est une bonne chose et parfois, non. Parfois, c'est exactement ce dont j'ai besoin pour relâcher la pression ; Sharona sait écouter, mais elle a aussi l'art de raconter des ragots professionnels bien croustillants. Sauf que ce soir, je ne suis pas d'humeur à parler boulot. J'ai envie de lâcher prise et de me laisser aller, de raconter des bêtises et d'exister au-delà de mon chiffre d'affaires.

Je les laisse papoter un moment, contente de savourer mon verre de vin en ne les écoutant que d'une oreille et en observant les gens autour de nous. À l'autre bout de la salle, une femme entre deux âges vêtue d'un top à sequins argentés sirote un gin ou une vodka tonic, seule. Sans téléphone et sans livre. Juste elle, son verre et ses pensées. Je l'admire.

« C'est un drôle d'oiseau, dit Sharona avec une pointe de tendresse dans la voix.

— C'est un euphémisme, renchérit Eli. Je n'arrive pas à la cerner. »

Je me rebranche sur leur conversation, m'imaginant un instant qu'ils sont en train de parler de la femme au top argenté.

« Qui ça ?

— Roach, me répond Eli.

— Ah. »

Sharona arque les sourcils et m'adresse un sourire interrogateur.

« C'est la plus mauvaise libraire que j'aie jamais vue, dis-je. L'autre jour, un client lui a demandé *Walden* et elle ne savait même pas ce que c'était. Je crois même qu'elle a pensé que c'était le nom de l'auteur.

— Tout le monde a ses petites lacunes, répond Sharona d'un ton magnanime. Tu n'es pas née en sachant prononcer correctement le nom de Goethe, que je sache.

— Bien sûr que si. »

Elle rejette la tête en arrière et éclate de rire.

« OK, toi peut-être, mais pas moi.

— Tu oublies que Roach est libraire depuis qu'elle est en âge de bosser. »

Sharona finit son vin et répartit le reste de la bouteille

entre nos trois verres. « Elle t'aime beaucoup, tu sais, dit-elle d'un air espiègle.

— Elle me débecte. » Ces mots sortent un peu plus sèchement que je le voulais et Sharona hausse de nouveau les sourcils, cette fois avec étonnement.

À l'autre bout de la salle, une jeune femme dotée d'une frange malingre étalée sur son front comme un code-barres pousse des cris suraigus lorsqu'un barman vient lui apporter un bol de chips avec le même geste théâtral qu'un serveur dans un resto étoilé au Michelin. Mon ventre se serre.

« Que pensez-vous du true crime en tant que genre littéraire ? » enchaîne Sharona d'un air pensif. Je me demande si elle est au courant pour ma mère ou si elle veut juste lancer un sujet de conversation.

« En tant que féministe, j'y suis très hostile. Je n'aime pas l'idée que des hommes profitent de la violence, de la torture et du meurtre des femmes.

— Je comprends, dit-elle.

— Il y a aussi des femmes qui écrivent du true crime », nuance Eli avec prudence en évitant mon regard.

Il fait tournoyer son verre en observant le mouvement du vin, les traces bordeaux qu'il laisse sur la paroi. Je sens qu'il a envie d'argumenter mais qu'il sait qu'il s'engage sur un terrain sensible.

« Et qui en lisent, ajoute Sharona.

— J'avoue que ça me laisse perplexe, commente Eli. Pourquoi les femmes sont-elles attirées par tous ces… ces récits ultraviolents ?

— C'est vrai, s'esclaffe Sharona en le pointant d'un doigt accusateur. Et moi qui croyais que les filles n'aimaient que les histoires de poneys ! »

Il lui jette une cacahuète.

« La ferme. Tu vois très bien ce que je veux dire. »

J'avale une gorgée de vin et tente de répondre moi-même à cette question. Sharona a raison, bien sûr : les femmes lisent du true crime, elles en écrivent, produisent des podcasts et des documentaires. Moi-même, j'en lis. J'en écris. Sauf que ça n'a rien à voir. Mon argument de départ ne tient plus vraiment la route, du coup, mais mon animosité viscérale envers Roach est plus forte et je n'ai pas l'intention d'abdiquer.

« Je crois que beaucoup de femmes sont attirées par le true crime parce que ça les concerne, dis-je. C'est une façon d'exorciser, de communier avec les victimes.

— Il y a pourtant plus d'hommes que de femmes assassinés chaque année au Royaume-Uni », rétorque Eli. Il se penche au-dessus de la table avec l'intensité de quelqu'un qui voudrait faire valoir son point de vue, mais il semble aussi conscient du fait qu'il marche sur des œufs, qu'il joue une partie perdue d'avance parce que je parle du haut de mon expérience personnelle et qu'il n'en a aucune.

« N'importe quoi, s'offusque Sharona. Qu'est-ce que tu racontes ?

— Je t'assure, insiste Eli en sortant son téléphone. Regarde, c'est ce qu'indique le rapport du…

— On croirait un militant masculiniste, l'interromps-je sèchement. C'est bien la première fois que je t'entends brandir les chiffres des homicides.

— Wow, non, attends, se récrie-t-il, les mains levées en un geste de reddition. Je dis juste que c'est un peu simpliste de n'y voir que des hommes profitant des violences faites aux femmes. *My Favorite Murder,*

*RedHanded*… tous ces podcasts ont été créés par des femmes.

— Et cette série Netflix, *Making a Murderer* ? N'est-ce pas aussi une femme qui l'a produite ? demande Sharona en récupérant son manteau. Très intéressant, tout ça. Nous n'avons pas toutes les réponses, et nous ne sommes pas censés les avoir. Bon, je vais me rentrer. Soyez sages, vous deux. »

Elle s'en va après nous avoir dit au revoir, mais il n'est que vingt et une heures et la soirée ne fait que commencer. Je me sens un peu irritée par les propos d'Eli, mais une fois Sharona partie, la conversation passe à tout autre chose et on retrouve notre rythme à nous. Il commande une deuxième bouteille de vin rouge. Quand vient le moment de payer ma tournée, je me sens d'humeur généreuse et nous prends royalement une bouteille de prosecco bien fraîche et bien au-dessus de mes moyens. À vingt-trois heures, le barman sonne la cloche des dernières commandes, et la nuit s'ouvre comme une fleur devant nous.

On descend la rue en titubant jusqu'à un autre bar qui ferme à minuit, Eli nous commande deux rhums coca, je nous en recommande deux autres, après quoi on met le cap sur le Goose, qui ferme à une heure, où Eli nous prend deux pintes de cidre fruité accompagnées de shots d'une boisson visqueuse qui sent comme le sucre d'orge à la pomme, et il pose sa main sur ma cuisse dans un moment d'égarement avant de la retirer, gêné.

« Je crois que je te dois des excuses, dit-il d'une voix pâteuse. J'aurais pas dû lancer ce débat, tout à l'heure.

— T'inquiète, dis-je aussitôt. Ça fait rien.

— Au contraire », dit-il. Sa main revient sur ma

cuisse et cette fois, quand nos regards se croisent, il la laisse posée là. Ses yeux sont vitreux, brillants de sincérité, et ma gorge se serre. Non, ne fais pas ça, me dis-je. Laisse-la en dehors de ça, je t'en supplie.

« Eli… »

Il bat des cils, les lèvres entrouvertes, mais le charme se rompt lorsqu'il ôte sa main pour soulever son verre et le vider d'un trait.

« Bon, allons prendre un dernier verre, dit-il. Ce pub que tu détestes, le Mother Black Cap… il n'est pas ouvert jusqu'à deux heures ? »

Je m'excuse et je file aux toilettes. Enfin seule derrière une porte, j'éclate en sanglots jusqu'à en vomir. Ma gerbe fait une espèce de mousse violacée, comme du Vimto. Est-ce que j'ai bu du Vimto ? Non. Dark Fruits, c'est du Dark Fruits, le cidre préféré de Roach. Roach – est-ce qu'elle est là ? C'est elle qui m'a fait boire ça ? Je tire la chasse, j'abaisse le couvercle de la cuvette et m'assieds dessus pour m'essuyer la figure. J'entends qu'on frappe à la porte, une voix féminine demande : « Tout va bien, ma belle ? » et une autre lui répond : « Je crois qu'elle est malade. » Roach – est-ce que ce n'était pas la voix de Roach ?

Une vague de panique m'envahit quand je comprends que je suis en danger. Il faut absolument que je m'en aille d'ici. Je commande un taxi, oubliant ou négligeant le fait que j'habite à un quart d'heure à pied. Je ferme un œil pour tâcher de lire les lettres floues qui se forment sur l'écran de mon téléphone, mais elles se brouillent et se déforment. Je crois que j'ai réussi la résa, mais je ne sais pas trop où je vais atterrir. Tant pis. Le principal, c'est que je me casse.

Eli me voit me diriger vers la sortie d'un pas mal assuré en traînant mon manteau sur la moquette poisseuse du pub. Il me suit dehors, jusqu'à la voiture qui m'attend au coin de la rue.

« Eh, qu'est-ce qui se passe ? me lance-t-il, les yeux chassieux et la bouche humide, l'air complètement bourré. Je peux venir ?

— Non », dis-je en claquant ma portière juste avant que le véhicule démarre. Les rues de Walthamstow défilent derrière la vitre à mesure qu'on se rapproche de chez moi.

Ce n'est pas que je n'ai pas envie de coucher avec lui, et ce n'est pas non plus à cause de Lydia. La vérité, c'est que je voudrais que la nuit ne se termine jamais. Je sais toujours où aller après, je connais les adresses qui ferment tard, je sais où rebondir pour passer à la case suivante qui nous rapprochera du point du jour – mais j'ai besoin de me réveiller seule. Sans personne qui squatte mon canapé et sans présence intruse dans mon lit. Sans remords du lendemain et sans petit déjeuner malaisant. Tant que je me réveille seule, je peux tirer un trait sur ce qui s'est passé et tout reprendre de zéro, comme si de rien n'était.

Je me réveille avec le poids de la soirée de la veille comme un nuage au-dessus de moi. J'ai la tête lourde, une migraine abominable. Je reconstitue le fil des événements, identifie les trous noirs, sonde l'angoisse qui m'étreint. Ai-je fait quelque chose de travers ? Ai-je dit quelque chose qu'il ne fallait pas, embrassé quelqu'un, fait une connerie quelconque ?

Je regarde mon téléphone. Il est vraiment tôt. J'ai

encore un peu de temps avant de me lever. Un SMS bourré de coquilles m'attend, de la part d'Eli : *Merci de mavoir plantté là meuff !* Je vois qu'il a été envoyé à deux heures trente du matin.

Je tapote sur mon clavier : *Toujours fâché ?*

Sa réponse me parvient aussitôt : *Pas fâché, jamais fâché ! Il valait mieux qu'on s'arrête de toute manière, sinon j'aurais fini sur ton canapé ha ha.*

J'écris : *On sait tous les deux que tu n'aurais pas fini sur le canapé,* puis j'efface, je recommence et j'efface à nouveau.

# Roach

Sam, le métalleux qui ressemblait à Richard Ramirez en version pas latino, aimait bien échanger des textos. Depuis notre soirée au pub, il m'écrivait presque tous les jours. Avec lui, j'étais Brodie et je devenais quelqu'un d'autre. Brodie était écrivaine, marrante et sociable, elle aimait bavarder, poser des questions, et il avait l'air d'apprécier ça parce qu'il m'en posait beaucoup aussi. *C'est quoi ton film flippant préféré ? C'est quoi ton groupe de death metal préféré ? C'est quoi ta méthode d'exécution préférée ?*

*Si tu devais te décrire en cinq mots, tu choisirais lesquels ?* lui ai-je écrit un soir tard.

J'ai vu qu'il tapotait un bon moment, et sa réponse a fini par s'afficher :

> *morbide*
> *attends, je sèche*
> *morbide. métal. cidre. clopes. jäger.*

C'était l'amour avec un grand A.

Il m'a invitée à venir chez lui un vendredi soir et pour une fois, j'ai passé ma journée à la librairie à penser à autre chose qu'à la mort. Je me suis demandé s'il allait nous faire à dîner. Allumer des bougies. Je me suis demandé si on allait mater un film d'horreur et s'il allait passer son bras autour mes épaules, ou si on irait direct dans sa chambre pour s'envoyer en l'air. Je me projetais dans ma tête les scénarios pornographiques les plus improbables à mesure que je scannais les achats de clients indifférents et interchangeables.

Après le boulot, j'ai foncé à la maison pour donner des grains de raisin à Bleep et humecter les parois de son vivarium. Il avait l'air en forme – un peu renfermé sur lui-même, peut-être, mais les escargots n'étaient pas du genre démonstratif.

Une fois Bleep nourri, je me suis transformée en Brodie : j'ai enfilé un tee-shirt Metallica trop grand avec une ceinture lâche autour de la taille, des leggings en velours noir et mes Doc d'occasion noires avec les coutures jaunes apparentes, comme celles de Sarah des Murder Girls. Brodie se tartinait les yeux de maquillage noir et portait assez de mascara pour transformer ses cils en pattes d'araignée. J'ai passé des chaînes en argent autour de mon cou et enfilé des bagues un peu cheap – un pentagramme, une lune, un cercueil – à mes doigts. Mes cheveux n'étaient pas trop raccord avec Brodie, en revanche. Le violine avait viré au rose par endroits et j'allais devoir y remédier tôt ou tard. Opterais-je pour une teinte Brogan ou une teinte Brodie ? Brogan, elle, irait vers l'améthyste ou le vert mousse, mais Brodie aurait peut-être des goûts différents. Noir corbeau, peut-être ? Difficile de me décider pour le moment.

En bas, la soirée commençait à peine. Les lumières étaient tamisées et le chauffage qui tournait à fond cuisait les poivrots sur place. Jackie sirotait une vodka tonic devant le jukebox tout en sélectionnant une play-list pour mettre un peu d'ambiance. Elle connaissait les codes de ses morceaux préférés par cœur et je l'ai regardée enfoncer rapidement les touches : 401, 402, 409, 509, 611. The Stranglers, The Clash, Killing Joke. Elle semblait toute petite, écrasée par les néons rutilants de la machine, vêtue d'un tee-shirt qui dénudait ses épaules et d'un jean délavé.

« Où est-ce que tu vas, comme ça ? » m'a-t-elle lancé en voyant que je me glissais à pas de loup derrière elle pour atteindre la sortie. Elle s'est tournée vers un des habitués au comptoir. « Elle file toujours comme ça, sans prévenir… Eh, tu ne vas pas dans un autre pub, au moins ? Pas le Duke, j'espère ?

— Non.

— Ni le Coach and Horses ? » a-t-elle ajouté, les yeux plissés par la méfiance, avant que ses traits s'affaissent. « Merde, me dis pas que tu vas au Lord Raglan. »

Jackie s'était engueulée avec tous les propriétaires de pubs de Walthamstow. Elle veillait farouchement sur son territoire et n'attendait rien de moins qu'une solidarité totale de ma part. La plupart des pubs du quartier étaient zone interdite.

« Pas du tout. Je… je sors, voilà, ai-je répondu avec un haussement d'épaules blasé à la Brodie.

— Comment ça, tu sors ? » Elle m'a toisée de la tête aux pieds, détaillant mon maquillage, mes fringues, mes pompes. « Et tu vas où, si ce n'est pas dans un pub ?

— Je *sors*, c'est tout ! » ai-je répondu d'un ton geignard, ruinant en une phrase ma posture de détachement cool.

« Elle a un rencard », a plaisanté le client en avalant une gorgée de bière. Je me suis vue en train de lui exploser son verre à la tronche, sa peau tailladée par les bris de verre.

« Non, c'est vrai ? » m'a demandé Jackie, une main sur la hanche, avide de détails.

Je me suis aussitôt refermée comme une huître. Si je lui donnais ne serait-ce qu'un centimètre d'information, elle le transformerait en un kilomètre de jacasserie et me mettrait en retard.

J'ai relevé la capuche de mon sweat sur ma tête et je suis sortie sans la gratifier d'une réponse.

Qu'elle marine donc un peu dans son jus.

Le coloc de Sam avait la plus vilaine peau que j'aie jamais vue. Son visage était rubicond, bouffi par une acné sévère, les joues grêlées de cicatrices violacées. Il avait aussi les lèvres gercées, toutes pelées, et le menton et la mâchoire recouverts d'un duvet aux endroits où il avait trop de mal à se raser.

« Brodie, c'est ça ? » il m'a demandé, avant de s'écarter pour me laisser entrer. Leur couloir miteux empestait l'humidité et la beuh. Le sol était jonché de brochures publicitaires, de journaux gratuits, de prospectus pour des restaurants à emporter et de feuilles mortes solidifiées. J'ai enjambé ce bordel en prenant soin de ne pas ajouter mes empreintes de semelles à celles qui recouvraient déjà la couche supérieure.

« Ouais.

— Cool. Sam est aux chiottes, a-t-il ajouté en ricanant.

— Ah. OK. »

Je l'ai suivi dans le salon. Le papier peint était déchiré aux murs, les rideaux à moitié tirés. Des cannettes de bière vides, des sweat-shirts jetés en vrac, des jeux de PlayStation et des DVD de films d'horreur jonchaient la moquette, elle-même recouverte de miettes, de bouchons de stylo, d'élastiques à cheveux, de feuilles à rouler, de capsules de bouteilles et de chaussettes dépareillées. Le coloc s'est affalé dans une espèce de fauteuil en chintz qui paraissait incongru dans ce décor et a saisi une manette pour reprendre sa partie en cours – un truc où il fallait buter des zombies – sur un grand écran plat.

« Hey, salut ! » Sam est apparu sur le seuil, tout sourire, en s'essuyant les mains sur son tee-shirt. Les cheveux attachés en une queue de cheval raide et humide, il avait l'air de sortir de la douche. « Je t'avais pas entendue entrer.

— Je lui ai expliqué que t'étais aux chiottes, lui a lancé son coloc, ravi de jouer les gros lourds.

— Merci, mon pote, et non, j'étais en train de me laver. Tu devrais essayer, un jour.

— Ah ouais ? Et si j'essayais plutôt ta mère ? » a répliqué l'autre en tripotant furieusement les boutons de sa manette. Un geyser de sang pixelisé a envahi l'écran, mais j'étais incapable de dire s'il venait de gagner ou de perdre.

« Tu veux boire quelque chose ? m'a proposé Sam. J'ai du cidre ou du Jack Daniel's.

— Un cidre, c'est parfait.

— Johno ?

— Ouais. Cool. »

Il est parti dans la cuisine. Je me sentais bête, plantée là à ne rien faire, alors j'ai fait semblant de m'intéresser aux jeux vidéo alignés sur les étagères près du canapé. Ils avaient tous des noms de mauvais films d'horreur.

« Tu peux t'asseoir, si tu veux », a dit Sam en me tendant une cannette de Dark Fruits. Dark Fruits. Un signe, un message de l'univers.

Je me suis assise tout au bord d'un gros fauteuil, ma cannette entre mes mains. Sam est allé se poser sur le canapé à côté de Johno. On s'est mis à boire en continuant à regarder les giclées de sang générées par ordinateur. J'observais Sam à la dérobée en me demandant si ça allait être juste comme ça. Toute la soirée. Il était tellement beau, avec son nez aquilin et ses pommettes hautes, ses yeux sombres rivés sur la télé, que ça ne me dérangeait même pas. Il y avait quelque chose d'étrangement apaisant dans le fait de regarder quelqu'un jouer à un jeu vidéo violent. Un peu comme de mater un film sans avoir besoin de suivre l'action ou de se rappeler qui était qui. J'ai basculé peu à peu dans une sorte de transe. J'aimais assez l'idée de ne pas avoir à me concentrer sur ce que je regardais.

Quand j'ai fini ma cannette, j'ai jeté un coup d'œil à Sam et cette fois, nos regards se sont croisés. Il m'a désigné la porte d'un air interrogateur. J'ai acquiescé et quand il s'est levé, je l'ai suivi.

Les murs de sa chambre étaient nus et le contenu entier de sa penderie formait un épais tapis noir sur le sol. Son lit était couvert de draps en satin noir visiblement pas très propres. J'ai toute de suite aimé leur odeur forte, entre pourriture et transpiration.

Avant même que la porte se referme, il m'a sauté dessus pour me rouler une pelle, les lèvres dures et sèches, et un torrent de salive parfumée aux fruits rouges s'est répandu dans ma bouche. C'était plus hargneux que la dernière fois. Plus intense. Il s'est mis à me pétrir les seins d'une main pendant que l'autre m'arrachait mes vêtements. Ses draps étaient frais et luxueux contre ma peau nue, comme la garniture intérieure d'un cercueil.

« T'es une perverse, pas vrai ? » il a grogné en écartant mes cuisses pour me pénétrer direct, sans capote. J'ai ravalé mon souffle sous l'effet de la douleur. Je me suis demandé si je devrais dire quelque chose, mais j'ai eu peur qu'il comprenne que j'étais vierge si je décidais de tout arrêter maintenant. « T'es branchée SM ?

— Oui », j'ai improvisé. Je n'y avais jamais réfléchi, mais ça semblait la chose à dire sur le moment.

« Je savais que t'étais qu'une salope. » Il s'est mis à y aller de plus en plus fort, me clouant contre le lit. Tout me faisait mal. « Espèce de pute, de, heu… sale petite pute débraillée… » Son visage s'est figé en un masque de douleur extatique et il a joui à l'intérieur de moi en un jet brutal et brûlant, sans fin. Puis ses muscles se sont relâchés et son corps est retombé de tout son poids sur le mien, au point que j'arrivais plus à respirer. Tout le truc avait duré moins d'une minute.

« Débraillée ? j'ai répété, et il a éclaté de rire.

— Ouais, désolé, c'est sorti tout seul. » Il a roulé sur le côté et il s'est levé. « Ça va ?

— Ouais.

— T'as joui ?

— Ouais.

— Cool. »

Il a enfilé un jean, un sweat à capuche, et il est sorti. Un ruissellement d'eau – ou de pisse éclaboussant la paroi de la cuvette – a résonné derrière un mur. J'en ai profité pour remettre ma culotte et mon soutif, mon tee-shirt Metallica, mes leggings en velours avec une chaussette encore coincée au bout d'une jambe, l'autre perdue dans le cloaque de fringues par terre. J'ai remis mes chaussures quand même, le cuir rugueux et froid autour de mon pied nu.

Sam est revenu avec deux cannettes de Dark Fruits, sa queue de cheval défaite.

« Tu t'es rhabillée, il a constaté d'un air déçu.

— Faut que je rentre chez moi.

— Tu veux pas rester cette nuit ?

— Nan. Je bosse demain. »

J'ai pris la cannette qu'il me tendait, et on est repartis dans le salon où Johno butait des morts-vivants à tout-va, leurs cadavres parcourus de spasmes violents à chaque rafale de balles. J'avais une sensation de brûlure entre les jambes et un truc chaud s'est mis à couler sans crier gare. Je me suis levée pour aller aux toilettes. Il y avait de vieilles traînées de merde plein la cuvette et le lino blanc était maculé de gouttes de pisse et de virgules de poils noirs. Pas de PQ à l'horizon. J'ai dû enlever ma culotte pour m'essuyer avec et je l'ai foutue à la poubelle.

De retour dans le salon, j'ai refait ma queue de cheval et fini le reste de mon Dark Fruits.

« Faut que j'y aille », j'ai dit. À la télé, un zombie s'est mis à grogner et Johno lui a tiré en pleine poire. Le sang qui a inondé l'écran a baigné le reste de la pièce d'un halo couleur hémoglobine.

Sam m'a suivie jusqu'à la porte et m'a déposé un simple baiser sur la bouche, comme si la sienne ne m'avait pas traité de *sale petite pute débraillée* quelques minutes plus tôt. « Tu veux que je te raccompagne jusqu'au métro ?

— J'ai l'air d'une chochotte ? » lui ai-je rétorqué, avant de sortir dans la nuit en lui faisait au revoir par-dessus mon épaule.

Il a ri et claqué la porte derrière moi.

Les animaux ne sont pas révulsés par leur propre odeur, par la puanteur de leurs nids, et je kiffais grave les relents de sueur et de foutre qu'il avait laissés sur ma peau. Dans le bus qui me ramenait chez moi, j'ai savouré le rythme lourd de « Night Prowler » de AC/DC et j'ai pensé à Bon Scott, retrouvé mort à l'arrière d'une voiture garée devant une maison d'East Dulwich. Puis le bus m'a déposée à mon arrêt et je n'y ai plus pensé du tout.

Le lendemain, je suis passée chez Boots pendant ma pause déjeuner m'acheter la pilule du lendemain et une boîte de Durex. J'avais des bleus à des endroits bizarres qui étaient devenus sensibles au toucher.

## Laura

Quand je suis à la librairie, j'imagine tout ce que je pourrais faire si j'étais chez moi : nettoyer, m'attaquer à la pile à lire qui m'attend au pied de mon lit, avancer sur le poème que j'ai commencé en septembre. Mais quand vient enfin mon jour de relâche, je n'en fais rien. Je reste au lit avec mon téléphone à scroller pendant des heures et à stalker la copine d'Eli.

J'avais prévu de m'atteler à un projet auquel je pense depuis un moment, un truc autour de ma mère, mais je n'ai d'énergie pour rien et mon corps me fait l'effet d'un poids que je dois traîner d'un bout à l'autre de l'appartement. Les jours où je ne travaille pas, l'inspiration me fuit et je n'écris rien. Mon carnet mauve prend la poussière depuis des semaines, symbole de mon incapacité à me plonger dans l'écriture.

Ma mère était une dingue de rouge à lèvres. Elle portait la même teinte corail tous les jours pour se rendre au travail et en avait aussi toute une collection pour les grandes occasions. Elle était fleuriste à l'origine, mais sa boutique était spécialisée dans les plantes d'intérieur. Succulentes, cactus, fougères et monsteras. Elle adorait jardiner, si bien que ses mains sentaient souvent la terre, mais c'est surtout le parfum de son bâton de rouge à lèvres Revlon qui m'évoque son souvenir. J'ouvre le mien, nuance coquelicot, celui que je porte le plus, et je le porte à mes narines.

J'ai donc une idée de projet autour de ma mère et du rouge à lèvres, peut-être un poème reliant le maquillage à la nostalgie. Mais au lieu de ça, je me retrouve à regarder une vidéo sur l'histoire de la mode gothique, présentée par une fan qui s'est autoproclamée experte après avoir visionné le documentaire de quelqu'un d'autre et qui filme ses réactions devant des tenues d'inspiration goth vendues en grandes surfaces. Son visage, avec son teint blafard, ses sourcils redessinés et ses yeux maquillés à la Siouxsie, est d'une immobilité fascinante, sa voix d'une platitude fascinante elle aussi, et sa présence si apaisante que je m'endors devant et passe le reste de mon après-midi à rêver du noir à lèvres parfait.

Quand je me réveille, il fait sombre et une limace jaune se traîne dans le rayon de lune qui éclabousse le lino de la cuisine. Je fais des petits bonds autour d'elle en poussant un cri avant de me ressaisir et d'aller récupérer un tube de rouleau de papier toilette dans la poubelle des déchets recyclables. Je ramasse la bête et la jette dehors par la fenêtre de la salle de bains, puis je me mets à quatre pattes pour tenter de remonter sa traînée de bave jusqu'à la source de l'effraction, mais elle disparaît sous le frigo et je suis bien obligée de renoncer.

Une fois remis du choc cette révélation, Eli trouve tout à fait charmant que je n'aie jamais écouté *Dark Side of the Moon*.

« Tu es comme une enfant qui vient de naître, dit-il en me tendant les deux verres qu'il vient de prendre dans un placard. N'as-tu pas la moindre curiosité envers le monde qui t'entoure ?

— Ta gueule. »

Il éclate de rire pendant que je nous sers à chacun une bonne dose de rhum épicé. Le Coca est à température ambiante et Eli n'a rien pour le rafraîchir. Je trouve un bac à glaçons vide, le remplis d'eau du robinet et le place dans le tiroir supérieur du congélateur pour plus tard.

« Après quelques verres, tu n'auras plus besoin de glaçons », me dit-il en prenant son cocktail pour se diriger vers le salon, éclairé par une guirlande lumineuse aux tons chauds.

Il vit à Walthamstow Village, dans un grand appartement à la décoration bohème rempli de bougies raffinées, de gros livres d'art et de plantes suspendues au plafond dans des pots en céramique. Je l'avais déjà vu plein de fois en photo sur l'Instagram de Lydia, mais ça me fait bizarre de me retrouver à l'intérieur.

Je tire un coussin du canapé et m'assieds par terre devant la table basse pendant qu'il sort un vinyle noir d'une pochette en carton abîmée et le pose sur la platine. Ça craque et ça crépite dans les enceintes, mais il ne se passe d'abord pas grand-chose. Eli prend aussi un coussin pour venir s'asseoir à côté de moi et récupère son paquet de tabac. La pièce s'emplit peu à peu d'un battement de cœur, d'un battement de métronome, du tic-tac d'une pendule et d'un rire de dément avant que des nappes de sons paisibles annoncent le début du morceau.

« On devrait attendre d'être défoncés pour l'écouter, déclare Eli en léchant une feuille pour me rouler une cigarette d'un geste expert. Mais quand je me sens d'humeur à écouter ce disque, il faut que je l'écoute. Je ne peux pas ne *pas* le faire. C'est comme une force qui me submerge et contre laquelle je ne peux pas lutter. »

J'allume ma cigarette à la flamme d'une bougie Diptyque et exhale un nuage de fumée amer entre nous.

« Arrête d'appeler ça un *disque*, dis-je.

— Mais c'en est un.

— Dis *album* comme tout le monde, sale petit con prétentieux. »

Les bougies vacillent dans leurs pots en verre. La pièce sent le linge propre, la beuh rance et la cire fondue. Eli ferme les yeux, jambes croisées, les mains négligemment posées sur ses cuisses. Je pense à son corps sous ses vêtements, aux fragments que j'ai eu l'occasion d'apercevoir en me disant que c'est parfois ce que je désire le plus au monde et qu'à d'autres moments, il est juste là et que ce n'est que de la peau, des cheveux noirs, un simple assemblage d'os et de vaisseaux sanguins.

« Lau… », lâche-t-il en rouvrant les yeux. Il me tapote la cheville du bout de l'orteil. Sa chaussette est grise, distendue par les lavages, ce qui me paraît ridicule car je ne les imagine ni lui ni Lydia en train de lancer une lessive.

« Quoi ?

— Je ne te sens pas très investie. Écoute ça, insiste-t-il. Écoute bien. C'est important pour moi. » Je mets une seconde avant de comprendre qu'il ne parle pas de la soirée ou de la proximité de nos deux corps, mais de mon écoute de *Dark Side of the Moon*.

Je suis curieuse de savoir où est Lydia, mais je ne veux surtout pas risquer de rompre le charme en prononçant son prénom, alors que je suis chez elle, dans son salon, et que sa présence est partout – dans ses chaussures posées près de la porte (des bottes Jeffrey Campbell en cuir noir), dans les photos alignées sur le rebord de la cheminée (Lydia et Eli à Florence, Lydia et un groupe de filles brandissant des chopes de bière à la terrasse d'un bar, Lydia posant à côté d'un écrivain dont je reconnais la tête sans parvenir à retrouver son nom), jusqu'aux livres de la bibliothèque (des romans du milieu du XX^e^ siècle écrits par des femmes merveilleusement bien coiffées et à l'allure impeccable).

« Tiens, écoute… » Il monte le son et la chanson emplit la pièce. Une douce mélodie au piano, puis la voix expressive d'une femme, une mélopée puissante qui vient se fracasser contre les notes crescendo du refrain.

Eli a les larmes aux yeux, submergé par l'intensité de sa propre expérience. Il commence à me parler de la femme qui s'époumone tout au long du morceau, mais je ne comprends pas vraiment ce qu'il me raconte car je n'étais pas dans la pièce pendant la chanson : j'étais ailleurs, happée par le souvenir de cette fin de soirée à la sortie du Lounge Bar où il avait enlevé son tee-shirt pour que je l'enfile par-dessus mon chemisier en soie qui risquait de s'abîmer à cause de la pluie. J'avais posé ma main sur le petit oiseau bleu tatoué sur son torse et senti les battements de son cœur.

« Est-ce que ce n'est pas la plus belle chanson de tous les temps ? chuchote-t-il.

— Si. »

Son téléphone vibre. Il tend la main pour l'attraper et je me dis voilà, encore un moment auquel je repenserai jusqu'à la fin de mes jours. Tout – les bougies de luxe et ce disque abominable que je finirai par aimer. Sa présence, tous ces détails que j'occulterai fatalement de ma mémoire : la coupe de son jean (loose, délavé), la largeur de ses mains (étonnamment petites, les doigts fins), son débit stupide de stoner (la voix grave, traînante), ses goûts en matière de musique, de cinéma et de livres (prévisibles, pseudo-intellectuels, machos, mélancoliques).

« T'es une poète, quand même. Ça ne te fait pas un peu vibrer ? »

Je prends une grande inspiration et commence à me rouler une cigarette, histoire de m'occuper les mains.

« Je ne suis pas vraiment une poète.

— Quoi ? Bien sûr que si, dit-il en se redressant, l'air étonné. Tu as un talent dingue, et ta poésie est tellement… elle est d'une force qui ne laisse personne indifférent, en tout cas. Regarde Roach, elle est accro, ajoute-t-il en riant.

— Justement. » Je lâche un long soupir. « Ça peut paraître idiot, mais… Roach m'a vraiment fait douter de mon travail.

— Roach, te faire douter de ton travail ? C'est quoi ces conneries ? me demande-t-il, au bord de l'hilarité.

— Je savais que ça allait te paraître idiot, dis-je en concentrant mon regard sur la flamme de la bougie. C'est juste… qu'elle a l'air de vraiment *kiffer* mes textes, qu'elle n'arrête pas de me poser des questions sur mon processus d'écriture et mes influences…

— Bah, c'est plutôt cool, non ?

— Non. » Je presse mes genoux contre moi, ma cigarette entre mes doigts. « En vrai, ça me dégoûte.

— Ça te dégoûte ?

— Tu me trouves dure, je sais. Mais ma poésie vise à honorer la mémoire des femmes oubliées et elle débarque en mode groupie de tueurs en série pour décortiquer mes textes et chercher qui se cache derrière, comme si c'était un jeu ou une énigme croustillante à résoudre. »

J'allume enfin ma cigarette, j'en tire une bouffée et la pose sur le rebord du cendrier. Un trait de fumée s'étend vers le plafond comme un filet d'encens.

« Tu n'as aucune raison de douter de ton travail, dit-il en posant une main réconfortante sur mon bras. Ce n'est pas parce qu'une nana à l'esprit tordu comprend tes textes de travers que ton message n'est pas passé.

— Il n'y a pas que ça, dis-je. J'ai l'impression qu'elle me traque. Elle est toujours dans mes pattes, à m'observer, à vouloir attirer mon attention. Sa putain d'obsession pour le true crime me dérange à un point que tu n'imagines pas. Je donnerais n'importe quoi pour ne plus jamais entendre les mots *serial killer*. »

Il y a un petit silence.

« Laura, je peux te poser une question ? À propos de ta mère ? » Il s'exprime avec douceur, une sollicitude sincère sur ses traits, et mon cœur se serre parce que je devine ce qu'il veut me demander.

« Oui, dis-je. C'était un type du nom de Lee Frost.

— Oh mon Dieu, non ! Désolé… pas ça, je le savais déjà. Tu m'en avais parlé. Je veux dire, ce n'est pas du tout ce que… Je voulais te demander si tu avais déjà écrit sur elle. »

Je cligne des yeux et pose ma main sur le sol entre nous deux.

« Eli… »

Son téléphone vibre à nouveau et il jette un coup d'œil à l'écran.

« C'est mon dealer. Il ne passera pas à l'appart, il préfère que je le retrouve dehors.

— Pas de problème, allons-y », dis-je en époussetant des brins de tabac tombés sur mes cuisses, prête à me lever.

« Tu peux m'attendre ici. » Il enfile une paire de baskets noires. « Il est tard. Et tu dois continuer à écouter ce disque. C'est déjà assez malheureux que je doive m'en priver, inutile qu'on se sacrifie tous les deux.

— Ce sera juste une petite pause, dis-je en cherchant mes chaussures. Un interlude d'une demi-heure, histoire de digérer ce que j'ai écouté jusqu'à maintenant. »

Il secoue la tête en comptant les billets dans son portefeuille. « Non, pas question. J'en ai pour une minute. Crois-moi, ça vaut la peine. Profite de cette atmosphère, laisse-la t'imprégner. Qui sait, ça t'inspirera peut-être ! »

Il claque la porte derrière lui.

Seule dans l'appartement d'Eli, je finis ma cigarette et me sers un autre rhum. La face B s'achève et le craquement répétitif de l'aiguille remplit le silence à mesure que le vinyle continue de tourner. J'éteins la platine, mais j'éprouve un gros malaise. Ses bougies à la con sont hors de prix et prétentieuses, son putain de poster de Jack Kerouac m'agace prodigieusement car je sais très bien qu'il n'a jamais lu *Sur la route*, et sa guitare prend la poussière parce qu'il la laisse là, posée en évidence, alors qu'il n'en joue jamais.

Mon regard se laisse attirer par la pénombre du couloir. *Et puis merde*, m'entends-je penser très fort. Je suis mes pieds là où ils m'emmènent, sans trop réfléchir à ce que je m'apprête à faire. Dans sa chambre, la couette est moelleuse, blanche, froissée. J'y enfonce mes mains, sens la texture raffinée de la housse, la lourdeur du duvet. Le lit est flanqué de deux tables de nuit style années 50, et je m'assieds du côté de Lydia pour toucher les objets qui lui appartiennent : un exemplaire de *Mauvaise Conduite* de Mary Gaitskill, un petit plateau vert en céramique contenant ses boucles d'oreilles, une bouteille de parfum Jo Malone, un panier en osier rempli de produits cosmétiques branchés au packaging rose et blanc – du maquillage hyper cher et presque invisible pour les femmes qui n'ont pas vraiment besoin d'en porter. J'essaie une bague en or, je vole quelques gouttes de parfum, me mets un peu de rouge à lèvres rose pâle nuance « Gâteau ».

Un frisson de dégoût m'envahit. Qu'est-ce que je fous là, bordel ? Je me sens immonde, répugnante. À son retour, Eli roulera un joint en me demandant ce que j'ai pensé du disque et je ne saurai même pas quoi lui répondre. La vérité, c'est que j'en ai à peine écouté une note parce que j'étais trop occupée à chercher des choses intéressantes à dire pour prouver que je l'écoutais vraiment.

Je retrouve mon autre chaussure sous le canapé, j'enfile mon manteau et file comme une voleuse. À mi-chemin, je lui envoie un SMS foireux en disant que je me suis sentie mal, et j'ignore ensuite ses appels. Une fois chez moi, je mets la chaînette en place et tire les rideaux. La nuit est noire, épaisse. Une sirène, des cris de renard, la voix pâteuse d'un ivrogne qui chante « Don't Look Back in Anger ». Tard, il est très tard, et il fait nuit noire. Je déteste la pénombre, je déteste la nuit. Elle est lourde, pesante, suffocante. Ma bouche a le goût du rouge à lèvres de Lydia.

Les empreintes de pas sous la fenêtre de mon salon ont été effacées par les intempéries depuis longtemps, mais je repense souvent à elles. Cette personne est-elle revenue ? A-t-elle essayé d'entrer chez moi ? Suis-je vraiment en sécurité ?

# Roach

Mon rituel personnel pour Halloween consistait à me mater des films d'horreur bien crades et bien sanglants, les uns après les autres, mais Sam était plus du genre animal social. Il a insisté pour qu'on aille boire des coups à Camden, où des types avec des masques effrayants rôdaient parmi la foule en reniflant les diablesses en robe noire et où les recoins sombres des bars rock devenaient le théâtre d'actes de copulation et d'agression en tous genres, noyés sous des déferlements de guitare et de batterie.

On écoutait la musique, assis à notre table préférée au Black Heart en regardant passer les *normies* déguisés pour la soirée. À côté de nous, une fille en robe de velours rouge embrassait goulûment un vampire, son rouge à lèvres étalé sur son menton comme une traînée de sang, les canines en plastique du mec posées à côté de sa pinte. Sam m'a surprise en train de les regarder et il a jeté son bras autour de mes épaules pour me coller un baiser baveux au coin de la bouche. Je me suis tournée vers lui pour l'embrasser à mon tour, ravie de contribuer à la débauche générale. Le cuir de son blouson était froid et rigide, et il a enfoui son visage au creux de mon cou. Il sentait comme dehors, l'air frais, les cigarettes et la bière.

« Ça te dirait que je t'étrangle ? il m'a demandé, son haleine chaude contre mon oreille.

— Quoi, maintenant ? » Je me suis écartée pour le regarder dans les yeux et vérifier s'il était sérieux. Il est parti d'un éclat de rire affectueux et m'a attirée vers lui.

« Quand on baise, il m'a répondu en parlant plus fort par-dessus les hurlements de la musique.

— Peut-être », lui ai-je menti avant d'avaler une gorgée de cidre si froide que ça m'a fait mal aux molaires.

« Et tu serais partante pour un plan à trois ? »

J'ai réfléchi. Avais-je le choix ? À la table voisine, le couple qui s'embrassait n'était plus qu'une fusion de salive, de lèvres écarlates et de mains baladeuses. Je les trouvais beaux, mais je les voyais mal m'inviter à me joindre à eux. J'ai essayé d'imaginer d'autres scénarios, mais le sexe m'apparaissait surtout comme un truc que faisaient les autres. Je me suis représenté Johno, le coloc de Sam, avec ses dents de travers et sa tronche vérolée, puis Eli et son haleine de fumeur, et puis Laura. Huile essentielle de rose, peau de pêche, la fente béante et humide de son sexe. Je n'ai rien ressenti du tout, pas un gramme d'excitation. Mais Sam ne voulait clairement pas d'une réponse ambivalente, alors je lui ai souri.

« Ouais », je lui ai répondu. Son visage s'est illuminé, et il s'est penché vers moi pour m'embrasser. Il aimait bien me poser ce genre de questions, comme si on faisait partie de ces couples libertins pratiquant une sexualité intense et débridée au lieu de nos soixante secondes de coït à sec.

Après le bar, Sam avait envie d'un peu de violence. Une fois chez lui, on a tiré la couette en satin noir de son lit pour la traîner jusque dans le salon. Il est allé nous chercher des cannettes de cidre, une demi-bouteille de Jäger et un paquet de Doritos au fromage pendant que je me tortillais bien au chaud sous son duvet tel un ver gigotant dans un cadavre.

« Tu préfères quoi, un peu crade ou carrément dégueu ? m'a-t-il demandé tout en rangeant un DVD dans sa boîte.

— Carrément dégueu, ai-je répondu en ouvrant mon carnet dans l'intention de lire. Mais un que j'ai déjà vu, comme ça, je ne serai pas obligée de me concentrer pour suivre. »

Il a choisi *Martyrs*, le remake américain du film français, parce qu'aucun de nous deux n'aimait les films avec des sous-titres, à moins d'être vraiment d'humeur. Puis il est venu s'installer à côté de moi sur le canapé et il a ouvert le Jäger. Il en a bu trois longues gorgées à l'odeur médicinale avant d'ôter – *pssst* – la languette d'une cannette de cidre.

J'ai commencé à parcourir mon carnet, entre les mots de Laura et les miens. La fatigue et l'alcool mélangeaient tout sous mes yeux, au point que j'ai fini par ne plus trop savoir qui avait écrit quoi. Nos styles se fondaient l'un dans l'autre. C'était stupéfiant de voir à quel point elle cristallisait exactement ce que j'avais envie d'écrire, et aussi la facilité que j'avais à reprendre les choses là où elle s'arrêtait pour aller encore plus loin. J'avais les tripes pour explorer les territoires dont elle n'osait pas s'approcher : la violence, la cruauté, la douleur.

« Je t'ai parlé de Laura ? »

Sam m'a tendu la bouteille sans lever les yeux de son téléphone. Je l'ai posée sur mes genoux, sans boire.

« Je sais plus. Elle est bonne ?

— C'est une meuf avec qui je travaille. On a des tas de points communs, mais elle me déteste. C'est vraiment pas juste. »

Mon sentiment d'injustice me serrait la gorge, mais Brodie n'était pas du genre à pleurnicher. Sam faisait glisser son pouce avec indifférence sur l'écran de son téléphone.

« Ça m'a tout l'air d'une sale conne, a-t-il commenté sans lever les yeux.

— *C'est* une sale conne. » Voilà qui ressemblait déjà un peu plus à une réplique digne de Brodie. « Une snob coincée qui me regarde avec des airs supérieurs. On aurait un paquet de trucs à se dire, on pourrait bien s'entendre, mais elle s'en fout. »

Au bout de quelques secondes, Sam s'est tourné vers moi. « Tu veux qu'on la bute ? »

Il a tendu la main vers la bouteille de Jäger et j'en ai bu une gorgée, comme on avale un médicament, avant de la lui rendre.

« OK, ai-je répondu en pouffant de rire. Vas-y, ouais, on le fait. »

J'ai concentré mon attention sur le film pendant un moment. Puis j'ai pris mon téléphone et j'ai un peu scrollé à mon tour. Brunchs, prosecco, couchers de soleil. Bébés, anniversaires, vacances. À vomir d'ennui. Tout le monde semblait mener plus ou moins la même vie, partager inlassablement les photos des mêmes cocktails, des mêmes œufs pochés et des mêmes livres de poche à la mode, les mêmes crépuscules repostés mille fois.

« On s'y prendrait comment ? m'a-t-il demandé, les lèvres luisantes d'alcool.

— On la pousserait sous un train et on dirait à tout le monde qu'elle est tombée.

— Cool. »

À l'écran, un insidieux théâtre de brutalité se jouait en temps réel à mesure que les zombies étaient purifiés par la mort et que leurs âmes étaient libérées. Le sang, les hurlements. Je suivais la scène d'un œil indifférent. Je l'avais déjà vue.

« Ou bien, a poursuivi Sam, on pourrait l'égorger. Dans les règles de l'art. »

Un coup à la tête. Un accident de bateau. Une apparente intoxication alimentaire. J'ai continué à parcourir Internet tout en m'imaginant les différentes manières dont on pourrait tuer Laura. Comme c'était jour de paye, j'ai fini par atterrir sur un site de fringues pour *normies*. Tout à fait le genre d'endroit où Laura ferait son shopping – et bingo, ils vendaient des bérets. Je m'en suis commandé un noir, ainsi qu'une paire de richelieus et un flacon d'huile essentielle de rose pour m'en servir comme parfum.

« *Il était maintenant 5 heures du matin* », a soudain déclamé Sam. Je me suis tournée vers lui, et j'ai vu qu'il m'avait pris mon carnet pour lire une page au hasard.

« Eh ! » Je me suis redressé et j'ai essayé de le lui reprendre des mains, mais il s'est penché le plus en arrière possible sans risquer de renverser sa cannette de cidre, qu'il avait calée entre ses cuisses.

« *Et l'aube, l'aube étouffante...*

— Rends-moi ça !

— *enflammée...* »

J'ai tendu le bras pour agripper mon carnet. On s'est un peu battus jusqu'à ce qu'il lâche prise avec un éclat de rire sauvage.

« C'est bon, relax », a-t-il soupiré en se redressant. Il y a eu un silence, et il m'a donné un petit coup de pied. « C'était juste pour rire. Lis un passage, toi.

— Non, j'ai répondu, morte de honte, en lissant nerveusement la couette.

— Quoi, tu penses que je pourrais pas comprendre ?

— Non, c'est pas ça.

— Tu penses que je ne suis pas assez intelligent.

— Tais-toi, c'est pas *du tout* à cause de ça.

— Alors fais pas ta coincée et lis-moi un truc.

— Je n'ai pas fini. C'est un projet en cours d'écriture. »

Il s'est penché vers moi, les traits durs, et j'ai eu un mouvement de recul, soudain effrayée par l'étincelle de haine qui brillait dans ses yeux.

« Qu'est-ce que tu fous là, en fait ?

— C'est… Halloween ? j'ai répondu d'une petite voix.

— Ouais, mais qu'est-ce que tu fous là si tu ne m'apprécies même pas assez pour me lire ce que t'écris ? »

Il a ri, bu une gorgée de sa bouteille de Jäger, et je me suis détendue. Il adorait faire ce genre de blague, comme si la seule idée que je puisse ne pas l'aimer plus que ça était inenvisageable.

J'ai ouvert mon carnet. « Si je te lis un truc, tu me foutras la paix après ?

— D'accord », a-t-il répondu d'un air satisfait.

Je lui ai lu mon poème préféré de Laura, le plus sombre, celui que j'avais enrichi de détails bien gore. Quand j'ai fait silence à la fin, j'ai vu que Sam me dévorait du regard.

« C'est toi qui as écrit ça ?

— Ben ouais. » J'ai refermé le carnet et je me suis glissée de nouveau sous la couette.

« Putain, il a lâché, les lèvres humides. La vache, Brodie. C'est dark. C'est hyper glauque.

— Désolée. » Je sentais déjà la honte m'enflammer les joues.

« Au contraire, je kiffe. » Il s'est levé et il m'a donné la main. « Je kiffe, il a répété en m'entraînant vers sa chambre et en me plaquant sur son lit. Je kiffe, il a dit pour la troisième fois en glissant ses mains sous mon tee-shirt Napalm Death.

— Je t'aime », je lui ai murmuré tandis que ses doigts s'enroulaient autour de mon cou.

C'est seulement sur le chemin du boulot, le lendemain, que je me suis aperçue que j'avais laissé mon carnet sur son canapé, oublié là dans le feu de l'action.

NOVEMBRE 2019

# Laura

Le mois de novembre commence par un bon mal de crâne et un lendemain de cuite à la sambuca. J'ai fêté Halloween avec ma copine Maggie, une libraire du magasin de Bloomsbury, dans un bar décoré de chauves-souris en plastique et de guirlandes en forme de citrouilles. Moulée dans ma robe Elvira au décolleté vertigineux, j'ai enchaîné des shots d'un truc fatal appelé Black Jack et dansé sur de la musique kitsch jusqu'à ce que mon cerveau ne soit plus capable d'enregistrer la moindre information. Je crois que Maggie a fini par m'appeler un taxi, mais le reste de la nuit est flou.

C'est le genre de gueule de bois qui ne se guérit qu'avec une pizza à emporter devant l'une de ces rom-com de Noël où une citadine flamboyante regagne sa bourgade pour les fêtes et tombe amoureuse d'un gars du coin, à la fois mystérieux et irrésistible. L'adorable prédictibilité du scénario me fait l'effet d'un baume au cœur.

Noël a toujours été ma période préférée de l'année. Quand j'étais petite, c'était un tourbillon. Ma mère travaillait très tard au magasin et elle était dans un état d'épuisement constant, mais elle rapportait des poinsettias aux feuilles veloutées, des brins de houx et de gui, une couronne en vraies pommes de pin à accrocher sur la porte d'entrée pour parfumer l'intérieur de la maison. Le soir, on mangeait des pâtes au pesto en regardant des films de Noël idiots sous les guirlandes clignotantes avec une bonne tasse de chocolat onctueux et sucré, parsemé de chamallows et relevé d'une pincée de cannelle.

Quand elle est morte, j'ai cru que j'étais trop grande pour continuer d'aimer Noël, trop grande pour le chocolat chaud et la nostalgie de mon enfance. J'étais une ado qui traînait tard au lit le matin et mettait un point d'honneur à tirer une tête de six pieds de long. J'aimerais pouvoir franchir une porte qui me ramènerait aux matins de Noël lorsque j'étais enfant et m'imprégner de cette expérience une dernière fois.

Mon carnet mauve ouvert sur l'accoudoir du canapé, je consigne ces souvenirs un par un, tous ces moments de beauté insignifiants. Et à mesure que j'écris, une idée commence à germer dans ma tête. J'aime l'idée d'écrire une sorte de biographie de ma mère, un texte qui célébrerait sa vie au lieu de ruminer sa mort, mais je connais assez le monde de l'édition pour savoir que l'un ne va pas sans l'autre. Personne ne voudra lire le récit de sa vie alors que sa mort est tellement plus intéressante, me dis-je avec amertume.

Mais s'il s'agissait d'un projet plus ambitieux – à la fois mémoires personnels sur le deuil et dénonciation du true crime ? Je pourrais écrire les deux textes en parallèle : l'histoire de ma mère et l'histoire de l'affaire, en les mêlant jusqu'à ce qu'elles ne fassent plus qu'une. Je tapote mon stylo contre mes dents. C'est une chose d'écrire sur sa vie, mais c'en est une autre d'écrire sur sa mort. Et je ne suis pas sûre d'avoir la force nécessaire pour le faire.

Noël est une période de transformations : on transforme le vin avec de la cannelle, le beurre avec du brandy, le jus d'orange avec du champagne. Et la librairie doit se transformer en féerie de Noël. Dès le début du mois de novembre, Eli et moi nous attelons à ce long et laborieux processus. Nous passons une matinée entière dans la réserve à écouter *Songs for Christmas* de Sufjan Stevens et à enfiler des flocons de neige en carton sur des fils en nylon. Nous les accrochons au plafond vers l'entrée de la boutique, où ils tourbillonnent dans un gentil blizzard de papier. On suspend des guirlandes lumineuses et des stalactites en papier mâché dans la vitrine. Laquelle contient toujours les guides de révision et les livres d'autocollants exposés avant la Toussaint, mais ça n'ira pas pour les fêtes.

Les vitrines de Noël doivent être opulentes et chaleureuses, comme une corne d'abondance débordant de trésors et censée pousser le chaland à entrer et à dépenser chez nous l'argent gagné à la sueur de son front. J'opère une sélection de livres et de jouets, je choisis des nouveautés signées par des auteurs connus pour concevoir un ensemble qui attire l'œil. Martin me suit à la trace d'un rayon à l'autre en commentant chacun de mes choix, jusqu'au moment où il s'énerve à la vue d'une pile d'ouvrages de seconde zone écrits par des célébrités et les jette sur un chariot dans la réserve.

« Mais ce sont des best-sellers, dis-je en les récupérant. On en vend dix par jour !

— Justement ! S'ils se vendent tout seuls, inutile de

les mettre en avant dans la vitrine de Noël. Tu ne préfères pas soutenir les auteurs qui écrivent leurs bouquins eux-mêmes ?

— Il ne s'agit pas de défendre nos goûts, dis-je en sentant ma patience s'émousser, mais de ce qui plaît aux clients.

— Ils veulent de ces conneries parce que c'est toi qui leur dis de les lire, répond-il sèchement.

— Mais les enfants les aiment aussi. Et les vitrines de Noël doivent mettre les best-sellers en avant. Tu le sais très bien, Martin.

— J'étais déjà libraire quand tu portais encore des couches. » Il me pointe du doigt, les joues rouges de colère. « Tu n'as pas à m'apprendre mon métier !

— Et toi, tu n'as pas à me crier dessus ! » dis-je, un peu honteuse.

Il s'éloigne d'un pas raide. Je m'attelle à garnir ma vitrine de Noël de livres de poche à succès écrits par des prête-plumes et qui se vendront par camions entiers tant qu'on les mettra sous le nez des clients. Quand j'ai enfin terminé, je suis cramoisie et en nage, les muscles en compote à cause des contorsions improbables qu'il m'a fallu pour faire tenir autant de volumes dans la vitrine, mais le résultat est fabuleux.

J'appelle Eli et Sharona afin qu'ils viennent admirer le résultat de mon dur labeur. À ma grande surprise, Martin les suit à contrecœur. Nous sortons tous les quatre dans le froid, la nuit et le crachin. La vitrine éclabousse le trottoir humide d'une belle lueur dorée. On croirait une carte postale.

« Excellent travail, dit Sharona en me pressant les épaules.

— C'est parfait, renchérit Eli avec son étiqueteuse qu'il fait tourner autour de son index comme un revolver.

— Pas mal », grommelle Martin.

Il repart à l'intérieur et Sharona lui emboîte le pas en nous jetant un regard hilare.

« On va boire un verre, après ? me propose Eli.

— Tu n'as pas l'impression qu'on passe notre temps à bosser et à picoler ? » dis-je.

Je suis épuisée, j'ai la tête lourde et les muscles de la mâchoire crispés à force de sourire. Mais ce n'est pas ce qui me fait hésiter. C'est la réunion du groupe de parole, ce soir. Je m'étais promis d'y aller car la journée de demain marque un anniversaire douloureux pour moi et qu'un peu de soutien émotionnel ne serait pas du luxe. Je visualise la salle glaciale du centre communautaire avec son mauvais café instantané, ses affiches pour les vide-greniers et les campagnes de vaccination contre la grippe, puis je compare cette perspective avec celle d'une soirée au pub avec Eli à boire des pintes pas chères, faire des blagues stupides et passer un bon moment.

« Qu'y a-t-il de mal à bosser et picoler ? » me répond-il avec un grand sourire.

Martin et Sharona finissent plus tôt que nous et à la vue des nuages qui s'amoncellent, ils décident de filer directement pour éviter l'averse. Le temps que je ferme avec Eli, le crachin s'est transformé en une pluie torrentielle qui martèle la vitrine.

Le vent souffle tellement fort que je dois garder la main posée sur mon béret pour l'empêcher de s'envoler. En quelques minutes, je suis trempée. Mes vêtements me collent à la peau et l'eau s'insinue dans mes chaussures, qui se mettent à frotter contre mes talons. À Londres, la pluie est franche et rapide, mais elle se mêle à la crasse omniprésente, à la pollution et à la saleté qui recouvrent les bâtiments de brique, les rues et les voitures.

Je suis Eli jusqu'à l'autre bout du marché, où les néons rouges et or d'une devanture brillent dans la nuit. Une lanterne en plastique écarlate est suspendue au-dessus de la porte d'entrée, et des lettres dorées forment le mot HAPPY VALLEY en fausse calligraphie.

« Tu m'emmènes dîner d'abord ? dis-je sur le ton de la plaisanterie.

— Ouais, s'esclaffe Eli. Un petit dîner en tête à tête, et on emmerde les autres ! Non, les grandes cannettes de bière ne coûtent qu'une livre, ici.

— Et alors ?

— On est riches, peut-être ? En plus, c'est l'endroit le plus *happy* de Walthamstow ! »

Une clochette retentit lorsqu'il pousse la porte, et il s'écarte comme toujours pour me laisser entrer en premier. Des odeurs d'huile de sésame toasté et de viande rôtie flottent dans l'air. Je commence déjà à saliver et mon estomac grogne.

Debout devant un buffet, une serveuse remplit des bouteilles de sauce soja. Le rideau noir de ses cheveux s'écarte lorsqu'elle lève les yeux vers nous, révélant la douceur de ses traits.

« Deux personnes ? demande-t-elle en nous faisant involontairement le signe de la paix avant de saisir deux grands menus plastifiés.

— Non, nos amis nous attendent au fond », répond Eli avec un sourire charmeur qui fait ressortir ses fossettes. Elle lui rend timidement son sourire et nous invite d'un geste à les rejoindre. Il traverse la salle vide d'un pas assuré : il sait exactement où aller et glisse ses hanches entre les chaises vides comme s'il l'avait déjà fait un millier de fois.

L'équipe de la librairie est installée autour d'une grande table ronde recouverte d'une nappe blanche. Au mur, un immense écran plat diffuse un match de foot américain dans un technicolor criard, presque saturé, solennel dans son silence. Les lumières sont tamisées et la table est jonchée de cannettes de bière, de corbeilles de chips aux crevettes, d'assiettes de nems et de petites coupelles remplies de sauce orange.

Roach est là, maussade et tout en noir, entre Kofi et Barry. Ses racines grasses miroitent sous la lumière et on dirait un scarabée avec ses yeux sombres et ses cheveux d'un rose violet. Je m'assois le plus loin possible. Eli prend la place libre à côté d'elle, de l'autre côté de la table.

« Cette bière me rappelle Pékin », dit Sharona en finissant sa cannette. Elle croise le regard de la serveuse et commande une nouvelle tournée générale.

« Oh, raconte-moi Pékin ! » s'extasie Noor en réchauffant ses mains autour de sa tasse de thé vert.

J'attrape un nem et mords dedans avec bonheur. Il est froid et plus du tout croustillant, mais bien délicieux quand même.

Kofi se tourne vers moi en soupirant comme si les récits de voyage lui étaient d'une grande souffrance. « Dieu merci, te voilà, dit-il en entrechoquant sa cannette contre la mienne. J'ai l'impression d'assister à une réunion éditoriale chez Lonely Planet. »

J'éclate de rire et j'enfourne la seconde moitié de mon nem.

« Mais je préfère encore ça à la librairie, poursuit-il. Ce matin, j'avais juste envie que quelqu'un vienne me buter. Qu'on m'emmène dans la réserve pour m'achever sur place.

— Ça ne te plaît donc pas, de vendre des livres ? dis-je, un peu crispée.

— Oh si, j'adore, s'empresse-t-il de me répondre, comme s'il venait de gaffer. Désolé, bien sûr que j'aime ça ! Mais j'avoue que ça me plairait encore plus sans les clients. » Il s'esclaffe, mais je reste de marbre.

« C'est pourtant grâce à eux que tu as du boulot », lui fais-je remarquer.

Il lève les yeux au ciel avant de tourner son attention vers Noor, Sharona et Eli. Notre serveuse revient avec des Tsingtao vert émeraude. J'avale une longue gorgée de bière pour faire descendre mon nem et me retrouve à engloutir la moitié de ma cannette. J'en demande une deuxième à la serveuse pendant qu'elle finit de distribuer les autres. Quand je me tourne à nouveau vers la table, Eli me regarde fixement.

« C'était vite avalé, commente-t-il en désignant ma cannette.

— J'avais soif », dis-je.

Ça n'a pas l'air de l'amuser.

Tant pis. C'est le genre de soirée où les boissons s'enchaînent sans que personne se soucie trop du montant de l'addition. Sharona tente de garder la situation sous contrôle en nous commandant des assiettes de hors-d'œuvre pour éponger la bière – toasts aux crevettes, wontons qui nous enduisent les lèvres de sauce –, mais je sens l'alcool me remplir gentiment l'estomac et m'éclairer de l'intérieur.

Vers 21 heures, quand le déluge s'est enfin réduit à une simple bruine, on sort avec Eli et Sharona s'acheter des clopes au kiosque à journaux. Walthamstow m'apparaît comme une vision floue de lampadaires teintant la nuit de jaune et de voitures roulant dans de grandes flaques d'eau. Je me sens légère, vive et pétillante. C'était la bonne décision, me dis-je. Ça valait mieux que de passer une énième soirée à boire du thé et à écouter les malheurs des autres dans ce lieu sinistre.

« OK, vous deux, commence Sharona en nous désignant du bout de sa cigarette. Ça vous dirait d'aller à Brighton en janvier ?

— Pour un week-end ? » Je cligne des paupières pour tâcher d'y voir clair, mais le monde autour de moi paraît dédoublé.

« Non, pour le boulot, répond-elle avec un petit rire attendri. Juste quelques semaines. Spines réorganise la librairie là-bas et ils m'ont demandé de venir avec une équipe de choc pour tout superviser.

— À fond, évidemment », répond Eli en levant la main pour lui faire un check, sa cigarette pincée au coin de sa bouche.

« Laura ? » me demande Sharona, et ils se tournent tous les deux vers moi pour guetter ma réponse.

« Je n'ai pas les moyens de faire la navette en train tous les jours », dis-je avec déception. J'ai toujours aimé le bord de mer. Quand j'étais petite, ma mère m'emmenait parfois passer la journée à Brighton. On mangeait des frites et on cherchait les plus beaux galets sur la plage. J'adorais la vieille salle d'arcade, les spectacles de marionnettes mécaniques et les machines qui vous disaient la bonne aventure, j'adorais la jetée et ses manèges tape-à-l'œil, ses stands de donuts et de barbe à papa.

« Oh, ne t'inquiète pas pour ça, me répond Sharona. Nos frais de déplacement seront couverts pendant toute la durée de la mission. Ou bien le groupe nous paiera l'hôtel sur place si les allers-retours sont trop fatigants. Ce ne sera que pour deux ou trois semaines grand maximum, de toute manière. »

Une fois de retour devant le Happy Valley, Eli jette son mégot et l'écrase sur le trottoir avant de me tenir la porte.

« Dis-moi que tu vas accepter, me glisse-t-il avec un large sourire.

— Oui, oui, c'est d'accord ! dis-je avec un frisson d'excitation avant d'emboîter le pas à Sharona dans la douce chaleur du restaurant.

— Tu n'aurais pas un peu trop bu ? me demande-t-il.

— Non », dis-je alors que la salle tangue autour de moi.

Je file direct aux toilettes pour vomir. Des germes de soja me restent coincés au fond de la gorge, et je me gargarise avec l'eau du robinet avant de regagner ma place à table comme si de rien n'était. Le crime parfait.

Roach semble hypnotisée par Eli, qui s'est lancé dans sa harangue sur l'aspect politique du classement en librairie. Je connais ses arguments par cœur, je les ai déjà entendus un millier de fois, mais Roach boit ses paroles d'un air fasciné. J'ai l'impression qu'elle a envie de se le faire. Eh bien, bonne chance, me dis-je en prenant un rouleau de printemps pour le dévorer en trois bouchées.

« Le choix des rayons est un acte politique, explique Eli tout en se roulant une cigarette dont la forme conique trahit bien le stoner ayant un coup dans le nez. Faut-il diviser la Fiction en sous-genres pour la littérature LGBT+ et le reste, ou tout réunir sous la même étiquette ? *La Servante écarlate*, on en fait quoi : Littérature générale ou Science-fiction ?

— Ben, c'est une dystopie, répond Kofi qui n'a pas compris que c'était une question rhétorique.

— Il n'y a pas le moindre élément SF dans *La Servante écarlate*, rétorque Barry. Tout ce qui y est décrit s'est déjà produit dans le monde réel. La vraie question, c'est où ranger la trilogie du *Dernier Homme* : avec les autres romans d'Atwood ou à part ?

— Et pourquoi pas dans les deux rayons à la fois ? » suggère Kofi.

Eli coince sa cigarette derrière son oreille et fait rouler son briquet d'un air pensif entre ses mains. « OK, mais alors jusqu'où ça va ? Faut-il avoir le même livre en double ou en triple sous prétexte qu'il peut correspondre à plusieurs rayons ? Faut-il avoir deux exemplaires de *Beloved* ? Deux exemplaires de *L'Alchimiste*, deux exemplaires de *1984,* deux exemplaires de… je sais pas, *Gone Girl*, par exemple ? Faut-il avoir tous les titres en double, sous prétexte qu'ils relèvent aussi de la Littérature générale ?

— Pour Toni Morrison, oui, intervient Sharona. Il faut mettre du Toni Morrison partout, dans le plus de rayons possible.

— On s'éloigne du sujet. Le classement par rayons est un acte politique, répète Eli en tapant sur la table. Et ça demande de la réflexion. Que faire des ouvrages consacrés à l'Holocauste ? Où est-ce qu'on les range ? Noor, un avis ? »

Sharona porte sa cannette à ses lèvres d'une main et lève un doigt de l'autre. « En voilà, une bonne question. Je veux connaître la réponse. »

Noor réfléchit tout en triturant sa boucle d'oreille, une larme argentée qui pend au bout de son lobe. « Je dirais… avec les ouvrages sur la Seconde Guerre mondiale ?

— Barry ? demande Eli. Qu'en pense notre spécialiste en histoire ?

— Pourquoi pas, concède l'intéressé. Le problème, c'est que les victimes de l'Holocauste n'étaient pas victimes de l'action militaire. Les racines de la Shoah remontent bien avant le début de la guerre, et de nombreuses écoles de pensée la traitent comme un sujet à part. »

Le reste de la tablée garde le silence. Chacun attend que quelqu'un fasse une autre suggestion.

« Et, hum… pourquoi pas en Histoire juive ? » propose Noor en fronçant le nez, comme si elle savait déjà que c'était une mauvaise réponse. Les autres libraires, plus expérimentés, grognent ou secouent la tête, et elle se cache derrière ses mains en faisant semblant d'être mortifiée.

« Imagine, lui répond Eli. Les nazis rangés juste à côté de l'histoire de la cuisine juive ? Ce serait choquant. Les clients se plaindraient.

— Mais les ouvrages sur la cuisine juive seraient au rayon Cuisine, de toute manière, objecte Barry.

— Sans oublier toutes les autres communautés qui ont aussi été victimes de l'Holocauste, ajoute Sharona.

— Avec l'histoire de l'Allemagne, alors, lance Kofi avec un haussement d'épaules.

— Auschwitz était en Pologne, lui rétorque Barry d'une voix grave. Tout ne s'est pas forcément déroulé sur le sol allemand. »

Je reprends ma Tsingtao et bois une longue gorgée tiédasse jusqu'à finir la cannette. Je m'apprête à héler la serveuse quand je m'aperçois que tout le monde s'est tourné vers moi.

« Un avis sur la question, Laura Bunting ? me demande Eli. Sérieusement. Je sais que tu as la réponse.

— À vrai dire, l'Holocauste ne tient pas en un seul rayon. C'est un sujet trop vaste, trop complexe, trop… tout à la fois. Il lui faut sa propre sous-section au sein du rayon Histoire, quelle que soit la taille du fonds et du magasin. Même chose avec les essais sur le colonialisme et l'esclavage. Les ranger avec un pays ou un continent reviendrait inévitablement à en effacer un autre, et c'est un choix politique.

— Voilà, déclare Eli. Exactement. *C'est un choix politique*. Le choix de l'emplacement d'un livre oriente son contexte, qu'on le veuille ou non.

— Raison pour laquelle je pense qu'on ne devrait pas avoir de rayon True Crime. » Ça y est. J'ai repris pied, et je sais où je vais. « Ça me dégoûte de voir de vrais textes littéraires et sensibles rangés à côté de ces merdes voyeuristes et vulgaires. »

Sharona approuve d'un hochement de tête. « Je suis d'accord.

— Ce n'est pas de la merde », rétorque Roach d'un ton incisif et dangereux en pressant sa cannette si fort entre ses mains qu'elle semble vouloir l'écraser.

« Oh, je t'en prie », dis-je avec un geste agacé. J'ai trop bu. Les mots se déversent de ma bouche comme les filaments d'algues séchées éparpillés sur la nappe. « Tout ça, ce sont des hommes qui exploitent les violences faites aux femmes.

— Aux femmes blanches, nuance Noor. Les best-sellers ne s'intéressent jamais aux femmes racisées.

— Tu as absolument raison, dis-je en me tournant vers elle. Excuse-moi. J'ai tendance à prendre ce sujet très à cœur. » Et là, sans que ce soit prémédité, je sens la Tsingtao prendre le relais et parler à ma place : « Ma mère s'est fait assassiner quand j'étais adolescente. »

Silence choqué autour de la table. C'est bien, me dis-je. Je m'ouvre aux autres. Je surprends un échange de regard entre Sharona et Eli, comme si elle lui demandait confirmation. Il se contente de cligner pudiquement des yeux avant de baisser la tête, et Sharona pose sa main sur mon bras.

« Oh, ma puce, murmure-t-elle, une empathie sincère sur ses traits.

— Je suis vraiment désolée », ajoute Noor en se mordillant la lèvre, l'air soudain mal à l'aise.

Roach se penche vers moi d'un air avide et sa réaction me révulse. Elle a les yeux brillants, comme un chien qui entend son maître agiter un sachet de friandises.

« Qu'est-ce qui s'est passé ? veut-elle savoir, incapable de dissimuler la note d'excitation dans sa voix.

— Je n'ai pas très envie de m'étendre là-dessus. C'était juste... pour m'expliquer.

— Bien sûr, intervient Sharona en me caressant affectueusement l'avant-bras. Parlons d'autre chose. On va reprendre une tournée ! »

Elle se lève et fait signe à la serveuse en agitant les fins bracelets d'argent à son poignet. Eli croise mon regard et articule un « Ça va ? » silencieux. Je fais oui de la tête.

La conversation passe à autre chose, l'atmosphère autour de la table se détend, mais Roach me transperce du regard et l'intensité de sa curiosité me provoque des démangeaisons dans la nuque. Je continue à boire sans faire attention à elle et descends bière après bière pour noyer l'embarras dans lequel m'a plongée ma déclaration fracassante de tout à l'heure, jusqu'à ce que la serveuse nous mette à la porte et qu'on se retrouve dehors sur le trottoir humide. Il fait un froid de canard et la lune brille haut dans le ciel.

La nuit semble aiguiser la soif de notre petite bande. Moi aussi, j'ai envie d'un autre verre, mais j'aimerais surtout que Roach s'en aille, qu'elle rentre chez elle. Je sens le poids de son regard et le regret me serre l'estomac. C'est différent cette fois – rien à voir avec mes confidences pénibles mais cathartiques devant le groupe de parole. Je sens bouillir mon hostilité envers elle et je marche d'un pas vif devant le reste du groupe en fumant, la tête rentrée entre mes épaules.

## Roach

Je me sentais vibrante d'excitation pendant le trajet vers l'autre bar. La mère de Laura, assassinée ? Voilà une info croustillante. Je me suis demandé à quand ça remontait. Comment ça s'était passé. Qui était le meurtrier. Qui l'avait tuée, de quelle affaire on parlait. Si ça se trouve, je la connaissais déjà. Rien que d'y penser, j'en avais des fourmillements sous la peau. Je n'avais pas prévu de prolonger la soirée aussi tard, mais il était hors de question que je lâche Laura si elle se sentait d'humeur à faire des confidences.

Comme il faisait froid et humide, j'ai – timidement – sorti mon nouveau béret de mon sac. C'était la première fois que je le portais devant mes collègues, et j'ai mis un moment à le visser correctement sur mon crâne sans l'aide d'un miroir. Je me suis demandé si quelqu'un allait le remarquer ou dire quelque chose, mais (à part Laura, qui traçait à plusieurs mètres devant nous) tout le monde s'était rangé par deux et je fermais la marche, seule.

Ce lien intime entre Laura et le meurtre était parfaitement logique à mes yeux. Malgré ses sourires étincelants et ses éclats de rire, malgré son rouge à lèvres et ses verres de vin remplis à ras bord, un nuage noir flottait au-dessus d'elle, comme une ombre que j'étais la seule à voir. Cette histoire m'obsédait et je retournais tous les scénarios dans ma tête : quel était le démon qui avait tué sa mère et changé le cours de son existence pour toujours ?

*Ça me dégoûte de voir de vrais textes littéraires et sensibles rangés à côté de ces merdes voyeuristes et vulgaires,* avait-elle déclaré. Tout le monde m'avait regardée et j'avais essayé de trouver quelque chose à répondre, un truc percutant qui expliquerait pourquoi le true crime était un genre important. La voie vers la compréhension de la psyché humaine était pavée de sang et de tripes, elle grouillait de serial killers, de sadiques et de tueurs de masse, empestait la violence et la mort, la négligence et l'abus. Si on voulait vraiment que la société progresse, il fallait assumer ses bons côtés au même titre que ses aspects les moins reluisants. La vie ne pouvait pas toujours être un conte de fées, Laura. Le méchant ne se faisait pas toujours prendre à la fin. Quand elle avait balancé ce truc sur sa mère, ça avait fait tilt en moi. J'avais compris pourquoi elle fuyait mon regard, mes questions, pourquoi elle rejetait mes offres d'amitié. Laura était une matriochka, oui, une poupée russe cachant au fond d'elle une obsession pour le meurtre – et la mort. Mais contrairement à moi, elle ne pouvait pas se résoudre à l'admettre.

## Laura

Une fois attablés dans le bar à vin, on attaque fort avec deux bouteilles payées par Sharona. C'est vraiment chouette, cette soirée avec tout le monde. J'essaie de me maintenir dans le moment présent, de me concentrer sur mon vin et les rires autour de moi. Même Martin est de bonne humeur. Il m'offre un petit verre de porto au subtil goût de chocolat, de cerise noire et de cannelle – un rameau d'olivier, sans doute, après notre accrochage plus tôt dans la journée. Il s'y connaît en porto, c'est clair, et il incline son verre pour m'expliquer les différents arômes. Je me sens juste heureuse d'être là, de savourer ma boisson et de sentir que je fais partie de ce groupe.

« Parle-moi un peu de toi, Martin, dis-je d'une voix pâteuse. Tu sais tellement bien y faire avec les gamins… T'as des enfants ? T'es marié ?

— Non, pas d'enfants. Je vis avec Franck depuis vingt ans. J'ai été un peu prof avant d'ouvrir ma propre librairie, pas loin d'ici. Elle a fermé dans les années 90. D'abord Spines, puis Amazon… la concurrence était trop rude. »

Chewing-gum Juicy Fruit. Un petit anneau doré à l'oreille.

« La librairie aux billes, c'était toi ? dis-je avec stupéfaction.

— C'est comme ça que tu t'en souviens ? me répond-il avec un petit sourire triste.

— C'est comme ça que je l'avais surnommée ! Il y avait deux librairies indépendantes dans le quartier, pas vrai ? La tienne et une autre ?

— Clement's Books. J'étais spécialisé en jeunesse et eux s'occupaient du domaine adulte.

— Ta librairie était un lieu magique pour moi. J'adorais y aller. Je crois que c'est ce qui m'a donné envie de faire ce métier. J'avais envie de recréer cet enchantement pour les enfants, ce sentiment d'excitation quand on franchit la porte d'une librairie. J'ai même gardé certaines de mes billes.

— Tu es bien la seule ! » plaisante-t-il. Après un court silence, il me tapote gentiment le dos. « Merci pour ce que tu viens de dire. Tu n'imagines pas à quel point ça me touche. »

Je finis mon porto avant de repartir sur le vin rouge. Des plantes en pot sont suspendues devant la fenêtre ruisselante de condensation, et il y a des flaques de vin un peu partout sur la table. En voulant attraper mon verre, je jauge mal la distance et le renverse.

« Tu ne crois pas que tu as assez bu ? » me demande Eli, le visage sérieux. Il remet mon verre d'aplomb et le couvre d'une main quand Kofi ressert tout le monde.

« Je vais très bien, dis-je alors que le sol penche sous mes pieds.

— Allez, un autre ! » s'exclame Kofi en versant du vin sur les doigts d'Eli sans faire exprès. Le chaos l'emporte, comme toujours, et l'intervention molle d'Eli pour m'empêcher de boire est vite emportée par l'ébriété générale.

« Toi, ma petite, t'es bourrée, me glisse-t-il en aparté, les yeux brillants.

— Et toi, t'es Eli », dis-je en lui tapotant maladroitement le bout du nez, comme il le fait souvent.

« Et demain, tu seras encore bourrée et je serai encore Eli. Nan, attends…

— Demain, je serai Laura.

— Et moi, je serai…

— … dans mon lit ? dis-je en me pressant, hilare, contre lui. Nan, je plaisante. Relax. »

Eli affecte un air gêné, mais il ne moufte pas quand Kofi me ressert.

## Roach

Leur bar à la con était déjà trop snob pour proposer du Strongbow, donc inutile de dire que le Dark Fruits y était inconnu au bataillon. J'ai eu droit à une pinte de cidre fermier arrosé de sirop de cassis artisanal et de liqueur de sureau qui m'a coûté la modique somme de sept livres. Ça avait un goût de mauvaises herbes et de pomme pourrie.

La conversation battait son plein autour de moi et j'ai regardé Laura s'enquiller des verres de vin, les joues de plus en plus roses, ses cheveux frisottés formant un halo doré dans l'humidité du bar. Elle devenait une caricature d'elle-même quand elle buvait : elle parlait plus fort, de façon excessive, elle riait aussi plus fort et plus longtemps. Elle gesticulait, renversait les verres et bousculait des inconnus.

Je me suis tournée vers Eli. « Tu sais, toi, ce qui est arrivé à la mère de Laura ? »

Il a eu l'air choqué, les traits figés dans une sorte de sidération. « Wow. Non. Ça se fait pas.

— Mais tu le sais, n'est-ce pas ?

— Elle n'aime pas en parler et tu n'as pas à poser ce genre de questions, merde alors.

— Si elle n'aime pas en parler, pourquoi elle l'a fait tout à l'heure ? »

De toute évidence, il ne savait pas quoi répondre. Il a juste secoué la tête et il s'est détourné pour discuter avec quelqu'un d'autre.

Je ne voyais pas ce qui m'empêchait de démarrer ma petite enquête sur-le-champ. J'ai tapé *Bunting meurtre Londres* sur Google, mais ça n'a rien donné. J'ai essayé *Laura Bunting meurtre* et *Bunting mère meurtre,* mais je n'ai pas eu plus de succès. Peut-être que ça n'avait pas eu lieu à Londres. J'ai essayé *Bunting meurtre Angleterre*, puis seulement *Bunting meurtre victime*. Peut-être qu'elle mentait, qu'elle avait tout inventé. Mais non, ça semblait peu probable.

Quand les fumeurs se sont levés à l'unisson, dans ce bel élan tacite qui semblait toujours les mettre d'accord, leurs besoins de nicotine parfaitement synchronisés, je les ai suivis avec mes Pall Mall jusqu'à l'espace fumeurs situé près de l'entrée.

Mon paquet de mentholées s'est révélé le trait d'union idéal, le parfait piège à conversation. Assis sur un muret en brique, Eli, Kofi et Laura riaient et plaisantaient en se passant un briquet, mais Sharona est restée en retrait, les yeux rivés sur mon paquet.

« Ce sont celles avec le petit… ? » m'a-t-elle demandé en pinçant une bille imaginaire entre son pouce et son index. Elle semblait plus petite en dehors de la librairie, avec son pantalon thaï et sa veste à capuche brodée. J'ai opiné et je lui ai tendu mon paquet.

« Ça fait des années que je n'avais pas fumé de menthols », a-t-elle expliqué en se servant. Je lui ai aussitôt proposé du feu. Fumer était comme une danse dont j'avais enfin appris la chorégraphie à force de la pratiquer avec Sam. Sharona s'est penchée vers mon briquet avant de tirer une première bouffée, paupières closes, et d'exhaler avec lenteur. Elle a renversé sa tête en arrière pour soulager son cou.

« Je te jure, a-t-elle soupiré, tous mes os me font souffrir. Et on est qu'en novembre. »

À l'autre bout de la courette, un verre s'est brisé et une joyeuse clameur s'est échappée du trio perché sur le muret. Un chien s'est mis à aboyer au loin.

« Tu sais ce qui est arrivé à la mère de Laura ? »

Sharona a cessé ses étirements pour me considérer d'un air plein de reproches. « C'est nul, a-t-elle répondu. Tu n'as pas à me poser cette question.

— Simple curiosité. Ce n'est pas un crime, que je sache.

— Tu es en train de franchir la limite, et tu le sais très bien. » Elle a recraché un nuage de fumée par-dessus son épaule.

« Eh, Sharona ! a appelé Eli. Viens par ici !

— Je te conseille d'en rester là, OK ? a-t-elle soufflé sur un ton qui m'a rappelé celui de Jackie. Et pour l'amour du ciel, promets-moi de ne pas embêter Laura avec ça. »

Je l'ai suivie en direction du petit groupe.

« Oh non, pitié », a marmonné Laura en me voyant, trop bourrée pour dissimuler son mépris à mon égard.

« On va jouer à *Je n'ai jamais*, a annoncé Eli. Ça vous dit ?

— Certainement pas ! s'est esclaffée Sharona en tirant une dernière bouffée de sa cigarette à moitié entamée avant de la jeter dans les buissons. Merci pour la menthol, Roach. Je te revaudrai ça. »

Tandis qu'elle repartait vers le bar, je m'en suis allumé une autre – mon pass backstage, au cas où quelqu'un se demanderait ce que je foutais là.

« Depuis quand elle fume ? a demandé Laura tout haut.

— OK, c'est parti, a déclaré Eli en tapant dans ses mains. Roach, tu es partante ?

— J'en sais rien. Je n'y ai jamais joué.

— Tout le monde a déjà joué à ce jeu, putain, a craché Laura. T'as jamais été étudiante ou quoi ?

— Non. »

Elle a roulé des yeux et elle s'est pris la tête entre les mains, les coudes en appui sur les genoux. « Je déteste ce jeu. Ce n'est qu'un prétexte pour obliger les femmes à parler de cul.

— Ce n'est pas de ma faute si tu n'y as joué qu'avec des obsédés sexuels à Oxbridge[1], a raillé Eli.

— Tu sais très bien que je ne suis pas allée à Oxbridge.

— Oups, non… Durham, c'est ça ?

— Va te faire foutre.

— OK, mon chéri, tu commences, a lancé Kofi, les jambes soigneusement croisées au niveau du genou.

— Je n'ai jamais… nagé à poil.

— Et voilà, on parle de cul ! a jubilé Laura.

— Nudité ne veut pas dire cul, et cul ne veut pas dire nudité, a-t-il rétorqué. Ne fais pas ta coincée. »

Personne n'a levé son verre, donc Eli a dû boire une gorgée du sien. « Vraiment pas terrible, ce vin », a-t-il grimacé.

---

1. Contraction de Oxford et Cambridge, où se trouvent les deux universités les plus prestigieuses d'Angleterre.

Venait ensuite le tour de Kofi. « Je n'ai jamais… baisé sur mon lieu de travail.

— Han, s'est écriée Laura, encore du cul !

— Là, oui, a reconnu Eli.

— Je n'ai jamais dit que ça me posait un problème », s'est défendu Kofi d'un air goguenard.

Là-dessus, Eli a pouffé de rire et, d'un air penaud, il a porté son verre à ses lèvres pour en boire une gorgée.

« T'as déjà baisé dans une librairie ? a lâché Laura, incrédule. Avec qui ?

— Ça ne te regarde pas.

— C'était où ?!

— Ça ne te regarde toujours pas ! Et ça ne fait pas partie du jeu. »

C'était mon tour. J'ai bu une gorgée et écrasé ma cigarette, histoire de gagner un peu de temps, mais je ne pensais qu'à des choses liées à la mort.

Je n'ai jamais promené mon chien dans une lande battue par les vents et découvert des ossements humains. Je n'ai jamais vu de valise suspecte et trouvé un cadavre à l'intérieur. Je n'ai jamais senti d'odeur bizarre provenant de chez mon voisin et se révélant de la chair humaine en décomposition. Je n'ai jamais eu de mère qui s'est fait assassiner.

« Je n'ai jamais couché avec un inconnu, ai-je fini par proposer.

— Au secours », a marmonné Laura.

L'un après l'autre, Kofi, puis Eli, et enfin Laura – gloussant comme une collégienne – ont bu une rasade.

« Tu as un gage, m'a expliqué Eli. Vu qu'on a tous bu.

— C'est quoi, mon gage ?

— Des shots ! s'est exclamée Laura. Tu dois nous payer des shots. De chartreuse !

— Mais c'est à toi, lui a fait remarquer Kofi. Tu dois d'abord jouer pour qu'on finisse le tour.

— Je n'ai jamais… lu *Ulysse*, a-t-elle asséné d'un ton triomphal, et son rire sauvage a résonné dans la petite cour déserte. Voyez ? On n'est pas obligés de parler de cul sans arrêt.

— Mais personne n'a bu, a objecté Eli. Parce que personne n'a jamais lu *Ulysse*. Donc tu as un gage, toi aussi.

— Lequel ? On ne peut pas tous payer une tournée de shots…

— On verra ça », a plaisanté Eli en lui tapotant le bout du nez. Elle a poussé un cri suraigu, comme un cochon pris au piège.

J'ai annoncé que j'allais chercher les shots.

À l'intérieur, il y avait du monde au bar et un paquet de *normies* faisaient la queue en attendant d'être servis. Quand mon tour est enfin arrivé, j'ai commandé quatre shots de chartreuse – une liqueur vert clair qui dégageait une odeur de plantes, genre sauge et vanille –, mais quand je me suis retournée, j'ai vu que les autres avaient déjà quitté le patio et regagné leurs places autour de la table. J'ai compris que le jeu était terminé.

Je suis allée m'asseoir à côté de Noor, qui était en pleine conversation avec Martin, Barry et Sharona. Tout le monde semblait ravi de m'ignorer. J'ai bu un shot et j'en ai proposé un à Noor, qui l'a refusé en fronçant les narines.

Les verres de chartreuse sont restés posés devant moi.

Ils m'avaient coûté plus de quatre livres chacun. Laura a renversé la tête en arrière, fini son verre de vin, et un filet rouge sang s'est mis à lui couler du coin des lèvres, comme un vampire. Elle l'a essuyée d'un revers de main.

L'ambiance du bar changeait à mesure qu'on approchait de minuit. Notre groupe continuait à picoler, mais les lumières avaient été rallumées dans la salle et la serveuse commençait à ranger les verres propres, à passer un coup d'éponge sur les tables et à ramasser les petits tapis de comptoir en caoutchouc pour les mettre au lave-vaisselle.

« Allons au Victoria, a suggéré Noor, c'est ouvert jusqu'à 3 heures.

— Ce sera sans moi, a répondu Sharona.

— Pareil », a renchéri Barry, suivi par Martin.

— Mother Black Cap ? » a proposé Kofi. Noor s'est tourné vers lui pour défendre son premier choix.

« Tu veux que je te ramène chez toi ? » a proposé Eli tout doucement à Laura. Elle avait les yeux mi-clos, les coudes sur la table, les joues écrasées entre ses mains.

« Laura est capable de rentrer toute seule, a déclaré sèchement Sharona en enfilant son manteau, les yeux plantés avec insistance dans ceux d'Eli.

— Je n'en suis pas si sûr, a-t-il insisté en désignant Laura d'un air inquiet.

— Je n'habite pas loin, j'ai dit. Je peux la raccompagner.

— J'ai pas besoin qu'on m'raccompagne, a grommelé Laura d'une voix prouvant exactement le contraire.

— C'est gentil de ta part, Roach », a répondu Sharona.

Mais elle semblait perplexe, visiblement incapable de décider quelle était la meilleure décision à prendre. Eli a soutenu son regard un moment avant de hausser légèrement les épaules et de se détourner.

# Laura

Dehors. Dans le froid. Des nuages bas et lourds dans le ciel. Une lune crémeuse et molle, une lune couleur de pâte d'amande. Les lampadaires et les phares auréolés de brume. Les fenêtres des maisons qui palpitent en bleu, baignées du halo des écrans de télé. Feux d'artifice. Crépitement. C'est la nuit des feux de joie[1], le ciel est parsemé d'étoiles.

Eli s'approche, tout sincère, les yeux écarquillés. « Tu es sûre que tu ne veux pas que je te raccompagne ?

— *Tu es sûre que tu ne veux pas que je te raccompagne ?* » je répète d'une voix moqueuse avant de taxer une clope que je fais tomber par terre. Pfff. Tant pis.

« Très bien, lâche-t-il en s'éloignant vers Walthamstow Village.

— Très bien », dis-je en trébuchant sur les pavés inégaux du trottoir.

1. La nuit des feux de joie, ou nuit de Guy Fawkes, est une fête populaire célébrée chaque année en Angleterre le 5 novembre pour célébrer l'échec de la conspiration des poudres, lorsqu'un groupe de catholiques anglais (dont Guy Fawkes) tenta de faire sauter le Parlement en 1605.

Sharona nous laisse devant le métro, Noor et Kofi se dirigent vers le Goose, puis Barry et Martin tournent à droite et je prends à gauche sur Hoe Street.

« Est-ce qu'on se boit un dernier verre ? »

Roach. Roach, toujours fourrée dans mes pattes. Et c'est moi ou elle porte mon béret ? J'essaie de le lui arracher mais elle recule juste à temps, une main sur la tête. Elle dégage une odeur écœurante et familière, comme celle des roses un peu passées, quand les tiges sont restées trop longtemps dans l'eau.

« *Est-ce qu'on se boit un dernier verre ?* dis-je en singeant sa voix. Mais qu'est-ce que tu fous là, toi ?

— Il est tard. Je te raccompagne juste chez toi.

— J'ai *pas* besoin qu'on me raccompagne. »

Une lumière vive. Un cycliste passe en trombe devant moi, manque m'arracher le bras. Il me hurle dessus, je lui hurle dessus à mon tour, le traite de connard, d'enfoiré, d'assassin de la route. Je titube sous l'effet de la surprise, je sens que je perds l'équilibre, et le sol se précipite à ma rencontre.

# Roach

Des relents de sueur et de parfum à la rose m'ont sauté à la figure quand elle s'est péniblement relevée. Elle marchait à pas lents comme une somnambule en effleurant les murs en brique et s'arrêtait de temps à autre pour regarder son téléphone, arracher des feuilles dans les haies ou juste pour tenter de s'orienter, clignant des yeux comme si elle émergeait d'un profond sommeil et qu'elle ne comprenait pas où elle était, façon princesse de conte de fées.

« Tu as grandi dans ce quartier ? » je lui ai demandé, mais elle ne semblait plus en état de traiter la moindre information, juste de soupirer comme si tout cela l'importunait au plus haut point.

Je me suis demandé si on allait faire un saut dans une des nombreuses épiceries de nuit qui jalonnaient notre trajet pour s'acheter un truc à boire et le ramener chez elle. Même bourrée au dernier degré, elle semblait n'avoir jamais envie de s'arrêter. Un prosecco bien frais, un pack de Dark Fruits, une bouteille de whisky, peut-être ? Oui, un bon Jack Daniel's ferait l'affaire. Je nous voyais déjà en train de pénétrer chez elle. Laura enlèverait ses chaussures, allumerait des bougies et de l'encens, nous choisirait une playlist sur son téléphone. Je filerais direct à la cuisine pour mettre des glaçons dans deux gros verres. On irait s'asseoir dans le canapé et on se dirait tout. Elle me parlerait de sa mère, me déballerait toute cette terrible histoire et je lui répondrais quelque chose comme : « Quand je pense qu'un jour, cette ordure sera peut-être libre de tuer à nouveau. » Et j'ajouterais : « Aussi longtemps qu'on vivra et qu'on respirera, jamais on ne cessera de parler de ce qu'il a fait. *Jamais* il ne sera libre, *jamais* on n'oubliera, et… »

Au même moment, Laura a donné un gros coup de pied sur le trottoir. J'ai cru qu'elle avait encore trébuché sous l'effet des litres de vin qu'elle avait ingurgités, mais quand elle a relevé sa chaussure, j'ai aperçu les morceaux de coquille et la purée visqueuse d'un escargot mort, assassiné sous son talon rageur.

« Saloperie, a-t-elle craché, inexplicablement, à ce pauvre gastéropode. Va te faire foutre ! »

J'ai contemplé la scène de crime dans un silence stupéfait, mais elle a repris son chemin sans m'attendre. Désinhibée par l'alcool, Laura montrait toute la profondeur de sa cruauté. Sa jupe orange a brillé comme une flamme sous le halo d'un lampadaire. *Elle est le diable*, ai-je pensé en jetant un dernier coup d'œil au cadavre de l'escargot.

« C'est là », a-t-elle bafouillé en remontant la petite allée qui traversait sa pelouse pour se diriger vers sa porte d'entrée bleu marine. Elle a tourné sa clé dans la serrure et j'ai retenu mon souffle, dans l'expectative, pendant qu'elle ouvrait. Son intérieur dégageait une odeur funèbre, mélange de poussière, de fleurs séchées et d'allumettes brûlées.

Elle s'est pris les pieds dans quelque chose et a titubé dans le couloir en lâchant un joyeux « Oups ! ». J'allais lui demander si je pouvais entrer quand elle m'a crié « Allez, salut ! » et m'a claqué la porte au nez.

Ses clés pendaient encore dans la serrure. Avant que j'aie le temps de comprendre ce que je faisais, elles se sont retrouvées dans ma main. Je suis allée jeter un coup d'œil par la fenêtre du salon, mais j'ai constaté avec dépit qu'elle avait fait poser un film opaque sur la vitre – sans doute pour décourager les voyeurs. Quel culot, sérieux.

J'ai réajusté mon béret, je me suis allumé une clope et je l'ai fumée sur le chemin du retour. J'avais vaguement dans l'idée de balancer ses clés quelque part, par pure vengeance, dans une poubelle ou une benne à ordures, un égout, un endroit où elle ne pourrait jamais les retrouver, juste pour le plaisir de l'emmerder, mais j'avoue que c'était assez jouissif de les avoir en ma possession. J'avais l'impression d'avoir remporté un point contre elle, et j'ai décidé de les garder encore un peu.

Tu vas faire quoi, Laura. Tu vas faire quoi si j'ai jamais lu *Virgin Suicides*, Laura. Tu vas faire quoi si j'ai jamais lu *Mon année de repos et de détente* Tu vas faire quoi si j'ai jamais lu *Le Maître des illusions* Tu vas faire quoi si j'ai jamais lu *Junk* Tu vas faire quoi si j'ai jamais lu *Qui es-tu, Alaska ?* Tu vas faire quoi si j'ai jamais lu *Entre chiens et loups* Tu vas faire quoi si j'ai jamais lu *Ariel* Tu vas faire quoi si j'ai jamais lu *Qu'on leur donne le chaos* Tu vas faire quoi si j'ai jamais lu *Ciel de nuit blessé par balles* Tu vas faire quoi si j'ai jamais lu *L'Écart* Tu vas faire quoi si j'ai jamais lu *I Am, I Am, I Am* Tu vas faire quoi si j'ai jamais lu *Je sais pourquoi chante l'oiseau en cage* Tu vas faire quoi si j'ai jamais lu *Maus* Tu vas faire quoi si j'ai jamais lu *Fun Home* Tu vas faire quoi si j'ai jamais lu *Ghost World*, Laura ? Tu vas faire quoi si je me suis jamais fait tatouer, si j'ai jamais embrassé Eli ou mis du rouge à lèvres pour aller bosser ou lu mes poèmes dans un bar, si j'ai jamais été aimée ni chérie ni applaudie comme toi, Laura. Tu vas faire quoi si j'ai jamais eu ce que je voulais dans la vie comme sorti d'un chapeau, ou plutôt d'un béret toujours assorti à mes ballerines ?

De retour chez moi, je me suis jetée sur mon lit et j'ai googlé toutes les femmes assassinées dans Londres en me demandant laquelle parmi elles pouvait bien être la mère de Laura. Les possibilités semblaient à la fois limitées et infinies. Je ne savais pas vraiment où Laura avait grandi. Même si c'était Walthamstow, ça ne voulait pas dire que sa mère avait été tuée dans ce quartier. Elle n'avait peut-être même pas trouvé la mort à Londres. Ni en Angleterre. Et bien sûr, « mère » pouvait aussi signifier belle-mère, mère adoptive ou encore mère biologique perdue de vue, autant de détails ayant une incidence sur le fait qu'elles portent ou pas le même nom de famille, qu'elles se ressemblent physiquement ou qu'elles aient vécu au même endroit. Vu le peu d'éléments dont je disposais, impossible de tirer des conclusions. Je ne pouvais exclure personne. Si je voulais élucider ce mystère, j'avais besoin d'en savoir plus. Et si Laura refusait de me parler, j'allais devoir chercher les infos à la source.

Je me suis endormie en rêvant de toutes les hypothèses, de landes désolées et de terrains vagues, de lacs aussi lisses que des miroirs et de canaux aux profondeurs boueuses.

## Laura

Au lit, seule et bourrée, tellement bourrée que je parcours le monde avec Lydia. Je commence par un tour d'Europe. Petits flancs vanillés à Lisbonne et bouquinistes à Paris, un bol de grosses olives à Barcelone, des cadenas en forme de cœur à Florence. Je continue. Je regarde une currywurst végane à Berlin au printemps 2016, des flûtes de champagne au sommet de la tour Eiffel à l'hiver 2015. Je regarde un brunch dans un hôtel à Édimbourg pendant l'été 2014 et je regarde le soleil se coucher sur le Golden Gate Bridge au printemps précédent. Je regarde les eaux laiteuses du Blue Lagoon en 2013 et la tête crémeuse d'une pinte de Guinness à Dublin en 2012, des cocktails filtrés à mort sur diverses plages de Thaïlande en 2011, un Mardi gras à La Nouvelle-Orléans en 2010 où elle éclate de rire avec des kilomètres de perles en plastique autour du cou, et je clique sans faire exprès sur le petit cœur que je délike aussitôt, mais j'ai les joues en feu et je sais que je viens de faire une connerie.

Je me réveille tôt, bien avant mon alarme, au son des pleurs du bébé d'à côté, un vagissement guttural et vigoureux. Je reste couchée, les yeux rivés au plafond. Un sentiment de honte m'envahit à mesure que les fragments de la soirée d'hier remontent à la surface de ma gueule de bois. J'ai flirté avec Eli, renversé des verres. *Et tu seras... dans mon lit ?* Tout est confus, lourd, embrumé. Pas beau à voir.

Les rideaux de ma chambre sont ouverts – j'ai oublié de les fermer hier soir et mon sang se glace à l'idée d'avoir été si exposée. Exposée. *Ma mère s'est fait assassiner quand j'étais adolescente.* J'ai presque envie de vomir au souvenir des mots que j'ai prononcés et de l'écœurante réaction de Roach, penchée vers moi avec ses yeux avides, dévorée de curiosité.

Une nouvelle journée lumineuse s'annonce, le ciel strié de cicatrices par les traînées de condensation des avions. Je m'imagine à bord de l'un d'eux, en route vers New York, Tokyo ou Bali. L'idée de voyage me fait penser à Lydia et à ma boulette de cette nuit. Si ça se trouve, elle va voir la notification et se plaindre de moi à Eli. Mais ça n'a peut-être aucune importance. Si ça se trouve, elle s'en fiche totalement.

Une collection de verres de vin vides et de bocaux de confiture s'aligne sur le rebord de ma fenêtre, tous maculés d'empreintes de doigts et de traces de rouges à lèvres différentes. Une teinte pour chaque jour de la semaine. *Ma mère s'est fait assassiner quand j'étais adolescente.*

Je ferme les yeux très fort pour contrer l'immense vague de tristesse qui m'assaille. C'est le 6 novembre, aujourd'hui. Une digue cède au fond de moi et mes larmes jaillissent. Couchée sur le dos, les yeux rivés sur la dentelle de moisissure qui s'étend au plafond comme une ombre depuis le bord de ma fenêtre, je laisse libre cours à mes sanglots. Je pleure parce que les moisissures qui fleurissent aux quatre coins de mon appartement ont l'apparence mouchetée d'une peau morte. Je pleure parce que quand je veux reprendre mon souffle, mes poumons s'écrasent contre mes côtes comme s'ils n'avaient plus la place de bouger, tout leur espace intérieur envahi par la fumée. Je pleure parce que le sol de ma cuisine sera bientôt barbouillé des stigmates d'une infestation d'escargots contre laquelle je ne peux rien, que mon étagère à légumes pue la pisse de souris mais qu'il me faudra bien laver ces carottes rabougries pour les manger. Je pleure parce que n'ai pas les moyens de faire autrement.

*Ma mère s'est fait assassiner quand j'étais adolescente.* Je pleure pour ma mère. Je pleure parce qu'elle devrait bientôt fêter ses cinquante ans et qu'elle n'est plus qu'une trace, un souvenir, un écho, une simple phrase dans l'histoire de quelqu'un d'autre. Et parce qu'à l'instar des autres morts, elle est lentement effacée par les vagues inexorables du temps et que chaque jour qui passe l'éloigne un peu plus du dernier qu'elle a vécu, il y a dix ans déjà. Je pleure parce que je finirai par avoir passé plus de temps sur Terre sans elle qu'avec elle et qu'un jour, je serai plus âgée qu'elle. Je pleure parce qu'on mourra tous en ne laissant derrière nous qu'une poignée de souvenirs déchirants et douloureux, à vif comme une plaie ouverte, qu'on parlera à peine de nous, jusqu'à ce que les gens qui se souviennent de nous meurent à leur tour et qu'il ne reste plus rien.

Sur la pile de livres au pied de mon lit est posé le carnet mauve qu'Eli m'a offert il y a des semaines. J'ai la flemme de chercher mon trousseau de clés pour ouvrir ce stupide cadenas. Ça me fait éclater de rire toute seule, d'un rire sauvage et incongru. En voilà un obstacle idiot. Je fourre le carnet sous mon oreiller et, décidée à ne pas me laisser abattre pour si peu, j'ouvre l'appli notes de mon téléphone pour me vider de tout ce que j'ai sur le cœur. Je remplis trois pages de ruminations personnelles, de métaphores autour de l'idée d'empreintes, de vagues qui lèchent le sable et de cicatrices non refermées. Le seul fait d'écrire me fait l'effet d'un gel d'aloe vera bien frais sur un coup de soleil.

Quand je commence à avoir des crampes dans les doigts et plus vraiment d'inspiration, j'essuie mes larmes sur mon duvet. Je me sens apaisée, l'esprit clair. Mes priorités en ordre. Je me lève et je ramasse les verres vides qui traînent sur le rebord de la fenêtre. Je fais une vaisselle rapide, me prépare des toasts à la cannelle et vais ensuite prendre une douche pour me laver de mon chagrin. J'opte pour une robe bleu nuit avec des ballerines assorties et d'épais collants noirs. Je me maquille pour camoufler le teint cireux de ma gueule de bois, me vaporise quelques gouttes de parfum dans le cou et voilà, je me sens prête à aller travailler, prête pour une nouvelle journée de sourires radieux, de rires forcés et de service client impeccable.

Je n'ai pas le temps de me préparer à déjeuner. Tant pis. Je vérifie que j'ai bien tout dans mon sac : mon téléphone presque à plat (j'ai aussi oublié de le brancher cette nuit) et mon chargeur. Mon portefeuille, ma gourde (trop tard pour la remplir, je le ferai à la librairie), mon rouge à lèvres, ma crème pour les mains. Un briquet presque à sec – j'essaie de l'allumer, mais la flamme meurt aussitôt. Un paquet de feuilles à rouler, vide. Un paquet de tabac, bientôt terminé lui aussi, et un béret bleu nuit. Je revérifie, je retourne tout mon sac, mais impossible de retrouver mes clés : elles ne sont pas là, ni dans la poche de mon manteau. J'essaie de me rappeler quelle robe je portais hier – avait-elle des poches ? Non, c'est peu probable.

Je suis rentrée chez moi hier soir, elles doivent donc se trouver quelque part dans l'appartement. Sinon, comment aurais-je pu ouvrir ma porte ? Je regarde sous le canapé, palpe entre les coussins, j'inspecte tous les recoins improbables où une personne bourrée pourrait bêtement laisser ses clés, dans le frigo, avec les produits de maquillage dans la salle de bains ou dans la corbeille à fruits. Je m'efforce de retracer mes pas, mais la fin de soirée est vraiment trop confuse dans ma tête. Est-ce que quelqu'un m'a raccompagnée ? J'ai comme un vague souvenir désagréable. C'était Eli ? C'était *Roach ?* Mon cerveau patine. Je commence vraiment à être en retard et à stresser. Je n'ai pas les moyens de faire venir un serrurier et je ne supporte pas l'idée d'appeler mon père pour lui demander de me prêter du fric.

« Si tu ne peux pas te permettre de vivre seule, ne le fais pas. » Je l'entends déjà.

Pour finir, je me retrouve à extraire le tiroir fourre-tout du meuble de ma cuisine pour renverser son contenu par terre et fouiller parmi les vieilles cartes à jouer, les sachets de ketchup et de sauce pour ramen, les bâtons d'encens et les briquets hors d'usage. Je cherche frénétiquement jusqu'à ce que je mette enfin la main sur mon trousseau de secours, accroché à un porte-clés orné d'un sublime œil-de-tigre. Mon intention était de le confier à un voisin en cas d'urgence, mais ils se succèdent à une telle vitesse que je n'ai jamais pris le temps de faire connaissance avec eux.

Quand j'arrive enfin au boulot, je n'ai que quelques minutes de retard. Je vais m'enfermer aux toilettes et m'agenouille sur le carrelage glacial, la tête au-dessus de la cuvette. Mon estomac se contracte et je régurgite un épais jet de bile qui marbre la surface de l'eau. Dans la glace, mes yeux sont injectés de sang. Je m'asperge la figure d'eau froide et m'essuie avec l'une de ces serviettes en papier qui sentent comme à l'école. Un peu de rouge à lèvres, et me voilà prête à affronter cette journée.

En salle de pause, je trouve Eli assis sur une des tables, à m'attendre.

# Roach

C'était mon jour off et je traversais le parc en écoutant un podcast sur les femmes qui épousent des condamnés à mort. Un petit épagneul tout agité, affublé d'un manteau rose, et un bâtard court sur pattes se poursuivaient sur la pelouse boueuse en se reniflant le trou de balle à intervalles réguliers. Leurs maîtres bavardaient plus loin, sur le sentier tapissé de feuilles mortes.

J'avais toujours rêvé de me marier avec un détenu dans le couloir de la mort. J'arriverais en robe de dentelle noire, blouson en cuir et lunettes de soleil. J'adorais l'idée d'écrire à un serial killer en prison, de me lier d'amitié avec lui, de découvrir ses fantasmes. Mais pas facile de trouver des candidats intéressants au Royaume-Uni, cela dit. Il leur manquait le glamour des démons californiens des années 70 avec leurs sourires narquois et leurs petits coucous sarcastiques à l'attention des journalistes, leur dégaine de rock star et leur indifférence cool à tout ce qui se passait autour d'eux. Ça ne manquait pas, à cette époque-là. C'était le rêve américain version satanique : des filles aux épaules nues qui faisaient du stop et montaient joyeusement dans la voiture de parfaits inconnus, des femmes au foyer qui oubliaient de verrouiller la porte de derrière ou dormaient la fenêtre grande ouverte, comme une invitation à entrer. Mais tout ça appartenait au passé. L'âge d'or du serial killer était révolu, et mes chances d'en épouser un semblaient faibles. Je devrais me contenter de Sam et de ses faux airs de Richard Ramirez.

Ramirez s'était lui-même marié en prison, et il avait ses groupies. Elles s'étaient pointées au tribunal chaque jour de son procès, elles lui envoyaient des lettres, lui montraient leur culotte et leurs seins nus, lui envoyaient des photos érotiques d'elles et lui décrivaient leurs fantasmes les plus intimes et morbides pour l'exciter. Mais lui, ça ne l'intéressait pas. Et sa femme n'avait d'ailleurs rien à voir avec ces hordes de meufs. C'était une *normie*, une chrétienne embarquée dans une croisade pour le salut de son âme. Elle s'était mariée en blanc et avait demandé le divorce le jour où les résultats de l'analyse ADN avaient prouvé qu'il était lié à un crime trop abject pour que même elle puisse le digérer. J'y repensais souvent. C'était comme le code d'honneur entre voleurs. Il faut croire qu'on a toutes nos limites.

Les clés de Laura étaient froides et légères au creux de ma paume. Il y en avait deux de taille normale ainsi qu'une plus petite, le tout attaché à un porte-clés en quartz rose. Des clés d'apparence si banale, mais quelles portes magiques elles permettaient d'ouvrir ! Un accès direct à l'esprit de Laura, son passé, son présent. À son intimité, son sanctuaire, son histoire. À l'histoire de sa mère. Elle était impénétrable, mais j'avais trouvé un passage secret. J'étais excitée comme une puce pendant tout le trajet. J'allais juste entrer, faire mon petit tour et laisser les clés dans un endroit idiot mais plausible, entre les coussins de son canapé ou sous son frigo. Laura ne saurait jamais que j'étais entrée chez elle. Un crime parfait et sans victime.

Arrivée devant chez elle, j'ai frappé à la porte par mesure de précaution. Mais le salon était plongé dans le noir et je savais qu'elle travaillait ce jour-là car la veille, au bar à vin, Eli l'avait chambrée en lui demandant si elle serait capable de se pointer au boulot avec la gueule de bois. Un frisson de volupté m'a parcourue quand j'ai enfoncé la clé dans la serrure et senti le mécanisme du verrou s'actionner. La porte a soupiré de soulagement quand je me suis glissée à l'intérieur, comme si l'appartement n'attendait que moi depuis tout ce temps.

À mesure que je découvrais les lieux, j'ai senti la désillusion me gagner. Ce n'était qu'un deux-pièces avec un petit salon assez sombre, une cuisine exiguë et une minuscule salle d'eau avec une baignoire fendillée. Tout était mignon et bien rangé, mais imprégné d'une vague odeur de moisissure.

Dans son salon, quatre bibliothèques bon marché étaient remplies de livres de poche classés par ordre alphabétique d'auteurs. J'ai pouffé de rire, c'était plus fort que moi. Libraire jusqu'au bout des ongles, hein, Laura ? J'ai passé les titres en revue : rien que des daubes pour *normies* publiées par des maisons d'édition mainstream, des best-sellers prévisibles, avec juste une romance branchée ou un recueil de nouvelles indé par-ci par-là. Zéro originalité. Quels que soient les récits dont Laura s'était inspirée – ou plutôt qu'elle avait plagiés – pour écrire ses poèmes, elle ne les avait pas gardés chez elle.

Je ne pouvais pas me permettre de me laisser distraire. Mon but était de découvrir où elle planquait ses journaux intimes, une boîte à souvenirs, un scrapbook quelconque. N'importe quel indice pour me permettre de démarrer mon enquête.

J'ai renoncé aux étagères du salon pour m'aventurer dans sa chambre. Son lit était fait et sa fenêtre donnait sur un jardin en friche. Je la voyais tout à fait se réveiller à l'aube et faire son lit comme une parfaite petite femme d'intérieur. Une odeur de draps propres et de produits cosmétiques flottait dans la pièce mais, derrière ces senteurs florales poudrées, les relents de moisissure étaient encore plus forts que dans le reste de l'appartement. Ça me retournait l'estomac, et j'ai dû ouvrir la fenêtre pour ne pas avoir de haut-le-cœur.

Tout autour de moi suintait la déception. Je me suis laissée tomber sur le lit de Laura et je suis restée couchée là. Je n'éprouvais absolument rien. Ses draps sentaient juste les draps. Quel ennui. Un vague parfum d'adoucissant effacé par la peau. Je n'avais pas bu autant qu'elle la veille au soir, mais ma courte nuit m'a rattrapée quand même et je me suis endormie.

## Laura

Eli me prépare un café et nous roule deux cigarettes qu'on emmène dehors sur la terrasse. Emmitouflés dans nos manteaux, on fume en observant les toits de Londres noyés au loin dans la brume matinale. Le fond de l'air est d'un froid mordant et un plumet de vapeur s'élève de ma tasse de café. Je tire une bouffée de ma cigarette et réprime une violente envie de vomir.

« Ça n'a pas l'air d'aller, dit-il.

— Ça ne va pas du tout. »

Une nuée d'oies sauvages nous survole en un « V » parfait. On les regarde s'éloigner et je garde les yeux rivés sur l'horizon. Quelque part dans une rue adjacente, un accordéoniste fait résonner un air mélancolique.

« Tu as été malade ? »

J'opine, les yeux fermés. J'inspire une longue bouffée d'air froid par le nez et exhale par la bouche. Un goût d'alcool me remonte du fond de la gorge et je presse ma main contre ma bouche pour lutter contre la nausée.

« Écoute, tu ne peux pas travailler dans cet état. »

Une larme coule en travers de ma joue. Je l'essuie aussitôt.

« C'est l'anniversaire de ma mère, aujourd'hui », dis-je tristement.

Il y a un silence. Au lieu de me sortir des platitudes, Eli se penche vers moi pour me prendre la main. Je pose ma tête sur son épaule et nous restons un bon moment sans bouger et sans rien dire, à fumer et à souffler des nuages blancs dans l'air hivernal.

« On est cinq aujourd'hui, me dit-il gentiment. Je vais voir avec Sharona, mais je pense qu'on peut se passer de tes services. Elle te laissera sûrement rentrer chez toi. Prends un bain, fais-toi des tartines, regarde un film. Repose-toi. Et reviens-nous demain en pleine forme.

— Sérieux ?

— Sérieux.

— Merci, dis-je en m'essuyant discrètement le nez avec mon autre main. Ça ne se reproduira pas.

— J'attends de le voir pour le croire », répond-il avec un sourire affectueux en lâchant ma main.

L'air est froid mais vivifiant, et une journée de liberté soudaine s'ouvre devant moi. Je commence à rentrer en rêvant déjà d'enfiler un pyjama propre et de me recoucher pour éteindre les dernières braises de ma cuite d'hier, mais marcher me fait du bien, dans mon corps comme dans ma tête, alors je continue. Tout finira par s'arranger si je continue de marcher.

Au lieu de rentrer passer un long après-midi en solitaire dans mon appartement triste et désert, je prends le bus pour Leytonstone. Malgré la gueule de bois, le ballottement du bus me détend peu à peu et j'oublie le nœud d'angoisse qui me tord le ventre.

Je pars me balader dans le quartier, bien contente de

m'accorder ce petit plaisir. Mes pas me mènent jusqu'à la passerelle ferroviaire grillagée d'où je regarde Londres miroiter au loin, ses gratte-ciel à peine visibles à l'horizon. Je traverse un lotissement où je suis accueillie par plusieurs gros chats dodus qui semblent apprécier mes grattouilles sous le menton. Je franchis un gros rond-point herbeux, puis je longe un cimetière catholique où des choucas béquètent le sol entre de vieilles tombes vérolées et biscornues. Je me retrouve dans une rue bordée de boutiques charmantes : des cafés, un fleuriste, un traiteur italien, un bar à vin, une librairie, une boulangerie. J'en profiterai peut-être pour m'offrir un petit quelque chose. Une cannette d'eau gazeuse à la fleur de sureau, un muffin au chocolat, un bouquet de gypsophiles ou juste un tour dans la librairie pour voir ce qu'il y a d'intéressant en stock.

C'est une journée calme et ensoleillée, de celles qui m'évoquent l'arrivée du printemps alors qu'on est encore du mauvais côté de Noël. J'ai l'impression que les beaux jours arrivent, que l'hiver touche bientôt à sa fin et que l'été attend patiemment son heure. Je marche tranquillement en admirant la palette de couleurs des feuilles mortes. Je me sens vraiment mieux.

La librairie sent bon le café. On y sert des lattes au lait d'avoine, des snacks végans à prix libres, et les rayonnages sont truffés de revues et d'ouvrages de maisons d'édition indépendantes – beaucoup de trucs underground ou à tirage limité, publiés par des micro-éditeurs, ainsi que les parutions les plus ésotériques des Big Five[1]. Près de la caisse, des paniers en osier sont remplis de badges et de patchs à messages politiques.

1. Cinq plus grands groupes d'édition aux États-Unis.

Je fais mon petit tour, regarde les affiches et réaménage mentalement le magasin : si ça ne tenait qu'à moi, je mettrais de l'ordre parmi les revues et les fanzines, et je déplacerais les flyers pour éviter la confusion entre ce qui est gratuit et ce qui est payant. Je rafraîchirais l'agencement des tables en y mettant plus de livres pour qu'elles paraissent mieux garnies et plus attrayantes. Le rayon Littérature est subdivisé en un trop grand nombre de catégories, dont certaines ne comportent que deux ou trois titres. Ridicule. Je reclasserais tout ça par ordre alphabétique histoire de gagner en clarté et de supprimer ces étiquettes qui encombrent les étagères. La librairie aurait l'air plus ordonnée et les clients trouveraient plus facilement ce qu'ils cherchent. Cela résoudrait aussi le problème du classement des livres pouvant appartenir à plusieurs catégories – *Son corps et autres célébrations* de Carmen Maria Machado pourrait ainsi siéger tranquillement à la lettre M au lieu d'être écartelé entre Recueils de nouvelles, Fictions Queer et Horreur. En même temps, ce serait une librairie différente si tout y était régi par l'ordre alphabétique. Cette surabondance d'étiquettes et de sous-catégories fait peut-être partie de son charme.

*Une partie rouge* de Maggie Nelson, récit personnel de l'autrice sur le meurtre de sa tante et le procès du principal suspect trente-cinq ans après les faits, figure avec *Bleuets* et *Les Argonautes*. Ça me plaît. J'aime l'idée que ce livre soit rangé avec le reste de son œuvre – qu'il reste le sien avant tout. C'est son histoire, son écriture, sa tante, son traumatisme. Comme je n'ai pas *Bleuets* à la maison, je décide de l'acheter en un acte de solidarité farouche avec cette librairie, bien que ça me coûte le double de ce que j'aurais payé si je l'avais acheté au boulot.

« Je n'ai pas pu m'empêcher de remarquer un détail », dis-je à la personne derrière la caisse : joues rondes, cheveux blond platine coiffés en brosse, un badge « iel » épinglé à sa poche poitrine. « Vous n'avez pas de rayon True Crime, pourtant vous en vendez.

— Hmm, me répond-iel en scannant mon livre avant de le glisser dans un joli petit sachet en papier frappé du logo de la librairie. Un peu, oui. Mais pas beaucoup. En tant que genre littéraire, ça ne colle pas trop à nos valeurs.

— Pourquoi ? » dis-je en pressant ma carte contre le terminal, qui émet un *bip* joyeux.

Iel se gratte la tête, le front plissé, cherchant visiblement ses mots. « Parce que… ça surfe sur les violences envers les femmes, j'imagine ? Que c'est le plus souvent écrit par des hommes ? Et que ça stigmatise les travailleuses du sexe ? En plus, on est dans un collectif anticarcéral, donc on ne vend pas d'ouvrages ouvertement pro-police ou pro-peine de mort. »

Iel me désigne le pin's ACAB accroché au col de sa chemise. Je remarque au passage ses ongles rongés au vernis bleu écaillé. « On a une section entière consacrée au démantèlement de la police, d'ailleurs. Mais bon. On peut vous commander tout ce que vous voulez. Sans aucun problème, hein. On n'est pas là non plus… pour censurer la littérature. Tout est dispo, vous n'avez qu'à demander.

— Non, non, dis-je en prenant le sachet en papier qu'iel me tend. Au contraire, j'approuve totalement votre démarche. »

Ma nausée s'est dissipée, et j'emporte mon nouveau livre dans l'un des cafés qui bordent la rue. Je me commande un latte à la rose avec un muffin à la canneberge et au chocolat blanc. Bien installée à une table derrière la vitre, je bouquine tout en sirotant la mousse de lait rose de mon latte et en grignotant mon muffin. Je me sens encore un peu fragile, mais, au moins, j'ai arrêté de ruminer mes pensées négatives.

Dehors, un gamin s'amuse à tourner en rond sur son petit vélo jaune. Une femme promène un carlin ressemblant à un sachet en papier froissé. Je sens que ce cadre m'inspire et je plonge la main dans mon sac pour récupérer mon carnet mauve, mais il n'y est pas. J'ai dû le laisser à la maison. Puis je me souviens que je ne peux plus ouvrir le mini-cadenas sans mon trousseau de clés original, et mon cœur se serre.

Ça ne fait rien. Je demande au serveur si je peux lui emprunter un stylo et j'ouvre les pages blanches à la fin de mon exemplaire de *Bleuets* pour écrire au fil de mes pensées en regardant par la vitre. Le glissement du stylo sur le papier me fait l'effet un baume apaisant.

Quand je ressors du café, le ciel est strié de traînées roses et pourpres, et je suis prête à rentrer chez moi.

## Roach

Je me suis réveillée en sursaut dans la pénombre bleutée d'un début de soirée d'hiver. Couchée sur un lit inconnu. J'ai cherché Sam à tâtons, mais je n'ai trouvé que des draps froids, imprégnés d'une odeur de lessive inconnue. Mes doigts ont senti la couverture de mon carnet, égaré sous les oreillers. Non. Le lit de Laura. J'étais sur le lit de Laura, je m'étais endormie, les heures avaient passé, il faisait nuit et j'allais me faire gauler parce que le bruit qui m'avait tirée de ce délicieux sommeil était celui d'une clé qui tourne dans une serrure.

Pétrifiée d'horreur, j'ai entendu la porte d'entrée claquer. L'appartement tout entier a tremblé en guise de réponse. J'ai imaginé Laura dans le couloir, en train de suspendre son manteau et son sac, de se déchausser avant d'aller pieds nus dans sa chambre pour enfiler une tenue plus confortable, son choc en me découvrant là, une intruse, recroquevillée sur son lit. Allait-elle appeler la police ou me laisser d'abord une chance de m'expliquer – et si oui, comment justifier ma présence chez elle ?

Un bruit de pas a résonné, un bruit de pas lourd – non la démarche légère et sautillante de Laura dans ses ballerines, mais celle, pesante, d'un inconnu grimpant l'escalier vers l'appartement situé à l'étage. J'ai tendu l'oreille de toutes mes forces pour être sûre de ne pas me tromper, mais la fente sous la porte de la chambre était toujours aussi noire, le couloir toujours aussi silencieux, et les bruits de pas sont passés au-dessus de ma tête. Une vague de soulagement m'a envahie, comme un pic d'euphorie, et j'ai réalisé que ça n'aurait pas pu être Laura : j'avais encore ses clés.

En mode furtif, je me suis glissée hors de son lit et j'ai refermé la fenêtre de sa chambre. Au moment de rassembler mes affaires, j'ai compris avec exaltation que le carnet que j'avais trouvé sous son oreiller était son journal intime, le mauve avec le petit cadenas débile en forme de cœur.

Je me suis dirigée sans bruit vers la porte et j'ai risqué un coup d'œil dans le couloir. Silence, calme. Allez, merde. J'ai fourré le carnet mauve dans mon sac et je suis sortie par la porte d'entrée, comme si j'habitais là. Mon cœur battait à tout rompre et je suis partie en courant.

À l'arrêt de bus, une vieille dame vêtue d'un beau manteau couleur mûre m'a regardée reprendre mon souffle, une évidente lueur de réprobation dans le regard. Déluge de paranoïa : avais-je tout bien laissé à l'appart comme je l'avais trouvé ? Son lit était-il fait avant que je grimpe dessus ? Avais-je laissé une lumière allumée, avais-je refermé la fenêtre, laissé quoi que ce soit derrière moi ? Mon front était humide de sueur. J'avais limite envie de gerber et la vision de Laura me découvrant dans son lit passait en boucle dans le petit cinéma tordu de mon imagination.

De l'autre côté de la rue, j'ai aperçu une jeune femme vêtue d'un imperméable camel, coiffée d'un béret bleu foncé assorti à ses chaussures. Laura ! Je l'avais ratée – *elle* m'avait ratée – de justesse. Son lit serait encore tout chaud de ma présence. Je sentais le poids de ses clés bien rangées au fond de mon sac et je me suis demandé si elle avait déjà remarqué leur disparition. Un sentiment de puissance m'a envahie en la regardant se diriger tranquillement chez elle sans se douter qu'elle allait trouver porte close. Avait-elle un double, ou allait-elle se retrouver enfermée dehors ?

Un bus s'est présenté à mon arrêt. En levant les yeux pour vérifier le nom de son terminus, j'ai aperçu la présence familière de la lune. Je me suis sentie toute petite et humble. Sous son œil blême et attentif, telle une cataracte dans la densité de la nuit, je pouvais enfin respirer. La lune était mon guide ; je m'étais toujours sentie des affinités profondes avec elle. Comme moi, elle appartenait à la nuit.

Je suis vite montée dans le bus, pas fâchée de l'avoir échappé belle.

Si j'avais laissé un indice compromettant en quittant l'appartement de Laura, rien ne prouvait que ça ne datait pas de la veille au soir. Laura était rentrée ivre morte, sans doute incapable de se rappeler comment la soirée s'était terminée. Elle aurait pu me laisser entrer pour que j'utilise ses toilettes. M'inviter à prendre un dernier verre. Elle n'en aurait gardé aucun souvenir. Ce serait sa parole contre la mienne. Elle ne s'en souviendrait pas. Tout allait bien se passer.

J'ai sorti mon téléphone et j'ai découvert un message de Sam. Il voulait qu'on se retrouve à Camden, au Devonshire Arms. Un bar plein de monde, une pinte bien fraîche. Parfait alibi. Je lui ai répondu que j'étais en route, et j'ai mis mes écouteurs. Le babillage enjoué des Murder Girls a envahi mes oreilles. En écoutant Sarah décrire le sadisme du tueur et les petits jeux psychologiques cruels auxquels il s'était livré, un sentiment de paix m'a envahie.

Je me suis intéressée au carnet mauve. La petite clé du trousseau de Laura rentrait pile dans le cadenas et j'ai découvert des pages entières noircies de son écriture ronde et niaise. Elle écrivait par bribes, comme des fragments de souvenirs, des phrases dépourvues d'enchaînement logique. *Je pense au rythme de ses pas... où je marchais main dans la main avec ma mère... malgré la douleur, l'absence, le chagrin... un lien indéfectible avec Walthamstow... elle connaissait ces rues, ces arbres... partie depuis dix ans cet été...*

Le bus s'est arrêté en tremblant à un feu rouge et j'ai senti un pincement d'excitation dingue au creux de mon ventre. *Dix ans cet été*. Ce détail ne m'avait pas échappé. L'été 2009 était le « Summer of Frost » – l'« été du givre[1] » et de Lee Frost, comme l'avait surnommé la presse anglaise. Un été placé sous le signe de la mort – pour moi *et* Laura, apparemment. Je m'en souvenais comme de l'époque des tops baby-doll à bretelles, du rose à lèvres, des trajets à pied avec Abbi, celle où je détaillais les visages des passants dans la rue pour détecter un éventuel meurtrier. Combien de femmes avaient été assassinées à Walthamstow en 2009 ? J'en connaissais au moins cinq – pas leurs noms, mais leur

1. « *Frost* » signifie « givre » en français.

assassin. C'était forcément Lee. Je le sentais dans mes veines, dans mes os, comme une prémonition. Comme un instinct de détective.

Le bus m'a déposée à mon arrêt et j'en suis descendue dans un état d'euphorie presque catatonique. Je me suis dirigée vers l'entrée du métro avec la peau qui me démangeait tellement d'excitation que j'aurais pu me l'arracher en bandelettes roses et veloutées. J'étais bêtement partie du principe que la mère de Laura était morte des mains de son mari ou de son petit ami. Une dispute qui aurait mal tourné, comme souvent. Une femme courait plus de risques d'être assassinée par son partenaire que par un inconnu. C'était un fait. Mais si mon instinct disait vrai, j'étais sur le point de faire une découverte majeure.

Je me suis ébrouée. Du calme. Ne pas mettre la charrue avant les bœufs. J'allais d'abord devoir mener ma petite enquête. Mais les mailles du filet venaient de se resserrer – c'était indéniable. Je n'avais plus qu'à étudier le profil des victimes de l'Étrangleur de Stow pour voir si l'une d'elles avait une fille prénommée Laura.

Quand je suis arrivée à Camden, j'étais hyper sereine. Laura avait failli me retrouver chez elle, mais des forces obscures nous avaient réunies pour une raison et, ce soir, elles avaient jugé bon de nous séparer.

Le pub se trouvait sur Kentish Town Road, tout en boiseries sombres avec des stickers plein les portes des chiottes et un néon Jägermeister orange derrière le bar. Le plafond était tapissé de posters de groupes goths, de rock stars et de films de vampires, tout jaunis par la nicotine et enduits de colle à papier peint il y a plus de vingt ans. J'ai pensé à Jackie, déambulant sous ces mêmes affiches une décennie avant ma naissance, moulée dans sa minijupe en cuir, la clope au bec. Gênant.

Deux types à la bedaine naissante, le catogan clairsemé par la calvitie, en treillis et sweats à capuche Motörhead et Metallica, faisaient office de piliers de bar. Le barman, piercing entre les yeux et tatouage illisible au-dessus du sourcil gauche, se tenait appuyé contre les tireuses à bière pour participer à leur conversation.

Sam avait réussi à choper ma table préférée, juste en dessous du poster de Ville Valo, tout au fond de la salle. Une pinte de cidre aux fruits rouges à moitié bue devant lui, il tripotait son téléphone.

« OK, il a lâché pour m'accueillir avant de me tendre la joue pour que je l'embrasse. Je vais nous commander une tournée. »

Il a descendu le reste de sa pinte d'un trait et sa gorge mal rasée s'est contractée à chaque gorgée. Un peu de cidre rose a coulé au coin de sa bouche et laissé une tache sombre de la taille d'une empreinte de pouce sur son tee-shirt Slayer.

Il est parti vers le bar d'un pas assuré. Pendant qu'il attendait nos commandes, j'ai sorti mon téléphone pour lancer une recherche sur Lee Frost. Je connaissais déjà les détails de l'affaire, mais les noms de ses cinq victimes se mélangeaient un peu dans ma tête. À première vue, la plupart d'entre elles semblaient assez âgées pour avoir une fille adolescente : Meadows, Gamble et Cordovan à coup sûr, Matthams peut-être.

Sam est revenu avec deux pintes d'un violet sombre et deux verres à shot remplis d'un liquide visqueux orange fluo posés sur un petit plateau, et il m'a embrassée à son tour sur la joue. J'ai soulevé l'un des shots : c'était du Jägermeister, au goût de plantes comme un vieux sirop contre le mal de gorge. Son odeur écœurante m'a sauté aux narines.

« Les shots, c'est parce qu'on a un truc à fêter, a déclaré Sam, l'air très content de lui.

— Quoi donc ?

— Ah ah... » Il m'a adressé un grand sourire radieux et je l'ai trouvé vraiment beau, tout vibrant d'excitation comme il était. Il a sorti un bout de papier plié de sa poche arrière et je l'ai étalé sur la table poisseuse, bien à plat pour le défroisser. C'était un truc imprimé sur un site web, avec toutes les bannières et les pop-ups de pubs en noir et blanc pixélisé. Sam a fait semblant de se ronger les ongles comme s'il avait le trac.

« C'est quoi ? » je lui ai demandé, alors que je voyais parfaitement qu'il s'agissait d'un des poèmes de Laura que j'avais retravaillés. J'ai soudain eu la bouche sèche, l'impression qu'il faisait hyper chaud et que le bar était devenu encore plus bruyant.

« Alors, t'en dis quoi ? m'a demandé Sam. Je suis tombé sur ce site de poésie, je leur ai envoyé un de tes textes et ça leur a plu, alors ils ont décidé de le mettre en ligne. »

J'avais la tête qui tournait et la salle est devenue floue autour de moi. Mon ventre s'est noué violemment et j'ai eu comme une remontée brûlante de Jägermeister à l'arrière de ma gorge en lisant la première strophe :

*Il était maintenant 5 heures du matin, et l'aube,*
*L'aube étouffante, enflammée,*
*Envahissait peu à peu des cieux tristes et calmes.*

« Ça te plaît ? m'a demandé Sam en m'enlaçant d'un bras, son nez pressé contre ma joue. Ou j'ai merdé ? » Il n'avait plus l'air si sûr de lui, comme s'il craignait d'avoir fait une connerie.

« Je suis sans voix. » L'alcool et la panique se répandaient dans mes veines à toute vitesse. « Je suis juste sans voix, putain.

— Ouf ! Pendant une seconde, j'ai vraiment flippé. »

Ce n'était pas l'œuvre de Laura, ai-je raisonné. C'était un *ready-made*. Un poème que j'avais retravaillé et façonné à ma manière. C'était un hybride. Un texte inspiré par. Un texte *d'après* un autre. Un hommage. Une réponse, une réaction. Un prolongement de la conversation. Le travail de Laura posait des questions et le mien le complétait d'un regard neuf, d'un autre angle d'analyse. Les poètes et les écrivains ne faisaient-ils pas ça tout le temps ? Se citer les uns les autres, se renvoyer la balle ? C'est comme ça qu'on créait l'effervescence, un moment, un mouvement. Et ce n'était pas une publication connue, de toute manière : juste un site que mon mec – mon mec ! – avait trouvé pour me faire plaisir, me montrer qu'il fallait avoir de l'audace, empoigner la vie par le cou et la presser de toutes ses forces.

## Laura

Je flaire un loup en réceptionnant six commandes clients qui sont six titres de true crime. Je vérifie les bons de livraison, sceptique. Ces noms me paraissent familiers. Oui, ils me disent vaguement quelque chose. Atkins. Fromme. Kasabian. Krenwinkel. Van Houten. Watson.

Un régime pauvre en glucides, un groupe de rock que j'aimais bien autrefois, et le bras droit de Sherlock Holmes. Aucun lien, aucune logique, mais j'ai quand même un mauvais pressentiment, alors je google le nom le moins courant de la liste – Patricia Krenwinkel – et découvre la photo d'identité d'une jeune femme aux traits quelconques dans les années 1960, puis celle d'une femme âgée assise dans un tribunal, et enfin l'image de trois adolescentes au teint pâle et aux longs cheveux bruns, toutes vêtues d'une robe et d'un chandail bleus, souriant comme des collégiennes.

«*Patricia Dianne Krenwinckel est une meurtrière américaine et ex-membre de la "famille" de Charles Manson.*»

Susan Atkins, Leslie Van Houten et Patricia Krenwinckel. Les tueuses de Manson.

J'ouvre le placard où sont rangées les commandes clients pour les passer en revue. Je récupère tous les livres s'apparentant au true crime et me retrouve avec une dizaine au total. Le premier s'intitule *Twisted Tales of True Crime : Murders, Disappearances, and Serial Killers* et il est réservé au nom d'une certaine Nannie Doss, qui a préféré ne pas laisser de numéro de téléphone. Je la cherche aussi sur Google.

*Surnommée la Mamie rieuse, la Tueuse de cœurs solitaires, la Veuve noire et Dame Barbe bleue, Nannie Doss était une tueuse en série américaine responsable de la mort de onze personnes à partir des années 1920 jusqu'en 1954.*

Le suivant a pour titre *Cold Cases : Solved*, réservé au nom de Jane Toppan. *Surnommée Jolly Jane, Jane Toppan a reconnu avoir commis trente et un meurtres après son arrestation en 1901.* Le troisième est pour Aileen Wuornos, *travailleuse du sexe et tueuse en série américaine ayant abattu sept hommes à bout portant en Floride en 1989 et 1990.*

Lydia Sherman. Florencio Fernández. Eric Edgar Cooke. Sachiko Eto. Tous ces noms, sans exception, sont ceux de tueurs ayant vraiment existé.

Eli surgit à côté de moi et s'identifie sur la seconde caisse tout en bavardant d'un ton enjoué avec une cliente venue acheter plusieurs guides de randonnée et deux romances en format poche aux couvertures criardes.

« La lecture et la marche, commente-t-il d'un air songeur en glissant le tout dans un sac plastique. Prendre soin de son corps et de son esprit… vous avez trouvé le secret de la vie éternelle !

— Si seulement ! » s'esclaffe la cliente, une robuste

quinquagénaire vêtue d'une doudoune verte sans manches. Elle paie par carte et récupère ses achats.

Eli la regarde sortir et se tourne vers moi. « OK, je sens tes ondes négatives. C'était chelou de ma part de lui dire ça ?

— Non. Enfin si, mais ce n'est pas ce qui me contrarie. » Je lui montre la pile posée devant moi sur le comptoir et il l'examine d'un œil méfiant.

« Je sens que ça ne va pas me plaire.

— Elle continue à se faire livrer ses putains de bouquins sans les payer. Regarde-moi ça ! Tous commandés sous un faux nom. Je n'en trouve pas un seul qui corresponde à un vrai client.

— Oh, bon sang de…

— Je les ai tous googlés, et ce sont tous des tueurs en série. »

Il éclate de rire. « Tu as googlé tous ces noms ? » Il prend un bon de réservation au hasard et lit mes annotations au stylo avant de relever la tête, les sourcils froncés en une expression sardonique. « Tu t'es bien amusée, à ce que je vois !

— La ferme. » Je martèle le comptoir des doigts. J'ai besoin d'une clope. « Même si on annule la réservation pour les mettre en rayon, ils ne se vendront pas. Ils vont prendre de la place et on finira par devoir les renvoyer.

— Avoue que son ingénuité force le respect, non ?

— Non. »

Debout devant l'ordinateur, je reprends toutes les réservations de Roach et les annule l'une après l'autre. La tâche est répétitive mais ô combien satisfaisante et cathartique, comme un nouveau petit *va te faire foutre* à chaque fois.

Eli et moi avons notre pause déjeuner en même temps, pour une fois, donc j'insiste pour qu'on aille au café d'en face se prendre des sandwichs à la saucisse, des frites et du thé.

On va s'asseoir au fond de la salle, à une table située juste en dessous d'une photo de la façade Art déco du Walthamstow Stadium, l'ancien circuit de courses de lévriers.

« C'est d'un kitsch, dis-je en soupesant gaiement le flacon de ketchup en forme de tomate.

— Mais très chaleureux, en même temps », commente Eli en se calant dans son fauteuil.

J'aime sa façon tranquille d'être simplement là, de promener son regard autour de lui, d'observer les autres clients, d'attendre que la conversation affleure naturellement. Je m'affaire et je bidouille des trucs sur mon téléphone.

Quand nos plats arrivent, je dessine un cœur en ketchup sur mon assiette.

« Lydia voudrait que je devienne 100 % végan, me confie Eli en soulevant son sandwich à deux mains pour y mordre à pleines dents. Elle a rempli le frigo de trucs sans lactose, genre fromage blanc au lait de coco et yaourt au lait d'avoine.

— C'est rude », dis-je. Je brise mon cœur en ketchup avec une frite.

« Je sais. Je vais finir par entretenir une liaison secrète avec les sandwichs à la saucisse. »

Il prend une autre grosse bouchée et un filet de ketchup lui coule sur le menton. Il a l'air content comme un gosse.

« Elle sentira la saucisse dans ton haleine, dis-je. Comme une trace de rouge à lèvres sur ta chemise.

— Ou l'odeur du bacon grillé dans mes cheveux, comme le parfum d'une autre femme. »

On en rit tous les deux. J'aimerais continuer à filer la métaphore, mais rien ne me vient à l'esprit. Des textos compromettants ? Une petite culotte oubliée ? Non. Tant pis. On savoure nos plats en silence pendant un moment. Les saucisses sont bas de gamme et très salées, le genre qui vous fond dans la bouche.

« Tiens, tu connais cette librairie indépendante à Leytonstone, All You Read Is Love ? » Il acquiesce, la bouche pleine. « J'y ai parlé de true crime avec la personne là-bas l'autre jour, et j'ai appris un truc intéressant : ils n'ont pas de rayon dédié. »

Eli avale sa bouchée et boit une gorgée de thé. « Pas étonnant. C'est tellement petit.

— Ouais, mais c'est aussi un geste politique.

— Ce n'est pas un peu de la censure, quand même ?

— Pas vraiment, dis-je. Ce serait de la censure si on n'avait aucun titre de Bukowski, de Hemingway ou de Nabokov ?

— Non, ce serait un suicide commercial », répond-il en engloutissant la fin de son sandwich. Il attrape une poignée de serviettes en papier dans le distributeur posé sur la table et s'essuie la bouche et les mains avant de s'attaquer à ses frites.

« Mais ça n'a rien à voir avec une démarche de censure, dis-je en sauçant le ketchup dans mon assiette avec mon dernier bout de pain. Est-on obligés d'avoir tous les livres publiés en stock, sous peine d'être accusés de faire de la censure ? »

Il sort son paquet de tabac et commence à rouler pour nous deux. Je constate avec une pointe d'irritation qu'il ne saisit pas la perche que je lui tends, comme s'il refusait de s'engager dans une nouvelle conversation sur le true crime. À la place, il me tend une cigarette et coince l'autre derrière son oreille. Je décide d'insister.

« Le true crime exploite les traumatismes des gens pour faire du profit, bordel. Tu ne trouves pas ça pervers ? » dis-je en enfilant mon manteau, ma clope pincée entre mes lèvres, et en récupérant mon sac.

« Je ne crois pas que tous les fans de true crime soient comme Roach, me répond-il alors que nous sortons retrouver le vent vivifiant de novembre. Plein de raisons différentes peuvent pousser quelqu'un à acheter et lire ce genre de littérature. Des motifs personnels ou professionnels. Tu imagines une certaine catégorie de lecteurs que tu juges déplaisants, mais ce n'est pas forcément représentatif de l'ensemble des gens qui s'y intéressent. »

Le marché est calme, peu de gens sont sortis faire leurs emplettes. Au loin, quelque part, un accordéoniste joue une valse entraînante et répétitive. Un homme dans un manteau taché est assis sur un banc, une bouteille vide entre les mains, la tête penchée comme s'il priait.

« Tu ne comprends pas. » J'allume ma cigarette et souffle un long nuage de fumée.

« Qu'est-ce que t'y peux, de toute manière ? Tant qu'il y aura des gens pour écrire ces bouquins, il y aura des gens pour les acheter. »

Je tire sur ma clope, de mauvaise humeur. J'imagine un avenir dans lequel j'écrirais un livre sur la mort de ma mère, toute la violence de mon chagrin et de ma douleur diluée dans un texte et formatée par un éditeur. Qui le lirait, dans quel rayon serait-il rangé ? Imaginer le drame de ma vie en vente à côté d'albums de coloriage sur les tueurs en série, de quiz rigolos sur les meurtres et de toutes ces merdes immondes dont Roach raffole est absolument au-dessus de mes forces.

« Désolé, dit-il soudain en voyant ma tête. Je t'ai fait de la peine ? J'ai parlé sans réfléchir. Bien sûr que je comprends. Ou plutôt… je sais que je ne comprends pas. On est toujours potes ? Tu m'en veux ?

— Je ne t'en veux pas », dis-je en regardant l'heure sur mon téléphone. Je vois que j'ai un message de mon copain Stuart, celui qui s'occupe des soirées poésie au Nib.

*Salut Laura ! Tu connais* Ambient Ambulance *? Je me suis dit que ça t'intéresserait… tu es au courant ? Ça me rappelle quelque chose, pas toi ? J'espère que tout roule, sinon. Bises.*

Il m'a mis un lien vers un site internet, et je clique dessus. Eli a lui aussi sorti son téléphone et il fume tout en faisant glisser son pouce sur son écran.

*Ambient Ambulance* ressemble à une sorte de revue de poésie en ligne, même si je n'en ai jamais entendu parler. Et le poème que je découvre me rappelle en effet quelque chose. *Il était maintenant 5 heures du matin, et l'aube, l'aube étouffante et enflammée, envahissait peu à peu des cieux tristes et calmes.*

L'un de mes propres poèmes, reproduit sans ma permission dans une revue que je ne connais même pas. J'inspire profondément et je poursuis ma lecture, mais je ne reconnais plus vraiment ce que j'ai écrit. Ce texte que j'ai façonné pour le transformer en méditation mélancolique sur le deuil a été saturé de violence, d'horreur et de sang. Quelqu'un a détourné mon travail pour le saccager. Je sens un picotement brûlant, une rage folle monter en moi. Dans ma colère, je m'apprête à cliquer sur la page d'accueil pour chercher le contact de la rédaction quand j'aperçois la signature, la putain de signature qui s'affiche en lettres noires au bas de l'écran :

*par Brodie Roach*

# Roach

Laura et Eli se sont offert un déjeuner bien cosy en tête à tête au café d'en face. Ils sont rentrés dix minutes plus tard que prévu, si bien que ma propre pause a démarré en retard. Chaque nouvelle minute d'attente a été une torture psychologique. J'avais hâte de monter en salle de pause pour fuir le bruit de fond insupportable des autres libraires, des clients et de leurs questions à la con.

Quand Laura a enfin franchi la porte d'un pas furibond, elle avait les joues écarlates, comme si on l'avait giflée. Eli marchait derrière, l'air hagard. Je me suis demandé s'ils s'étaient engueulés, genre petite dispute entre amoureux ou je ne sais quoi. Pour ce que ça me foutait. Je me suis tournée vers Sharona et je les ai désignés du menton. « Je peux y aller, maintenant ? Ils sont revenus.

— Tu peux attendre qu'ils aient badgé ? » m'a-t-elle répondu, ce qui signifiait poireauter au moins cinq minutes de plus, le temps qu'ils montent poser leurs affaires. « J'aime autant qu'on ne prenne pas de mauvaises habitudes avant Noël. »

Laura a foncé droit vers moi et m'a fixée d'un regard assassin, les yeux durs et vitreux, étincelants de haine. Elle en tremblait presque.

« OK, Roach, a-t-elle aboyé d'un ton hargneux, comme une possédée.

— Heu… salut », j'ai répondu, un peu mal à l'aise.

Eli s'est approché d'elle et lui a posé la main sur l'épaule. Ils se tenaient très, très près l'un de l'autre et je me suis demandé s'il sentait la chaleur qui émanait d'elle, si sa peau était bouillante au toucher, si elle se consumait de l'intérieur.

« Qu'est-ce qui s'est passé ? » a-t-il demandé en nous regardant à tour de rôle, avec une expression d'ahurissement total.

J'ai dégluti. Une fois. Puis deux. J'avais le trousseau de clés avec son morceau de quartz rose et le carnet mauve avec moi. Autant de preuves accablantes. J'avais déjà été stupide de les apporter au boulot, mais encore plus de les laisser dans mon sac.

« Vas-y, m'a-t-elle lancé d'un ton acerbe. Explique-leur. Annonce-leur la bonne nouvelle toi-même, tu dois être tellement fière !

— Je ne vois pas de quoi tu parles », j'ai répondu. Et c'était la vérité. Il ne s'agissait clairement pas de ma petite visite chez elle et de ma sieste clandestine sur son lit. Une bonne nouvelle ? Je me creusais la tête pour comprendre.

« Oh, tu préfères que je m'en charge ? Que je dise à tout le monde ce que tu as fait ? » Elle s'est tournée vers Sharona et Eli, sa fureur tellement à vif que c'était presque excitant à voir : « Roach m'a volé mon poème », a-t-elle craché, et un petit missile de salive a jailli d'entre ses lèvres pour atterrir sur le comptoir entre nous.

Sharona a froncé les sourcils et ouvert la bouche pour dire quelque chose, mais Laura n'allait pas se laisser interrompre comme ça. C'était sa grande scène, son moment. « Elle l'a réécrit pour le rendre plus violent, elle l'a envoyé à une revue en ligne de merde sous son putain de surnom immonde, et ils l'ont *publié*.

— Quoi ? a lâché Eli d'un air incrédule.

— C'est vrai ? » a renchéri Sharona, horrifiée.

J'ai senti un frisson à la fois de peur et d'exaltation au creux de mon ventre. Tout le monde était furieux, et c'était à cause de moi. Les mots *nie en bloc, nie en bloc* se sont mis à tourner en boucle dans ma tête comme une sirène d'alarme.

« C'est faux ! je me suis exclamée, jamais je n'aurais… »

Laura a tendu son téléphone à Sharona, dont les yeux s'écarquillaient à mesure qu'elle lisait.

« Mais… c'est le poème que tu as lu au Nib ! » Elle s'est tournée vers Laura, qui retenait visiblement ses larmes. Un filet de morve claire s'échappait de son petit nez en trompette et elle l'a essuyé avec la manche de son joli chandail rouge cerise.

« Tu te rends compte à quel point c'est dégueulasse ? » est intervenu Eli en prenant le téléphone des mains de Sharona pour lire à son tour.

J'ai vaguement aperçu la signature au passage. *Brodie Roach.* C'était comme si un nuage venait de se dissiper et qu'un rayon de soleil m'éclairait la sortie de secours. J'ai éclaté de rire.

« Ce n'est même pas mon nom, bande d'abrutis. »

Là, j'ai compris que j'étais allée trop loin. Laura a émis un son étranglé et Eli a grimacé avant de vérifier par-dessus son épaule s'il y avait des clients autour de nous. C'était satisfaisant, j'avoue – et même carrément jouissif – de dire un truc aussi ordurier, de voir leurs têtes scandalisées.

« Dans mon bureau, a grondé Sharona. Tout de suite.

— Il faut que je me casse », a lâché Laura, les mains levées en un geste de dégoût. « Je ne peux pas… bosser avec elle. C'est impossible. Je ne supporte même pas de la regarder.

— Non, attends… Viens, on va fumer une clope », a répondu Eli.

J'ai voulu protester, mais Sharona m'a pointée du doigt. Elle était cramoisie de colère, des flammes dans les yeux.

« Tais-toi », m'a-t-elle ordonné. Puis à Laura : « Monte t'isoler un peu, le temps de souffler. Nous, on va faire un petit tour dehors.

— Je peux au moins prendre mon manteau ? j'ai demandé.

— Non », a répliqué sèchement Sharona.

Noor et Eli ont géré le rez-de-chaussée pendant que Laura fuyait en salle de pause, sans doute pour fumer et chialer sur le toit. Sharona m'a emmenée acheter des boissons pour tout le monde. Le café était bondé, rempli de clients venus faire une pause au milieu de leurs courses de Noël. Ils avaient tous d'énormes tasses débiles surmontées de mousse de lait à la cannelle, de vermicelles colorés et de mini-bonshommes en pain d'épices. Des cafés frappés dans des gobelets en plastique, des montagnes de crème chantilly arrosées de sirop. Tellement *normie*, tellement Pumpkin Spice Girls. Tellement Laura Bunting. Tellement Laura Miss Parfaite qui n'était même pas foutue de retenir mon putain de prénom et qui croyait que je m'appelais Brodie.

Sharona s'est commandé un Americano noir, alors

j'ai fait pareil. Elle a aussi pris deux chocolats chauds aux noisettes pour Laura et Noor, ainsi qu'un latte au lait d'avoine pour Eli. On a attendu nos boissons sans un mot, au milieu de l'agitation du café, pendant que les baristas faisaient mousser du lait, jetaient des glaçons dans le blender, pressaient des pics de crème chantilly, criaient les noms des boissons et des clients. Je lui jetais des regards en douce pour essayer de déchiffrer son humeur.

« Écoute, a-t-elle fini par soupirer. Je me fiche de savoir le pourquoi du comment.

— Mais je…

— Tais-toi, OK ? » Elle s'est reprise et a continué d'un ton plus calme. « Tu as franchement dépassé les bornes, Roach. Tu as conscience de la gravité de ton geste ? »

Avant que je puisse répondre, un barista l'a appelée et elle est allée récupérer notre commande au comptoir. Les quatre premiers gobelets étaient insérés dans un plateau à compartiments jetable et elle m'a tendu le cinquième pour que je le porte. Le vilain petit canard. Celui qui était de trop. Il était brûlant au toucher, mais je n'ai pas osé lui demander qu'elle me prenne une collerette en carton pour protéger mes doigts. Elle était occupée à verser du sirop d'agave dans son café et semblait sur le point de dire quelque chose. Il valait mieux que je la ferme et que je laisse passer l'orage. C'était couru d'avance : elle allait prendre le parti de Laura, de toute manière, alors à quoi bon essayer de me défendre ? Je me suis demandé si j'allais me faire virer et j'ai réalisé que ça m'était égal.

« Laura est une âme sensible », a-t-elle déclaré en poussant la porte avec sa hanche pour sortir. On s'est retrouvées dehors et comme je n'avais pas mon manteau, je me suis arc-boutée contre le froid en trottinant derrière elle, la tête baissée en une pantomime d'humilité.

Sharona a gardé le silence, l'air pensif, tout en regardant une petite fanfare s'installer devant le sapin de Noël du marché. Les musiciens buvaient des tasses de café fumant en ajustant leurs pupitres et en accordant leurs instruments, tout engoncés dans leurs pardessus noirs à boutons dorés. Ils me faisaient pitié.

« Je ne te le demanderai qu'une seule fois, a repris Sharona en se tournant vers moi. C'est toi qui as fait ça ?

— Non ! ai-je répliqué d'un ton plaintif. Ce n'est même pas mon prénom. Je m'appelle Brogan. Elle n'est pas capable de s'en rappeler. Elle a vu marqué Roach et elle s'est imaginé le pire parce qu'elle ne peut pas m'encadrer.

— C'est faux », a répondu Sharona sans réfléchir.

J'ai perçu un tressaillement agacé derrière son vernis de diplomatie.

« Elle ne fait que m'ignorer du haut de sa supériorité.

— Je ne sais pas ce qui se passe entre vous deux. Si cette histoire n'est qu'un malentendu, j'en suis désolée. Vraiment. Mais essaie de te mettre à la place de Laura. Il faut reconnaître que les preuves sont accablantes, non ? Je ne connais personne d'autre qui se fasse appeler Roach.

— Mais puisque je te dis que c'était pas moi ! » Je ne pouvais pas laisser faire ça – je ne pouvais pas permettre que cet incident creuse un fossé entre Laura et moi.

Sharona s'est mordillé la lèvre. « Écoute, il reste encore quatre semaines d'ici Noël. Tâchons de tenir jusque-là en évitant que ce genre de conneries se reproduise, OK ?

— Mais je ne comprends pas, j'ai geint malgré moi.

— Qu'est-ce que tu ne comprends pas ?

— Pourquoi est-ce qu'elle a droit à un traitement de

faveur ? » Ces mots sont sortis de ma bouche dans un bêlement larmoyant.

Sharona m'a dévisagée. « Comment ça, un traitement de faveur ?

— Pourquoi est-ce que tout le monde prend automatiquement sa défense ? Ce n'est même pas mon nom qui figure en bas de ce truc et tout le monde s'est rangé comme par magie de son côté !

— Il ne s'agit pas de choisir son camp, Roach ! s'est irritée Sharona. Si tu me dis que tu n'y es pour rien, je te crois. Je *veux* te croire. Mais Laura a vécu des choses difficiles, et elle est très sensible. »

Je me suis souvenue de la fois où elle avait écrasé ce malheureux escargot, ce pauvre petit animal. Je me suis demandé si Sharona connaissait cette facette cachée de sa personnalité, si elle avait déjà été témoin de ses pulsions sanguinaires.

« Son travail d'écriture est personnel, a-t-elle poursuivi. Plus que toi ou moi ne pourrons jamais le comprendre.

— À cause de sa mère ? »

Elle s'est rembrunie. « Ça ne te regarde pas. Toute cette histoire, que tu y sois mêlée ou non, est une violation de sa vie privée, et il faut que tu le comprennes. » Elle a marqué une pause, puis elle s'est radoucie. « Je crois que la meilleure chose à faire est de mettre un peu de distance entre vous deux. »

Elle m'a alors annoncé qu'elle me passait dans l'équipe de nuit. Que ça n'avait prétendument rien à voir avec Laura, qu'elle comptait m'en parler de toute façon vu que j'habitais le quartier.

« On habite tous le quartier », j'ai répliqué. Mais elle m'a ignorée.

« C'est seulement pour deux semaines, m'a-t-elle lancé en poussant la porte de la librairie. On verra comment ça se passe. »

Je n'avais pas l'intention de sacrifier une seconde supplémentaire de mon heure de déjeuner à cause du psychodrame de Laura, donc je suis montée en salle de pause et me suis réfugiée derrière *Un tueur si proche*. Je ne lisais déjà pas vite en temps normal, mais le texte était dense, imprimé en assez petits caractères, et les mots se brouillaient devant mes yeux, se dérobaient à ma compréhension. Ma salade avait un goût amer et saumâtre, le café noir me piquait cruellement la langue.

Au bout de quelques minutes, la porte du fond s'est ouverte d'un coup sec et Laura est apparue, apportant avec elle un courant d'air glacé et un nuage de tension hostile. Elle a toisé mon Tupperware en fronçant légèrement les sourcils avant de fourrer son paquet de tabac dans sa poche.

« Tu peux vérifier sur mon téléphone, lui ai-je lancé, bien décidée à défendre mon territoire. Éplucher ma messagerie. Mon historique de recherches. Je n'avais jamais entendu parler de ce site à la noix avant aujourd'hui. »

Elle s'est figée et j'ai cru un instant qu'elle allait répondre, riposter, mais elle s'est contentée de secouer la tête, ses cheveux blonds miroitant dans la lumière.

« Ta gueule. » Elle est sortie et elle a claqué la porte derrière elle. J'ai entendu son pas lourd résonner dans l'escalier et senti l'immeuble tout entier trembler sous le poids de sa colère. Qu'elle se défoule, j'ai pensé. Elle finirait bien par se fatiguer.

## Laura

Le bureau ne ressemble toujours pas à celui de Sharona, mais nous ne sommes plus là pour très longtemps, de toute manière. Sa prédécesseuse a laissé derrière elle toutes sortes de reliques, à présent réunies dans un carton (plusieurs sprays de laque et de déodorant, une brosse à cheveux rose, une pile de bouquins de dark fantasy écornés, un gilet et une gourde métallique), mais c'est bien le parfum de Sharona qui flotte dans la pièce, une délicieuse odeur de plantes mêlée de bois de santal répandant sa douceur. J'en emplis mes poumons et tente de me calmer.

« J'aimerais retourner à Bloomsbury, dis-je en enserrant mon gobelet de chocolat chaud. Je ne peux plus travailler avec elle, Sharona. Elle me rend dingue. Cette fois, c'était la goutte d'eau. Terminé.

— Tu sais que je suis de ton côté, m'assure-t-elle, accoudée sur son bureau, son café entre ses mains. Mais j'avoue que j'ai du mal à comprendre pourquoi elle choisirait un nom de plume aussi proche du sien… Tu ne trouves pas ça curieux ?

— C'est elle. Ça ne fait aucun doute, crois-moi. Tu as bien vu comment elle se comportait avec moi, son obsession délirante pour mon recueil de poésies. »

Je la revois encore, au fil des semaines, le nez plongé dans *leurs moments d'insouciance étaient si beaux*, à croire qu'elle se trimballait partout avec. Elle le lisait en salle de pause, me posait toutes sortes de questions insidieuses. J'avais mal interprété son attitude. Je croyais qu'elle cherchait juste à attirer mon attention. Mais non : ce n'était qu'une voleuse, une sangsue, un parasite. Un vautour. Elle s'était gavée de mon travail, avait pioché dedans au gré de son bon plaisir et l'avait régurgité à sa petite sauce infecte.

« C'est une drôle de fille, a concédé Sharona. Je crois qu'elle est un peu seule. Qu'elle cherche désespérément à se raccrocher à quelque chose sans se rendre compte qu'elle agit de façon déplacée. »

Je fixe le plafond du regard en tâchant d'inspirer profondément malgré la colère qui me vrille l'estomac. Je ne comprends pas pourquoi Sharona ne prend pas l'incident plus au sérieux. J'ai envie de hurler, de la secouer, de tout casser. J'ai envie que Roach se fasse virer. Au lieu de quoi on sirote nos boissons chaudes en parlant d'elle comme d'une pauvre fille un peu bébête à qui il ne faut pas en vouloir.

« Déplacée ? dis-je d'un ton sec. Tu parles d'un euphémisme ! Elle plagie mon travail, le tartine d'une bonne couche de violence misogyne pour le balancer sur Internet… et le pire, c'est qu'elle refuse de l'admettre. »

Sharona finit son café avant de jeter le gobelet à la poubelle.

« Écoute, dit-elle en fouillant dans son tiroir pour en sortir un baume au chanvre dont elle se tapote délicatement les lèvres. J'ai parlé à Roach, et elle a conscience de la gravité de la situation. De toute évidence, je ne vais pas te coller un pistolet sur la tempe pour t'obliger à rester ici. Si tu souhaites vraiment partir, je peux en parler à Jim et voir ce qu'on peut faire. Mais le boulot que tu accomplis ici est exceptionnel. » Un sourire chaleureux illumine ses traits, et elle tend les bras pour poser ses mains à plat devant moi. « J'aimerais que tu réussisses à t'élever au-dessus de tout ça. De cette histoire avec Roach. Dès le mois de janvier, on s'envolera ensemble vers de nouvelles aventures et on en reparlera au pub comme si c'était déjà de l'histoire ancienne. »

Sur le moniteur de la caméra de surveillance, je vois que Roach a repris son poste au rez-de-chaussée. Elle se tient très droite derrière la caisse, aussi figée qu'une statue, avec ses cheveux violets qui lui tombent devant la figure. L'image a quelque chose de troublant, comme si elle n'était pas vraiment là.

« OK », dis-je. Je me sens épuisée, vidée de l'intérieur. Roach va s'en sortir sans une égratignure parce qu'elle ne s'est pas démontée et qu'elle a tout nié en bloc. Mon pouce soulève le rebord du couvercle en plastique de mon gobelet et appuie dessus pour le remettre en place. *Clic*. *Clac*.

« Et n'oublie pas une chose : tu ne la croiseras plus tant qu'elle sera dans l'équipe de nuit, après quoi on aura la tête dans le guidon jusqu'à Noël. Alors, qu'en dis-tu ? Ça te paraît surmontable ?

— Ouais », dis-je, les yeux baissés, tout en continuant à triturer mon couvercle. *Clic, clac. Clic, clac.*

« Super, conclut-elle en regardant sa montre. Tu étais bien du matin, aujourd'hui ?

— Oui.

— Alors voilà ce que je te propose. Il est déjà seize

heures. Rentre chez toi, passe une bonne soirée et reviens-nous demain fraîche comme la rosée. On fait comme ça ?

— Sérieusement ? Tu es sûre ? » Je lève les yeux vers elle et son sourire chaleureux, constellé de taches de rousseur. « Merci, Sharona.

— De rien », me répond-elle, et je me fends d'un sourire à mon tour.

Je ne veux plus jamais retravailler avec Roach. Même pas quand elle réintégrera l'équipe de jour. Mais je ne suis pas en mesure de négocier. Sharona m'a fait une fleur : elle sait que cette mission à Brighton en début d'année prochaine est décisive pour l'évolution de ma carrière. Je dois mobiliser toutes mes compétences, prouver aux big boss de quoi je suis capable. Leur montrer la libraire qui est en moi.

Il fait déjà nuit dehors. Une voiture me klaxonne joyeusement par-dessus les basses puissantes qui s'échappent de ses enceintes. Je fais un bond de trois mètres, et un éclat de rire retentit par la vitre. Le type au volant continue à klaxonner bien après m'avoir dépassée de plusieurs mètres et je ressens une impression de fragmentation, à la fois familière et déplaisante, comme si je n'existais que par rapport aux autres, comme si je ne m'appartenais plus vraiment, comme si je n'étais qu'un bien public, un produit de consommation. J'avais souvent cette sensation à l'adolescence, quand on ne s'intéressait à moi qu'à travers le meurtre de ma mère. Une bonne histoire pour faire pleurer dans les chaumières, une tragédie. Une mise en garde. Une leçon.

Je presse le pas, sur le qui-vive, mais la tête basse.

Les gens avaient toujours un reproche à lui faire. *Mais bon, elle n'aurait jamais dû aller courir toute seule,* ou *Elle n'aurait jamais dû faire son jogging à une heure pareille*, ou *Elle n'aurait pas dû mettre ses écouteurs*, ou *Elle n'aurait pas dû prendre un raccourci*, ou *Elle n'aurait pas dû s'arrêter.* Différentes versions de ma mère s'animent devant mes yeux. Il y a celle où elle court le long de la grand-rue et ne coupe pas par Vinegar Alley. Il y a celle où elle court sans écouter de musique et entend son agresseur arriver derrière elle, où elle a le temps de réagir, de fuir pour lui échapper. Il y a un millier de choses qu'elle aurait pu faire différemment, mais je n'ai jamais cru un seul instant que cela aurait changé quoi que ce soit. Quand quelqu'un a décidé de vous tuer, vous êtes foutue, et vous ne pouvez strictement rien faire pour vous protéger. Ce n'est qu'une question de chance. Ou plutôt, un putain de manque de bol.

Le vent agite les branches nues et un homme marche dans ma direction, ses traits dissimulés sous sa capuche. Malgré tous mes beaux discours, mes grandes théories sur la faute à pas de chance, je traverse la rue pour gagner l'autre trottoir et jette un regard furtif par-dessus mon épaule, mes clés bien serrées entre mes doigts.

Quand je traversais ce genre de phase, paranoïaque et vulnérable, avec l'impression que plus rien n'avait vraiment d'intérêt, j'avais besoin de passer sous l'aiguille du tatoueur ou de m'infliger la douleur vive d'un piercing pour reprendre mes esprits. Aujourd'hui, je préfère me laisser emporter par la brûlure du whisky ou la chaleur du vin qui coule dans ma gorge.

Une fois rentrée chez moi, je me mets au lit sans me déshabiller et je pleure jusqu'à m'en rendre malade, un arrière-goût acide au fond de la bouche. Je sais que je devrais au moins remercier Stuart de m'avoir alertée sur cette histoire de plagiat, mais déverrouiller mon téléphone pour taper un message est au-dessus de mes forces. Quand je reprends enfin mon souffle, je sais que seul le glissement rassurant d'un stylo sur le papier saura vraiment m'apaiser. Je cherche partout mon carnet mauve, mais il semble s'être volatilisé. Impossible de remettre la main dessus.

# Roach

Laura s'est enfuie du travail plus tôt que prévu en reniflant, si bien que je n'ai pas eu l'occasion de plaider ma cause. Il aurait suffi que je lui montre mon historique de recherches irréprochable ou le contenu de ma boîte mail pour lui prouver que je n'avais pas envoyé mon texte à cette revue de poésie à la con. Tout aurait pu s'arranger, j'en suis sûre.

Les taxis sillonnaient la rue et le fond de l'air était vif. Il était trop tard pour couper par le parc. Comme je longeais la courbe de la grand-rue en direction de chez Laura, j'ai repensé au curieux détour qu'elle avait effectué pour rentrer chez elle avec Eli après sa lecture, le soir où je les avais suivis. Je suis passée devant des salons de coiffure ouverts tard le soir, j'ai croisé des parents avec des enfants endormis dans des poussettes, des Turcs en train de fumer devant des cafés. Une soirée animée et ordinaire.

Je continuais à imaginer des scénarios de réconciliation possibles. Je lui montrais le contenu de ma messagerie, je lui prouvais que je n'avais pas envoyé de poème à qui que ce soit et que je n'étais pas Brodie Roach. Elle m'invitait chez elle et on avait une discussion à cœur ouvert. Elle fondait en larmes, on se mettait à parler de sa mère et je lui demandais : « C'était Lee Frost, pas vrai ? » Elle me faisait oui de la tête, je lui disais les mots qu'il fallait et elle me prenait la main en murmurant : « Toi au moins, tu me comprends. » Ou bien elle laissait éclater sa colère et on se scandalisait de l'injustice qu'elle avait vécue. Moi, l'innocente. Elle, la victime d'un crime épouvantable. La situation était rattrapable : je le sentais au fond de moi. Un lien ténébreux nous unissait toutes les deux, et je n'avais pas l'intention de renoncer aussi facilement.

La porte s'est entrouverte, et Laura a passé la tête dehors d'un air las qui s'est changé en un masque de haine à l'instant où elle m'a vue. Elle ne se donnait même plus la peine de m'adresser ce regard neutre et inexpressif qu'elle réservait aux clients. Elle aurait dû me remercier, pourtant : avec ses clés dans mon sac, j'aurais pu entrer sans frapper si je l'avais voulu. Mais non. Je tenais à respecter son espace personnel.

« Sharona t'a dit de me laisser tranquille. » Son haleine sentait vaguement l'alcool et elle avait les yeux un peu vitreux.

« Je suis juste venue pour te parler.

— Parce que c'était quoi, l'autre option ? a-t-elle répliqué avec un rictus perfide. Siroter des cocktails ? »

Un petit vent froid nous a assaillies en même temps. Laura a frissonné, mais pas moi. Au loin, un homme a poussé un cri et elle a regardé par-dessus mon épaule en direction de la rue plongée dans le noir.

« Si tu refuses d'avouer que tu m'as volé mon poème, alors je n'ai rien à te dire. Tu as conscience que la poésie est une chose personnelle ? Est-ce que tu comprends le poème que tu as volé, au moins ? Tu comprends de quoi ça *parle ?* »

Je suis restée plantée là. Elle était toujours plus ouverte à la discussion quand je l'imaginais, toujours mieux disposée à écouter ce que j'avais à lui dire. J'avais envisagé un millier de scénarios différents dans ma tête, mais maintenant qu'on était face à face, je sentais mon courage me lâcher et je ne trouvais plus mes mots.

« Tu sais ce que c'est, de perdre quelqu'un ? La putain de brûlure que ça laisse ? » Elle se tenait si près de moi qu'elle me soufflait son haleine chaude et chargée de brandy à la figure.

« Il y avait… un garçon dans mon école qui s'est fait renverser à vélo, ai-je répondu en reculant d'un pas.

— OK, donc non, a-t-elle asséné. La réponse est non, tu ne sais pas ce que c'est.

— Laura…

— Ça devient comme ton sang, poursuit-elle, les yeux étincelants comme des poignards. Tu dois le porter à l'intérieur de toi en permanence. Et d'un coup, tu as l'impression que tu es entourée de bris de verre. Tu entends une chanson dans un bar, tu sens le parfum d'une inconnue et ça transperce ta chair de part en part. Mais au moins quand tu saignes, tout le monde le voit, tout le monde sait pourquoi. »

Elle s'était mise à chialer, la morve au nez, le visage tout fripé.

« Un brouillard avait envahi la route et il a été renversé par une camionnette de la poste qui ne l'a pas vu.

— Je rêve, putain…, a lâché Laura en pressant ses poings contre ses tempes.

— Je n'ai jamais pu l'oublier, ai-je poursuivi. Il était

vivant, et puis il est mort. Tout le monde en a parlé pendant des années. Il est devenu une légende.

— Mais ce n'est pas ton histoire, s'est-elle écriée avec un geste exaspéré. Ce n'est pas ton histoire, et ce n'est pas à toi de la raconter !

— Ta poésie… ta poésie me parle comme rien d'autre ne l'a jamais fait. »

J'ai repensé à mon parcours de fan de true crime, depuis la tuerie de Columbine jusqu'aux West Memphis Three. J'avais toujours privilégié le point de vue du tueur, imaginé le monde à travers son regard. La poésie de Laura m'apportait une perspective nouvelle et me donnait à voir le meurtre sous un autre angle. Celui de la victime. Comme si, pour la première fois, je comprenais la finalité de la mort. Je comprenais que le pouvoir d'un assassin ne tenait pas à ses actions, mais à ce qu'il choisissait de détruire.

« J'en ai rien à foutre de savoir ce que ma poésie t'inspire. Rien à *foutre*, tu m'entends ? C'est bien triste que ce gamin soit mort, mais ça n'explique rien du tout. Et je m'en tape, d'ailleurs. Tu n'es qu'un putain de cafard, une voleuse, une menteuse. Tu m'as volé mes mots, tu les as massacrés et tu te les es appropriés.

— *Ce – n'était – pas – moi !* »

Elle m'a claqué la porte au nez, et sa couronne de Noël de merde s'est détachée de son clou pour tomber sur le paillasson. J'ai sauté dessus et je l'ai piétinée rageusement jusqu'à ce qu'elle soit réduite en charpie.

Je suis repartie dans le froid en shootant dans des cannettes de Coca vides et en chassant une bande de pigeons qui picoraient des frites tombées devant un fast-food. Un bus m'a dépassée, ses vitres suffocantes, rendues opaques par la buée. J'ai longé la devanture du Tesco, les salons de coiffure et les cafés, les pubs cosy qui répandaient leurs flaques de lumière d'un jaune pisseux sur le trottoir, jusqu'à ma petite épicerie pas chère. Je suis entrée m'acheter un pack de Dark Fruits, un concombre pour Bleep, et le sac plastique m'a scié les doigts jusqu'à l'entrée du Mother Black Cap.

« Alors, tu vois pas ton amoureux, ce soir ? » m'a lancé Jackie derrière le bar. Elle était assise avec un verre posé devant elle pendant que Connie, son employée, passait un coup de chiffon sur les tireuses à bière. Seules une ou deux tables étaient occupées. Pathétique.

« Ta gueule ! je lui ai répondu avant de monter l'escalier d'un pas lourd.

— Eh ! » Elle m'a poursuivie jusqu'au pied des marches. « Tu me parles pas comme ça devant les clients !

— Y en a *pas*, putain ! »

Une fois à l'étage, j'ai claqué la porte de ma chambre le plus fort possible parce que je savais que ça l'horripilait et que j'avais la haine. J'ai même rouvert la porte exprès pour la claquer une seconde fois. La pièce était plongée dans le noir, seul luisait le vivarium de Bleep. Sa douce chaleur était la seule lumière dont j'avais besoin pour me calmer.

J'ai ouvert une cannette de Dark Fruits et je suis allée sur YouTube. J'ai regardé une vidéo qui s'appelait « Mes réactions à vos opinions impopulaires sur le true crime », suivie d'une autre qui s'appelait « Meurtre & Make-up : regard charbonneux, lèvres rouges et JonBenét Ramsey », suivie d'une autre qui s'appelait « ARRÊTEZ DE GLORIFIER LES TUEURS

EN SÉRIE», suivie d'une autre intitulée «Tout ce qui CLOCHE dans *Making a Murderer*» et pour finir: «RÉSOLU: mon analyse sur l'Étrangleur de Stow». J'ai senti le calme revenir en moi par vagues et j'ai peu à peu oublié Laura, la librairie, les histoires de poésie et de plagiat, pour me focaliser uniquement sur les meurtres. La loi et l'ordre, le crime et le chaos.

À la fin de ma dernière cannette, je me sentais à la fois bourrée et lucide. J'avais un message de Sam: Laura avait dû tout balancer, parce que les responsables du site avaient viré mon poème et envoyé un e-mail assassin à Sam pour lui faire la leçon sur le caractère sacré et inviolable de la poésie. Il trouvait ça très drôle.

*mais pourquoi t'as pas osé me le dire?* me demandait-il. *tu devrais plutôt chercher ce que toi, t'as envie d'écrire.*

J'ai ouvert la fenêtre de ma chambre et je me suis allumé une cigarette. Dans la rue, un chat noir se faufilait sous les voitures garées le long du trottoir. Un claquement de talons a annoncé le passage d'une femme qui marchait d'un pas vif, la tête baissée. Je l'ai suivie du regard jusqu'à ce qu'elle soit hors de ma vue, et le bruit de ses pas s'est estompé dans la nuit.

*Ce n'est pas ton histoire, et ce n'est pas à toi de la raconter.*

J'ai ruminé les paroles de Laura. Quelle égoïste et quelle sale hypocrite. Elle m'en voulait à mort d'avoir plagié sa poésie, mais n'était-ce pas la nature même de son travail? Détourner un texte sans citer sa source n'était qu'une forme de vol amélioré et prétentieux.

Les mots de Sam – *tu devrais plutôt chercher ce que toi, t'as envie d'écrire.*

Tout en fumant ma cigarette, j'ai senti une idée germer dans ma tête. Fini la poésie, fini le plagiat. J'avais une histoire à raconter, une histoire qui nous lierait, Laura et moi, de façon irréversible, un lien qu'elle ne pourrait ni refuser ni récupérer ou contrôler, nos noms unis à l'encre noire pour l'éternité.

Quelque part sous les toits, un pigeon a roucoulé.

DÉCEMBRE 2019

# Roach

Pour ma dernière soirée avant de commencer en équipe de nuit, j'ai décidé de veiller tard et de me refaire les deux saisons de *Making a Murderer* sur Netflix, histoire de caler mon rythme de sommeil sur mes nouveaux horaires. Je savais que je n'aurais aucun mal à basculer mon énergie du jour vers la nuit car j'avais toujours été une créature nocturne. Ou crépusculaire, pour être exacte : plus active aux heures grises du matin et du soir.

J'ai lancé le premier épisode à 19 heures en m'ouvrant une cannette de Dark Fruits. À 4 heures du mat', j'étais groggy, et la musique obsédante aux accents folk du générique qui résonnait par-dessus les paysages désolés et enneigés du Wisconsin a achevé de me plonger dans un doux sommeil. J'ai rêvé que j'étais dans le couloir de la mort pour un meurtre dont je n'avais aucun souvenir. Ce n'était pas angoissant ; j'étais surtout curieuse de découvrir ce que j'avais fait, et triste de ne pas me le rappeler.

À mon réveil, il était plus de midi et le ciel était couvert. J'ai pressé la barre espace pour rallumer mon ordi et je me suis repassé le dernier épisode de la première saison en prenant un petit déj à base de restes de pizza froide. Puis j'ai ouvert une cannette de Monster et j'ai enchaîné sur la saison 2. La pénombre envahissait la chambre à mesure que le jour déclinait. Sans quitter l'écran des yeux, j'ai remis le jean que je portais la veille et reniflé mes aisselles, qui sentaient les herbes et le soufre. Quelques gouttes d'huile essentielle de rose aux endroits stratégiques suffiraient à masquer l'odeur de transpiration. J'aimais bien la sensation du petit flacon de verre brun au creux de ma main. On aurait dit une fiole d'apothicaire.

Impossible de trouver des chaussettes propres, donc j'en ai repêché une paire sale dans la marée de fringues qui traînaient par terre avant d'enfiler mes godillots. J'ai enroulé une écharpe extra-longue autour de ma gorge pour qu'elle camoufle une bonne partie de mon visage et vissé un béret noir sur mes cheveux gras.

La nuit était déjà dense, noire et lourde : pas une étoile ni le moindre éclat de lune ne venait percer l'opacité du ciel. Pendant que je traversais le Village en traînant des pieds, toute recroquevillée pour me tenir chaud, de la neige fondue s'est mise à tomber. Les replis de mon écharpe retenaient la buée de mon haleine et mes yeux se sont humectés à cause du froid. Je sentais une humidité glacée s'immiscer sous mon sweat à capuche et mon béret. Dans mes chaussures, j'avais les pieds moites.

La librairie était allumée, mais je ne voyais personne de l'autre côté de la vitrine. J'avais déjà donné le jeu de clés de Barbara à Sharona depuis longtemps, donc je me retrouvais coincée dehors. J'ai dû presser la sonnette.

Juste en face, un marchand de sapins de Noël était en train de charger sa camionnette. Je l'ai imaginé me faisant signe pour que je vienne l'aider. Comme j'aurais l'air vulnérable, vue d'en haut, tandis que je traverserais la rue sombre ; comme ce serait facile pour moi de grimper à l'arrière du van pour remettre d'aplomb un sapin tombé ; comme la portière se refermerait avec un claquement sec, comme tout cela irait très vite, et comme l'odeur de sève des sapins me donnerait un arrière-goût amer, l'aiguillon métallique de la peur.

La porte de la librairie s'est ouverte. J'ai sursauté, et le livreur de sapins de Noël a cessé d'être le Ted Bundy de l'Est londonien pour redevenir un type ordinaire. Eli m'a accueillie, la mine grave, et m'a laissée entrer.

« Tu étais censée venir à 21 heures », a-t-il grommelé en refermant la porte derrière moi.

Il avait déjà les traits tirés, des cernes sous les yeux, son charme étincelant terni par un accès de mauvaise humeur. Bien sûr, j'étais le diable désormais, pas vrai ? La méchante Roach avait osé faire du mal à sa précieuse petite Laura.

« Je croyais que c'était de 22 heures à 6 heures du matin, j'ai répliqué.

— Ouais, mais Sharona voulait qu'on fasse une transition spéciale pour le premier soir : elle restait un peu plus tard et on arrivait un peu plus tôt.

— Tiens, salut *Brodie*, m'a lancé Kofi en poussant un chariot de biographies de stars vers l'entrée du magasin. Ça roule ?

— Je m'appelle pas Brodie. »

Eli l'a foudroyé du regard, craignant sans doute qu'une nouvelle dispute alourdisse l'ambiance déjà pesante, et il est allé récupérer un gobelet de café posé à côté de la caisse. Il avait toujours la manie de faire tourner son café, comme s'il voulait le mélanger. À la légèreté de son geste, j'ai compris que son gobelet était presque vide.

« Tu veux bien commencer par le rayon Jeunesse ? m'a-t-il demandé en parcourant la liste sur son bloc-notes. Tu remets un peu d'ordre pendant qu'on finit de déballer les livraisons pour tout mettre sur les chariots.

— OK. »

La librairie brillait dans la nuit noire qui se pressait contre la vitrine. Quelqu'un avait dû remplacer toutes les ampoules mortes, parce que passer d'un rayonnage à l'autre donnait l'impression de déambuler sous les spots d'une scène de théâtre.

Une fois au rayon Jeunesse, j'ai posé une cannette de Monster, un paquet de chips, un carnet, un stylo, mon téléphone et mes écouteurs sur l'étagère des Lemony Snicket. J'ai enlevé mes pompes, ôté mes chaussettes puantes et marché pieds nus sur la moquette élimée du magasin.

Laura avait clairement planté ses griffes dans le rayon de Martin durant la journée : tout était nickel, évidemment. Pas un bouquin de travers. Les étagères avaient été dépoussiérées et les tables, quoiqu'un peu clairsemées, étaient garnies de pyramides de livres parfaites, sans le moindre trou. Je n'avais plus rien à faire en attendant qu'Eli m'apporte le chariot des exemplaires à ranger, et il était hors de question que je fasse du zèle juste pour m'occuper, donc je me suis contentée de m'asseoir par terre, adossée aux rayonnages, et j'ai continué mes recherches.

Trois des cinq victimes de l'Étrangleur de Stow étaient mères, mais je trouvais peu d'infos en ligne sur leurs familles. Elsie Meadows avait quatre enfants selon un article, cinq selon un autre. Safa Gamble, deux. Karina Cordovan n'en avait qu'un seul. Elle avait généré plus de presse que les autres, parce que sa mort était le déclencheur qui avait lancé l'enquête. Elle travaillait comme fleuriste et c'était une jolie femme à l'apparence soignée. Mon instinct s'est mis à me chatouiller. J'ai repensé à la rose tatouée sur l'avant-bras de Laura, au brin de lavande à l'intérieur de son poignet, et à une citation que j'avais lue dans son carnet mauve à propos des fleurs.

Eli est apparu en poussant le chariot rempli de piles d'albums pour enfants avec un paquet d'étiquettes posé par-dessus. Il m'a observée, assise par terre et pieds nus, en train de tripoter mon téléphone, mais il n'a rien dit.

Je me suis cherché un podcast et j'ai choisi l'épisode consacré à l'Étrangleur de Stow. Je ne savais toujours pas si mon intuition était la bonne, mais ça me semblait une bonne piste à explorer, ne serait-ce que pour la rayer de ma liste. Chaque fois qu'on donnait une info sur une des victimes, je mettais sur pause pour la noter, reconstituant peu à peu le squelette à partir de ces ossements éparpillés.

Je n'étais pas aussi soigneuse que Laura. J'ai collé les étiquettes de prix au pif sur les livres et je les ai empilés sur les tables sans trop me soucier du résultat. J'ai bu ma cannette de Monster, écouté mes podcasts et grignoté mes chips aux crevettes tout en remplissant les étagères et en laissant des traces de doigts sur les couvertures. Il n'y avait pas de clients pour venir m'interrompre et m'emmerder avec leurs questions. Le rêve, quoi.

D'après Richard Ramirez, le meilleur moment pour s'infiltrer au domicile de quelqu'un se situait entre deux et trois heures du matin, quand les gens avaient le plus de chances d'être plongés dans un sommeil profond, bien au chaud dans leur lit. L'explication à cela, c'est que la plupart des humains ont un esprit diurne, naturellement connecté au jour et enclin à s'éteindre quand la nuit atteint son point plus sombre et son plus impénétrable.

Eli et Kofi étaient des *normies*. Coupés de la lumière du soleil, ils voyaient leurs forces vives faiblir au cœur de la nuit. Ils étaient faits pour vivre de jour et à l'air libre. Ils avaient beau se vanter en ricanant d'être des oiseaux de nuit, ils semblaient s'étioler après 2 heures du matin, sans doute par manque des stimulants illicites qu'ils avaient l'habitude d'avaler ou de sniffer pour tenir jusqu'à l'aube. Leurs paupières s'alourdissaient, leurs gestes se ramollissaient. À 2 h 30, Eli est venu me voir pour m'annoncer qu'ils allaient faire une première pause café-clope, histoire de reprendre des forces.

De mon côté, je pétais la forme. J'étais une créature de la nuit et je me sentais gonflée à bloc, comme si le pouvoir de la lune, à la fois invisible et fidèle au poste, avait rechargé mes batteries. Trois heures du matin : l'heure du diable, celle où le voile qui séparait notre monde de l'autre se mettait à trembler et où toutes sortes de choses insidieuses pouvaient passer de l'un à l'autre. La magie noire brûlait de sa pleine lumière, les fantômes devenaient plus tangibles, les sorcières plus puissantes. Au XVIe siècle, l'Église catholique avait interdit toute activité entre 3 et 4 heures du matin pour tenter de lutter contre une vague croissante de sorcellerie. Pas étonnant que ce soit le moment où je me sentais la plus vivante.

Vibrante d'énergie, je me suis offert une petite

exploration sauvage à travers la librairie. Barry m'avait expliqué un jour qu'elle avait été construite sur l'emplacement approximatif d'une ancienne auberge, un lieu où les voyageurs épuisés faisaient halte pour la nuit avant de gagner Londres. Plusieurs pubs du quartier revendiquaient ce même passé illustre, et l'un d'eux avait même accroché une illustration encadrée de la vieille auberge dans le couloir menant aux toilettes pour assoir sa légitimité. Mais Barry, qui avait étudié des cartes historiques, affirmait que c'était du flan.

J'avais toujours considéré l'heure du diable comme le moment idéal pour tenter d'établir un contact psychique au cas où un fantôme traînerait dans la librairie. Je suis restée dans la réserve et j'ai essayé de changer l'odeur de la poussière, du papier et de l'humidité en senteurs de foin, de crottin de cheval, de fûts de rhum et de bière – mais c'est la poussière qui l'a emporté.

À 4 heures du matin, on a déjeuné tous ensemble en salle de pause. Je n'avais nulle part où aller, il n'y avait pas le moindre café ou le moindre pub ouvert : j'étais coincée avec eux. Le regard vitreux, Eli mangeait du houmous avec des bâtonnets de carotte et un gros sandwich dans une boule de pain tigré emballée dans du papier aluminium. Il s'est absenté pour aller fumer sur le toit avec une édition de poche très abîmée d'*Acid Test*. Je ne voyais pas l'intérêt de me joindre à lui et de gaspiller mes précieuses clopes de conversation (que je veillais à toujours avoir sur moi, désormais), donc je l'ai laissé y aller seul. Kofi a mangé une soupe de nouilles instantanée saveur bœuf-tomate à l'odeur particulièrement âcre avant de s'étendre de tout son long sur le canapé et d'être absorbé par son téléphone. Je n'avais pas la moindre idée de ce qu'il pouvait bien fabriquer sur son smartphone à une heure pareille et je n'avais aucune envie de le savoir. Je suis restée dans mon coin à grignoter des crackers trempés dans du tarama et à lire *Un tueur si proche.* Il me restait encore plus d'une centaine de pages.

Eli est revenu de la terrasse en apportant avec lui une bouffée d'air froid imprégnée de l'odeur nocturne de Londres.

« Dis, c'est quoi cette histoire de fête ? » lui a lancé Kofi en désignant une affichette punaisée sur le tableau de service. Eli était en train d'enlever son manteau, une sorte de veste à carreaux bordée d'une peau de mouton synthétique un peu minable.

« Ah, le pot de Noël de Spines ! C'est une véritable institution. Une fête énorme dans le centre de Londres. Toutes les librairies y vont.

— Pas nous, ai-je répliqué. On va plutôt dîner au Route 66. »

Chaque année, en décembre, il fallait se cogner un repas avec toute l'équipe dans le même resto à thème américain sur la grand-rue. Ma vision personnelle de l'enfer en rouge, blanc et bleu. Les serveurs portaient des casquettes de base-ball et des Converse, affichaient un regard mort et un sourire flippant pendant que des gamins shootés au sucre couraient entre les tables en hurlant. On y servait un assortiment confus de plats internationaux et il était impossible de passer une commande limitée à un seul continent : rouleaux de printemps aux légumes, jambalaya aux fruits de mer et tiramisu, calamars, fajitas de poulet et cheesecake new-yorkais. On devait cocher nos choix sur le menu pour les envoyer au restaurant à l'avance, mais peu importe ce que vous commandiez, tout avait un goût de serviette hygiénique cuite au micro-ondes dans de la mozzarella régurgitée.

« Et on y mange bien ? m'a demandé Eli avec une grimace dubitative.

— Non. »

Il a ri et accroché son manteau.

« Crois-moi, il n'y a aucun risque qu'on y aille cette année. Pour Sharona, un dîner gourmet est un thali végan au temple Hare Krishna à Soho. Tu ne lui ferais jamais mettre les pieds dans un endroit qui sert des cheeseburgers et des milk-shakes, à moins de l'assommer d'abord. »

La perspective du pot de Noël sur le Strand ne me faisait pas du tout rêver. J'en avais déjà entendu parler : toutes les librairies londoniennes du groupe étaient invitées, ainsi que des personnalités du milieu littéraire triées sur le volet – auteurs et autrices, agents et maisons d'édition que Spines tenait à chouchouter. Apparemment, Helena Bonham Carter s'était pointée une année avec sa vieille maman crochetée à son bras, toutes deux affublées de strates de châles en dentelle qui les faisaient passer pour des marchandes de fraises de l'ère victorienne.

« J'espère que vous avez un truc glamour à vous mettre », a plaisanté Eli, moins à mon attention qu'à celle de Kofi, qui a aussitôt imité une pose de top model comme s'il défilait sur un podium.

Je me suis demandé ce que Laura allait porter. Une robe – velours, satin, dentelle ? Une tenue simple et glamour qui lui donnerait l'air naturellement cool et sublime à la fois.

À 6 h 30, la réserve était entièrement vide, débarrassée des piles qui l'encombraient encore la veille au soir. La livraison du jour était sans doute déjà en route, une nouvelle cargaison de livres à déballer et à scanner.

À l'aube, les ombres se sont retirées peu à peu et mon énergie a semblé s'estomper avec elles. Mais ma journée était loin d'être terminée.

## Laura

C'est une matinée craquante de givre, une matinée à avoir le bout du nez rose, avec un ciel marbré de couleurs pastel. Un halo abricot réchauffe le sommet des cheminées. Quand j'arrive à la librairie, je n'ai pas le ventre noué. Je ne ressens ni angoisse ni nervosité. Sans Roach, je peux enfin respirer et je m'aperçois que, sans Eli, je peux enfin me concentrer.

Le rythme s'accélère toujours durant les semaines qui précèdent Noël et il y a plus de monde que d'habitude, mais je me sens revigorée, le pas léger. Nous nous retrouvons avec trois libraires en moins tant que Eli, Kofi et Roach assurent le service de nuit, mais l'équipe est bien rodée et nous ne souffrons pas vraiment du manque de bras. Nous nous faufilons entre les tables, réajustons au passage les piles de nouveautés en grand format et en poches, réparons les pyramides et bouchons les trous quand des exemplaires ont été vendus. Nous trouvons des références en rayon, répondons aux questions des clients et réussissons à leur faire acheter un livre ou deux de plus pour augmenter un peu le montant du panier moyen. C'est comme une danse, une chorégraphie tellement bien ancrée dans mon cerveau que je l'effectue sans y penser. Barry fait les comptes au son de la playlist jazzy de la radio numérique, passe rapidement en revue les liasses de billets et de reçus, les longues suites de chiffres. Les jours où il n'est pas là, Martin prend volontiers le relais, visiblement à l'aise avec le système informatique antédiluvien de la librairie, et exécute de longs calculs à la main avec un crayon bien taillé sur une feuille de papier au lieu d'utiliser la calculatrice de son téléphone comme tout le monde.

« Dieu merci, ça bouge enfin, marmonne Noor en refermant le tiroir-caisse après une nouvelle vente. J'ai cru que j'allais mourir d'ennui, à force. »

Personnellement, je préfère quand les choses sont calmes. J'aime les piles bien ordonnées, la moquette propre, la playlist lénifiante à base de Joni Mitchell, Fleetwood Mac et Belle and Sebastian. J'aime regarder la pluie tomber derrière la vitrine. Mais il vaut mieux que ça bouge, c'est sûr. Au moins, l'argent rentre dans les caisses. C'est le signe que les affaires tournent et que nos emplois ne sont pas menacés.

« Tu perds ton temps ici, dis-je à Noor. Tu mériterais d'être transférée sur un autre site. Sharona plaidera ta cause, j'en suis sûre.

— Tu crois ? » Elle a l'air surprise, presque un peu flattée.

« Absolument. Elle t'apprécie beaucoup.

— Sharona apprécie tout le monde », me répond-elle en faisant déjà signe au client suivant de s'approcher.

Mais elle le dit avec un petit sourire, car ce n'est pas tout à fait vrai. Sharona apprécie la gentillesse et le travail. Nous savons pertinemment qu'elle n'apprécie pas tous les libraires de la même façon.

## Roach

Du cirage, du cuir, le couinement de rouages mécaniques. Un type affublé d'un tablier bordeaux, trop content de s'exécuter et de reproduire mes deux clés sans poser la moindre question. Il a siffloté tout du long sur Aerosmith, et j'ai remarqué qu'il avait un as de pique tatoué sous l'oreille droite.

À la fin, il m'a simplement tendu mon nouveau jeu de clés avec un sourire décontracté. C'est fou de penser à la confiance qui règne dans la société. J'aurais pu être n'importe qui, et ces clés auraient pu ouvrir n'importe quelle serrure.

Le centre commercial était étouffant, noir de monde, et toutes les boutiques crachaient les cinq mêmes chansons en boucle avec le chauffage monté à fond. Emmitouflés dans leurs gros manteaux, encombrés de sapins en plastique et de sacs d'emplettes, les gens avaient le front ruisselant de sueur et devenaient de plus en plus irritables. J'avais juste envie de fuir, et j'ai foncé vers la sortie en bousculant des familles et des hordes d'enfants avec une détermination brutale.

Dehors, le froid m'a fait l'effet d'une gifle. Je commençais à sentir le poids de la fatigue et les premiers rayons du soleil faisaient fondre mes dernières forces. J'ai ouvert une cannette de Monster, et la caféine sucrée m'a portée jusque chez Laura.

Quand je suis arrivée au parc, il était un peu plus de 8 heures. Laura était du matin, ce qui signifiait qu'elle ne partirait pas de chez elle avant une bonne demi-heure – d'après mes estimations. J'ai trouvé un banc et je me suis assise dans la lumière matinale pour finir ma boisson. Il faisait froid, le parc était mort, mais j'ai lancé un podcast sur le Vampire de Sacramento et je me suis laissée bercer par la voix des animateurs ; ils expliquaient la théorie de la triade Macdonald, selon laquelle la cruauté envers les animaux, la pyromanie et l'énurésie étaient l'apanage des psychopathes violents.

Je n'avais jamais eu de problème de pipi au lit, hormis les petits accidents classiques de l'enfance. J'aimais trop les animaux pour avoir envie de les faire souffrir et la pensée de faire du mal à Bleep me donnait envie de gerber. Mais j'avais eu de légères tendances pyromanes quand j'étais gamine. Je chipais les briquets ou les boîtes d'allumettes égarées au pub. J'avais une préférence pour les bougies, non parce que je les trouvais magiques ou romantiques, mais parce qu'il y avait quelque chose de presque satanique dans le fait d'entretenir le feu. J'adorais récupérer les coulées de cire durcies et les faire fondre directement dans la flamme de la mèche. Je pouvais m'y abandonner totalement, passer des dîners familiaux entiers à me distraire en m'occupant des bougies, fascinée par la vision de la cire rouge fondue sur mes doigts, comme du sang de film d'horreur.

Enfin, Laura a fait son apparition dans le parc, à une cinquantaine de mètres de mon banc. Elle portait son imperméable beige et fumait une cigarette en marchant. Elle n'aurait eu qu'à tourner la tête à gauche pour croiser mon regard, mais elle était trop absorbée par ses pensées, trop concentrée sur sa destination, et elle ne s'intéressait pas du tout à ce qui l'entourait. J'ai interprété ce manque d'attention de sa part comme le signe que notre lien s'étiolait, puisqu'on passait de moins en moins de temps réunies physiquement au même endroit, à respirer le même air. L'espace d'un instant, elle m'a paru si fragile, si solitaire, que j'ai presque culpabilisé. Presque, mais pas vraiment.

Quand elle a été hors de ma vue, j'ai attendu encore quelques minutes, au cas où elle aurait oublié un truc et reviendrait sur ses pas. Une fois certaine qu'elle ne ferait pas demi-tour, j'ai mis le cap sur son appartement. Le froid du banc m'avait un peu engourdi les jambes et je me suis remise en marche avec une raideur cadavérique jusqu'à ce que le sang circule à nouveau dans mes muscles.

J'ai retenu mon souffle en insérant ma nouvelle clé dans la serrure, et exhalé avec soulagement quand elle a tourné pour entraîner le mécanisme du verrou. Laura n'avait même pas pris la peine de faire changer sa serrure, visiblement peu inquiète de la disparition de son trousseau. Elle devait en avoir un double. Je suis restée immobile pendant une seconde sur le paillasson, à humer cette bonne odeur de café et de toast, l'acidité de son parfum encore présent dans l'air.

Le salon n'était pas aussi bien rangé que lors de ma visite précédente. Le sol était jonché de chaussures et de pulls, un verre vide marbré de traces de smoothie à la myrtille était posé sur la table basse près du canapé.

J'ai soulevé une bouteille ouverte de pinot noir sur le rebord de la cheminée pour la renifler et la porter à mes lèvres, juste histoire de goûter. Le vin avait un goût de pièces de monnaie repêchées au fond d'un puits. Un petit quelque chose m'est resté coincé entre les dents et je l'ai récupéré du bout de l'index sur ma langue : un moucheron. Je me suis empressée de l'essuyer sur ma cuisse.

Elle avait mangé une mangue quelques jours plus tôt et laissé traîner la peau, à présent séchée et racornie comme un morceau de cuir tanné, sur une assiette par terre au milieu de la pièce, à côté d'un coussin de velours vert et d'un livre de poche que j'ai retourné avec le pied : *Julie & Julia*. Évidemment. Mignon, mais décadent. Je l'imaginais assise par terre contre le canapé, calée sur son gros cousin, à tourner les pages d'une main, l'autre couverte de jus de mangue, léchant la pulpe, un filet de jus sucré sur le menton, en train de rêver de Paris, de plats riches cuisinés au beurre, de ces deux femmes liées l'une à l'autre sans le savoir, de leur connexion qui traversait le temps.

La dernière fois, j'avais passé ses bibliothèques au peigne fin dans l'espoir d'y dénicher du true crime, un carnet ou un journal intime, mais j'avais fait chou blanc. Cette fois, j'avais l'intention d'explorer des recoins plus obscurs de son appartement. Dans les placards, sous les meubles. Les endroits où quelqu'un comme Laura était susceptible de planquer ses secrets.

L'odeur de moisi dans sa chambre avait empiré. Sa présence était encore présence plus lourde, plus saumâtre. C'était insupportable, et j'ai à nouveau dû ouvrir la fenêtre pour laisser entrer un peu d'air frais.

Sous son portant étaient alignées trois boîtes de rangement en tissu. La première contenait un fatras de chaussures toutes mélangées. La deuxième, des pyjamas. Et la troisième, ses sous-vêtements. Des petites culottes en dentelle et des collants vaporeux pareils à des mues de serpents.

Sous son lit, derrière une valise vide et un ventilateur blanc, j'ai trouvé une caisse en bois, remplie de vieux carnets aux pages noircies. Bingo. Les mains tremblantes, j'ai ouvert un petit cahier en moleskine pour découvrir des fragments de poèmes inachevés et des listes – de chansons, de mots, de livres. J'en ai pris un autre au hasard et ai compris qu'il s'agissait d'un journal intime de ses années de fac. Elle se plaignait d'une colocataire avec qui elle ne s'entendait pas, d'un film qui ne lui avait pas plu, d'un rencard qui n'avait rien donné. Ailleurs, elle se lamentait parce qu'elle s'était plantée dans un cours auquel elle ne comprenait rien et parce qu'un prof la méprisait. J'ai savouré toutes ses pépites secrètes de négativité et j'ai continué à lire un long moment, penchée au-dessus de la caisse. Elle n'écrivait jamais à propos de sa mère – je n'ai pas trouvé la moindre allusion dans les carnets que j'ai épluchés, mais il y en avait trop pour que je puisse tous les parcourir en une seule fois. J'ai décidé d'y revenir plus tard pour poursuivre mes investigations.

J'ai de nouveau fouillé à tâtons sous le lit et exhumé cette fois un coffret en bois. Le contenu en était plus sentimental : des gribouillis d'enfant, un bâton de rouge à lèvres desséché, une alliance en or, un pendentif en améthyste au bout d'une cordelette noire. Des trucs sans intérêt, fragments d'une vie médiocre, quoique le pendentif me plaisait bien. Il avait quelque chose d'un peu sorcière. Au fond de la boîte se trouvait une enveloppe décachetée, au rabat de papier juste rentré à l'intérieur. Je l'ai ouverte, frissonnante d'excitation, m'attendant plus ou moins à y trouver des coupures de journaux. Mais ce n'était qu'une collection de photos un peu fanées datant visiblement des années 90. Toutes montraient une jolie femme aux cheveux blonds. Son visage m'était vaguement familier. On la voyait contempler le paysage par la vitre d'un train, debout sur le parvis d'une église en robe de mariée, assise sur un banc, ses bras bronzés passés autour d'un petit enfant riant aux éclats. Et enfin, une coupe de champagne à la main devant un magasin de fleurs. Je reconnaissais cette photo. Je reconnaissais cette femme. Je reconnaissais le bâtiment derrière elle – il se trouvait sur la grand-rue, dans la portion de Hoe Street que Laura semblait mettre un point d'honneur à éviter. Électrisée, j'ai sorti mon téléphone et cherché Karina Cordovan sur Internet.

Cheveux blonds, yeux noisette, sourire éclatant.

Elle ne s'appelait pas Bunting, mais Cordovan.

Je connaissais ce nom, bien sûr. Il n'était pas synonyme de garden-parties, de matchs à Wimbledon ou de mariages royaux. Il était marqué par le sang, le traumatisme et l'horreur.

Les doigts engourdis par l'adrénaline, j'ai tout rangé – sauf la dernière photo – dans la boîte, que j'ai repoussée sous le lit. La fatigue commençait à émousser ma concentration et mon efficacité. Il fallait que je dorme avant de retourner à la librairie. J'ai remis tous les carnets que j'avais éparpillés par terre dans leur caisse en bois, que j'ai glissée à son tour sous le lit, avant de remettre la valise et le ventilateur exactement à leur place pour ne laisser aucune trace de mon passage. J'ai refermé la fenêtre, et j'ai promené mon regard autour de moi. C'était comme si je n'étais jamais venue.

Avant de repartir par la porte d'entrée, j'ai enfoncé le jeu de clés de Laura – l'original – entre les coussins du canapé. Voilà. La preuve que je pouvais me montrer très gentille, quand je voulais. Désormais, je pouvais aller et venir ici sans risquer qu'elle fasse changer la serrure.

## Laura

À la fin de la journée, quand je commence à fatiguer et à ne plus vraiment trouver l'énergie de sourire, Sharona me rebooste en me parlant de Brighton, notre mission prévue au début de l'année prochaine.

« Imagine, dit-elle en me prenant par l'épaule. Fish and chips au déjeuner. L'air du large dans tes poumons. Des pintes sur la plage après le boulot.

— On ira se balader sur la jetée », dis-je. Je sentais déjà l'odeur de la barbe à papa et l'air iodé s'engouffrer dans mes cheveux. « Et on contemplera le coucher du soleil sur la mer.

— Quelle poète ! » s'esclaffe-t-elle en me donnant un petit coup de coude.

Une fois de retour chez moi, je me sers un verre de pinot noir et m'écroule avec mon ordi sur mon lit en désordre. Il fait un peu froid dans l'appart, comme si j'avais oublié de fermer la porte de derrière, alors que ce n'est pas le cas. J'enfile un pull et je regarde une vidéo time-lapse d'une fille dans le Yorkshire en train de lire *Une vie comme les autres*. À l'image, sa poitrine se soulève et s'abaisse en accéléré, si bien qu'on a l'impression qu'elle fait une crise de panique. Elle jette des coups d'œil réguliers en direction de la caméra, comme si elle n'arrivait pas à ignorer le fait qu'elle était observée. J'ai l'impression de l'espionner ; du coup, ça me rend nerveuse et je n'arrive pas à me détendre. La vision des traces de semelles imprimées dans la terre ne cesse de danser devant mes yeux, et je finis par me lever pour aller vérifier que j'ai bien mis la chaînette de sécurité dans sa glissière.

J'aurais aimé pouvoir surmonter ce sentiment de vulnérabilité. Je l'ai toujours eu en moi, mais j'ai l'impression qu'il empire. La peur s'est gravée dans mon âme le jour où ma mère est morte et ne m'a pas quittée depuis : les hommes me font peur, les policiers me font peur, les inconnus me font peur, la pénombre me fait peur. Vivre seule me fait peur, mais vivre avec d'autres gens m'effraie encore plus. En étant seule, au moins, je garde le contrôle jusqu'au bout. Personne n'entre ici sans y avoir été invité.

La vidéo de la fille, les joues ruisselantes de larmes à mesure qu'elle découvre les derniers chapitres d'*Une vie comme les autres*, touche à sa fin. J'ai l'impression que ma soirée s'étire devant moi telle une longue route déserte ne menant nulle part. Je devrais peut-être écrire, mais le carnet mauve n'a toujours pas réapparu et, sans lui, j'ai du mal à me motiver pour reprendre là où je m'étais arrêtée. Ma solitude est à la fois une couverture douillette et un poids. J'écris un message à Eli. *Tu me manques, mec.*

Je cherche une autre vidéo à regarder. Cette fois, la même fille s'embarque dans un marathon de lecture de vingt-quatre heures. Ses comptes rendus à heure fixe deviennent de moins en moins guillerets jusqu'à ce qu'elle tombe de sommeil, au bout du vingtième, et que l'écran s'emplisse d'un plan fixe sur le mur de son salon, juste au-dessus du canapé où elle dort, avec seulement l'éclairage qui change. C'est apaisant. J'observe les éclats de lumière jaune et dorée qui font miroiter son papier peint, puis elle finit par couper sa caméra.

Quand je vois une notification s'afficher sur mon écran, je crois d'abord que c'est une réponse d'Eli. Non. C'est mon père. Mon humeur était déjà fragile, mais cette fois je touche le fond et j'avale le reste de mon vin. On sent que les fêtes approchent.

# Roach

Grâce à mon affinité avec la lune, je m'étais adaptée sans problème à mes nouveaux horaires. Sam bossait dans un bar rock à Soho, donc il était plus actif sur son téléphone entre la tombée et le lever du jour et rentrait généralement chez lui vers 4 heures du mat' pour dormir jusqu'en milieu d'après-midi. Bleep était un animal nocturne, lui aussi, et je culpabilisais un peu de ne pas être là pour partager son pic de sociabilité, mais j'aimais l'idée qu'on soit tous deux des noctambules, parfaitement synchrones.

Eli et Kofi préféraient travailler ensemble. On aurait dit deux gamins qui avaient peur du noir. Leur musique et leurs rires résonnaient dans le silence de la librairie comme les échos d'une fête à laquelle je n'étais pas invitée. Pas grave : au moins, je pouvais faire mes trucs dans mon coin.

J'écoutais des podcasts tout en rangeant les nouveautés en rayon et je faisais le tour du monde en compagnie des serial killers : au fil des heures, John Wayne Gacy a assassiné pas moins de trente-trois garçons et jeunes hommes dans un ranch près de Chicago, Roshu Kha a tué onze ouvrières du textile dans le district de

Chandpur, au Bangladesh, et Leonarda Cianciulli a drogué puis massacré trois femmes à Correggio, en Italie, avant de fabriquer des savons avec leurs cadavres pour les offrir à ses voisins. Je me suis imaginée en train de me laver avec l'une de ces savonnettes, leur texture onctueuse et glissante sur ma peau.

J'étais hyper efficace durant mes longues heures de travail solitaire à la librairie. J'ai passé tout le rayon True Crime au peigne fin pour chercher des références à Lee Frost. Il n'y avait pas grand-chose à se mettre sous la dent, hormis quelques mentions ici et là, ainsi qu'un chapitre entier dans un ouvrage consacré aux meurtriers des quartiers est de Londres et écrit par Cynthia de la Roche. C'était sans doute le compte rendu le plus détaillé que j'avais jamais lu sur l'affaire, et le parcourir en diagonale à deux heures du mat' ne suffirait pas. Seule devant l'étagère, j'ai officiellement décidé de le voler. C'était mon bon droit de m'informer sur l'Étrangleur de Stow si telle était mon envie, mais je savais aussi que les *normies* seraient scandalisés d'apprendre que j'étudiais le passé de Laura, alors que c'était aussi le mien : je vivais dans ce quartier au moment des faits, dans l'ombre de la mort. Elle avait juste reçu un rôle plus important que le mien dans le théâtre de cruauté conçu et mis en scène par Lee Frost.

J'ai poursuivi sans vergogne mes petites explorations sauvages chez Laura durant ces deux semaines de boulot de nuit. J'avais conservé la photo du planning d'équipe dans mon téléphone et, quand l'envie me prenait, je me rendais directement chez Laura le matin en sortant de la librairie, croisant au passage tous les *normies* avec leurs petites mallettes et leurs sacs à dos, en route pour une nouvelle journée insipide au bureau. J'attendais de la voir traverser le parc, puis je finissais mon trajet d'un pas tranquille et j'ouvrais sa porte avec insouciance. Si des voisins me voyaient, ils pourraient toujours s'imaginer que Laura faisait venir une femme de ménage pendant ses heures de travail pour passer l'aspirateur et laver ses collants. Avait-on déjà vu un cambrioleur s'introduire chez les gens à 9 heures du matin avec une clé ?

L'appartement de Laura était une mine d'or pour mes recherches, un sanctuaire où je pouvais rassembler mes pensées, recalibrer notre connexion ténébreuse. Je passais mes journées à dévorer tous les carnets que je pouvais trouver. Son écriture était ronde, facile à lire, ses mots coulaient comme du vin, et je buvais le récit de ses amours passées, de ses regrets, de son adolescence et de sa vie d'étudiante à Dublin. Les libraires avec qui elle avait couché, ceux avec lesquels elle s'était fâchée, ceux qui lui plaisaient en secret ou qu'elle détestait. Elle disséquait sur des pages entières les moindres faits et gestes d'Eli – ses regards furtifs dans sa direction, ses commentaires, ses petites blagues, sa façon de flirter. Elle était obsédée par les marques d'attention qu'il lui accordait et décrivait chacune de leurs interactions avec l'œil acéré d'un médecin surveillant l'évolution d'une éruption cutanée. Par contre, elle évoquait rarement sa mère. *J'ai acheté des tulipes ajdh – pensée pour maman. Les feuilles changent – bientôt l'anniversaire de maman.*

Il n'y avait pas grand-chose à propos des quatre autres victimes de Frost sur Internet. Elsie Meadows, cinquante-quatre ans, avait les cheveux courts, roux sur les pointes et gris à la racine ; sans abri, quatre enfants adultes, alcoolique. Agata Matthams, trente et un ans, maigre et pâle, beaucoup d'eye-liner autour des yeux et des cheveux noir corbeau lissés contre son crâne, employée dans un salon de massage. Safa Gamble, trente-neuf ans, vraisemblablement travailleuse du sexe, bien que sa famille l'ait toujours réfuté ; un journal avait même affirmé qu'elle était droguée, mais ça aussi, ils l'avaient nié en bloc. La seule image d'elle était une mauvaise capture d'écran de caméra de surveillance où elle apparaissait vêtue d'un sweat à fermeture éclair rose et d'un jean taille basse dévoilant très largement son nombril. Lana Brown, vingt-deux ans, était étudiante et sans doute prostituée elle aussi, bien que, là encore, les infos soient parcellaires et que sa famille ait toujours refusé d'en dire plus sur les circonstances de sa vie à Londres.

Entre mes sessions de recherches, j'allais faire des incursions dans le frigo de Laura – pas seulement parce que j'avais la dalle, mais poussée par une curiosité insatiable. Elle avait des goûts de luxe, et elle aimait les trucs bio et raffinés. J'ai grignoté des olives de Kalamata et du fromage de chèvre au goût aigre, bu du prosecco à même la bouteille, raclé un morceau de pain au levain rassis contre une motte de beurre salé parsemé de miettes de toast. J'ai goûté une cuillerée de chacun de ses Tupperware : restes de dahl, salade grecque défraîchie, pâtes au pesto. Son frigo abritait un cycle sans cesse renouvelé d'aliments frais qui pourrissaient lentement. Elle conservait les restes avec soin avant d'oublier de les manger et laissait volontiers le contenu de ses sachets de salade se transformer en slime. Comme si elle partait avec les meilleures intentions du monde et remplissait son frigo de choses délicieuses, mais qu'elle n'était jamais assez souvent chez elle le soir pour les finir. J'ai repensé à mes propres essais de salades composées et je me suis aperçu que je n'étais finalement pas si loin du but en laissant mes ingrédients se transformer en algues.

Elle semblait perdre le fil de ce qu'elle avait en stock, aussi : il n'était pas rare que je retrouve une barquette de tomates avariées cachée derrière une autre de tomates bien fraîches. J'ai donc commencé à lui piquer des trucs par-ci par-là, juste avant qu'ils tournent, pour les manger plus tard au boulot : des yaourts, une poignée de carottes un peu flétries, un sachet de bagels recouverts de signes avant-coureurs de moisissure.

La garde-robe de Laura était ma malle à déguisements. J'essayais ses vêtements et ses chaussures comme une gamine jouant avec les affaires de sa mère. J'ai passé en revue ses petites robes stylées, un cintre après l'autre, et découvert avec surprise qu'elles provenaient de chaînes de fringues insipides. Topshop. Zara. H&M. Atmosphere. Pas trop la reine du vintage, hein, Laura ? À en juger par ses tenues très étudiées pour venir au boulot, je m'attendais à découvrir une caverne d'Ali Baba remplie de trucs extraordinaires, de pièces sublimes chinées avec goût et persévérance dans des friperies spécialisées, de robes de créateurs achetées pour une bouchée de pain dans des boutiques de seconde main. Des tenues pour chaque occasion. Je m'étais trompée. Sa garde-robe était étonnamment dépourvue d'imagination et du glamour auquel je m'attendais. Des kilomètres de colliers de perles en plastique, une collection de bérets aux tons vibrants, des broches Swarovski, des ballerines à l'intérieur taché de sang au niveau des talons. Rien ne m'allait, et j'ai compris que c'était à cause de mes cheveux violets délavés. Les blondes peuvent tout se permettre, ai-je analysé. Il était peut-être temps que je change de style.

Une fois, je me suis même payé le luxe de prendre un bain. J'ai fait couler de l'eau très, très chaude et j'ai versé un demi-flacon de bain moussant à la pastèque sous le jet du robinet. J'avais l'impression d'être au spa ou en cure thermale, d'offrir un soin apaisant à mes muscles endoloris. J'ai ouvert un recueil d'Emily Dickinson avant de me caler bien en arrière contre la baignoire, parce que c'était typiquement le genre de truc à la con qu'aurait fait Laura. J'ai parcouru des poèmes où il était question de « mousses fourbes » et d'« air banni » jusqu'à ce que l'eau refroidisse et que les bulles s'aplatissent pour former une sorte d'écume laiteuse, mais ça ne me parlait pas du tout. Quand j'ai ôté la bonde, j'ai regardé l'eau disparaître. Elle était colorée en rose grisâtre à cause de ma teinture pour cheveux et j'ai décidé de laisser juste une vague trace de mousse rosâtre aux senteurs artificielles de pastèque sur les parois de la baignoire, comme un message subtil à l'attention de Laura.

Sa collection de livres était devenue ma bibliothèque personnelle et je m'amusais comme une petite folle à les déplacer au hasard. Yaa Gyasi à côté de Michelle Tea. Elena Ferrante entre Emma Cline et Rachel Cusk. J'étais fascinée par la profusion de titres qu'elle possédait. J'ai compté combien elle en avait en moyenne par étagère, puis multiplié par le nombre de rayonnages pour obtenir un résultat approximatif. Plus d'un millier. Et ils n'étaient même pas tous rangés là. Elle mettait la poésie à part – dans sa chambre, sur une étagère débordant de minces recueils, de livres d'artistes et d'opuscules – et les bouquins de recettes devant la fenêtre de la cuisine : les tons mats de Diana Henry, les petits volumes compacts de Nigel Slater, une série d'ouvrages de pâtisserie chichiteux aux couleurs acidulées. Personne n'a besoin de posséder plus d'un millier de livres, Laura. Quel répugnant étalage de fric. J'ai passé beaucoup de temps à les examiner pour voir lesquels elle avait vraiment pris la peine de lire – un jeu d'enfant, puisqu'elle semblait faire exprès de bien les abîmer : couvertures pliées, pages écornées, taches et Post-it, marges remplies d'annotations.

Je lisais ses bouquins comme si c'étaient les miens, c'est-à-dire sans prendre de gants, en les tordant dans tous les sens selon la position dans laquelle j'étais installée, mon humeur ou l'angle de la lumière. Je dévorais des pages entières de poésie et de prose avec un abandon total avant de les laisser dans des endroits improbables quand je m'en lassais, tout écornés, le dos plié, maculés de traces de doigts : Toni Morrison derrière un radiateur, Shirley Jackson sous le canapé. *Just Kids* de Patti Smith dans l'interstice juste au-dessous du frigo.

La moisissure dans sa chambre empirait de jour en jour et s'étendait depuis les recoins du plafond telle une ombre. Ses tapis étaient couverts de miettes, de cheveux, de bouloches, avec de temps à autre, au milieu, la traînée baveuse d'un escargot. Un pèlerin, comme moi. Un visiteur de passage.

## Laura

La sonnerie du réveil vagit dans le noir et m'arrache à un rêve où j'étais en train de préparer la librairie pour une nouvelle journée de travail : j'insérais les plateaux de caisse dans les tiroirs, je prévoyais des stocks de sacs, j'imprimais le planning des pauses et le punaisais derrière le comptoir. C'est vraiment injuste de voir mes rêves envahis par des tâches que je suis payée pour effectuer durant la journée.

J'ai l'impression croissante que mon alarme me réveille de plus en plus tôt, que mes longues nuits passent en un clin d'œil, à peine ma tête posée sur l'oreiller. Je me sens lourde, vidée, comme si je n'avais pas dormi du tout. La perspective du dîner à venir avec mon père me fait l'effet d'une chape de plomb qui pèse sur moi en permanence.

Je zappe souvent le petit déjeuner, néglige de faire la vaisselle, m'habille en mode automatique et me contente d'avaler un café au lieu de me nourrir correctement. Je n'arrive jamais à retenir ce que j'ai dans mon frigo ou ce que j'ai mangé la veille, et je surestime toujours la quantité de ce qu'il me reste. Les traces de mes mystérieux escargots continuent d'apparaître sur le sol de la salle de bains pendant la nuit, sur la moquette du couloir ou le lino de la cuisine, et je me contente de les frotter du bout du pied – puisque je suis toujours à la bourre – au lieu de les nettoyer comme il le faudrait. Elles agissent comme des balises lumineuses, incitant toujours plus de leurs congénères à suivre leur chemin poisseux pour venir ensauvager mon appartement, mais je suis trop épuisée pour faire quoi que ce soit. Je manque d'énergie. Je n'ai plus le temps de rien. Je rêve de mener le genre de vie où je pourrais aller chez le psy, à la salle de sport, et prendre soin de moi, où Noël serait un moment de décompression et non une accélération permanente.

Le jour finit tranquillement de se lever tandis que l'équipe se prépare, et les rayons du soleil qui caressent la vitrine baignent la librairie d'une jolie lueur ambrée. Les pages des livres étincellent, les couvertures s'illuminent. Quand les premiers clients arrivent, le soleil a déjà disparu derrière le grand magasin : le ciel retrouve sa couleur d'eau de vaisselle habituelle et personne à part moi ne le voit passer lentement du doré au jaune, puis au gris.

Il reste encore beaucoup à faire, mais j'ai l'impression qu'on n'a le temps de rien ; ni de s'occuper du réassort sur les titres épuisés en magasin ni de remettre de l'ordre sur les tables qui sont constamment en bazar. On doit réceptionner les livraisons, annuler les réservations que personne n'est venu récupérer et les remettre en rayon, préparer les retours, commander des fournitures, aller chercher de la monnaie, faire les caisses, gérer les passages intempestifs de l'expert en dératisation, de l'inspection de l'hygiène, du facteur. Le téléphone braille constamment, tous les jours, une sonnerie sans fin, comme une sirène d'alarme, sauf que personne n'a jamais le temps de décrocher, et ce bruit s'insinue dans ma tête en permanence, jusque dans mes rêves.

Et les clients – oh, les clients. Ils sont partout, semblables à de la vermine, ils grouillent entre les rayons, tripotent tout, font tomber les livres, oublient leurs détritus sur place et ne laissent que destruction dans leur sillage. Et il en arrive toujours plus jour après jour. Ils ont des requêtes, ils ont des réservations, ils ont des commandes, ils sont perdus, ils font la queue, ils ont besoin qu'on s'occupe d'eux, ils cherchent les toilettes, ils cherchent quelqu'un à engueuler parce qu'ils ne comprennent plus ce qui leur arrive, parce qu'ils se sentent très fatigués tout à coup et qu'ils ont l'impression qu'hier encore ils pouvaient faire la fête et s'envoyer en l'air sans se soucier de rien alors qu'aujourd'hui ils ont trente, quarante, cinquante ou soixante ans, que tout est une souffrance et que le reste du monde s'en fout et que la vie n'était pas censée ressembler à ça et que tout ce qui leur reste, c'est le pouvoir grisant de se défouler sur la libraire qui ne leur a pas commandé le bon livre sur la bienveillance. Ils nous collent aux basques en râlant, toujours dans nos pattes, toujours à réclamer quelque chose, à attendre qu'on se plie en quatre pour eux, toujours stressés, toujours pressés, beaucoup d'exigences et zéro patience.

Une femme en imperméable fait pleurer Noor parce qu'on a plus aucun exemplaire d'*Orgueil et Préjugés* en stock. Un mec à la dégaine cool de guitariste pète les plombs quand je lui explique que quelqu'un a commandé la mauvaise édition du livre qu'il voulait et qu'il ne l'aura pas à temps pour Noël. Un type âgé qui sent le cirage demande si quelqu'un « doté d'un cerveau » peut venir l'aider quand je me plante trois fois de suite dans l'orthographe du nom de Virginia Woolf. Je suis si épuisée que je n'arrive même pas à identifier mon erreur et m'obstine à retaper « Wolf », comme le loup, encore et encore, avant d'appuyer sur entrée.

On nous menace constamment d'aller voir ailleurs, de commander sur Amazon, d'en parler au manager, de se plaindre à la direction générale, d'en parler à la presse locale, de tout balancer sur les réseaux sociaux. De nous faire virer ou de ne jamais remettre les pieds ici.

Ah ouais, et alors ? ai-je envie de répondre chaque fois en m'obligeant à sourire pendant que mon estomac grogne. Sans Eli, je n'ai personne avec qui boire des coups à la fin de la journée, pas la moindre consolation. Je repense à toutes les amitiés que j'ai laissées mourir au fil des ans, et je me languis de cette complicité naturelle que seule apporte l'ancienneté.

À la place, je dois retrouver mon père à Soho pour dîner. Ses invitations sont sporadiques, toujours de dernière minute, comme s'il venait de découvrir une case blanche dans son agenda le vendredi soir. Ça m'est égal. Je les accepte, car je tiens à entretenir ce lien. La famille reste la famille et je préfère un père distant que pas de père du tout.

Il a choisi une de nos adresses habituelles, un bar à tapas aux lignes épurées qui ne prend pas de réservations. Nous y avons déjà eu quantité de repas pénibles, grignoté quantité de piments de Padrón, bu quantité de verres de sherry. Je détestais l'attente interminable pour obtenir une table, les plats minuscules à se partager, je détestais avoir à me percher sur un tabouret haut devant le comptoir, dans une proximité gênante avec de parfaits inconnus. Il aimait l'agitation et le bruit provenant de la cuisine ouverte du restaurant, et examiner les gens serrés les uns contre les autres. Les doigts gras, les serviettes froissées. Les conversations animées, les casseroles qui s'entrechoquent, les grésillements de friture, les « Chaud devant ! » et les « *Sí*, chef ! », toute cette cacophonie qui se répercutait contre les grands miroirs aux murs et les fenêtres embuées, ornées de guirlandes de houx.

Je n'ai pas grandi en mangeant dans ce genre d'endroit, je n'ai pas passé mon enfance à déchiffrer des menus en français et en espagnol. Mon père était déjà séparé de ma mère quand il a fait fortune et leur train de vie d'alors était bien plus modeste que le luxe auquel il s'était habitué depuis avec Margot et les garçons.

Je le trouve en train de déguster un verre de vin pétillant, les yeux rivés sur son téléphone, tout au bout de la queue qui se déploie à l'intérieur du restaurant. Je dois me faufiler entre des tas de gens chics qui tiennent leurs manteaux à la main et sirotent un verre de vin au comptoir en attendant une table. À cette période de l'année, on peut poireauter une heure, même davantage.

« Ma chérie », dit-il en me présentant sa joue mal rasée. Des effluves d'after-shave m'emplissent les narines. Il me tend une flûte et me désigne un ramequin de grosses olives gordal farcies au zeste de citron. Nous trinquons, et je bois une généreuse gorgée qui pétille dans ma bouche avant de reposer mon verre sur le comptoir de marbre noir qui court tout le long du restaurant.

« Tu as bonne mine », commente-t-il en desserrant

son nœud de cravate tout en promenant son regard autour de la salle. Je jette un coup d'œil dans le miroir derrière lui, et la fille que j'aperçois a l'air fanée, épuisée. Les traits tirés, le teint cireux et des cercles noirs sous les yeux.

« Merci, dis-je en me détournant de mon reflet.

— Comment ça va, au boulot ? »

Il enfourne une olive dans sa bouche et me tend le ramequin. J'en prends une, que je ne mange pas tout de suite.

« Ça va. Ça va même plutôt bien, en fait. »

Il mâchonne son olive et l'avale, déjà en phase d'approche de son sujet préféré. « Tu es toujours sur le Strand ou à Bloomsbury ? Je m'y perds, à force.

— Non. Je suis à Walthamstow, en ce moment.

— Ça alors, les gens lisent, là-bas ? » ironise-t-il d'un air narquois.

Pauvre snob de merde, me dis-je en reprenant mon verre.

Un courant d'air s'engouffre dans la salle et nous nous tournons en même temps du côté de la porte, où une femme en Louboutin et manteau de fourrure est en train de ressortir. Dehors, la nuit couve.

« Tu cherches toujours un vrai boulot ? »

Je compte jusqu'à dix en regardant passer les gens derrière la baie vitrée. Cigarettes, manteaux chics, tous arc-boutés contre le froid, en route vers le théâtre, vers un dîner ou un after-work dans un bar.

« J'ai *déjà* un vrai boulot, dis-je, la mâchoire crispée. J'aime vendre des livres. J'aime les livres tout court.

— Mais tu dois aussi penser à ton avenir, ma chérie », répond-il d'un ton faussement inquiet.

J'ai l'impression que le plancher brûle sous mes semelles et je me dandine d'un pied sur l'autre. Mon futur est un bon bain chaud avec de la mousse senteur pastèque et un verre de vin pour détendre chacun de mes muscles endoloris.

« Et tu habites toujours dans cet affreux petit appartement ? »

Je me hérisse et sens le feu me monter aux joues.

« Il n'a rien d'affreux », dis-je, piquée au vif. J'enfourne enfin l'olive que je gardais dans ma main depuis tout à l'heure, et un goût hyper acide m'inonde la langue quand je l'écrase entre mes molaires.

Quand je suis sortie diplômée de la fac, je n'avais aucun plan pour la suite. J'avais étudié la littérature anglaise, je rêvais de devenir prof de lettres ou documentaliste. Je me voyais déjà comme Mademoiselle Candy, l'institutrice dans *Matilda*, en chandail et petites chaussures à lacets, partageant la magie de la lecture avec des enfants au regard émerveillé. En réalité, ma dernière année d'études avait été un tourbillon de nuits blanches et d'excès, si bien que j'avais loupé le coche pour m'inscrire en troisième cycle à la rentrée suivante. J'étais retournée vivre à Londres, j'avais trouvé un appart pas cher à Walthamstow et cherché un job en librairie.

« Il te faut une carrière, insiste mon père en mâchonnant une autre olive. Tu ne peux continuer à vivoter comme ça. »

Quand je pense au monde du travail en dehors de la librairie, c'est le grand flou. Je n'ai jamais bossé ailleurs. Je suis passée de l'école au secondaire, du lycée à la fac, et de la fac directement à la librairie. Les autres, que font-ils ? Les employés de bureau, que font-ils ? Les offres d'emploi sont rédigées dans un jargon que je ne comprends pas. *Team-player*, *force de proposition, chargé de contenu*. Et les salaires s'expriment dans un langage codé : *norme du secteur*, *très compétitif*, *pro rata*, *OTE*. Comment choisir une carrière quand on ne comprend même pas ce charabia ?

Je m'apprête à lui répondre quand, soudain, la queue avance. J'en profite pour changer de sujet.

« Margot travaille en ce moment ?

— Elle est entre plusieurs projets », répond mon père d'un ton crispé.

Quand vient notre tour, on nous conduit jusqu'à deux tabourets situés tout au bout du bar rutilant. Mon père examine le menu, prend son temps, s'adresse d'une voix langoureuse à la serveuse – une jolie fille d'Europe de l'Est avec une épaisse frange brune – pour lui demander les plats du jour, deux fois, trois fois. Il décide de nous reprendre deux verres de sherry bien frais, accompagnés de couteaux du Pacifique, de crevettes blanches au piment et à l'ail, et d'une tortilla aux oignons.

« Je prendrai juste une assiette de patatas bravas, merci », dis-je, écœurée par la vision du plateau de fruits de mer qui s'étale sur le comptoir en face de nous. Calamars mouchetés et leurs immondes traînes nuptiales de tentacules, crevettes blanches aux yeux implorants, palourdes semblables à des ongles de pieds ratatinés, le tout sur un lit de copeaux de glace qui goutte par terre en une flaque laiteuse.

« C'est à partager », me rappelle mon père en dépliant sa serviette sur ses genoux. Les plats sont minuscules et arrivent de façon décousue, leurs noms clamés en espagnol par les cuistots qui les posent devant nous avec fracas et moult gesticulations.

« À ce propos, j'ai quelque chose à t'annoncer, ma chérie », dit-il en se découpant une part de tortilla bien épaisse et dorée, comme un palet de hockey couleur miel.

Je scrute ses traits pour tâcher de décrypter son état d'esprit, mais il a l'air parfaitement calme, si ce n'est un peu rubicond dans la chaleur du restaurant. Il a des sourcils broussailleux et la bouche qui tire naturellement vers le bas, si bien que son expression au repos est grave et solennelle, même quand il est de bonne humeur. Je peine à déceler la moindre ressemblance entre nous. Mes traits sont délicats, comme ceux de ma mère.

« J'ai accepté un nouveau poste, m'explique-t-il. C'était une superbe opportunité, mais ça nécessite aussi un gros changement.

— Ah ?

— On déménage à Francfort l'année prochaine. »

Un jeune cuisinier nous apporte un plat de beignets de fleurs de courgettes farcies.

« *Buen provecho !* Avec les compliments du chef, déclare-t-il.

— Ah, *gracias, gracias !* » exulte mon père en lui tapant dans le dos avec une gratitude sincère. Il est rose de plaisir, dans son élément. Je reprends mon verre de sherry, mais il est vide.

« Tout va bien, ma chérie ? Tu as l'air un peu... » Il agite ses doigts autour de ses yeux. « Tu ne m'en veux pas, dis ?

— Non », dis-je en faisant tourner mon verre vide. Je ne ressens absolument rien. « Bien sûr que non. »

Il se lance dans un grand monologue à propos de son nouveau boulot, de Francfort, de la neige. Margot aimerait prendre un chat, les garçons préféreraient un chien.

« Tu viendras nous voir, ma chérie, hein ?

— Bien sûr, dis-je avec mon plus beau sourire factice de libraire.

— Et bon, écoute-moi : il est temps que tu te prennes en main. » Il tapote du poing sur le comptoir en marbre pour bien montrer qu'il ne plaisante plus. « Tu dois soit adapter ton travail à ton train de vie, soit adapter ton train de vie à ton travail.

— J'envisage d'écrire un livre. » Les mots sortent de ma bouche sur un ton précipité et défensif. Je n'ai aucune envie de l'entendre pérorer sur mon *train de vie*.

Il bat des cils et se cale contre le dossier de son tabouret, amusé.

« Un roman ?

— Non, plutôt un récit. Sur maman. »

Il ouvre la bouche, inspire comme s'il s'apprêtait à me dire quelque chose, mais semble changer d'avis.

« Ma foi », commente-t-il simplement.

J'ai envie de lui demander s'il lui arrive de penser à elle, si elle lui manque. J'ai envie de lui demander quels souvenirs il a gardés d'elle, à quoi ressemblait leur vie avant ma naissance. J'ai envie de lui demander ce qui l'a fait tomber amoureux d'elle. J'ai envie de lui demander s'il regrette la façon dont ça s'est fini entre eux, s'il regrette de nous avoir quittées. J'ai envie de lui demander si sa mort a compté pour lui, si elle l'a affecté. J'ai envie de lui demander s'il lui arrive aussi de la voir en rêve.

Je plante ma fourchette dans un beignet de courgette. La pâte croustillante s'est ramollie en refroidissant et laisse gicler un petit ver de fromage coagulé. Notre serveuse, la jolie fille à la frange épaisse, vient récupérer les plats vides.

« Tout s'est bien passé ? nous demande-t-elle, un sourire enjoué plaqué sur ses traits.

— *Oh, delicioso ! Bien asado, muy bueno*. Mes compliments au chef, répond mon père. Vous nous apporterez l'addition, ma belle ? »

Son sexisme ordinaire me hérisse le poil – même pas un *s'il vous plaît*. Je bafouille un « Merci » gêné à la jeune femme, qui a déjà tourné les talons. Pendant qu'on attend la note, il me tend une pochette cadeau un peu froissée. À l'intérieur, deux rouges à lèvres MAC – des goodies promotionnels – et un foulard en soie Karen Mabon imprégné du parfum de Margot.

« Oh, et ce n'est pas tout », ajoute-t-il en me tendant un sac de chez Lina Stores, le bon traiteur italien dans Brewer Street où *tout le monde* l'appelle par son prénom, comme il aime à s'en vanter. « Voilà, c'est juste un peu de bonne huile d'olive, du pesto blanc et des pappardelle.

— Merci.

— Il faut absolument que je passe aux toilettes, chérie. On se retrouve dehors ? » Il règle l'addition avec sa carte et se lève pour filer en direction des toilettes, situées au fond du restaurant. J'en profite pour regarder le reçu. Ce radin n'a laissé que 5 % de pourboire.

Je coince un billet de vingt livres sous le distributeur de serviettes, avant de glisser le foulard en soie et les deux rouges à lèvres dans le sac de chez Lina Stores, que je laisse tomber discrètement au pied de mon tabouret, juste à l'endroit où j'aurais pu l'oublier. J'imagine notre serveuse sympa le découvrant plus tard et essayant les rouges à lèvres à la fin de son service, dans les toilettes d'un bar à cocktail de Soho où elle ne paie jamais parce qu'elle couche de temps en temps avec le mixologiste. À moins qu'un des cuistots, le beau petit jeune aux yeux verts, rapporte le sac chez lui pour préparer des pappardelle au pesto blanc à son amoureuse et lui nouer le foulard autour du cou pendant qu'elle l'embrassera avec ses lèvres parfumées au cupcake.

Il fait trop chaud dans cette salle, il y a trop de bruit, trop de rires qui résonnent et agressent mon cerveau fatigué. Je récupère mon manteau et me fraie un chemin entre les tabourets et la file d'attente qui s'enroule le long du bar pour me diriger vers la sortie, vers la pluie.

Mon père me rejoint quelques instants plus tard et fronce les sourcils en me voyant allumer une cigarette.

« Oh, chérie, non. Tu dois arrêter ça – c'est très mauvais pour toi, c'est abominable.

— Mais j'aime ça, dis-je en lui soufflant un nuage de nicotine à la figure.

— On va boire un dernier verre ? » Il agite la main pour dissiper la fumée, les yeux plissés. « Groucho ?

— Je bosse demain.

— Allons, tu peux bien boire un dernier verre avec ton vieux père.

— Je ne peux pas. Je fais l'ouverture demain, je dois me lever tôt.

— Tu es sûre que tout va bien ? Je ne t'ai pas contrariée, tout à l'heure ?

— Pas du tout. » Je croise les bras dans le petit vent glacé. « Je vais très bien. »

Il se penche pour m'embrasser sur les deux joues.

« Tu veux que je touche deux mots à Hugo au magazine, histoire de voir s'il n'y a pas un truc pour toi ?

— Pourquoi pas, dis-je. Super. Merci.

— Et écoute, on sera à New York pour Noël, mais tâchons de dîner ensemble pour ton anniversaire, OK ? Un bon resto chic quelque part, une dernière soirée de folie avant notre départ au printemps ?

— J'adore l'idée. »

Il me serre dans ses bras et je respire son odeur, j'enregistre sa présence. J'aurais aimé que notre relation repose sur autre chose que ses critiques larvées, son argent, ses dîners.

« Joyeux Noël, ma chérie. »

Je le regarde s'éloigner en direction de Groucho, où il dégustera des verres de sancerre au milieu des vieux beaux et du gratin de l'édition londonienne. Dans une autre vie, il aurait peut-être pu avoir le genre de fille qu'il espérait, une fille qui occuperait un poste à responsabilités, qui lui proposerait d'aller boire des cocktails à la French House, qui aimerait les foulards de marque et les vêtements chics, une fille capable comme lui de se déplacer dans Soho en contournant les touristes bourrés, les drag-queens en quête d'attention, les cuisiniers accroupis dehors avec leurs téléphones pendant leur pause clope, les jeunes femmes en petites robes de soirée avec leurs sacs de shopping, les ados et leurs gobelets de bubble tea, les artistes qui tiennent leurs cigarettes entre leurs doigts tachés, les blonds baraqués buvant des espressos avec leurs loulous de Poméranie à leurs pieds, tout ce petit monde réduit au rôle de simples figurants dans son propre one-man-show.

## Roach

Entre deux chariots de bouquins à ranger, je continuais à faire des recherches et à prendre des notes. Vraiment pas facile de trouver des infos sur Lee Frost. Même pour une fan comme moi, il fallait reconnaître que son cas n'était pas très excitant. Il lui manquait une bonne dose de mystère et de glamour. Il n'était pas une énigme fascinante – ni Jack l'Éventreur, dont l'identité se perdait dans le brouillard londonien, ni l'Homme à la Hache de La Nouvelle-Orléans, dont le nom n'était connu que des pavés ronds et des lampadaires à gaz du Vieux Carré. Lee Frost s'était fait arrêter, il avait été reconnu coupable et condamné à perpète : fin de l'histoire. Il avait passé cinq ans dans la prison haute sécurité pour hommes de Wakefield, dans l'ombre de Harold Shipman, avant d'être transféré au pénitencier de Frankland où il avait sans doute côtoyé la plupart des poids lourds britanniques actuels.

Il n'y avait pas de superproduction hollywoodienne à l'horizon, ni de documentaire Netflix en vue, ni de podcast d'investigation susceptible de piquer l'intérêt du public. Le meurtre dans toute sa banalité. Il s'était fait prendre uniquement parce qu'il était passé de victimes méprisées par la société à une femme qui comptait aux yeux de la communauté. Les seuls détails qui donnaient un peu de piment à cette affaire, c'était le cachet exceptionnel du serial killer, qui le rendait automatiquement plus intéressant que le meurtrier lambda, et le fait qu'il soit flic, ce qui avait d'ailleurs beaucoup fait parler.

Je me suis dirigée vers l'ordi du comptoir, j'ai ouvert un onglet de navigation privée histoire de couvrir mes arrières, et je l'ai cherché sur Google, juste pour revoir sa tête. Lee Frost avec son crâne chauve, son double menton et les traits banals d'un client ordinaire. Il ressemblait à monsieur Tout-le-Monde. À n'importe qui. Je l'imaginais tout à fait en train d'acheter le nouveau Lee Child ou une carte d'anniversaire de dernière minute, de pousser son chariot dans les allées d'un magasin de bricolage, de lire le journal du dimanche, de regarder le foot ou de se préparer une assiette de viande froide pour le dîner.

Je suis tombée sur un croquis d'audience, ses épaules voûtées et ses yeux lourds immortalisés à traits de crayons de couleur. Il n'avait pas fait le fanfaron durant son procès, n'avait pas semblé jouir de cette tribune comme certains autres qui affichaient sourires espiègles et démarche décontractée. Et oui, il y avait aussi une photo de lui avant son arrestation : chemise blanche bien repassée, épaulettes, coup de soleil sur le nez, un peu aveuglé par la luminosité sous sa casquette de policier anglais, noire avec un liseré en damier. J'avais toujours eu du mal à imaginer ce regard sympathique et encadré de pattes d'oie comme celui d'un tueur. Il lui manquait la stature, le charisme des vraies stars – même si le nombre de ses victimes forçait le respect, compte tenu des critères modernes.

Le meurtre en série était une pratique bien plus risquée de nos jours. On vivait à l'ère de l'information, après tout. Londres comptait près de 500 000 caméras de vidéosurveillance et le citoyen lambda était filmé en moyenne 300 fois par jour. On était tous équipés de smartphones qui nous suivaient à la trace et transmettaient nos données de localisation, nos déplacements, notre rythme cardiaque, nos habitudes et nos comportements. Chacun de nos faits et gestes était observé, enregistré et mémorisé d'une manière ou d'une autre, sans compter les avancées technologiques dont bénéficiaient désormais les enquêteurs chargés des affaires d'homicides. Anthropologie médico-légale. Entomologie. Linguistique. Technologie de reconnaissance faciale. Toxicologie. Morpho-analyse des traces de sang. Spermogramme. Analyse des preuves par impression, notamment balistique, marques de morsure, empreintes digitales, empreintes de pas et de pneus. Et enfin, analyse des traces telles que fibres, terre, bris de verre ou écriture manuscrite. Il devenait très difficile de créer une scène de crime sans laisser d'indice compromettant derrière soi.

Les serial killers étaient une espèce menacée. Non parce que le monde était devenu un endroit plus bienveillant ou plus sûr : nous avions juste appris à attraper les assassins dès leur premier meurtre, et aussi à identifier les signes précoces de psychopathie dangereuse chez les enfants et les jeunes adultes. En tant que société, nous étions aussi devenus plus prudents, moins confiants les uns envers les autres : on fermait sa porte à double tour, on se méfiait des inconnus. Faire du stop était perçu comme une pratique aussi archaïque que de pratiquer une trépanation ou d'aller chez le barbier se faire arracher une dent pourrie.

Le tueur de masse avait remplacé le tueur en série. Un meurtre après l'autre, en une succession rapide. C'était le nouveau truc. Tout brûler d'un coup plutôt que s'effacer à petit feu. Pour échapper aux radars, le tueur en série avait besoin que plusieurs planètes s'alignent : victimes insignifiantes, une bonne pincée d'incompétence ou de corruption policière, et un zeste de chance. Si tous ces facteurs étaient un diagramme de Venn, Lee Frost se trouvait pile au milieu, à la jonction de tous ces cercles. Sa seule erreur avait été de s'en prendre à Karina Cordovan.

À la caisse du premier étage, j'ai tapé son nom dans la barre de recherche. Elle n'avait pas le profil de la victime insignifiante, elle ne vivait pas en marge de la société et sa mort n'avait pas été négligée par la presse. Elle était fleuriste, spécialisée dans les plantes à feuillage luxuriant, c'était une figure bien connue de Walthamstow où les gens l'appelaient pour leur mariage, pour l'entretien de leur jardin, et où elle avait à cœur de soutenir les commerçants du quartier. Elle était appréciée. Elle avait une magnifique petite fille, un business prospère, une réputation solide, une personnalité généreuse et tournée vers les autres.

J'ai fait un copier-coller de tout ce que je trouvais en ligne dans un document Word que je me suis envoyé par mail. Elle avait eu droit à sa nécro dans le journal local et à des dizaines d'articles relayant tous les mêmes infos : à quoi elle ressemblait (jolie, petite, blonde), ce qu'elle portait (tee-shirt large couleur pêche, leggings noirs, baskets de course), d'où elle venait (de son footing à travers le quartier), où elle allait (chez elle, retrouver sa fille endormie), qui avait trouvé le corps (un passant) et où ça (dans Vinegar Alley, à Walthamstow Village, Londres).

J'ai tapé les noms des quatre autres victimes, mais à part l'endroit d'où elles venaient, combien d'enfants elles avaient, leur âge, leur métier ou leur activité et leurs addictions, il n'y avait presque rien d'autre sur elles.

## Laura

L'équipe d'Eli est concentrée sur les arrivages de livres, mais un stock d'objets-cadeaux commence à s'entasser dans la réserve. Sharona et moi restons plus tard un soir pour nous en occuper. On écoute Hole, Bikini Kill et les Yeah Yeah Yeahs en chantant les paroles à tue-tête et en étiquetant des coffrets de papier à lettres, des carnets chichiteux, des marque-pages en cuir, des gourdes ornées de fleurs ou de constellations. Notre rayon cadeaux n'a pas grand-chose à voir avec les livres, mais tout à voir avec le sacro-saint *lifestyle*. La lecture est un mode de vie pour certains, ceux qui sont du genre à acheter plus qu'ils ne lisent, qui se comportent comme si être un « rat de bibliothèque » faisait partie de leur groupe sanguin ou de leur signe astrologique. Ce sont de bons clients pour nous, parce qu'ils ont tendance à se laisser déborder par leur enthousiasme, mais ils peuvent aussi se montrer difficiles. Ils nous accaparent et ne comprennent pas toujours en quoi consiste la relation entre libraire et client. Ils croient que je leur donne des conseils pour le simple plaisir de papoter et insistent pour me conseiller des bouquins à leur tour sans même connaître mes goûts.

« Dommage qu'on n'ait pas de vin », dis-je en ouvrant un carton de calendriers. Il y en a pour tous les goûts : muraux, éphémérides ou agendas, avec les mêmes motifs qui reviennent chaque année, pop culture, humour éculé. Quand je me projette dans le mois de janvier, j'entends le cri des mouettes et je sens l'air du large. Penser à Brighton m'aide à tenir le coup.

« Ton foie te dira merci si tu fais une pause de temps en temps », me glisse Sharona avec douceur.

Du papier cadeau. Des rouleaux et des rouleaux de papier cadeau. Des décorations de Noël de toutes les couleurs et dans tous les matériaux possibles : figurines en bois, nœuds en velours rouge, clochettes dorées. Rubans aux coloris vibrants et pelotes de ficelle. Au moment d'ouvrir le troisième carton de calendriers 2020, on s'aperçoit qu'ils ne tiendront jamais sur le petit présentoir près de la caisse. Il y en a beaucoup trop, il leur faudrait une gondole entière, mais si on veut les vendre, il faudrait que cette gondole soit placée dans une zone stratégique et à forte fréquentation.

Sharona aime engranger du chiffre et prendre des décisions commerciales fondées sur les faits, non sur le ressenti. Elle va se planter derrière la caisse du premier étage, vérifie les ventes et fait claquer sa langue d'un air pensif.

« Si on trouvait le moyen de regrouper un peu les choses ici, on pourrait déplacer toute la gamme de cadeaux à thème mappemondes et planisphères au rayon Voyages. Ça nous libérerait une gondole au rez-de-chaussée pour les agendas. Ce rayon True Crime ne ressemble vraiment à rien, ajoute-t-elle en se tapotant le menton.

— Voilà qui ne va pas faire plaisir à Roach, dis-je, non sans un petit frisson de satisfaction. Mais j'avoue qu'on pourrait regrouper tous ces titres sur un demi-rayonnage…

— Il faut qu'on en gagne un entier, je te rappelle.

— Alors dispatchons-les ailleurs. Je suis sûre que la plupart d'entre eux ont leur place dans d'autres rayons.

— Jack l'Éventreur avec les biographies, tu veux dire ? plaisante-t-elle. Je crois que Barry aurait son mot à dire là-dessus.

— Peut-être pas avec les biographies, mais pourquoi pas avec les ouvrages consacrés à la période victorienne ? Ou à Londres ? Sérieusement, je parie qu'on pourrait dissoudre tout le rayon. Les doigts dans le nez. C'est comme si c'était fait.

— Très bien, soupire Sharona. Il est tard. Autant s'y mettre tout de suite.

— Roach va nous détester, dis-je avec un sourire nerveux.

— Bah… elle s'en remettra.

— Je ne voudrais pas qu'elle rentre chez moi par effraction pour me tuer dans mon sommeil. » Je ne plaisante qu'à moitié.

« Je lui dirai que c'était mon idée. » Elle regarde l'heure sur sa montre. « Tu sais quoi ? Il est vraiment tard. Je crois que je vais rester encore un peu et attendre l'équipe de nuit. Je pourrai annoncer la nouvelle directement à Roach et échanger un peu avec Eli.

— Je veux bien attendre avec toi, mais à une condition, dis-je, soudain grisée à l'idée de revoir Eli. On va boire un verre de vin après. Mon foie peut bien tenir le choc si le tien en est capable. »

Elle roule des yeux avec un sourire narquois, mais ne dit pas non.

Quand Eli fait son entrée dans la librairie à 21 h 30, je suis accroupie devant les présentoirs de cadeaux vers l'entrée du magasin, en train de ranger une nouvelle gamme de bougies parfumées aux senteurs boisées : des odeurs synthétiques de pin, de cèdre et de « neige fraîche » – la plus énigmatique de toutes – saturent l'air autour de moi.

« Eh, meuf ! » s'exclame-t-il avec une joie sincère en m'ébouriffant les cheveux au passage. Il apporte avec lui le froid glacial du dehors, et je me souviens qu'il n'a jamais répondu à mon dernier SMS. J'éprouve un léger pincement de honte.

« T'es au courant, pour le pot de Noël ? me demande-t-il en ôtant l'écharpe brune enroulée autour de son cou pâle.

— Non, c'est quoi le plan ?

— Sharona a fait inviter toute l'équipe à la grosse fiesta sur le Strand », m'explique-t-il avec un sourire machiavélique, assorti à l'étincelle espiègle dans ses yeux.

Nous savons pertinemment ce que ça signifie : un open bar, plein de librairies mélangées, la nuit de toutes les paillettes et de tous les excès.

« Oh, dis-je en prenant un air dégagé. Cool. Je n'étais pas sûre que ça soit d'actualité, cette année.

— Sharona ne nous aurait pas fait ce coup-là », répond-il en jetant un coup d'œil à la dernière caisse de livraison. Il en sort un sac en tissu avec l'inscription *Accro aux livres* en jolie typo machine à écrire.

« *Beurk*. La marchandisation de nos hobbies. » Il laisse

retomber le sac en secouant la tête. « Les gens qui achètent ces trucs ne sont pas accros aux livres. Ils sont juste accros au shopping.

— J'ai le même sac, lui dis-je bien que ce soit faux.

— Ça ne m'étonne pas de toi, Laura Bunting », me répond-il avec un sourire qui creuse ses fossettes avant d'aller rejoindre Sharona au fond du magasin.

# Roach

Le salon autour de Jackie était plongé dans le noir, seulement éclairé par la lueur liquide et vacillante de la télé. Un atroce film de Noël beuglait à plein volume, musique et éclats de rire compris, mais elle roupillait, le visage mou, la tête penchée sur le côté. J'ai pris la télécommande pour éteindre, mais le changement d'ambiance dans la pièce – si on pouvait qualifier d'ambiance ces couleurs à vomir et cette cacophonie insupportable – l'a réveillée en sursaut.

« Hein, quoi ? » a-t-elle marmonné en clignant des yeux, toute désorientée. Sans la lumière de l'écran, la pièce était vraiment dans la pénombre et elle a cherché l'interrupteur de la lampe à tâtons.

« C'est moi, j'ai dit en m'écartant du faisceau soudain de l'ampoule. Je repars dans cinq minutes, j'avais juste besoin de me changer. »

Elle a essuyé ses lèvres baveuses d'un revers de main avant de vérifier l'heure à la montre imaginaire à son poignet.

« Quoi ?

— C'est moi, ai-je répété un peu plus fort.

— Quelle heure il est ?

— Vingt et une heures.

— La vache. » Elle s'est frotté les yeux et m'a regardée d'un air interdit, comme si elle me voyait pour la première fois. « Et tu t'en vas ? À une heure pareille ?

— Dans cinq minutes, oui. Je bosse de nuit en ce moment, je te rappelle.

— Habillée comme ça ? » Elle m'a détaillée de haut en bas, la tête penchée sur le côté. J'arborais mon look Brodie, long tee-shirt AC/DC et jean skinny noir déchiré aux genoux. J'avais passé l'après-midi à dormir dans le lit de Sam et ma peau était encore imprégnée de l'odeur de ses draps et de sa sueur. J'aurais adoré garder ce souvenir olfactif sur moi toute la nuit, mais je ne pas pouvais me rendre au boulot dans ma tenue de Brodie.

« Non, je viens de te dire qu'il fallait que je me change. »

Elle s'est aidée de ses poings pour se redresser sur le canapé.

« Au fait, il paraît que la fille de Paul le Biker, Emily, t'a vue avec un mec gothique à Ilford, hier soir.

— N'importe quoi. Je ne sais même pas qui est Paul le Biker », j'ai répliqué en ôtant les bretelles de mon sac à dos.

« Bien sûr que si. » Elle l'a affirmé avec un aplomb tranquille en saisissant la télécommande pour rallumer la télé. Son film était terminé et le générique de fin défilait au son d'une musique de Noël sirupeuse qui m'a inspiré une sorte d'hostilité irrationnelle et instantanée. J'ai mis quelques secondes avant de comprendre que ce truc figurait sur la playlist de Noël de la librairie. « C'est le mec de Louisa, le type avec le…

— Je vais être en retard, l'ai-je interrompu avant qu'elle en revienne à son point de départ.

— Tu peux me le dire, si tu as un petit copain, tu sais», m'a-t-elle lancé d'un air goguenard. Elle a rassemblé sa chevelure frisottée, abîmée par les teintures successives, en un chignon bien serré qu'elle a attaché avec l'élastique qu'elle portait autour du poignet. La pression avait laissé une marque rouge sur sa peau délicate, un peu comme celle d'un garrot. «Mais si tu vois quelqu'un, j'aimerais bien le rencontrer.

— Non, j'ai *pas* de petit copain, merde», ai-je répliqué sèchement avant de filer vers la porte.

J'étais grillée. Elle avait des yeux partout, un réseau d'habitués qui lui servaient d'espions. Si on m'avait aperçue une fois avec Sam, ça se reproduirait fatalement.

Dans ma chambre, j'ai donné à mon Bleep chéri une cuillerée de calcium et déposé quelques grains de raisin dans son écuelle. Puis je me suis changée pour m'habiller en Roach – tee-shirt Murder Girls, une goutte d'huile de rose derrière chaque oreille, un béret noir – et je me suis passé une lingette sur le visage pour ôter les dernières traces du maquillage de Brodie.

## Laura

Dans une autre vie, le Mirth était un magnifique cinéma Art déco. Le lieu est resté à l'abandon pendant une vingtaine d'années avant que des promoteurs immobiliers décident de le retaper pour en faire un luxueux bar haut de plafond avec du marbre au sol, un grand escalier en spirale et de beaux miroirs dans des cadres dorés qui portaient la trace d'anciens graffitis gravés dans le verre.

« Mettez-nous plutôt une bouteille, lance Sharona au barman en agitant sa carte de crédit. On l'a bien mérité, non ?

— Entièrement d'accord avec toi », dis-je, soulagée. Je n'aurai pas besoin de la supplier de rester boire une deuxième tournée si on a une bouteille entière à descendre.

Sharona et moi ne nous étions jamais retrouvées en tête à tête dans un bar, et le vin tombe à pic pour nous détendre après cette longue journée. Je veille à ce que son verre soit toujours bien rempli et, comme d'habitude, notre conversation tourne autour de la librairie et de Spines. Impossible de lui faire parler d'autre chose que du boulot, jusqu'à ce qu'on en vienne à Eli.

« Ça fait combien de temps que vous travaillez ensemble ? je lui demande.

— Wouah, lâche-t-elle en ébouriffant ses cheveux et en fixant le plafond d'un air pensif. Voyons… on a tous les deux commencé en 2012, je dirais ? Non, Noël 2011.

— Il te tient en haute estime, tu sais, dis-je avec un sourire de conspiratrice. Tu dois connaître tous ses secrets.

— Eli n'a aucun secret. C'est un livre ouvert », me répond-elle avec une pointe de tendresse dans la voix. Elle m'observe un moment, et je vois un flot de pensées passer dans ses yeux. « Lydia lui a fait du bien, je crois.

— Ah oui ? »

Elle boit la dernière gorgée de son verre et je prends la bouteille pour la resservir, mais elle est vide. Je suis tentée d'aller nous en commander une autre, histoire de prolonger la soirée, mais il est tard et je sais que si je mets cette conversation sur pause maintenant, le sujet Eli et Lydia sera clos. Je m'accroche, et j'attends qu'elle poursuive.

« C'est un beau garçon, reprend-elle avec douceur. Il a brisé plus d'un cœur au fil des ans, mais je ne crois pas que ça l'ait jamais rendu heureux. Lydia lui a donné un ancrage.

— Tu insinues qu'Eli était un séducteur ? » dis-je avec un petit rire. Sharona rejette la tête en arrière pour s'esclaffer à son tour et je la trouve lumineuse, chaleureuse et détendue sous l'effet du vin, de la musique, de l'agitation du bar.

« Comme je disais, il a brisé quelques cœurs, répète-t-elle sans vraiment répondre à ma question. Je suis contente qu'il se soit enfin posé. »

Elle regarde l'heure à sa montre, puis glisse son téléphone dans la poche de son jean avant de rassembler son tabac, son briquet et ses feuilles.

« Un dernier verre ? » dis-je, pleine d'espoir, en brandissant ma carte bleue alors que je suis déjà à découvert et qu'elle semble clairement sur le départ. « C'est ma tournée.

— Non, il se fait vraiment tard. Je crois qu'ils ne vont pas tarder à fermer, de toute façon.

— Le Victoria est ouvert jusqu'à 3 heures. Allez, juste un petit dernier… »

Sharona se lève et enfile son manteau, le regard ailleurs. Elle a déjà quitté cet endroit dans sa tête, elle pense à son long trajet de retour, à sa compagne, à ses chats et à ses livres qui l'attendent à l'autre bout de Londres. « Une prochaine fois, promis ? Il faut que je me traîne jusqu'à Peckham.

— Tu n'as qu'à dormir chez moi ! J'ai du schnaps à la pêche et un fond de brandy.

— J'avoue que c'est tentant, dit-elle en riant, mais je dois aller retrouver Charlie. Elle m'attend.

— Quelle fête », dis-je avec une pointe de sarcasme en enfilant mon manteau.

# Roach

« Tu es en retard », m'a reproché Eli en se penchant pour ramasser un livre de poche tombé par terre. Il l'a remis en place en le tapotant d'un geste affectueux et pathétique qui m'a presque filé la gerbe. « Sharona avait un truc à te dire.

— Désolée, j'ai répondu platement alors qu'il refermait la porte de la librairie derrière moi.

— Bon, écoute. » Il s'est retourné face à moi en faisant passer les clés entre ses mains. Sa mine s'était assombrie, comme un médecin s'apprêtant à annoncer une mauvaise nouvelle. J'ai dégluti. « Sharona a supprimé le rayon True Crime. Elle voulait te l'annoncer elle-même, mais… bref. Voilà. Je suis désolé, je sais que c'était un peu ton projet perso.

— Elle a *quoi ?*

— On n'a plus de rayon True Crime. Sur décision de Sharona, qui a…

— C'est un coup de Laura », j'ai lâché tout bas, d'un ton vipérin, en le regardant droit dans les yeux. Mon accusation l'a pris par surprise, et il a gloussé nerveusement avant de se gratter l'arrière du crâne.

« Quoi ? Non, pas du tout – ça n'a rien à voir avec

Laura. La mode est un peu passée et Sharona avait besoin de place à l'étage pour…

— N'importe quoi. Le true crime n'est pas qu'une putain de mode, tout le monde aime ça. Les étudiants, les médecins, les femmes au foyer, les flics… toutes sortes de gens !

— Dans l'absolu, peut-être, a concédé Eli. Mais ici, dans cette librairie… pas vraiment, non ? »

Je me suis sentie bouillir de colère. Je ne savais même plus quoi dire. J'ai à peine entendu les excuses minables d'Eli et sa petite phrase pour me dire que Sharona serait *« toujours dispo pour en parler »*. Sans un mot, j'ai filé au rayon Jeunesse pour ruminer ma colère.

Le true crime n'avait rien d'un gadget. Pas à la librairie. *Serial* et *Making a Murderer* et *My Favorite Murder* et *The Staircase* et *RedHanded* et *Et je disparaîtrai dans la nuit* et *The Last Podcast on the Left* et tout le reste – ce calamiteux festival Instagram pour riches décérébrés, la fausse héritière allemande et l'arnaqueuse de la Silicon Valley –, rien de tout ça n'était une simple tendance de librairie. Mon rayon n'était pas une mode passagère, ce n'était pas un distributeur à romans débiles que les *normies* s'arrachaient pour faire comme tout le monde, des produits publiés pour être achetés, offerts, rangés sur une étagère sans jamais être ouverts, puis donnés et pilonnés à mort.

Moi qui croyais que le temps passé chez Laura renforcerait notre lien, en réalité c'était tout le contraire : chaque fois que je faisais un pas vers elle, elle reculait d'autant. Elle avait le chic pour creuser le fossé entre nous, un talent inattendu pour la malveillance. J'ai porté le poids de sa trahison dans mon cœur pendant chacune de mes dernières nuits à la librairie.

Quand j'ai vraiment compris l'ampleur de sa haine envers moi, les petits actes de destruction ordinaires sont devenus ma poésie. J'ai brûlé le carnet mauve lors d'un rituel conçu pour l'occasion par mes soins ; j'en avais déjà mémorisé chaque ligne, de toute manière. Mais ça ne m'a pas suffi. J'ai pris des livres sur ses étagères et découpé des pages au hasard à l'aide d'une lame de rasoir et je les ai punaisées au mur de ma chambre pour créer une sorte de tapisserie du sacrifice et d'écrivaines à la mode, le genre de conneries dont raffolaient les *normies* comme Laura. J'ai versé du vinaigre dans le terreau de sa plus belle plante d'intérieur, un monstera spectaculaire, et imaginé comment ses feuilles allaient se flétrir. J'ai volé tous les élastiques à cheveux que je pouvais trouver, pillé des chaussettes dans plusieurs de ses paires, glissé des aiguilles entre les lattes de son plancher, vidé la moitié de son coûteux flacon de shampoing spécial cheveux blonds dans le lavabo, jeté des moitiés de paires de boucles d'oreilles à la poubelle. J'ai pissé dans ses toilettes sans tirer la chasse, histoire que mon urine l'accueille telle une coupe de champagne bien mousseuse à son retour de la librairie. J'ai envisagé de mettre des mites plein sa penderie ou de lâcher des souris, des rats ou des cafards dans son appartement. Tout ce que je pouvais imaginer de plus crade et de plus cruel pour faire éclater sa jolie petite bulle de confort et lui dire *coucou Laura, c'est moi, j'étais là en ton absence et tu ne peux rien y faire.*

Cela dit, je ne perdais pas mon objectif de vue. Dans le lit de Laura, sur son canapé, dans son espace, je continuais à lire ses carnets et à remplir des pages de notes. Je retranscrivais des podcasts, recopiais des notices entières de Wikipédia, des articles d'actualité ou de magazines, des extraits de blogs ou de vieux forums tombés en désuétude. J'étais une archéologue fouillant l'histoire de l'Étrangleur de Stow, reconstituant son squelette un os après l'autre.

Si j'étais une véritable journaliste d'investigation, j'aurais d'autres moyens à ma disposition. Je parcourrais des microfiches dans une bibliothèque poussiéreuse en mordillant mon stylo, je passerais des heures à éplucher des archives jusqu'à trouver un filon à exploiter. Je n'étais pas vraiment certaine de trouver ce genre de service dans ma bibliothèque de quartier, cela dit. Ces vieilles machines bringuebalantes n'étaient peut-être accessibles qu'aux enquêteurs et aux journalistes.

À moins que j'écrive à Lee Frost. Pourquoi pas. Je pourrais entamer une correspondance avec lui, le convaincre de ma bonne foi, devenir sa confidente. Il s'ouvrirait à moi, me raconterait sa vie en prison, partagerait ses pensées les plus intimes et finirait par me cracher tous les détails sur ses meurtres, ce qui l'avait poussé à agir, quels fantasmes malsains avaient nourri son imagination. Oui, il fallait que je trouve un moyen de lui écrire, comme ces fans qui envoyaient des lettres à leurs serial killers préférés dans le couloir de la mort. Mais trouver les renseignements dont j'avais besoin s'est révélé plus compliqué que je le croyais. J'ai découvert que je ne pouvais pas me contenter d'écrire son nom sur une enveloppe et de l'adresser à sa prison. J'avais aussi besoin de connaître son numéro de matricule. Je me suis plongée dans les forums sur Reddit où des internautes affirmaient avoir correspondu avec des meurtriers, pour m'inspirer de leur expérience.

*On s'est écrit pendant un moment – on parlait surtout de religion...*

*Pas la peine de le contacter, il n'y a que le base-ball qui l'intéresse.*

*Mon mari a écrit à l'un d'entre eux, qui lui a répondu... Je me sentais salie rien qu'en pensant que la main qui avait tenu le couteau était la même que celle qui avait tenu le stylo pour écrire sur cette feuille de papier.*

Au hasard des échanges sur un vieux fil de discussion, j'ai trouvé quelqu'un affirmant avoir écrit à Lee Frost. Le type avait ajouté un scan de sa lettre en promettant de revenir poster s'il recevait une réponse du grand homme. Le message n'avait jamais été mis à jour, donc la lettre avait dû rester sans réponse, mais ça ne faisait rien : j'avais sous les yeux le nom de Lee Frost, son adresse et surtout, noté d'une écriture soignée, son numéro de matricule.

J'étais tellement folle de joie que j'ai écrit à Sam pour lui annoncer la bonne nouvelle.

*Tu t'intéresses plus à lui qu'à moi*, a-t-il râlé en retour. Je commençais à le trouver pot de colle. Son enthousiasme pour le projet s'était émoussé quand il avait compris que j'avais moins de temps à lui consacrer. Il n'avait aucune idée de ce qu'était le boulot d'écrivain, de ce que signifiait dépecer une histoire pour l'autopsier. Je n'étais pas sûre de lui faire assez confiance pour lui révéler ce que je faisais vraiment de mes journées. Je ne savais pas comment expliquer que m'introduire dans l'appart de Laura faisait partie intégrante de mon processus créatif. Mon projet prenait vie quand j'étais chez elle, dans son espace, à lire ses mots, entourée de ses affaires. Je ne pouvais pas laisser le moindre obstacle compromettre mon travail.

## Laura

Quelque chose transperce la surface de mon sommeil. Ma chambre est calme et froide, plongée dans le noir, et je reste immobile à écouter le silence. Nous vivons les uns sur les autres dans ce lotissement, toutes ces maisons mitoyennes converties en appartements, et il n'est pas rare d'être dérangé la nuit par des fenêtres claquées, des disputes éméchées, un verre qui se casse ou les pleurs d'un bébé qui fait ses dents.

Quand je tends l'oreille, la seule réponse qui me parvient est le silence nocturne derrière la vitre de ma chambre. Mais il y a un truc différent dans l'air. C'est la seule façon dont je peux le décrire. Un sentiment d'effroi me gagne à la pensée qu'il s'agit peut-être du changement de pression atmosphérique lié à l'ouverture d'une porte. À moins que j'aie été réveillée par le bruit d'un loquet forcé ou d'une serrure crochetée.

Quelqu'un est entré chez moi. Quelqu'un est entré dans ma chambre. Je sens une présence, comme une épaisseur, la chaleur intrusive d'un corps, d'une haleine. Je n'arrive plus à respirer et la panique m'envahit tandis que je cherche l'interrupteur de ma lampe.

Rien, il n'y a rien, ni personne. Juste mon portant à

vêtements, ma table de nuit, mes livres, mes affaires. Mon lit a une odeur bizarre, pourtant, et ma chambre me paraît anormale, fragmentée, comme si elle penchait d'un côté. Rien ne semble à sa place, rien ne va. L'image des empreintes de semelles dans la plate-bande devant la fenêtre du salon ressurgit dans ma tête. Elle me hante encore, des mois après.

L'adrénaline balaie les derniers restes de mon sommeil et mon cœur bat à tout rompre dans ma poitrine. Je sors de mon lit et me dirige vers l'entrée pour m'assurer que la chaînette de sécurité est bien en place. Puis je jette un coup d'œil dans le salon, baigné par le clair de lune. Tout semble en ordre, mais, dans la cuisine, trois limaces se traînent sur le lino en secrétant des méandres de mucus argenté. Je laisse échapper un cri guttural et écrase l'une d'elles d'un coup de ballerine bien senti. Frissonnante de dégoût, je réalise que je vais maintenant devoir essuyer et ramasser cette bouillie immonde.

Il est 6 heures passées. Mon alarme doit sonner à 7 heures, de toute manière. Je remplis la bouilloire et me prépare une tasse de thé pomme-cannelle. Pendant qu'il infuse, je récupère un tube de papier toilette pour ramasser les deux limaces vivantes et les jeter dehors par la porte de derrière, avant de nettoyer la dépouille de leur frère avec de l'essuie-tout.

Dehors, derrière ma fenêtre et ma rangée de plantes en pot agonisantes, l'obscurité est dense et pesante. Je m'oblige à la regarder en face et à ne pas détourner les yeux à la vue de mon reflet. J'ai l'air épuisée, mais on n'est jamais au mieux de sa forme quand on voit sa tête de si bon matin. Impossible de remettre la main sur mon petit vaporisateur. À la place, je remplis un bocal vide d'eau du robinet et vais arroser mon précieux monstera. Une drôle d'odeur s'échappe de ses racines, comme les relents âcres d'un restaurant de fish and chips.

J'ai envie d'écrire, mais mon carnet mauve a disparu depuis belle lurette, égaré après une nuit de beuverie, sans doute. J'ai envie de lire, mais je ne trouve aucun des bouquins qui me tentent. Mon exemplaire de *Bleuets* semble s'être volatilisé. J'ai envie de réconfort, de chaleur et de créativité, alors j'opte finalement pour *Just Kids*, en pensant au passage où la jeune Patti Smith galère dans New York, sans boulot, le ventre vide – «*Même Baudelaire avait besoin de bouffer*» –, mais il est lui aussi introuvable.

Si j'ai tendance à un peu maltraiter mes livres, je les classe en revanche avec soin, de manière à les retrouver facilement quand ça me prend, souvent tard le soir, un verre de vin à la main, quand l'heure avancée et l'alcool me donnent envie de me replonger dans des lectures familières.

J'essaie de maintenir les choses en ordre parce que l'état de mon lieu de vie est le reflet de mon état d'esprit. Tant que tout est bien rangé, je sais que tout est clair dans ma tête. Si une bibliothèque est une fenêtre ouverte sur l'âme de son propriétaire, alors plus mes livres sont en désordre, plus ça déteint sur moi. Et plus je me sens en désordre, plus ils le deviennent aussi. C'est l'un des premiers signes extérieurs que je ne vais pas bien, comme le fait de picoler jusqu'à la lie, sauter des repas ou faire des fixettes désespérées sur des mecs inaccessibles.

Je renonce à Patti Smith. Je regagne ma chambre avec mon mug de thé et me glisse sous mon duvet encore bien chaud. En appui sur mes oreillers, je me rabats finalement sur *L'Année de la pensée magique*. Quand mon alarme sonne à 7 heures, il fait encore nuit et m'arracher à mon lit est au-dessus de mes forces. Je lis jusqu'à ce que le soleil se lève, purifie ma chambre de ses ombres et pulvérise ses fantômes.

Ce ne sont pourtant pas les fantômes qui m'empêchent de dormir la nuit. Ce ne sont pas eux qui m'effraient. Ils ne peuvent pas me faire de mal, s'infiltrer chez moi, me cambrioler, me violer, m'assassiner dans mon sommeil. La peur est présente partout dans ce monde, mais quand quelque chose me réveille en pleine nuit, ce ne sont pas des fantômes qui me hantent.

Je n'ai pas les moyens de consulter un psy et pas vraiment le temps de me rendre chez le médecin en plein mois de décembre, la période où on a le plus besoin de moi à la librairie. Je ne suis pas retournée aux séances de mon groupe de parole depuis octobre et je suis trop fatiguée, trop débordée, trop en mode survie au jour le jour pour envisager d'y aller avant un moment.

J'ai lu un jour que les amateurs de true crime étaient persuadés qu'il pouvait à tout moment leur arriver quelque chose d'affreux, que les tueurs en série sont bien plus nombreux qu'on le croit. Mais que dire des gens comme moi, qui ont réellement vécu cette horreur? Le meurtre de ma mère a bouleversé ma perception du monde. Lee Frost est peut-être sous les verrous, mais la soif misogyne de violence qui a fait de lui un meurtrier peut aussi habiter d'autres hommes. Je refuse de devenir le genre de femme qui dort avec un couteau à pain sous son oreiller, mais je sais désormais à quel point le monde peut être cruel. Je ne peux pas continuer à vivre comme ça, dans cette angoisse étouffante et cette paranoïa, mon équilibre mental rongé par l'ombre de la peur, mes nerfs mis à mal par des menaces qui n'existent pas.

Je me lève si tard que je n'ai plus le temps de petit-déjeuner, ce qui n'est pas plus mal car les avocats ont pourri dans la corbeille et que je n'ai plus de bagels alors qu'il m'en restait encore quatre dimanche dernier. Ou était-ce le dimanche d'avant ? Je ne retrouve plus rien. Chaussettes orphelines, boucles d'oreilles égarées. J'ai l'impression de perdre le contrôle, mais je n'ai pas le temps de réfléchir. J'opte pour un look grunge et confortable – un vieux tee-shirt Guns N'Roses, des leggings, de grosses chaussettes épaisses et des godillots à lacets de chez Jeffrey Campbell dénichés en solde. Je me prépare une tasse de café instantané, truc que je déteste, mais je n'ai pas le temps de lancer une cafetière et pas le temps non plus de passer chez Starbucks. Je m'arrête quand même quelques instants dans mon salon, ma tasse fumante entre les mains, et scanne mes étagères du regard à la recherche de mon exemplaire de *Just Kids*.

Le bruit de la circulation enfle dans le froid matinal quand je sors de chez moi pour aller vivre mon dernier jour sans Roach à la librairie. Mon dernier jour de liberté.

Une cliente s'approche de la caisse pour me demander un guide des prénoms. Maquillage chic, parfum coûteux, ses cheveux brun chocolat relevés en un chignon négligé comme aiment parfois se coiffer les femmes riches. Elle me rappelle Margot, l'épouse de mon père, et je ressens une pointe d'agacement. Je lui montre le rayon qu'elle cherche et m'apprête à retourner à mes occupations, mais elle insiste pour que je reste à ses côtés pendant qu'elle examine chaque ouvrage et le repose en me demandant mon avis. Ce sont tous les mêmes. L'impatience me gagne et je décide de couper court à ses atermoiements. J'en attrape un avec un bébé aux yeux bleus, potelé et hilare sur la couverture.

« C'est notre best-seller, dis-je. La référence en matière guide de prénoms.

— Ah ? » Elle me le prend des mains, intéressée, et commence à le feuilleter.

« Je connais beaucoup de gens qui ont choisi le prénom de leur enfant grâce à ce livre. C'est pour vous ?

— Oui. Je vais prendre un chien. »

Les clients sont une vague incessante, inexorable, un flot de questions sans fin. Vous êtes ouverts ? Vous travaillez ici ? Vous avez ce livre ? Vous n'avez pas d'autre exemplaire en stock ? Il n'y a personne à la caisse ? Il n'y a personne en rayon ? Est-ce qu'il y aurait quelqu'un pour me conseiller ? C'est combien ? Où est indiqué le prix ? Pourquoi il n'est pas sur la couverture ? Est-ce que celui-là fait partie de l'offre ? Est-ce que je peux avoir l'autre à la place ? Vous êtes encore ouverts ? Vous travaillez ici ? Vous pourriez m'aider ? Vous êtes encore ouverts ? Vous êtes disponible ?

J'envoie un SMS à Eli – *Bientôt les retrouvailles, mec !* –, mais il ne me répond pas et je me rends compte qu'il n'est sans doute plus là pour personne, plongé dans un profond sommeil, ses pensées très éloignées de moi.

## Roach

Le livre de l'année était *Des couronnes de fleurs dans l'Arctique*. Comme si j'en avais quoi que ce soit à battre. Un énième best-seller en livre de poche pour que tous les clubs de lecture remplis de Laura s'extasient dessus. Ça parlait d'une meuf, de sa mère morte et du réchauffement climatique. Laura avait écrit un joli petit mot de la libraire : *Un roman bouleversant sur les vies cabossées qu'on croit irréparables, sur nos fractures et nos échecs, et sur la nécessité de guérir avant de pouvoir aller de l'avant – Laura :)*. Bullshit sentimental.

Avec Eli et Kofi, on a eu le droit de prendre notre week-end pour faciliter notre retour en horaires de jour, sauf qu'on a quand même dû venir à la réunion organisée par Sharona le dimanche soir pour parler stratégie. Je trouvais ça injuste.

En salle de pause, tout le monde avait l'air au bout de sa vie et hagard de fatigue, un café à la main. Eli avait des cernes comme des hématomes, le teint cireux de quelqu'un qui n'a pas assez vu la lumière du jour. Il était debout juste à côté de Laura, qui se tenait assise sur une table en remuant des pieds dans le vide, ravie d'être à nouveau baignée du halo de sa présence médiocre.

« Salut, Laura », j'ai dit.

Le regard noir et chargé de reproches, elle m'a répondu d'un bonjour glacial avant de tourner de nouveau son attention vers Eli. Elle semblait petite et toute mignonne, comme une collégienne rougissante flirtant avec son crush. À cet instant, j'ai clairement vu Eli en capitaine de l'équipe de foot et Laura dans le rôle de la pom-pom girl faisant des bulles avec son chewing-gum. Elle n'en avait rien à foutre de ma gueule. Rien à foutre de tout le travail que j'avais investi dans mon rayon, investi dans notre amitié, ni du temps que j'avais consacré au projet qui nous réunirait enfin, elle et moi. J'ai senti la colère monter en moi, et j'ai craqué.

« Dis, Laura, j'ai une question à te poser. Pourquoi Sharona a viré mon rayon ? »

Elle a piqué un fard comme si on venait de la gifler, les joues rouges comme les braises de la honte, avant de laisser échapper un petit rire sec et exaspéré. « Tu veux rire ? Qu'est-ce que j'en sais ?

— Eh, on en a déjà parlé », est intervenu Eli, notre grand médiateur devant l'Éternel, la voix de la raison, le diplomate solitaire, le sage écartant la mer Rouge de l'hystérie pour révéler la seule conclusion qu'imposait la logique. « Laura n'a rien à voir là-dedans.

— Je ne te crois pas, ai-je répondu sans la quitter du regard. On a toujours eu une section True Crime. C'est complètement absurde de l'avoir supprimée.

— Personne n'achète ces bouquins, a-t-elle rétorqué en sortant son paquet de tabac de son sac. Même pas *toi*. Tu te contentes de les commander sous des faux noms pour les lire en salle de pause. »

Elle a montré son paquet de tabac à Eli, qui a reconnu

le signal universel des fumeurs signifiant qu'il était temps de s'éclipser. Il a hoché la tête et enfilé son manteau.

« N'en fais pas une affaire personnelle, a-t-il déclaré. Ce n'est pas comme si on arrêtait de vendre les livres, ils sont toujours là.

— Mais c'était *mon* rayon. Je m'en occupais personnellement depuis des années.

— Sauf que ce n'était pas vraiment le tien… pas vrai ? »

Il m'a gratifié d'un sourire suffisant, et ils sont sortis ensemble sur la terrasse. Mes cigarettes de conversation étaient dans mon sac, mais je me sentais incapable de bouger. À mesure que les autres libraires arrivaient, je restais clouée sur mon siège, mon exemplaire d'*Un tueur si proche* serré entre mes deux mains, mais incapable de l'ouvrir, pétrifiée par tant d'injustice.

Sharona adorait parler, et elle s'est bien fait plaisir pendant la réunion. Elle attendait beaucoup de *Couronnes de fleurs en Arctique* et encore plus de nous tous pour le vendre. Elle avait préparé un tableau pour montrer combien chaque libraire en vendait chaque jour, assorti de stickers dorés en forme d'étoiles, de trophées débiles et de récompenses censées nous encourager à vendre, vendre, vendre.

« Nous sommes en position de force pour créer des best-sellers, OK ? a-t-elle déclaré. Nous avons confiance dans les livres choisis par la direction, et nos clients ont confiance dans les livres que nous leur conseillons. Nous devons être en mesure de vendre *Des couronnes de fleurs en Arctique* à toute personne franchissant le seuil du magasin. Nous devons faire en sorte que les chiffres s'envolent. Je veux que ce soit votre priorité à tous.

— Et juste une dernière chose, tout le monde ! a ajouté Eli. Si ce n'est pas déjà fait, pensez à confirmer votre présence au pot de Noël et à nous dire si vous viendrez accompagnés. Vos partenaires sont les bienvenus, et c'est une super occasion d'apprendre à mieux se connaître. »

J'ai réprimé un rictus en imaginant Brodie et Sam se pointant à leur fête snobinarde de libraires. Nous deux, notre dégaine rock'n'roll, Sam avec son perfecto défoncé et sa flasque de Jäger. Ils en seraient tous sur le cul.

« Voilà, tout est dit, a conclu Sharona. Merci à tous, et en avant pour casser la baraque ! »

Les autres ont commencé à remettre leurs manteaux, à regarder leurs téléphones, à bavarder et à évoquer l'idée d'aller boire un verre quelque part. Laura a filé droit vers la sortie tel un renard aux pattes de velours se faufilant à travers un portail de jardin.

« Roach, attends une minute. J'ai à te parler. » Sharona est venue s'asseoir sur la table en face de mon fauteuil. Je ne l'avais pas revue depuis des semaines, et elle n'était clairement pas au mieux de sa forme. Elle avait les traits tirés, les yeux gonflés, sentait vaguement le tabac et le baume du tigre.

« Eli me dit que tu es contrariée à cause du rayon True Crime, a-t-elle commencé en faisant tourner son mug entrer ses mains. J'aurais préféré te l'annoncer moi-même, mais tu es arrivée en retard ce soir-là. Je suis désolée que tu l'aies appris par quelqu'un d'autre que moi. »

Une bouffée de violence est montée en moi. J'ai serré et desserré les poings.

« Je t'offre la possibilité d'exprimer ce que tu ressens, a-t-elle ajouté. Ne souhaites-tu pas en profiter ?

— C'est injuste », ai-je répondu. Je m'en suis aussitôt voulu de mon ton geignard, mais c'était plus fort que moi. « C'est tout ce que j'ai à dire. C'est injuste.

— Écoute, nous avions besoin de place, et c'était le choix le plus logique. Non négociable, qui plus est. » Sa voix était calme, mais son regard perçant. « Ce qui est fait est fait. Point final. Je n'ai aucune envie de revenir là-dessus avant Noël. Et j'ai autre chose à te dire. J'ignore ce qui se passe entre Laura et toi, mais ça s'arrête là, compris ? Elle a demandé à être transférée vers un autre site, mais je refuse qu'elle s'en aille à cause de toi. Je t'ai passée en équipe de nuit pour que vous évitiez de vous croiser pendant un moment, mais si tu ne te calmes pas tout de suite, c'est toi que je ferai déplacer. Suis-je assez claire ?

— Mais ce n'est pas de ma faute ! Je ne lui ai jamais rien fait de mal. C'est elle qui m'en veut. Elle fait comme si je n'existais pas alors qu'elle est gentille avec tout le monde.

— Les changements de rayon au sein de la librairie n'ont rien à voir avec Laura, Roach. *Absolument* rien. C'était ma décision, pas la sienne. Compris ? »

Je lui ai jeté un regard noir. Elle m'avait mal jugée. Elle avait sous-estimé mon pouvoir.

« Je sais que tu es déçue, a-t-elle ajouté d'un ton radouci. Mais ce n'est pas comme ça qu'on travaille en équipe. Les livres sont toujours là, nous avons juste décidé de recontextualiser notre discours autour de ces titres et de les mettre en valeur autrement. D'accord ? Ce n'est qu'une question de présentation.

— Je peux y aller, maintenant ? » ai-je demandé. Elle a soutenu mon regard quelques instants, et je me suis sentie comme un microbe sous un microscope. Que pouvait-elle bien penser ?

— « Tu peux y aller », m'a-t-elle répondu, la déception perceptible sur ses traits.

Reprendre le travail de jour était un véritable enfer maintenant que je m'étais habituée au doux silence de la nuit. Le flot constant de *normies* avec leurs questions ineptes était une forme de torture psychique. Une femme l'écume aux lèvres a menacé de me faire virer quand je lui ai demandé de se taire pendant que je me concentrais pour retrouver sa commande. Un homme qui sentait les poils roussis a tenté de négocier une grosse ristourne sur un beau-livre très cher et l'a mal pris quand j'ai refusé.

« Votre magasin n'est qu'un repaire de voleurs.

— C'est pas *mon* magasin », lui ai-je rétorqué.

Je pensais beaucoup à la mort. Non pas sous un angle misanthrope – je ne rêvais pas non plus d'assassiner les clients –, mais disons que je réfléchissais au concept de grâce divine et que je me consolais à la pensée que tous ces gens affreux mourraient un jour et que leur cruauté ne les sauverait pas.

Durant mes longs trajets solitaires à pied et dans la nuit, matin et soir, j'écoutais mes podcasts chéris et je sentais bien que ça me détendait. Ma mâchoire se desserrait, la tension dans mes épaules se dissipait. Enfiler mes écouteurs et passer une demi-heure au son de leurs voix me donnait l'impression de me glisser dans un bon bain chaud. Je commençais le boulot tous les matins avec une détermination funeste, apaisée et remise à mon humble place par la pensée de la mort. La grande égalisatrice.

Si mes sombres ruminations me permettaient de survivre jusqu'à Noël, Laura, elle, surfait sur les paillettes de l'excitation. Elle était dans son élément. Elle avait l'air crevée, son teint lumineux quelque peu terni par le rythme épuisant de nos journées de travail, mais elle adorait faire son show, un jour coiffée d'un serre-tête de renne, un autre d'un bonnet de Père Noël, en proposant des Quality Streets ou des tartelettes aux fruits secs à tous ceux qu'elle croisait. Elle était pétillante et adorable, se glissait avec souplesse entre les clients sans prendre ombrage de leur mauvaise humeur, leur souhaitait de bonnes fêtes, faisait la risette aux bébés dans leurs poussettes, demandait aux enfants s'ils avaient été bien sages pendant l'année avec l'énergie et l'enthousiasme d'une maîtresse d'école ou d'une présentatrice d'émission jeunesse. Lorsqu'elle était en train de chercher un livre pour un client et qu'un autre déboulait pour lui poser une question, elle l'invitait à l'accompagner d'un rayon à l'autre. Elle déambulait à travers la librairie avec une petite procession derrière elle, telle la Mère l'Oie, et elle les faisait rire tout en trouvant le moyen d'arrondir le montant de leurs emplettes : un livre de poche à moitié prix pour eux, un nouveau thriller pour leur mère, un cadeau de Secret Santa pour un collègue, un mini-télescope ou des étoiles phosphorescentes pour leurs neveux et nièces.

Laura dégageait ce truc, cette spontanéité et cette légèreté dont les clients raffolaient. Elle inspirait confiance.

Elle était douce. Elle écoutait les gens et avait le don de se mettre à leur niveau, de s'adapter à leur humeur. Elle trouvait le moyen de leur conseiller un livre comme si, parmi les milliers de bouquins disponibles à la librairie, *Des couronnes de fleurs en Arctique* était celui qui avait été écrit rien que pour eux. C'était le livre qu'il leur fallait, la pantoufle de vair de Cendrillon.

« Je n'ai jamais vu ça, a commenté Sharona tandis que Laura vendait son dixième exemplaire.

— Elle pourrait vendre une paire de bottes à un mort », a plaisanté Eli en refermant le tiroir-caisse avant d'arracher le ticket. Le doute a semblé le traverser. « C'est bien ça, l'expression ? »

Les clients ne m'accordaient pas la même confiance qu'à Laura. Quand j'essayais de me montrer enthousiaste, ça sonnait faux, et quand j'essayais d'être moi-même, ça les faisait fuir. Ils se montraient plus secs avec moi, moins magnanimes. Et quand j'essayais de leur refiler le livre du mois, ils me regardaient d'un air dubitatif, comme s'ils sentaient que je ne l'avais pas lu et que je ne savais pas vraiment de quoi ça parlait. Chaque fois que je le conseillais, c'était comme une suggestion d'accompagnement, genre « Et vous prendrez aussi des frites, avec ? ».

J'étais tellement habituée au rejet que les rares fois où je parvenais à piquer la curiosité d'un client, il m'arrivait de remettre le bouquin à sa place, par réflexe, au lieu de l'encaisser.

« Ne vous imaginez pas que vous pouvez vous reposer sur Laura sous prétexte qu'elle remplit nos quotas de vente à elle seule, nous a lancé Sharona en briefing, un matin. Elle vous montre l'exemple à suivre. Si chacun d'entre vous atteignait ne serait-ce que la moitié de son chiffre, nous serions en tête de notre secteur. »

À la fin de la journée, j'étais souvent trop crevée pour aller voir Sam à Ilford et je n'étais pas encore prête à l'exposer aux pleins feux de Jackie, même si je savais que je n'aurais bientôt plus le choix. Quand je rentrais chez moi, j'allumais le four et je restais debout devant le plan de travail, comme zombifiée, à couper machinalement des morceaux de laitue pour Bleep le temps que ma pizza surgelée cuise juste assez longtemps pour faire fondre le fromage, après quoi je l'emportais dans ma chambre, je balançais la salade dans l'écuelle de Bleep et je me mettais au lit, entre mes draps puants qui sentaient comme mes culottes sales et les restes de mon dîner de la veille, et je grignotais ma pizza déjà à moitié solidifiée au son du brouhaha et des éclats de rire du pub, avant de m'endormir en rêvant d'un été caniculaire et fétide, d'un tueur en liberté, de cinq femmes marchant seules dans la nuit pour se jeter dans la gueule du loup.

# Laura

« C'est comme une margarita, mais version Vegas », j'explique en découpant des quartiers de citron vert que je presse dans un authentique pichet de bière Foster en plastique ébréché, volé au bar du cynodrome de Walthamstow l'été avant sa fermeture définitive.

« Ça veut dire quoi, version Vegas ?

— En grande quantité et de qualité médiocre.

— Une mauvaise imitation de la vraie, quoi », commente Eli en me regardant mélanger un quart de bouteille de tequila et trois bouteilles de Corona dans le pichet. J'ajoute un trait de Sprite et des glaçons.

« C'est bon, je t'assure, dis-je en touillant avec une baguette en bois. Tu vas adorer. »

Il cherche le bouton de l'enceinte Bluetooth posée sur le frigo et lance une playlist grunge 90s sur Spotify, avant de nous rouler deux cigarettes.

« Où est Lydia, ce soir ? » je demande d'un ton dégagé en regardant mon reflet au dos d'une cuiller. J'ai décidé de tester un vieux rouge à lèvres liquide baptisé Corne de licorne. Il est du même bleu que celui des piscines de Los Angeles sur les tableaux de David Hockney, et je l'ai acheté à l'époque où les couleurs de rouge à lèvres atypiques étaient cool. J'ai vu qu'Eli n'aimait pas à la seconde où je lui ai ouvert la porte, mais j'étais bien obligée d'assumer, maintenant. À moins de manger ou de baiser, il n'y avait pas vraiment de moyen discret de se débarrasser d'un rouge à lèvres aussi radical.

« Elle a un dîner de famille », me répond-il. Il me passe une cigarette roulée et accepte en échange un petit bocal en verre de mon cocktail jaune et nébuleux. Des nuées de bulles éclatent à la surface. J'avais commandé ces bocaux sur Amazon en 2014 avant qu'on se mette à en voir partout. À présent, mon assortiment de verres est aussi démodé que mon rouge à lèvres.

« Tu n'y es pas allé ? »

Il plisse les yeux, semble chercher ses mots. « J'aurais été de trop. Sa sœur vient de se fiancer… tu sais comment sont les femmes. »

Il allume sa cigarette avec un briquet vert et me le tend. Ce doit bien être la millième fois que je fume une clope roulée dont il a léché le papier, mais le contact humide du filtre entre mes lèvres a quelque chose d'étrangement intime quand j'inhale ma première bouffée.

« Non, explique-moi. Elles sont comment ? » dis-je en laissant la fumée s'échapper quelques secondes d'entre mes lèvres avant d'exhaler franchement.

« Ouh non, tu ne m'auras pas. J'ai passé assez de temps auprès de Sharona pour reconnaître un piège quand j'en vois un », répond-il avec un sourire espiègle.

Après deux pichets de ma margarita version Vegas, Eli m'emprunte mon vieux vélo pour se rendre jusqu'au nouveau bar de hipsters sur la grand-rue et nous rapporter deux portions de bouchées de chou-fleur sriracha accompagnées de sauce au bleu végan. Je suis déjà un peu pompette, assez pour démaquiller ma bouche et m'appliquer une teinte framboise plus naturelle. Je dis toujours aux gens que c'est comme-mes-lèvres-mais-en-mieux alors qu'en réalité, c'est la couleur de mes tétons.

Quand Eli revient avec les boîtes remplies de nourriture fumante, il désigne mon visage du menton. « T'as viré ton rouge à lèvres chelou.

— Ben oui, on va manger. »

On s'assied par terre, nos jambes à plat devant nous, les emballages en carton posés à même le tapis. Eli prend un beignet de chou-fleur et le trempe dans la sauce piquante. Quand je me penche pour me servir, il reprend de la sauce et nos doigts se touchent.

Je suis bourrée, ça y est, mais j'ai besoin de ces soirées alcoolisées – besoin d'une façon artificielle de me détendre. Mes journées sont une succession de cieux bleu marine et de courants d'air glacés qui me tirent dans les genoux. Tout me fait mal, chaque muscle, chaque os de mon corps est endolori. J'ai mal au crâne sous l'effet de la déshydratation parce que je n'ai jamais le temps de me servir un verre d'eau, parce que j'ai toujours la gueule de bois, et j'ai mal au ventre parce que je bosse pendant mes pauses déjeuner. J'ai des courbatures dans les bras à force de soulever des cartons et de pousser des chariots, de porter des piles de livres ou de me hisser vers les étagères du haut. J'ai des courbatures dans les jambes à force de monter et descendre les escaliers en courant parce que ça va plus vite que de prendre l'ascenseur, mes pieds pulsent de douleur et quand je ferme les yeux, j'entends la petite musique de Wham !, de Wizzard et de Slade qui résonne dans ma tête, ponctuée par les questions incessantes des clients, les « Excusez-moi » et les « Y a-t-il quelqu'un pour me renseigner ? », les « Il n'y a personne à la caisse ? » et les « Vous travaillez ici ? » et les « Vous devriez embaucher plus de gens », et ainsi de suite, jusqu'à la lie.

Eli est ivre et me parle en boucle de Charles Bukowski. Je l'écoute, la bouche pleine, heureuse de me laisser bercer par son monologue. Je suis comme un morceau de verre ballotté par les vagues, et il est la mer ; sa voix m'apaise, adoucit mes angles tranchants.

« OK, c'était un putain de bon auteur, dit-il en léchant ses doigts enduits de sauce et en jetant un coup d'œil furtif à mes seins sous mon tee-shirt gris, mais c'était aussi un alcoolique violent. »

Nos verres sont maculés d'empreintes graisseuses. Je fais tourner le mien entre mes mains et passe ma langue sur mes lèvres piquantes de sauce.

« Pas d'accord, dis-je.

— Je t'assure, Lau, dit-il en mâchant un beignet de chou-fleur la bouche ouverte. C'était un putain de sale type. Aucun doute là-dessus.

— Non, je veux dire que ce n'était pas un bon écrivain.

— *Quoi ?* Arrête tes conneries. Tu répètes ça parce que c'est ce que tout le monde dit. Je parie que tu as seulement lu *Le Postier*. Il faut absolument que tu lises *Factotum*. Ou même sa poésie. Je te passerai ses recueils, j'en ai plein chez moi. »

En fait, ai-je envie de lui répondre, il se trouve que j'ai lu à peu près tout ce que Bukowski a écrit. Même sa putain de correspondance. En fait, ai-je envie de lui répondre, j'ai même mis un point d'honneur à lire tout ce que je pouvais de Charles Bukowski, mais ça n'a rien changé parce que je ne t'en ai jamais parlé et que tu m'as préféré Lydia et que maintenant, c'est trop tard.

« Bukowski ne m'intéresse pas, voilà tout », dis-je. Je me souviens de la fois où il m'avait lu un poème de lui, une histoire d'oiseau bleu dans le cœur, et à quel point j'avais détesté.

« Il faut que tu lises ses poèmes, insiste-t-il avec une espèce d'autorité butée. Demain, je commande son gros recueil à la librairie. »

Je sors mes cigarettes de ma planque sous le canapé pour m'en allumer une. Eli s'essuie les doigts sur son tee-shirt avant de tendre une main avide vers mon paquet, mais je m'empresse de le remettre à sa place.

« Eh ! Vas-y, tu peux m'en filer une !

— T'as qu'à t'en rouler une si t'en as tellement envie.

— Qu'est-ce qui te prend, tout à coup ?

— Rien.

— Si, t'es bizarre », dit-il en plongeant la main de force sous le canapé pour récupérer mon paquet de Marlboro. Il sort une cigarette pour la coincer dans sa bouche, mais je m'empare du briquet vert pour l'enfoncer dans ma poche arrière.

« Je ne suis pas bizarre – pas bizarre du tout », dis-je avant de me pencher vers lui pour appuyer ma main sur son tee-shirt, à l'emplacement approximatif de son oiseau bleu tatoué. Il me regarde, je le regarde, et je lui enlève sa cigarette pour coller ma bouche sur la sienne.

Pendant qu'on s'embrasse, j'entends de la musique enfler dans ma tête, mais ce sont les sempiternelles rengaines de Wham !, de Wizzard et de Slade qui passent en boucle sur les enceintes de la librairie. Sa main sur mon sein à travers mon tee-shirt est comme le déluge de questions des clients qui s'exclament « Excusez-moi ? » et « Il n'y a personne pour me renseigner ? », et ses mots haletants – « Bon sang, je peux vraiment pas me retenir avec toi » – résonnent comme le claquement du tiroir-caisse, la sonnerie stridente du téléphone, la sonnette de la porte de service pour les livraisons.

« C'est juste pour ce soir, hein ? » souffle-t-il, et le son, le son qu'il émet quand j'écrase le bout incandescent de ma cigarette contre sa joue mal rasée : ça, c'est un oiseau bleu, ça, c'est de la poésie.

## Roach

Le vendredi soir, seule dans ma chambre, j'ai descendu une cannette de Dark Fruits pendant que le shampoing décolorant agissait sur mes cheveux. J'avais peur que les relents d'ammoniaque, encore pires que ceux d'une piscine, soient nocifs pour Bleep, donc j'ai ouvert la fenêtre pour aérer. Mon cuir chevelu me picotait et me brûlait, ce qui n'était pas trop bon signe, mais il faut laisser les choses se faire, parfois.

Absorbée par un documentaire amateur YouTube sur Lee Frost, j'ai perdu la notion du temps. Quand j'ai rincé mes cheveux au robinet de la cuisine, ils étaient d'un blond jaunâtre, comme de la glace à la vanille fondue, avec des restes de rose pâle aux endroits où la teinture violette n'était pas entièrement partie. J'ai passé mes doigts dedans et senti qu'ils se cassaient sur la longueur, au point que certaines mèches me restaient dans les mains. Pas grave. J'ai pris une paire de ciseaux pour tailler dans le tas et je me suis retrouvée avec un carré blond qui me tombait au niveau de la mâchoire, comme Laura. Pas mal du tout. J'ai pris un selfie et je l'ai envoyé à Sam. *Tu crois que les blondes peuvent tout se permettre ?*

*Tu ressembles à Myra Hindley*, m'a-t-il répondu. Je savais que c'était un compliment.

*C'est le pot de Noël de mon boulot, demain soir. Tu veux venir ? On pourrait passer au pub après, voir ma daronne ?*

Cette fête de Noël allait marquer la réunion de mes différentes personnalités. La Brodie de Sam et la Roach de la librairie ne feraient plus qu'une. Et le moment semblait bien choisi pour y associer ma troisième personnalité : Brogan, la fille de Jackie.

Ce grand événement méritait que je trouve la tenue idéale, mais je n'avais jamais été du genre apprêtée. Ma garde-robe n'était constituée que de jeans noirs, de leggings noirs, de tee-shirts noirs et de sweats à capuche noirs. J'allais devoir chercher l'inspiration du côté de Laura et m'autoriser une dernière petite exploration sauvage chez elle.

Je me suis tournée vers le miroir et j'ai froncé le nez en essayant de m'esclaffer comme elle. La fille dans la glace m'a regardée en riant. On aurait vraiment dit qu'elle se moquait de moi.

## Laura

J'ai mal partout. Mes yeux sont tout englués, les paupières collées comme si j'avais pleuré dans mon sommeil alors que je n'ai bien sûr pas dormi. J'ai la langue rêche, la gorge à vif, un tenace arrière-goût de vomi. La douleur dans mon crâne est presque insupportable, la soirée d'hier plus une sensation qu'un souvenir.

Une honte crasse m'envahit à mesure que je réunis les morceaux. Des margaritas. Des doigts graisseux. Une engueulade avec Eli – mais est-ce qu'on ne s'est pas embrassés d'abord ? Si, un baiser désespéré de fin de soirée. Les fragments de la scène me reviennent puis s'estompent. Je me souviens d'avoir éprouvé un dégoût profond, à la fois envers lui et envers moi-même. Tout m'a soudain paru si pathétique et prévisible, son érection, sa bouche avide, ses mains sur mon corps. Pendant qu'on s'embrassait, j'ai vu la suite se dérouler dans ma tête comme une vision prémonitoire : le désir qui montait entre nous, la séquence baise, intense et fébrile, un orgasme à la va-vite, et puis plus rien. À quoi bon ? Mon envie de lui s'est changée en répulsion, alors j'ai freiné à mort, perdu le contrôle du véhicule et fait une violente sortie de route.

Je regarde mon téléphone, et mon ventre se serre quand je vois que j'ai reçu un e-mail de mon proprio.

*Laura*, lis-je. *Vous avez dû constater que... locataire loyale... marché de l'immobilier à Walthamstow... plus tenable... si vous n'avez pas les moyens de suivre... un mois de préavis... votre compréhension...*

Tout se brouille devant mes yeux en un kaléidoscope du désastre. Son frère a dû cafter, lui signaler que les prix à Walthamstow avaient flambé. J'ai trop la gueule de bois pour ressentir autre chose que de l'amertume et du regret. Je n'aurais jamais dû contacter mon proprio. J'aurais dû ignorer les traces de pas devant ma fenêtre comme je l'ai fait auparavant avec les souris, l'humidité, les moisissures, les escargots.

Une aube bleutée emplit le salon et j'ai l'impression de flotter sur le ventre dans une piscine. Je frissonne, encore un peu bourrée. J'écoute Sufjan Stevens et je regarde la lumière changer. Le plafond passe du bleu au rose, puis du rose à l'or.

Je regarde l'heure. Je devrais déjà être en route pour le boulot. Ce soir, c'est le pot de Noël, la grosse fiesta. Je ne peux pas rater ça. J'essaie de me faire du café et verse de l'eau froide par erreur dans le filtre non vidé de la veille. Il ne me reste plus de lait. J'essaie de m'habiller, mais je ne retrouve plus rien et je n'arrive pas à m'organiser – mes collants sont sales, je n'ai plus qu'une seule de mes grosses bottines, un seul gant. Je réalise que je vais devoir apporter ma tenue de ce soir pour me changer à la librairie et je fonds en larmes à l'idée d'avoir deux tenues à préparer. J'appelle la librairie, personne. J'appelle Sharona. Pas de réponse. J'appelle ma mère, je compose les chiffres que je connais par cœur, je fais comme si elle allait décrocher. Le téléphone sonne parce que son numéro a été réattribué à quelqu'un d'autre depuis des années et je raccroche juste avant que le charme se rompe, avant qu'un inconnu décroche et me demande de ne plus l'appeler.

L'équipe au grand complet sera présente à la librairie car c'est l'une des plus grosses journées de l'année. On va se marcher sur les pieds. Ce sera étouffant, insupportable. On sera plus nombreux que les clients, qui défileront en un flot permanent et de plus en plus hargneux au fil des heures, le visage rougi par leur long déjeuner trop arrosé, leur après-midi au pub, la prise de conscience maussade qu'ils ont encore des courses à faire. Des clients qui ont du temps à tuer, qui passent d'un pas nonchalant devant la vitrine, attirés par ses lumières, son opulence saisonnière. Qui choisissent des cadeaux de dernière minute, dépensent de l'argent juste pour le plaisir. Qui reluquent ouvertement mes fesses, ma poitrine, veulent un sourire, sortent toujours les mêmes blagues (« Ça veut dire que c'est gratuit ? » quand le code-barres ne passe pas), attendent de vous que vous riiez, attendent de vous que vous leur souriiez, attendent, exigent, oublient que vous n'êtes pas là juste pour vous amuser, que vous ne travaillez pas au pourboire, que vous ne travaillez pas pour eux. Je rumine mes pensées misanthropes et j'ai l'impression d'entendre Roach.

Roach. Son souvenir me soulève l'estomac et me donne la chair de poule. Roach, son teint cireux, sa moue boudeuse, un vampire, une sangsue, toujours à rôder autour de moi, piochant dans mes poèmes, dévorant la carcasse de mon passé tel un vautour, une voleuse éhontée.

Et Eli. Eli sera là, lui aussi, avec ses cheveux ébouriffés, ses yeux fatigués et ses fossettes, à me suivre, à se glisser derrière moi, ses doigts légers sur mes hanches, sa main entre mes reins, son souffle dans le creux de ma nuque, à faire semblant de ne pas renifler mes cheveux, mon parfum, de ne pas mater mes seins en douce, comme le pire des clients, à me tourner autour, à entretenir l'ambiguïté, à me jeter des miettes d'attention pour me garder sous la main, à se dérober, toujours à la limite, sans jamais aller plus loin. Mais plus maintenant, m'aperçois-je tout à coup. Ça aussi, c'est terminé.

Dehors, un pâle soleil matinal. Il a neigé pendant la nuit, et quelques fragments cotonneux s'agrippent aux branches des conifères. En temps normal, cette vision me remplirait de joie, mais la neige ne reste jamais très longtemps à Londres. Elle est précaire et crasseuse, pas faite pour durer.

J'attends à l'arrêt de bus. De la fumée s'échappe d'une cheminée voisine et emplit l'air d'une odeur de feu de bois. Un bus passe devant moi, mais je reste plantée au même endroit jusqu'à ce que j'aie dix minutes de retard au boulot. Quand j'en suis à une demi-heure, mon téléphone sonne et le prénom de Sharona s'affiche à l'écran, mais je ne peux pas. Pas moyen de décrocher.

Les bus vont et viennent. Tout est calme et tranquille.

Elles sont éparpillées, toutes les cinq. Agata Matthams s'est fait incinérer, ses cendres rapatriées en Pologne. Safa Gamble repose au cimetière d'Ilford et Lana Brown près de sa maison familiale à Bristol. Quant à Elsie Meadows et ma mère, on peut dire qu'elles auront partagé le même destin à plus d'un titre.

Au lieu d'aller à la librairie, j'achète deux poinsettias chez Tesco Metro et prends le bus pour Lavender Hill, où les corneilles béquètent le sol gelé sous le ciel d'un blanc laiteux. Je mets un moment avant de la trouver. Certaines tombes sont ornées de fleurs, de plantes ou de jouets en peluche, mais pas celle-ci. Elle est nue, froide, à l'abandon.

Je dépose un poinsettia sur la tombe d'Elsie et sors mon trousseau de clés pour gratter la mousse beige qui a envahi son épitaphe – À NOTRE MÈRE ADORÉE en caractères d'imprimerie solennels, rongés par les intempéries. Un fragment de poème me revient en tête. *Ne pleurez pas sur cette pierre, je n'y suis pas, je n'y dors guère*. Je passe ma main sur le granit grêlé de trous et sens le chagrin me submerger avec la violence d'une tempête automnale. Je me penche en avant, mes genoux à même le sol dur et froid, et je mets à pleurer pour elle, pour Elsie, cette femme que je n'ai jamais rencontrée, que je ne connaîtrai jamais et que j'ai en même temps toujours connue, je pleure pour les enfants réunis dans cette triste épitaphe. Aujourd'hui adultes, peut-être parents à leur tour.

Je reprends mes esprits et apporte le second poinsettia à ma mère. Je me sens beaucoup plus calme, comme si j'avais pleuré tout ce que je pouvais. Je reste assise là un long moment, sans lire, sans écrire, sans même penser.

# Roach

C'était une soirée froide, pourrie au possible. Hoe Street était engluée dans les embouteillages et une petite pluie cinglante martelait les pavés tandis que je me rendais chez Laura. Elle était censée être à la librairie, mais je ne pouvais pas m'empêcher de chercher son visage dans chacun des passants que je croisais, derrière les vitres embuées des pubs bondés ou des bus qui avançaient au pas au milieu du trafic. Je savais qu'elle était censée bosser ce jour-là parce que tout le monde était appelé sur le pont. Sauf moi : Sharona m'avait donné ma journée. Une aubaine inattendue, peut-être pour me tenir à l'écart de Laura.

Je m'étais promis de mettre fin à mes explorations sauvages chez elle dès que j'aurais repris les horaires de jour, mais nécessité faisait loi. Cette soirée revêtait une triple importance pour moi : j'allais me rendre à la fête de Noël en tant que Roach et Sam allait m'y retrouver en tant que Brodie. Après quoi il m'accompagnerait au Mother Black Cap, où je vivais en tant que Brogan, pour faire la connaissance de Jackie. Ce qui signifiait que les trois versions de moi-même – la libraire, la petite amie et la fille – allaient être réunies. Confrontée à un événement d'une telle ampleur, je cédais une dernière fois à l'appel de la garde-robe de Laura.

Je n'avais pas prévenu Jackie. Avec elle, j'opérais sur la base du strict minimum et je n'avais pas besoin de son avis. Elle se monterait la tête, tirerait des conclusions hâtives, jacasserait auprès de ses habitués et mettrait une tenue bien outrancière pour me mettre mal à l'aise. Mieux valait la prendre au dépourvu, la mettre au pied du mur.

Tout en cheminant sous la bruine, je nous imaginais, Laura et moi, en train de nous préparer ensemble pour la fête de Noël. J'apporterais une bouteille de vin, elle choisirait la musique, puis elle m'examinerait avant de secouer la tête. Elle dirait un truc du genre « Non, pas question. Je t'interdis de porter ça ». Un verre à la main, elle passerait toutes ses tenues en revue et décrocherait un truc magnifique de son portant, sa longue robe noire fendue jusqu'à la cuisse, par exemple, pour la brandir devant moi avec un petit sourire démoniaque.

« Essaie ça », me dirait-elle malgré mes protestations en ajoutant : « Fais-moi confiance. »

Et oui, oui, je lui ferais confiance. J'essaierais la robe et j'assumerais pleinement ma transformation sous son œil expert, telle une chenille déployant ses ailes pour devenir papillon. Je me tournerais d'un côté, puis de l'autre, et on conviendrait toutes les deux que cette robe était faite pour moi.

Ça me semblait tellement réel. Je sentais presque le velours du vin rouge sur ma langue, son parfum à la rose, la texture de sa robe sur ma peau. Totalement happée par mon fantasme, j'ai ouvert la porte pour entrer chez elle. La lumière de la cuisine projetait un losange lumineux sur le sol du couloir, mais ça ne m'a pas alertée plus que ça. Le temps m'était compté et j'ai filé droit vers sa chambre. L'affreuse odeur d'humidité et de moisissure m'a fouetté les narines comme un gant de toilette humide, et j'ai ouvert la fenêtre avant de m'attaquer à son portant. J'ai commencé à faire défiler les robes à fleurs, à pois et à rayures, exactement comme Laura venait de le faire dans ma tête. J'imaginais que ma main était la sienne, séparant des rideaux de tissu, caressant des pans de soie et de dentelle, de velours et de satin, jusqu'à ce que je tombe sur la robe parfaite, noire et moulante, avec un décolleté plongeant et une fente le long de la cuisse. J'ai balancé mon manteau par terre, viré mon sweat à capuche, mon tee-shirt et mon jean avant d'enfiler une paire de collants et de passer la robe par la tête. J'ai étudié mon reflet dans le miroir en me tournant d'un côté, puis de l'autre, ravie d'imaginer la réaction de Sam en me voyant. Je ne m'étais pas encore habituée à mes nouveaux cheveux, une déflagration de blondeur jaune qui me donnait un teint étrangement rosé.

J'avais une poussée de boutons blancs sur le menton ; je les ai percés comme du papier bulle avant d'essuyer le sang avec le dos de la main. J'ai étalé une crème teintée sur mes joues pour atténuer mes rougeurs, puis j'ai tapoté une touche de blush sur mes joues pour rehausser mon teint. C'était comme peindre avec les doigts. Ça m'a plu de superposer toutes ces couches de poudres et de crèmes jusqu'à me donner un air vaguement monstrueux. J'ai mis une espèce de mascara croûteux sur mes cils et enduit ma bouche d'un rouge à lèvres poisseux qui sentait le funérarium. J'ai fourré le tube dans la poche de mon sweat à capuche pour me faire des retouches pendant la soirée.

Laura avait toute une étagère garnie de flacons de parfum poussiéreux, et je me suis aspergée d'une eau de toilette qui avait la couleur du whisky et qui m'a aussitôt irrité les yeux. Il y avait écrit « Shalimar » sur la bouteille, recouverte d'une fine couche grise comme de la cendre.

Je savais exactement quel collier je voulais. Elle le gardait rangé dans le coffret avec tous ses souvenirs. J'ai palpé à l'aveuglette sous son lit pour le retrouver, et j'ai noué la cordelette élimée autour de mon cou. L'améthyste était froide contre ma peau, comme un frisson intérieur, mais j'aimais bien le résultat. On aurait dit un éclat de glace violet qui miroitait à la lumière.

Pendant que j'étais là, j'ai roulé mes vêtements en boule pour les planquer sous le lit, puis je me suis relevée et j'ai admiré mon reflet dans la glace. J'ai roulé des hanches et passé ma main dans mes cheveux en m'efforçant de penser comme Laura, de m'extraire de ma peau pour m'imaginer dans la sienne. J'ai vérifié mon rouge à lèvres de près et passé mes mains sur mon corps, de mes épaules à mes hanches, pour lisser le tissu de ma robe. Était-ce vraiment le bon choix pour ce soir, le bon choix pour Brodie ? Difficile à dire. Je n'avais plus vraiment le temps d'hésiter, il fallait que je file, mais je n'arrivais pas à me décider et je me suis tournée vers son portant pour passer ses fringues en revue une seconde fois.

Mon œil a été attiré par une mini-robe en velours lie-de-vin, mais je venais à peine de l'ôter de son cintre quand j'ai entendu un son alarmant, comme celui d'un corps qui sort de l'eau. Le sol s'est mis à pencher sous mes pieds. J'ai agrippé nerveusement la robe en tendant l'oreille – et oui, mon pire cauchemar a soudain éclaté dans le silence : une voix féminine s'est élevée depuis les entrailles de l'appartement, une voix qui sonnait comme de la poésie. Laura, c'était Laura qui chantait toute seule, dans un abandon total, entre les quatre murs de sa salle de bain.

« *Jesus died for somebody's sins but not miiiine.* »

J'ai renfilé mes chaussures sans prendre le temps de les lacer, attrapé mon manteau et mon sac, et refermé la fenêtre de la chambre. Puis je me suis précipitée vers la porte d'entrée sans demander mon reste et je me suis enfuie dans la nuit.

## Laura

La voix de Lorde m'accompagne pendant que je me fais couler un bain chaud. J'ai appelé Sharona en sortant du cimetière pour me confondre en excuses. *Je n'ai pas vu l'heure*, ai-je prétexté. *Je n'avais pas mis mon alarme. J'ai cru que c'était mon jour off. Mon téléphone s'était déchargé. Mon proprio me vire de chez moi. Je suis dans un sale état, je suis désolée, je te supplie de me pardonner.* Elle n'a pas eu l'air de me croire, et je me suis demandé si Eli lui avait dit quelque chose à propos d'hier soir. Quelques mots. La totale. Ou rien du tout. Ça ne changeait rien. Il n'y avait pas grand-chose à dire face à ce torrent d'absurdités, et elle ne semblait même pas d'humeur à me contredire.

« Nous en reparlerons demain », a-t-elle déclaré d'un ton sec qui m'a bien fait comprendre que je n'allais pas m'en sortir comme ça. Puis elle a soupiré, et sa voix s'est radoucie. « Bon, écoute. Je suis rassurée de voir que tu vas bien. J'étais très inquiète. Tu ne peux pas nous planter comme ça.

— Je sais, ai-je répondu dans un murmure. C'est juste que ça ne va vraiment pas fort.

— On en reparlera demain, a-t-elle réitéré. Mais tu

viens toujours ce soir, n'est-ce pas ? » Sharona n'est pas du genre à la jouer corporate, mais elle aime avoir son équipe réunie autour d'elle, dans la joie et la bonne humeur, lors des occasions de ce type. Elle n'allait pas me laisser me défiler aussi facilement.

« Bien sûr, dis-je, les dents serrées. Compte sur moi. À tout à l'heure. »

Plongée dans mon bain moussant aux senteurs de pastèque, j'écoute Lorde m'apaiser de son chant râpeux et mélancolique jusqu'à ce que l'eau soit froide. Je comprends alors que je dois me secouer et me sortir de ce spleen autocomplaisant si je veux trouver la force de me traîner à cette soirée. Je m'arrache à mon bain dans un ruissellement rose et mousseux, et je troque Lorde contre Patti Smith pour me donner de l'énergie. Tout va bien se passer.

Enroulée dans ma serviette, je traverse la cuisine pieds nus pour regagner ma chambre. Il fait encore froid dans l'appart, toujours ce petit courant d'air glacial comme si j'avais oublié de fermer une fenêtre. Je me demande si je ne devrais pas en toucher deux mots à mon proprio, puis tout me revient en mémoire et c'est comme un coup en plein ventre. La violence amère de ce que j'ai perdu : ma maison, mon chez-moi, mon sanctuaire. Envolé. Il flotte une vague odeur dans l'air, comme une fragrance qui s'estompe. J'inspire à pleins poumons et crois déceler une trace de parfum qui me rappelle ma mère, mais quand j'inspire à nouveau, il n'y a plus rien.

Me préparer est une corvée, et tout va de travers. Mon rouge à lèvres écarlate préféré, celui avec lequel je me sens invincible, s'est volatilisé, et je n'arrive pas non plus à remettre la main sur le collier d'améthyste de ma mère. J'avais prévu de le porter avec une robe violette moulante. Je ne le sors jamais du coffret sous mon lit, mais je ne me souviens pas non plus de la dernière fois où je l'ai vu. L'avais-je sur moi le soir d'Halloween? Oui. Non. Je ne sais plus.

Je ne retrouve qu'une seule de mes bonnes chaussures à talons et tous les collants propres qui me restent sont soit de la mauvaise épaisseur, soit de la mauvaise couleur. Je retourne ma chambre dans tous les sens mais c'est le bordel, je ne comprends plus rien, j'ai le cerveau frit, alors je me rabats sans réfléchir sur une minirobe en velours lie-de-vin qui a dû glisser de son cintre et traîne au pied de mon portant. Elle m'arrive tout en haut des cuisses et souligne la courbe de mes seins. Je me sers un verre de prosecco, l'avale d'un trait, m'en verse un autre et regarde mon reflet dans la glace. Aidée du petit coup de fouet de l'alcool, je me trouve pas trop mal. Je déniche une paire de collants noirs hyper fins, striés d'échelles mais propres, et j'opte pour un autre rouge à lèvres, un bordeaux profond qui va bien avec ma robe et fait ressortir la pointe de miel de mes yeux noisette. Rien à faire pour retrouver mes putains de chaussures à talons, en revanche. Tant pis. J'enfile une paire de Converse noires. Je me dis que ça me donnera une petite touche rebelle. Le genre chic négligé.

Dans le couloir, je m'examine une dernière fois devant le miroir en enfilant ma veste. Je me trouve l'air inachevée, ni tout à fait définie ni tout à fait là.

# Roach

Dans la Central Line, je me sentais survoltée et excitée comme une puce, une blonde filant vers de folles aventures à travers la ville en robe noire sexy. J'ai touché l'améthyste autour de mon cou. Elle avait indéniablement quelque chose d'ensorcelant et je me suis imaginé qu'elle recélait un fragment du pouvoir de Laura.

Le Strand était festif et tout endimanché, les rues festonnées de guirlandes électriques qui scintillaient dans le ciel indigo. Le centre-ville me faisait l'effet d'un lieu étranger appartenant aux autres : aux touristes, oui, mais aussi aux vieilles fortunes de Londres, qui se pavanaient à la National Gallery et à l'Opéra drapées dans leurs manteaux chics et leurs écharpes de luxe comme si elles étaient maîtresses des lieux.

Arrivée devant la librairie, je me suis allumé une clope, histoire de m'occuper en attendant Sam. Il était à la bourre et j'en étais à écraser mon troisième mégot par terre quand je l'ai vu.

Laura fumait, elle aussi, vêtue d'un blouson en cuir par-dessus la minirobe en velours lie-de-vin que j'avais failli mettre à la dernière minute. Elle se tenait devant la boutique du chapelier d'à côté et examinait son reflet dans la vitrine en tirant sur l'ourlet de sa robe. J'avais l'impression que c'était moi qui l'avais choisie pour elle et je suis restée un moment à la regarder lisser le velours en travers de son ventre et observer – admirer ? – la courbe de ses hanches, de sa poitrine, examinant le résultat comme si elle s'apprêtait à entrer en scène. Elle a envie de se taper quelqu'un ce soir, ai-je pensé.

Contre toute attente, elle portait des Converse et ce détail lui donnait un look curieusement inachevé, moins sophistiqué que moi. J'aurais aimé pouvoir entamer la conversation avec elle, lui dire un truc anodin du genre : « T'aurais pas dû mettre plutôt des chaussures à talons avec une robe comme ça ? », mais quand elle a fini par se retourner et qu'elle m'a vue, elle a sursauté. Son regard est passé de mes cheveux blonds à mon collier, puis à ma robe, avant de remonter vers le collier. Elle semblait ébranlée. J'ai touché la pierre d'un geste protecteur, effleuré ses contours tranchants.

« T'as fait un truc à tes cheveux », m'a-t-elle lancé, une note accusatrice dans la voix. Elle avait blêmi ; elle transpirait.

« Le violet s'estompe hyper vite, ai-je répliqué en passant timidement mes doigts sur mes pointes sèches et fourchues. J'en avais marre de devoir refaire ma couleur tout le temps. »

Elle a tiré une autre bouffée sur sa cigarette, l'air super mal, comme à deux doigts de tourner de l'œil. Je me suis demandé s'il lui était arrivé un truc. Une dispute avec Eli, peut-être, ou une mauvaise nouvelle quelconque.

« Joli collier », m'a-t-elle lancé. Sans réfléchir, j'ai posé ma main dessus.

« C'est mon copain qui me l'a offert », j'ai répondu en le plaquant contre ma peau.

« J'en ai un pareil, exactement pareil. » Elle a plissé les yeux.

« Ah ouais ?

— Ouais. »

J'ai dégluti et gardé mes doigts autour du pendentif pour empêcher Laura de le regarder. Puis j'ai toussé pour m'éclaircir la voix.

« T'attends quelqu'un ?

— Je finissais juste ma clope. » Elle m'a montré sa cigarette roulée, consumée presque jusqu'au filtre, et m'a tourné le dos pour tirer une dernière taffe. J'ai fait semblant de fouiller dans mon sac pendant qu'elle jetait le mégot sur le trottoir pour l'écraser sous sa semelle.

« On se voit plus tard », j'ai dit avant de m'éloigner sans lui adresser un regard.

## Laura

À l'intérieur, l'atrium tout de marbre blanc scintille comme la cire d'une bougie allumée. La main tremblante, je prends un verre de prosecco sur une table recouverte d'une nappe immaculée tout en cherchant une échappatoire. Je dois m'éloigner de Roach au plus vite ; je dois disparaître au milieu de cette fête avant qu'elle puisse me sauter dessus. Son apparition m'a fait un choc. Son affreuse décoloration, ses cheveux comme rincés à l'eau de Javel. L'améthyste autour de son cou. Même sa robe me dit quelque chose, on aurait dit celle que je portais à Halloween. Mais non – ça ne peut pas être la même. Elle fait ça par provocation, juste pour m'emmerder.

« C'est possible de fumer quelque part ? » je demande à la serveuse, une rousse à l'air blasé en chemisier blanc, totalement indifférente à l'ambiance de fête autour d'elle.

« Sur la terrasse, tout en haut », me répond-elle en débouchant une bouteille de prosecco d'un geste expert.

La librairie est labyrinthique, truffée d'escaliers en spirale, d'alcôves et de recoins improbables. Des bougies électriques scintillent dans des pots en verre disposés au gré des rayonnages, nichés sur les présentoirs. Ça sent partout le vin aux épices et le papier frais, la poussière et la vanille, la sueur et le parfum capiteux. Des libraires en costard et petite robe du soir se détachent de l'ombre avec des éclats de rire exagérés, le sang déjà bien chauffé par l'alcool. Je bois une gorgée de mon prosecco, qui est presque à température ambiante, et lui trouve un goût atroce.

Les rires m'encerclent, m'agressent. Certaines personnes s'avancent vers moi, me prennent par le bras, me tapotent l'épaule ou m'enlacent pour me saluer mais je continue à avancer, sur mes gardes et la boule au ventre, en évitant plus ou moins Eli, en cherchant plus ou moins Sharona, redoutant la perspective de les croiser et d'affronter leur déception bienveillante.

## Roach

Je me tenais pile à l'endroit que Laura venait de quitter et j'admirais mon reflet, comme elle. Je n'avais pas ses formes harmonieuses et ma poitrine ne remplissait pas tout à fait le décolleté de sa robe, mais le résultat me plaisait quand même. Scintillant sur le verre de la vitrine, les guirlandes de Noël pouvaient passer pour des lanternes au gaz et les pavés humides du trottoir luisaient d'empreintes de pas qui auraient presque pu être celles de Jack l'Éventreur ou de Sweeney Todd.

« Eh, ça va ? T'es canon. » Sam a surgi derrière moi et glissé ses bras autour de ma taille. Il arborait son look habituel – blouson en cuir, tee-shirt de death metal, jean noir déchiré au genou, godillots défoncés. « J'ai failli pas te reconnaître, a-t-il ajouté en tirant sur une de mes mèches blondes.

— Tu aimes ?

— Tu ressembles à Nancy Spungen. Je t'avais jamais vue toute pomponnée comme ça.

— C'est une grosse soirée », ai-je répondu avec un haussement d'épaules à la Brodie.

À l'entrée, on a été accueillis par un libraire qui pointait les noms sur son listing. Le genre de gros naze

BCBG qui portait des chinos, restait planté derrière la caisse toute la journée et recommandait *Moby Dick* à la cantonade. Un *normie* qui avait fait toute son éducation dans le privé et bossait en librairie comme un arrêt au stand avant de se trouver un job dans l'édition.

« Bonsoir, ma belle, c'est à quel nom ? »

Et merde. « Roach, ai-je répondu, les dents serrées. Au nom de, hum… Brodie Roach. »

Son sourire a disparu derrière sa mine concentrée pendant qu'il parcourait sa liste. « Brodie, Brodie… Désolé, vous travaillez bien chez Spines ? Quelle succursale ?

— Walthamstow.

— Ils vous ont donné une permission de sortie, à ce que je vois ? a-t-il plaisanté en faisant descendre son doigt le long de la page avant de la tourner avec un grand geste pour passer à la suivante.

— Ha », ai-je répondu au lieu de rire. Je sentais la sueur sur mon front et j'ai jeté un coup d'œil à Sam. Les mains enfoncées dans les poches de son jean, il s'était aventuré vers l'intérieur de l'atrium, le regard tourné vers le grand escalier de marbre avec une curiosité polie. Il examinait le sapin de Noël de trois mètres de haut scintillant de lumières dorées et ses branches couvertes de nœuds en velours rouge.

« Regardez à Brogan, ai-je glissé entre mes dents. Je me fais appeler Brodie, mais c'est Brogan.

— Ah ah ! s'est-il exclamé avec une emphase factice. Je vous tiens. » Il a repris au début de la première page. Une queue commençait à se former derrière moi. « Brogan… Brogan… Brogan… »

Sam revenait vers nous, l'air intrigué. J'ai supplié

mentalement ce connard d'arrêter de répéter mon prénom.

« Un problème ? a demandé Sam.

— Bro… ah, vous voilà ! Plus un. » Il a coché mon nom, mon vrai nom, sur sa liste. « Soyez les bienvenus, faites comme chez vous et n'oubliez pas de vous amuser ! Les cocktails sont servis sur le rooftop, le buffet se trouve dans la galerie, et le café sert du vin, des bières et des softs.

— Fabuleux, ai-je répondu d'un ton sec à la Laura avant d'attraper Sam par le col de son blouson pour l'entraîner vers le grand escalier.

— Alors, ils vous ont donné une permission de sortie, à ce que je vois ? » lançait déjà le type d'une voix enjouée à la fille qui attendait derrière moi.

# Laura

Je sens que je me calme à mesure que je mets de la distance entre Roach et moi. La terrasse sur le toit est éclairée par des guirlandes électriques. Ce lieu est l'un des secrets les mieux gardés de Londres. Ça grouille de libraires et l'ambiance est détendue, alcoolisée, décadente. J'ai déjà fait quantité de pots de Noël ici, fumé quantité de cigarettes et bu quantité de cocktails gratuits. Embrassé plus d'un mec dans l'anonymat des recoins sombres.

Je me fraie un chemin vers le bar entre les convives et les yuccas en pots avec leurs feuilles piquantes. Des braséros réchauffent le fond de l'air glacé, et des femmes en robes du soir portent des vestes d'hommes drapées sur leurs épaules nues. Des visages familiers émergent de la foule et j'échange des salutations sporadiques avec des libraires que je reconnais, sans me laisser ralentir dans ma progression.

Des verres de prosecco et des bouteilles de bière s'alignent sur le bar, mais il y a aussi un tableau noir avec une liste de cocktails notée à la craie. Je la lis sans réussir à savoir ce que je veux. Un truc fort.

« C'est quoi, ça ? » je demande au type qui se tient

à côté de moi, avec ses cheveux noirs et ses joues roses d'éternel écolier. Il lève son verre de whisky à la lumière. Le liquide ambré luit comme une lanterne, avec un zeste d'orange visible en transparence et un fin dépôt de sucre au fond.

« Un Old Fashioned », me répond-il d'une voix grave en matant mon décolleté juste avant de s'éloigner.

Je passe ma commande au barman. Le verre qu'il me tend est épais et solide dans ma main. Les flûtes à champagne, c'est bon pour les filles, me dis-je. Ce soir, je bois du whisky.

L'appel de mon prénom transperce le vacarme et m'emplit soudain d'une vague d'appréhension, mais ce n'est que Noor. Elle écarte la foule pour venir à ma rencontre, en petite robe noire avec beaucoup trop de fard doré sur les paupières, une longue cordelette de cuir noir passée plusieurs fois autour du cou.

« Laura ! » Elle se jette sur moi pour m'enlacer d'une manière trahissant plus d'un passage à l'open bar. « Je pensais pas te voir ce soir ! Qu'est-ce qui t'est arrivé aujourd'hui ?

— Ouais, hum… j'avais mal compris. » Je grimace en avalant une gorgée de whisky.

« Aïe… », lâche-t-elle en se couvrant la bouche à deux mains. Elle semble mortifiée pour moi. « Sharona était vraiment vénère. On a essayé de te joindre toute la journée.

— Mon téléphone est en rade. » C'est fou comme ce mensonge me vient facilement. « T'inquiète, c'était un simple malentendu. Tout va bien, elle sait que je viens ce soir. »

Noor saisit un verre de prosecco sur le comptoir avant

de me prendre par la main pour m'emmener retrouver le reste de l'équipe. Je sens le stress monter et le chasse aussitôt avec une bonne rasade de whisky.

« Tu es vraiment sublime », lance Sharona à Noor. Elle croise alors mon regard, et le sien se durcit imperceptiblement. « Laura – tu es très belle, toi aussi. » Je dois avoir l'air terrifiée, parce qu'elle me presse le bras. « Ne fais pas cette tête. Je suis contente de voir que tu vas mieux.

— Roach ! s'écrie Noor. Tes *cheveux* ! »

Tout le monde se retourne. L'autre sale petite fouine est là, juste derrière moi. La colère m'enflamme le ventre. Elle trimballe une flûte vide et tient la main d'un type en perfecto à la dégaine cradingue. Son pendentif en améthyste miroite à la lumière et je cligne des yeux plusieurs fois en reconnaissant ses contours déchiquetés. Il ressemble tellement au mien, à celui de ma mère. L'ai-je déjà porté pour venir à la librairie ? L'ai-je porté un jour et perdu quelque part ? Non. Jamais je ne serais allée au boulot avec. En même temps, ce type de bijou court les rues. Tous les magasins de cristaux et de minéraux en vendent. Sharona en a un avec une citrine.

C'est troublant, quand même. Très troublant. J'ai bien envie de lui redemander d'où il vient, histoire de voir si elle s'en tient à la même version devant son petit ami, mais la déception qui s'est affichée sur les traits de Sharona lorsqu'elle m'a vue a suffi à freiner mes ardeurs. Et je ne veux surtout pas provoquer une scène. Mais je suis déjà trop pompette pour lâcher l'affaire.

« Alors c'est lui, ton copain ? dis-je en désignant le type en perfecto.

— Oui, répond-elle. Voilà Sam. » Il salue tout le

monde, et tout le monde le salue. Mes yeux se réduisent à deux fentes.

« T'as bon goût », lui dis-je en faisant bien sûr allusion au pendentif, mais il sourit de toutes ses dents, Roach rayonnante de fierté à côté de lui, et c'est le collier de ma mère, bordel, j'en mettrais ma main au feu. J'ai la vision glaçante de Roach chez moi en train de fouiller mes affaires, mes livres, mes fringues, de passer mon collier autour de son cou. C'est impossible, mais j'ai l'impression que tout se resserre autour de moi – la fête, le bruit – et une bouffée de panique m'envahit.

« Vous connaissez Charlie ? » demande Sharona à la ronde, et je comprends que la femme qui se tient près d'elle avec ses lunettes à monture foncée et ses cheveux ultra courts d'un noir bleuté n'est pas une collègue d'une autre librairie mais sa compagne, et que l'homme à la moustache grise en guidon de vélo en train de rire avec Martin doit être son mari, ce qui signifie que… je tourne la tête et oui, ils sont là, Eli et Lydia.

Alerte rouge.

Elle est menue et jolie, avec le nez en trompette et un visage qui s'illumine quand elle sourit. Elle porte une coûteuse veste en cuir, une maxi-robe à l'esprit bohème et des bottines à grosses semelles. Une délicate chaîne en or brille autour de son cou. Élégante et cool, la chevelure ondulée, d'un brun doré, elle prend le verre de prosecco que lui tend Eli. Ça me fait bizarre de la voir en vrai, et je tressaille au souvenir de la fois où j'ai liké bourrée une de ses vieilles photos sur Instagram. Je me demande si elle s'en est rendu compte. Elle se hisse sur la pointe des pieds pour embrasser Eli sur la joue, et j'aperçois la vilaine cloque d'une brûlure sur sa peau pâle. La honte me submerge à nouveau.

« Je vais nous chercher à boire, OK ? » dit Sharona à Charlie.

Je finis mon verre d'un trait, histoire de prendre des forces. Eli se tourne vers Sharona au moment où elle passe derrière lui et nos regards se croisent. Il semble sur le point de m'ignorer, mais il se ravise et, à la place, fait pivoter Lydia vers moi.

« Lydia, voici Laura, dit-il en passant un bras – protecteur ? possessif ? – autour de sa taille. Laura, je te présente…

— Lydia, dis-je.

— Enchantée. » Elle lève son verre vers moi d'un geste simple et gracieux assorti d'un sourire poli, comme si elle n'avait pas la moindre idée de qui j'étais. Elle sent le propre, le frais, une fragrance citronnée, son maquillage est impeccable et à peine visible. Je n'arrive plus à respirer.

Sharona et Charlie sont de retour avec plusieurs verres de prosecco répartis entre leurs quatre mains dans un équilibre précaire. Sharona en passe deux à Roach et Sam, et je tends la main, m'attendant à être la suivante, mais elle se tourne vers Lydia pour l'interroger sur son recueil de nouvelles. Elles papotent comme deux vieilles copines et je me retrouve comme une conne avec mon verre vide à la main, des grains de sucre collés entre les dents. Eli évite soigneusement mon regard.

« Ça va ? » je lui demande, mais ces mots sortent d'un ton crispé et hargneux, plein de sous-entendus.

« Ouais, me répond-il, la mâchoire serrée. Et toi ? »

Roach et son mec chelou sont toujours plantés là dans

un silence gênant, à écouter les autres parler sans jamais réagir ni intervenir. Sa présence est comme un boulet qui pèse autour de mon cou, comme la putain d'améthyste qu'elle porte autour du sien, et je sens ma haine grandir au fil des secondes et des minutes jusqu'à ce que je finisse par craquer.

« Allons au bar », dis-je à Eli. Ce n'est pas une question et je n'attends pas sa réponse. Je me contente de foncer droit à travers la foule jusqu'à un coin tranquille à l'autre bout de la terrasse. Je cherche fébrilement mes clopes dans mon sac quand il arrive derrière moi.

« Il faut qu'on parle.

— Qu'est-ce qu'on peut bien avoir encore à se dire ? » répond-il avec une fausse nonchalance en acceptant une de mes cigarettes. Il prend une bougie sur une table voisine et ses cheveux retombent devant ses yeux lorsqu'il se penche vers la flamme pour allumer sa clope.

« Écoute, je ne sais pas trop ce qui s'est passé hier soir.

— Pour changer, ironise-t-il d'un ton glacial en reposant la bougie sur la table sans me la proposer.

— Mais… tu m'as embrassée », dis-je. Je sens mes yeux s'embuer.

« C'est *toi* qui as commencé, réplique-t-il avec une colère sourde qu'il semble avoir du mal à contenir. Je t'ai rendu ton baiser. Et là, tu m'as attaqué – tu t'en souviens, au moins ? »

Oui. Je m'en souviens. La violence de mon geste me revient en pleine figure. Je lève la main, comme pour caresser sa joue, mais je me retiens juste à temps. J'aurais préféré qu'on soit ailleurs. N'importe où ailleurs qu'ici.

« Je suis désolée…

— Putain, meuf, j'y comprends rien.

— *Meuf.* Arrête de m'appeler *meuf.* »

Il exhale un long jet de fumée et passe sa main dans ses cheveux, les ébouriffe au passage.

« Écoute, tirons un trait sur cette histoire, dit-il en promenant son regard autour de lui comme s'il avait peur qu'on nous observe. On regrette tous les deux, on est désolés. Restons-en là.

— Mais je ne veux pas en rester là. Je veux qu'on en parle !

— Ah ouais, comme la dernière fois ? » réplique-t-il avec un petit rire sec en écrasant son mégot dans le terreau d'un yucca.

Il veut parler de ce tout premier baiser calamiteux, de la manière dont je l'ai ghosté les jours suivants, dont j'ai ignoré ses messages et demandé un transfert pour ne plus le croiser. J'ai honte rien que d'y penser et je me touche le coin des yeux pour m'empêcher de pleurer.

« Je ne me souviens pas très bien de ce qui s'est passé cette nuit-là non plus », suis-je forcée d'admettre.

Une ombre blessée passe sur ses traits et il déglutit, la gorge serrée.

« Je vois. Bref… De toute façon, c'était juste un dérapage, hein ? Un non-événement ? Genre circulez, y a rien à voir ? »

C'est ce que je lui ai dit mot pour mot il y a deux mois, en mode grande gueule et rien à battre, lorsqu'on rentrait à pied du Nib. J'ai l'impression que c'était il y a un siècle. Je cligne des yeux pour chasser mes larmes.

« Je ne le pensais pas vraiment », dis-je. Ma voix se brise.

« Je suis avec Lydia et je l'aime. Je l'aime vraiment. Toi et moi… je crois qu'il faut qu'on calme le jeu, OK ? Qu'on reprenne nos esprits. » Son expression s'adoucit. « L'alcool n'aide pas », ajoute-t-il avec la fausse légèreté de quelqu'un cherchant à transmettre un message important.

« Je suis vraiment désolée, tu sais. » Un flot de larmes inonde mes joues et j'enfouis mon visage entre mes mains. « Je ne sais plus ce que je fais.

— Laura… » Il s'avance vers moi.

« J'ai besoin d'être seule », dis-je d'une voix hachée par les sanglots en m'éloignant d'un pas vacillant parmi la foule de libraires, de responsables presse, de personnalités de l'édition, d'auteurs et d'autrices, tout ce petit monde qui rit aux éclats avec entre ses doigts gras des feuilletés d'aubergine au miso et des arancini à la truffe posés sur des petites serviettes en papier noir.

Je prends un autre verre que je descends aussi sec, puis je repars au milieu de la foule sans regarder personne pour foncer vers les toilettes. Une fois enfermée dans une cabine, j'écrase des rouleaux de papier toilette au coin de mes yeux pour absorber mes larmes. Le front pressé contre la fraîcheur du carrelage mural style métro, je pense au nombre de fois où je me suis retrouvée dans ce genre de situation pendant une nuit de beuverie, seule dans les toilettes à pleurer, à vomir ou les deux en même temps.

Est-ce encore trop tôt pour une sortie à la Cendrillon ? J'ai montré ma tête, provoqué une engueulade et chialé en public. Ça devrait suffire, non ? Je vérifie le prix d'un Uber jusque chez moi – trop cher, beaucoup trop cher – et envisage plutôt de me prendre un autre verre ou de me trouver quelqu'un avec qui discuter, mais tout le monde ici me déteste et je suis déjà trop bourrée pour prendre une décision raisonnable, donc je tire la chasse d'eau, me lave les mains et me replonge dans l'enfer que j'ai moi-même créé.

Quand je ressors sur la terrasse, l'air glacé me fait l'effet d'une gifle et l'alcool me brûle le sang. Roach se tient à ma place, à côté d'Eli, qui lui sourit avec condescendance, un masque d'encouragement bienveillant sur les traits en l'écoutant parler. Sa tenue ressemble vraiment à ma vieille robe Elvira avec le décolleté plongeant que je portais à Halloween, même si elle n'a clairement pas ce qu'il faut où il faut pour la remplir. Est-ce ma robe ? Je sais que c'est impossible, mais une haine irrationnelle bout dans mes veines. Mes yeux se brouillent et la vision de Roach se déploie en un monstrueux triptyque, tel le chien à trois têtes qui garde l'entrée des Enfers.

Au moment où je m'avance vers le groupe, je surprends un frémissement inquiet sur les traits de Sharona. Lydia est en train de parler et tout le monde s'est tourné vers elle comme un bouquet de tournesols attirés par le soleil.

« Je dois faire des tonnes de recherches vraiment glauques pour mon roman, explique-t-elle. Je suis devenue la fille que tout le monde fuit en soirée parce qu'elle ne parle que de cold cases et d'autopsies ! » Elle éclate d'un rire cristallin. Roach boit ses paroles, la mine fascinée, et Eli lui adresse un sourire amoureux.

« Non mais au secours », dis-je tout haut, d'une voix trop forte et trop belliqueuse pour ne pas trahir mon mépris.

Lydia en reste comme deux ronds de flan. Elle tourne son regard vers Eli entre ses longs cils, la mâchoire crispée, les lèvres pleines, le teint nacré et lumineux. Elle a l'air fraîche et adorable et si tranquille, si sereine, si peu affectée par le poids du monde qu'un éclair de colère flambé à l'alcool me transperce et que j'ai l'envie soudaine de la défoncer.

« Ma mère s'est fait buter par un tueur en série, dis-je en avalant mes mots à moitié. Tu sais ce que ça me fait, quand je t'entends faire des blagues sur les autopsies ? Son meurtrier l'a étranglée et elle s'est pissé dessus en mourant. C'est ça, le genre d'histoire qui te fait kiffer ? T'as toujours envie de rire là, espèce de pauvre conne sans cervelle ? »

Un silence sidéré s'abat autour de nous. J'ai les oreilles qui sifflent.

« Laura…, balbutie Sharona, les yeux écarquillés.

— Allez tous vous faire foutre. » Ma langue est lourde et molle, les mots se bousculent dans ma bouche, je pivote sur mes talons et repars m'enfoncer parmi la foule, le cœur battant, le dos dégoulinant de sueur, et un autre verre se matérialise dans ma main. Je le bois d'un trait et tout déraille pour de bon cette fois, le monde tourne, tourne, tourne, et le reste de la soirée part définitivement en vrille.

J'ai quelques moments de lucidité, entrecoupés de séquences où je ne capte plus rien. Eli ricane, le bras autour de Lydia, son haleine chaude contre sa joue, l'odeur de sa sueur mêlée à celle de son parfum. Fondu au noir, les lumières se rallument, Sharona me sermonne en essayant de me faire avaler un peu d'eau mais je refuse, les lèvres pincées contre le rebord du verre. Un type aux sourcils broussailleux me parle de Proust et je lui rote en pleine figure, me renverse du prosecco dessus, étonnée de voir que je ne porte pas la robe que je croyais – n'était-ce pas ma longue robe noire, ma robe moulante Elvira, celle avec la fente ? Et est-ce que mon rouge à lèvres tient toujours ? La trace sur mon verre n'est pas de la bonne couleur, elle devrait être écarlate, pas aussi foncée. Je porte ma main à mon cou, mais mon améthyste a disparu.

Quelqu'un me demande de répéter ce que je viens de dire, me demande si tout va bien, et j'avance en titubant dans la nuit, mon verre toujours à la main. Quelqu'un hèle un taxi, grimpe avec moi à l'arrière, et je m'entends babiller à propos de la demi-bouteille de prosecco qu'il me reste au frigo, puis je m'endors sur la banquette, les illuminations des rues de Londres glissant sur mon visage, et je me retrouve hors de mon corps, à regarder cette fille qui roupille la bouche ouverte, je la trouve moche, je la trouve hideuse, et seule, seule, tellement seule, sauf qu'à côté d'elle il y a

il y a

il y a

Roach.

## Roach

Avec Sam, on a regardé Laura tituber et continuer de picoler, de se ridiculiser, de renverser des verres, d'engueuler des gens et de partager des détails curieusement intimes sur la mort de sa mère – des choses que je n'avais lues nulle part. Des choses très intéressantes pour moi. À croire qu'elle avait fait tourner un kaléidoscope et que les éléments de notre expérience commune s'étaient fragmentés. Je ne pensais plus du tout à ce qui nous liait, mais, au contraire, à ce qui nous séparait. À ce que je pouvais encore tirer d'elle en m'y prenant bien.

« Elle est complètement déchirée », m'a glissé Sam, amusé par ce spectacle.

Sharona observait la scène, elle aussi, mais d'un air profondément attristé. Elle avait déjà essayé de la convaincre de s'asseoir, de boire de l'eau, de lui appeler un taxi, mais Laura Miss Parfaite n'était pas d'humeur à suivre les conseils des autres.

« Je vais devoir la ramener chez elle, a fini par déclarer Sharona en finissant son verre de prosecco.

— Mais elle vit près de la librairie, non ? a objecté Charlie. C'est à l'autre bout de la ville, Shaz. Il n'y a pas quelqu'un d'autre qui habite plus près et qui pourrait s'en charger ? »

Eli a jeté à Lydia un regard de chien battu, lourd de reproches, auquel elle a répondu par un coup d'œil glacial. Ses traits se sont affaissés et il a gardé le silence.

« On n'a qu'à la mettre dans un taxi, a décrété Charlie. C'est une grande fille, elle peut bien se débrouiller. »

Charlie et Lydia semblaient toutes les deux voir clair dans le jeu de Laura, et ça m'a surprise. Sa vraie nature – son hypocrisie, son alcoolisme, sa vanité, son besoin d'attention permanent – éclatait enfin au grand jour. Elle éclatait même tellement que Kofi et Noor s'étaient évanouis dans la foule comme pour s'en laver les mains et que Martin, Barry et leurs partenaires respectifs avaient disparu eux aussi.

« Non, a insisté Sharona. Il faut que quelqu'un la raccompagne pour s'assurer qu'il ne lui arrive rien.

— Je peux m'en charger, j'ai dit. J'habite à Walthamstow. Ça ne me dérange pas du tout. »

Sharona semblait dubitative, mais le silence de son indécision a été interrompu par un énorme fracas de verre. Laura venait de bousculer un serveur et d'envoyer valser un plateau entier de flûtes. Des flaques moussaient entre les bris de verre à ses pieds.

« Oups », a-t-elle lâché en vacillant avec un rictus mauvais.

Sam s'est assis à l'avant, ses écouteurs enfoncés dans les oreilles, pas fâché d'avoir une excuse pour quitter la soirée plus tôt. Laura s'est affaissée sur la banquette derrière le chauffeur avant d'arracher son béret pour passer sa main dans ses cheveux hirsutes. Son eye-liner avait bavé autour de ses yeux. Elle a délacé ses Converse imbibées de prosecco et les a envoyées promener par terre. Une forte odeur de pieds m'est parvenue avant qu'elle ouvre sa fenêtre et ferme les yeux.

Pendant toute la traversée de Londres, les illuminations de Noël ont éclairé son visage en doré, vert et rose alors qu'elle flottait dans un semi-coma éthylique.

« Il y aura des frais en plus si elle salit mon taxi, m'a prévenue le chauffeur en la surveillant à travers le rétroviseur.

— Elle ne va rien salir du tout », ai-je répondu d'un ton bourru. Il aurait fallu que je lui fasse la conversation pour détourner son attention de Laura, mais le charisme n'avait jamais été mon point fort.

« Si elle vomit, je pourrai plus bosser cette nuit. Si elle vomit, je devrai rentrer chez moi pour tout nettoyer.

— Ça va aller », ai-je répliqué sèchement.

Je me sentais de moins en moins sûre de moi à mesure qu'on roulait vers le nord. Laura avait le teint blême et sa bouche barbouillée de rouge à lèvres laissait s'échapper un filet de bave qui tachait le velours de sa robe. Elle faisait peur à voir. Elle avait l'air à moitié morte.

Le chauffeur a freiné brutalement à un feu rouge et elle s'est réveillée d'un coup. « Je suis où ? » a-t-elle demandé d'une voix rauque en s'essuyant la bouche d'un revers de main, avant de promener un regard hébété à l'intérieur du taxi.

« On arrive près de chez toi, l'ai-je rassurée d'un ton mielleux.

— Où ça ?

— Près de chez toi », ai-je répété. Même si j'avais seulement fait semblant de siroter du prosecco toute la soirée, je me sentais toute guillerette, presque pompette par procuration. La petite sortie de Lydia sur les autopsies était le lubrifiant social parfait pour une situation comme celle-ci. Laura allait sûrement baisser sa garde et sauter sur l'occasion pour me balancer tout ce qu'elle avait sur le cœur, ses inhibitions noyées dans le whisky. Je lui dirais un truc du genre : « Lydia fait vraiment pitié quand elle parle de true crime. Elle nage en plein conte de fées, mais elle n'a pas les tripes pour affronter la réalité », et Laura me regarderait avec de grands yeux avant de répondre : « Mais oui, tu as tellement raison. »

Je me disais que c'était le moment ou jamais pour lui parler de mon projet. J'étais certaine de pouvoir l'embarquer avec moi, à condition de trouver les mots justes. Le public avait soif de nouveautés en matière de true crime, et quelqu'un finirait fatalement par se pencher sur l'affaire de l'Étrangleur de Stow. Ne voulait-elle pas avoir son mot à dire ?

Quand on s'est arrêtés devant chez Laura, je me suis rendu compte que j'étais tellement obnubilée par la nécessité de la ramener en un seul morceau que j'avais oublié de gérer la situation avec Sam. Il a ouvert sa portière et repoussé d'un mouvement d'épaule sa ceinture de sécurité, qu'il n'avait même pas attachée.

« Non non, tu restes dans le taxi et tu rentres chez toi, lui ai-je ordonné précipitamment.

— Hein ? Pourquoi ?

— C'est une chance en or, ai-je répondu dans un souffle plaintif. S'il te plaît, il faut absolument que je sois seule avec elle pour lui demander tu-sais-quoi. Elle ne se confiera pas si tu es là.

— Mais… elle est à peine consciente, a-t-il répondu

en la désignant, appuyée contre le muret de sa pelouse, la tête pendante. Et puis je croyais qu'on devait aller chez toi, voir ta mère, tout ça ?

— Je te tiens au courant, promis », ai-je répondu en l'embrassant sur le menton avant de refermer sa portière, l'obligeant à rentrer ses jambes à l'intérieur. Une grande confusion se lisait sur ses traits, mais je n'avais pas le temps de culpabiliser. J'avais été ravie de l'exhiber à mon bras devant les autres libraires, mais j'avais maintenant un autre objectif en tête et mon énergie était mobilisée ailleurs. J'ai claqué sa portière sans même lui adresser un dernier regard et je me suis empressée de rejoindre Laura.

Pendant que le taxi s'éloignait, j'ai passé un bras autour de ses épaules pour l'aider à remonter son allée. Au moment où on est arrivées devant sa porte, un renard a surgi de l'ombre pour bondir avec souplesse par-dessus le muret du jardin voisin. J'ai étouffé un cri de surprise et, encore un peu sous le choc, j'ai sorti ma clé pour nous ouvrir.

C'est seulement après avoir fait tourner le verrou et poussé la porte que j'ai compris mon erreur. Laura regardait fixement ses pieds en fronçant les sourcils – on avait oublié ses Converse et son béret dans le taxi –, puis, d'un geste lent, elle a déplié la paume de sa main pour révéler un trousseau de clés constitué d'un anneau avec un œil-de-tigre.

« Comment t'as fait ça ? a-t-elle balbutié en clignant des yeux, comme si son cerveau embrumé par l'alcool tentait de comprendre ce qui venait de se passer.

— Avec, hum… avec ta clé, ai-je bafouillé en désignant sa main. C'est toi qui as ouvert. »

Elle a relevé la tête avec effort comme s'il s'agissait

d'un poids mort fixé à son cou, et elle m'a regardée en plissant les yeux. Elle avait la mâchoire pendante, l'air hébété, et semblait lutter pour rester consciente.

« Mais alors, tu… », a-t-elle commencé, une pointe d'affolement dans la voix. « Tu as la clé ? La clé de chez moi ?

— Laura…

— Tu as la *putain de clé* de chez moi ? »

J'ai eu l'impression qu'on venait de me plonger tout entière dans de l'eau glacée.

« Je crois que tu as vraiment trop bu », ai-je répondu histoire de gagner du temps. Ça ne pouvait pas se terminer comme ça, à cause d'une erreur stupide. C'était censé être notre soirée, notre grand moment de réconciliation. Elle semblait avoir du mal à tenir debout, à garder les yeux ouverts. Je pouvais encore sauver la situation. Oui, j'en étais sûre.

« Tu as trop bu, lui ai-je répété. Tu crois voir des choses et tu veux me les mettre sur le dos, comme d'habitude.

— Alors t'as quoi dans la main ? » Des larmes de panique enflaient dans ses yeux rougis et une traînée de morve coulait vers sa bouche.

« Rien du tout, ai-je répondu en serrant le poing jusqu'à ce que le métal me perfore la chair. Juste la clé de chez moi.

— Tu mens », a-t-elle asséné, les dents serrées. Un déclic a alors semblé s'opérer en elle. Ses joues se sont enflammées et ses traits apeurés ont cédé la place à une expression de rage folle. « C'était *toi*, hein, Roach ? Toujours toi, à rôder dans mon ombre, à m'espionner… mais pourquoi ? J'ai quoi de si fascinant, bordel, pour que tu me tournes autour comme ça ? »

Le vent se levait tout doucement et a fouetté d'abord ses cheveux, puis les miens. L'espace d'un instant, je n'ai plus vu qu'un flash blond. Un sentiment d'amertume montait en moi à mesure que je repensais à tout le soin que j'avais mis dans mes recherches, toute la gentillesse dont j'avais fait preuve à son égard. Cette cannette d'eau gazeuse à la cerise que je lui avais achetée, toutes les fois où je lui avais proposé qu'on aille boire un dernier verre ensemble, son trousseau de clés que je lui avais rendu. Ce n'était qu'une égoïste et une ingrate. J'avais fait mon maximum.

« J'ai toujours été sympa avec toi, ai-je fini par lui répondre. Mais tu es trop snob, trop orgueilleuse. C'est la deuxième fois que je te raccompagne chez toi quand tu te bourres la gueule, ça ne te viendrait même pas à l'esprit de juste me dire *merci ?*

— Va te faire foutre. » Elle pleurait à présent, des larmes de mascara qui traçaient des sillons noirs dans la couche de fond de teint sur ses joues. « Va te faire foutre ! Tu ne sais pas de quoi tu parles. Et tu n'es pas une victime – tu m'entends, Roach ? Tu n'es pas une victime, et je ne te dois rien !

— Mais je ne t'ai rien demandé, ai-je répliqué d'un ton sec. Je n'ai pas besoin de toi. J'ai mon mec, j'ai mon boulot et j'ai Lee. J'ai tout ce qu'il me faut. »

Je l'ai repoussée. Tout était fini entre nous, désormais, mais elle ne comptait visiblement pas en rester là. Elle m'a attrapée par le bras.

« Attends, répète un peu ? a-t-elle lâché d'une voix sourde et menaçante. C'est qui, Lee ? Ça veut dire quoi, *j'ai Lee ?*

— Peu importe, ai-je répondu précipitamment avant

d'essayer de me dégager. Je me casse d'ici. J'en ai ras le bol de toi.

— *Ça veut dire quoi, j'ai Lee?* a-t-elle persiflé en serrant ses doigts plus fort autour de mon avant-bras.

— Tu me fais mal, ai-je protesté en me tortillant pour tenter de l'obliger à me lâcher. Je n'ai pas besoin de ta permission, ni de ta bénédiction, ni de ton aide. Ce n'est pas *ton* histoire et ce n'est pas à toi de la raconter. »

Le choc de cette révélation a semblé la sortir momentanément de sa torpeur éthylique. Son visage tout entier s'est affaissé, elle a cligné des yeux, presque trop sonnée pour articuler.

« Tu… tu écris à Lee Frost ? » Ses traits se sont tordus de dégoût et d'horreur. « Tu es… *en contact* avec lui ?

— Qu'est-ce que ça peut te faire ? »

Elle a levé la main et m'a giflée de toutes ses forces. Sa paume a heurté ma joue avec un bruit sec et la douleur a été si violente que j'ai poussé un petit cri et lâché mes clés.

Laura a réagi au quart de tour. Elle s'est penchée pour les ramasser, juste devant la porte, et elle s'est précipitée à l'intérieur, aussi rapide qu'un renard. Avant de me claquer brutalement la porte au nez. J'ai entendu le frottement métallique de la chaînette de sécurité dans la glissière, puis elle a entrouvert le battant de quelques centimètres pour me porter le coup final.

« J'appelle la police, a-t-elle déclaré. Et j'appelle Sharona. Je vais tout balancer, tu vas te faire arrêter et tu vas te faire virer, espèce de cinglée !

— Ce n'est pas un crime d'avoir un double de clés, ai-je répondu à travers l'interstice, une main sur ma joue enflammée. Tu ne peux rien prouver. »

Elle m'a de nouveau claqué la porte au nez et j'ai tapé du plat de la main, très fort, avant de pivoter vers la pénombre de la rue. Une lumière s'est allumée sur le trottoir d'en face et la silhouette d'un voisin curieux s'est dessinée derrière une fenêtre. Qu'il regarde, ai-je pensé. Quelle importance ?

Notre altercation m'avait laissée pantelante. J'avais besoin de rassembler mes esprits et de réfléchir à la suite des événements. J'allais toucher du doigt quelque chose de grandiose, c'était certain. Il était trop tard pour sauver ma relation avec Laura, mais elle avait peut-être déjà rempli son office. Elle m'avait servi de trait d'union avec Lee – peut-être était-ce le seul rôle qu'elle était censée jouer dans ma vie. Je ne pouvais pas repartir comme ça, cela dit. Il fallait que je rembobine toute l'histoire pour reprendre au début.

Le visage encore endolori par son agression ignoble et gratuite, j'ai pris la direction du parc.

## Laura

Roach fouillant mon passé, Roach en contact avec Lee Frost. S'étaient-ils parlé ? Étaient-ils amis ? Est-ce qu'elle le connaissait, lui avait raconté des trucs ? J'ai envie de vomir. Roach écrivant à Lee Frost, Roach tripotant mes affaires, mes livres, mes fringues, mes bijoux, mon maquillage. Je peux changer les serrures, je peux toujours changer les serrures, mais il n'y a pas d'exorcisme assez puissant, non, pas d'exorcisme assez puissant pour laver Roach des murs du sol des meubles de *l'âme* de cet endroit.

Elle l'a infiltré. Infiltré, infesté, infecté, souillé de sa présence indésirable. Tout ce qui avait de l'importance pour moi a été sali par Roach, par ses doigts gras et sa transpiration puante, ses oripeaux crasseux et ses ongles cassés, ses dents sales et sa peau blême. Mes textes, mes mots, mon travail, mes souvenirs, ma mère et maintenant, ma maison.

J'appelle Sharona, mais elle ne répond pas, et j'appelle Eli, mais il ne répond pas non plus parce qu'ils doivent m'ignorer, j'imagine, après le scandale que j'ai provoqué. J'appelle la police, mais j'ai trop bu pour être cohérente et la femme à l'autre bout du fil est patiente, patiente jusqu'à ce qu'elle ne le soit plus.

« Une blatte vous a volé les clés de votre appartement ? Êtes-vous en état d'ébriété, madame ? Ou sous médication ? »

Je raccroche et je réessaye Eli, mais il ne répond pas – bien sûr qu'il ne répond pas. L'adrénaline de ma confrontation avec Roach commence déjà à se diluer, les détails deviennent flous. Je me sers une dose de bourbon, un grand verre qui me brûle les lèvres, et je m'écroule sur le canapé. Les questions se bousculent dans ma tête : lui a-t-il répondu ? Sont-ils en contact régulier ? S'est-il confié à elle ? Ont-ils parlé de ma mère ?

Roach en sait-elle plus que moi sur sa mort ?

Je ferme les yeux, broyée, épuisée, et rappelle encore Eli, mais je tombe à nouveau sur sa messagerie et je

ne peux plus continuer comme ça

je n'en peux plus

je ne

# Roach

La nuit sent le feu de bois et j'aurais presque pu croire qu'il s'agissait de l'odeur de mes cheveux, roussis par les flammes de ma colère. En plus du reste, j'avais laissé trop de traces compromettantes de mes explorations sauvages chez Laura pour pouvoir en rester là. Elle avait récupéré mon double des clés et j'avais planqué mes fringues sous son lit avant d'aller à la soirée. Sans parler des preuves accablantes que je portais sur moi – le pendentif en améthyste, le rouge à lèvres, la robe. Si je trouvais le moyen de récupérer mes affaires et de lui rendre les siennes, j'effacerais tous les indices. Ce serait sa parole contre la mienne, et qui la croirait, après qu'elle s'était affichée devant tout le monde à la soirée ?

J'ai sauté par-dessus le grillage et filé à travers la pénombre liquide de Lloyd Park. Les branches nues s'agitaient dans le vent et j'ai dû relever ma capuche pour empêcher mes cheveux de se rabattre devant mes yeux. Le parc était désert – pas de tarés du fitness sur les portiques de musculation, pas d'ados en train de picoler sur les rampes de skate, pas de retraités jouant aux boules, pas de chiens frétillants sur la pelouse.

Arrivée à l'étang, une sorte de plan d'eau circulaire

et peu profond qui entourait l'îlot aux canards au milieu du parc, j'ai allumé la torche de mon téléphone. La main tremblante, j'ai éclairé la bande de gravier jusqu'à ce que je trouve enfin ce que je cherchais. Une grosse pierre, de la taille d'une demi-brique à peu près. Je l'ai soupesée au creux de mes paumes. Elle était lisse d'un côté et irrégulière de l'autre, avec une pointe acérée qui rappelait un peu l'améthyste autour de mon cou. Surtout, elle semblait assez lourde pour briser une fenêtre ou un crâne.

J'ai inspiré profondément et compté jusqu'à trois. Le bruit produit par le choc de la pierre contre mon arcade sourcilière était le même que celui d'une pomme qui s'écrase par terre. J'ai étouffé un cri et senti une violente douleur éclater au point d'impact. Quand j'ai palpé mon sourcil, mes doigts en sont revenus maculés de rouge sombre. Je m'en suis étalé plein la figure, mais le sang sèche vite et ce n'était pas suffisant. J'ai repris mon souffle et j'ai continué à me frapper, encore et encore, jusqu'à ce que le sang coule à flots.

Il y avait de la lumière, un éclat de lumière doré derrière les stores vénitiens. La maison ressemblait comme deux gouttes d'eau à celle de Laura : même petite allée, même fenêtre en saillie. En pressant la sonnette, j'ai imaginé une bande d'étudiants en train de se défoncer à cette heure tardive ou un barman à peine rentré du boulot, les yeux vitreux. Mais quand la porte s'est entrouverte, c'est une femme rousse aux traits tirés qui m'est apparue.

« Mon Dieu », a-t-elle murmuré en voyant mon visage barbouillé de sang. Elle a ouvert en grand, révélant le tout petit bébé en forme de larve qu'elle portait contre elle. Le gamin dormait en tétant son poing baveux, les cils ourlés de larmes récentes.

« Je m'excuse de vous déranger... », ai-je commencé. Elle a pressé un doigt contre ses lèvres tout en berçant le mouflet endormi. Je me suis mise à chuchoter. « Je suis Laura, votre voisine d'à côté. »

Elle a examiné mes cheveux blonds, mon visage ensanglanté. « Oui, je vous ai déjà aperçue dans le quartier. Vous allez bien ? Qu'est-ce qui s'est passé ?

— Je me suis fait agresser et je ne peux plus rentrer chez moi, j'ai répondu en minaudant comme Laura, façon demoiselle en détresse. Ils m'ont volé mon téléphone, mes clés... absolument tout. »

Une bourrasque a agité les cheveux frisottés qui encadraient son visage. Elle a frissonné, et le bébé dans ses bras a poussé un gémissement, comme un faible cri d'angoisse échappé de sa gorge minuscule.

« Chhh, chhh, a-t-elle murmuré en le remuant doucement sur sa hanche. Vous voulez aller aux urgences ? Vous voulez que je vous appelle un taxi ?

— Non, non... en fait, je crois que j'ai laissé la fenêtre de ma chambre ouverte et je me disais que je pourrais peut-être passer par le muret de votre jardin pour y accéder. »

Elle a sorti son téléphone de la poche de son gilet, une inquiétude visible sur ses traits. « Je peux au moins appeler la police, non ?

— Non, je vous assure que...

— Mais vous n'avez plus votre téléphone, a-t-elle insisté, les sourcils froncés. Si on les appelle maintenant, ils seront peut-être encore en mesure d'attraper votre agresseur. »

Le vent soufflait fort et le bébé s'agitait dans son sommeil, mais elle n'en démordait pas, plantée sur le seuil de chez elle tel un videur de boîte de nuit. J'avais déjà perdu assez de temps. Laura avait peut-être déjà prévenu les flics, ou Sharona, ou Eli, et un sentiment d'urgence commençait à affecter ma capacité de raisonnement. Cette connasse n'avait pas l'intention de me laisser entrer sans fourrer son nez dans mes affaires, c'était clair. J'avais affaire à une fouine et à une commère. Mais une agression n'avait rien d'une urgence, et il y avait fort à parier que les flics avaient autre chose à faire un samedi soir de décembre. C'était un risque à prendre.

« Vous avez raison, ai-je fini par lui répondre en me fendant d'un beau sourire de relation client malgré mes blessures. Je peux vous emprunter votre téléphone ? »

Elle a déverrouillé son iPhone à l'écran fendillé pour me le tendre et, à mon grand soulagement, elle s'est écartée pour me laisser entrer. Il faisait bon chez elle, une lumière douce régnait dans la pénombre. J'ai composé le 6-6-6. Un déclic a retenti dans le combiné, suivi d'un message automatique :

« *Le numéro que vous venez de composer n'est pas attribué.*

— Allô, la police ? » j'ai demandé à voix haute.

J'ai suivi la femme dans sa cuisine tout en longueur, l'exacte réplique de celle de Laura. Sur la petite table, les restes d'un repas inachevé (une assiette de toasts beurrés, une tasse de café refroidi avec une pellicule de lait à la surface) côtoyaient les accessoires inévitables de la vie avec un nourrisson : un paquet de lingettes, un lange de tissu fin et une sorte de jouet en caoutchouc comme ceux qu'on donne aux chiens.

« C'est pour signaler un vol avec agression, ai-je poursuivi dans le téléphone. Deux types m'ont sauté dessus sur Cazenove Road. »

L'odeur qui régnait chez les autres avait toujours eu le don de me retourner l'estomac. Habitudes culinaires obscures, marques de détergents différentes, peaux et cheveux de parfaits inconnus. J'ai pris sur moi et j'ai dégluti.

« *Le numéro que vous venez de composer n'est pas attribué.*

— Vous voulez une tasse de thé ? » m'a proposé la femme à voix basse.

J'ai fait non de la tête. J'ai fourni à la voix automatique toutes sortes d'informations concernant Laura, ainsi qu'une description succincte de mes agresseurs fantômes – jeans, sweats à capuche, casquettes de baseball rabattues devant les yeux, non, je n'avais pas vu leurs visages.

« *Veuillez raccrocher et renouveler votre appel.*

— C'est parfait, merci beaucoup », ai-je déclaré avant d'appuyer sur le bouton.

La voisine faisait les cent pas dans sa cuisine en berçant son bébé avec un mouvement de balancier quasi mécanique. Le reste de la pièce était envahi d'assiettes sales et les poubelles de déchets recyclables débordaient.

« Il pleure sans arrêt, m'a-t-elle expliqué en lui tapotant le dos. Si je le couche, même juste une seconde, il pleure. Si je m'endors, il pleure. Il ne vous réveille jamais ?

— La police est en route », ai-je répondu.

Elle m'a détaillée du regard. Mauvaise idée, ai-je pensé.

« J'ai des lingettes pour bébé, vous en voulez pour vous débarbouiller ?

— J'ai juste envie de rentrer chez moi, ai-je répondu d'un ton larmoyant.

— Restez encore un moment. Le temps de vous remettre de vos émotions. »

J'avais la bouche sèche. J'ai avalé ma salive. Elle a embrassé le crâne de son bébé. « Vous voulez avoir des enfants un jour, Laura ?

— Non, ai-je répondu. Ça ne m'a jamais tentée. Ma mère s'est fait assassiner quand j'étais adolescente. Je ne supporte pas l'idée de faire naître un enfant dans un monde si cruel. On ne se remet pas de quelque chose comme ça. »

Une ombre a traversé son visage et elle s'est immobilisée un instant, les yeux rivés aux miens. « Non, a-t-elle répondu tout bas en reculant d'un pas. Sans doute pas.

— J'aimerais y aller, maintenant. »

Son jardin consistait en une terrasse en bois crasseuse qui sentait la pisse de renard et donnait sur une jungle de mauvaises herbes. J'ai traîné une table d'extérieur jusqu'au mur de séparation et relevé ma robe d'une main.

« Vous êtes sûre que ça va aller ? » m'a-t-elle demandé, éclairée de dos par la lumière de sa cuisine.

J'ai levé un pouce dans sa direction, terrifiée à l'idée que ma voix parvienne aux oreilles délicates de Laura et trahisse ma présence. Je me suis hissée par-dessus le mur et j'ai atterri lourdement de l'autre côté. Tout était plongé dans la pénombre et mes yeux ont découvert peu à peu un tapis de feuilles mortes en putréfaction, une pile de briques, un barbecue cassé et plusieurs pots en terre cuite couverts de mousse.

J'ai dû m'asseoir une minute, le temps que l'adrénaline redescende un peu et que je me sente capable de tenir sur mes jambes. J'imaginais toute cette séquence reconstituée dans un podcast. Les Murder Girls trouveraient l'histoire aussi glaçante que distrayante. Cette pensée m'a donné la force de continuer.

Les rideaux de la fenêtre de sa chambre étaient ouverts et j'ai vu à travers la vitre que son lit était vide. Le châssis était un peu coincé et j'ai eu du mal à l'ouvrir, centimètre par centimètre, tout en guettant le moindre mouvement à l'intérieur de l'appartement, qui était plongé dans le noir. Une fois la fenêtre suffisamment ouverte, je me suis glissée dans la pièce et je suis restée debout à écouter le silence, le cœur battant, battant, battant.

Les murs étaient imprégnés de ce calme et de ce silence qui régnaient dans la librairie la nuit, après le départ des clients. Ni agitation dans la cuisine, ni musique, ni podcast, ni télévision allumée pour lui tenir compagnie. Était-elle ressortie ? En panique, je l'ai imaginée en train de prendre un Uber et de filer dans la nuit pour aller trouver refuge chez une connaissance, quelque part en lieu sûr, où elle aurait tout loisir de raconter son histoire confuse sans que je sois là pour rectifier le tir. D'un autre côté, si elle était sortie, ça me laissait le champ libre pour faire ce que j'avais à faire. Mais j'avais de sérieux doutes. Elle était trop bourrée, trop en vrac, trop tout. Et où aurait-elle pu aller, de toute manière ? La porte de sa chambre était fermée, mais un trait de lumière filtrait par-dessous. Elle devait être dans son salon, ai-je pensé.

Sans bruit, je suis allée jusqu'à la porte et je l'ai

entrouverte pour jeter un œil dans le couloir. Ma vision était un peu brouillée. J'avais redouté une confrontation immédiate mais maintenant que j'étais sur place, je trouvais le silence et la pénombre presque plus stressants. Des images violentes se sont succédé dans ma tête. Je l'ai vue gisant sur la moquette au milieu de boîtes de cachets vides. Je l'ai vue nue, flottant dans son bain, l'eau froide marbrée de sang et les poignets tranchés par une lame de rasoir. Je l'ai vue pendue, une corde nouée tel un ruban autour du cou. Je l'ai vue tomber, je l'ai vue se noyer, je l'ai vue mourir un millier de morts toutes plus glauques les unes que les autres, mais laissant chaque fois un si joli cadavre. Blonde, les yeux noisette, la parfaite incarnation de la tragédie.

Le plus vite et le plus silencieusement possible, j'ai récupéré mes vêtements sous le lit et délacé mes chaussures pour enfiler mon jean. Au moment de passer la robe par-dessus ma tête, en veillant à ne pas la frotter contre mon visage en sang, j'ai senti qu'elle était imprégnée de ma sueur et de l'eau de toilette que j'avais mise pour la soirée. Cela risquait-il de me trahir, ou Laura reconnaîtrait-elle son propre parfum couleur whisky ? Je n'avais pas le temps de tergiverser – j'ai jeté la robe noire sur le tas de vêtements qui jonchaient le sol, remis mon tee-shirt et mon sweat à capuche.

Le nœud du pendentif était très serré, et j'ai eu un mal fou à le défaire avec mes doigts fébriles et engourdis. Le cœur battant, je tendais l'oreille pour guetter un éventuel signe de vie derrière la porte. Quand j'ai enfin réussi à dénouer la cordelette, j'ai balancé le collier dans une bottine en cuir qui traînait par terre et que j'ai repoussée sous le lit. Laura la retrouverait un jour de neige, lorsqu'elle chercherait la paire de bottes idéale pour aller avec sa petite sacoche en cuir.

Il était temps que je me tire d'ici, mais je me suis aperçu avec horreur que j'étais coincée. Je ne pouvais pas repartir par le même chemin qu'à l'aller – comment le justifier aux yeux de la voisine ? Il n'y avait qu'une seule issue possible. Sur la pointe des pieds, je suis allée me coller contre la porte et j'ai écouté le silence, en quête de bruits qui ne venaient pas. J'ai fini par actionner la poignée, et je me suis retrouvée dans le couloir. Sur ma droite, entre l'endroit où je me tenais et l'entrée, une faible lueur vacillait depuis le salon. Une bougie ou une télé silencieuse, peut-être. Quand bien même je parviendrais à passer devant le salon sans que Laura m'aperçoive, elle entendrait à coup sûr le frottement métallique de la chaînette, le mécanisme du verrou, l'ouverture et la fermeture de la porte. C'était trop risqué. Je ne savais pas quoi faire.

Sur ma gauche, la cuisine et la salle de bains étaient noyées dans la pénombre, alors c'est par là que j'ai décidé d'aller. Le clair de lune inondait le sol de la cuisine et illuminait les traînées sinueuses de mucus d'un petit escargot jaune qui s'était élancé sur le lino. Un intrus, comme moi. C'était bon signe.

J'étais encore dans le couloir quand j'ai soudain entendu se rapprocher la menace de la voix pâteuse de Laura. Elle semblait parler au téléphone. Je n'avais qu'une fraction de seconde pour me décider. Tel un cafard fuyant précipitamment la lumière, j'ai suivi la trace de l'escargot jusqu'à la salle de bains et je suis entrée dans la baignoire. Il y avait un rideau, mais il n'était qu'à moitié fermé et je n'osais pas tirer dessus, de peur que les anneaux fassent du bruit contre la tringle. C'était vraiment une très mauvaise planque, digne d'une amatrice.

Mais la chance m'a souri : quand Laura a poussé la porte de la salle de bains, elle s'est ouverte de mon côté et je me suis retrouvée cachée derrière. Elle a pressé l'interrupteur.

« Chais pas pourquoi tu m'réponds pas, bredouillait-elle, mais va t'faire foutre. »

Elle a raccroché et j'ai retenu mon souffle en l'écoutant pisser. Elle a tiré la chasse, puis elle s'est mouchée et lavé les mains. Je me suis cru tirée d'affaire : je n'avais plus qu'à attendre qu'elle s'endorme pour m'éclipser ni vu ni connu hors de chez elle. C'est alors qu'elle a décidé de se brosser les dents et qu'elle a machinalement refermé la porte, révélant ma cachette.

Nos regards se sont croisés dans la glace et j'ai vu son expression changer lorsqu'elle a reconnu mon visage couvert de sang, non pas comme une ombre ou une illusion d'optique, mais comme une présence humaine dans sa baignoire. Je me suis imaginée surgissant de l'obscurité telle une photo en train de se développer. L'horreur a envahi ses traits ; elle a poussé un cri étranglé et lâché son téléphone, qui est tombé avec fracas dans le lavabo.

« Ne crie pas », lui ai-je ordonné.

Elle a ouvert la bouche, qu'elle avait barbouillée de rouge à lèvres et de dentifrice, et pris une grande inspiration, comme si elle s'apprêtait à hurler. Je n'avais pas le choix. J'ai bondi hors de la baignoire pour la saisir par le cou.

« Ne hurle pas, ai-je grondé en resserrant la pression de mes doigts. Quelqu'un va t'entendre. »

Elle m'a frappée au visage et sa brosse à dents s'est enfoncée dans la plaie béante au-dessus de mon sourcil. J'ai laissé échapper un cri rauque et attrapé son poignet fin pour le cogner contre le rebord du lavabo, une fois, puis deux, puis trois, jusqu'à ce qu'elle lâche enfin sa brosse à dents.

D'un habile coup de hanche, un truc sans doute appris lors d'un stage d'autodéfense féministe, elle a réussi à se dégager pour se précipiter en titubant dans la cuisine. Ne sachant pas vers quoi elle se dirigeait – la porte d'entrée, pour s'enfuir ? un couteau, pour m'attaquer ? –, je me suis jetée sur elle et je nous ai fait perdre l'équilibre à toutes les deux. Un craquement sourd a retenti au moment où sa tempe a percuté le coin du plan de travail, et elle s'est affaissée sur le lino avant de ne plus bouger du tout.

« Laura ? » ai-je appelé tout bas comme on prononce une incantation.

Je l'ai retournée sur le dos. Je l'ai trouvée lourde, mais docile. Un poids mort. Elle avait la bouche ouverte, de travers, son front pâle entaillé par une plaie profonde. Un épais filet de sang coulait vers la racine de ses cheveux blonds. Elle était blême et inerte, comme une statue de marbre. J'ai failli tendre la main vers sa carotide pour chercher son pouls, mais l'idée de la toucher à nouveau me dégoûtait. Alors je me suis abstenue.

C'était une perte de temps. J'ai enjambé son corps et je suis retournée dans la salle de bains.

Dans le miroir, le blanc de mes yeux ressortait au milieu du masque de sang. Tout semblait hyper réel, comme si je venais de sortir d'une salle de cinéma et que j'avais du mal à me réhabituer à la vision naturelle en

3D. Le téléphone de Laura était toujours dans le lavabo et j'ai décidé de l'emporter, plus ou moins dans l'idée de vérifier si elle avait appelé la police ou envoyé des messages compromettants à propos de notre accrochage devant sa porte d'entrée.

Je me suis nettoyé le visage, les mains tremblantes. De l'eau teintée de rose s'est mise à couler dans la vasque. Ma plaie saignait encore, mais au moins, je ne ressemblais plus à quelqu'un qui vient de se faire assassiner. Assassiner. J'ai éteint la lumière de la salle de bains, puis de nouveau enjambé le corps inerte de Laura. Elle n'avait pas bougé.

Dans le salon, j'ai découvert le décor de ses derniers instants : une couverture rejetée contre le canapé, un verre de whisky et deux trousseaux de clés. Les miennes étaient retenues par simple anneau métallique, mais les siennes pendaient à un porte-clés œil-de-tigre, celui que j'avais aperçu dans sa main avant qu'on s'engueule. Œil-de-tigre. Mue par une impulsion soudaine, j'ai plongé ma main entre les coussins du canapé et ressorti le petit morceau de quartz rose rattaché aux clés que je lui avais rendues des semaines auparavant. Elle ne les avait donc jamais retrouvées. Ça n'avait plus la moindre importance, désormais.

J'ai posé le porte-clés en quartz rose et celui en œil-de-tigre côte à côte sur la table basse, bu une gorgée de whisky et glissé le troisième jeu de clés, le mien, dans ma poche. Si elle avait eu le temps d'en parler à qui que ce soit (Sharona, Eli ou la police), on ne retrouverait chez elle que deux trousseaux de clés, et ils lui appartiendraient tous les deux.

Voilà, c'était terminé. Je suis retournée dans la cuisine

et je me suis arrêtée sur le seuil, la main sur l'interrupteur, pour la regarder une dernière fois. Avant ce moment, je n'avais jamais remarqué à quel point le velours apportait de la profondeur aux couleurs. À quel point le bleu nuit, le violet améthyste, le vert émeraude ou le bordeaux prenaient des accents plus sombres sur les replis d'une robe en velours. Ils devenaient presque impénétrables, plus qu'un soupçon, une infime trace de couleur. J'ai éteint la lumière, et le velours de sa robe est devenu noir.

Il était plus de minuit et le pub commençait à se vider. À l'autre extrémité du bar, une serveuse – je crois qu'elle s'appelait Helena, mais elles se succédaient à une telle vitesse – parlait à un client avec une complicité semblant suggérer qu'ils étaient amis ou amants. Personne ne m'a regardée ou n'a remarqué ma présence. J'étais une ombre, un fantôme. La tête baissée pour cacher la blessure à mon front, j'ai filé à l'étage sans demander mon reste.

Jackie était dans sa chambre, j'entendais le vague bourdonnement de sa télé derrière sa porte. Elle avait passé une soirée ordinaire. Elle n'avait pas rencontré Sam, et elle n'avait pas vu Brodie, Brogan et Roach fusionner sous l'influence de Laura. Son petit monde ordinaire demeurait intact, pour le moment. M'aimerait-elle encore en sachant que j'étais une meurtrière ? Me croirait-elle si je jurais de mon innocence ? Me soutiendrait-elle si j'étais jugée coupable ?

Dans la cuisine, j'ai sorti une bouteille de rhum épicé couleur miel, mais la pin-up sur l'étiquette de Jerry Sailor's m'a trop rappelé les vieux tatouages de Laura et j'ai repensé au sang noir et visqueux qui coulait de sa tempe. Ma bouche s'est remplie de salive et j'ai réprimé un haut-le-cœur. J'ai pris une bouteille de Jack Daniel's à la place.

À l'abri dans l'antre de ma chambre, j'ai dévissé le bouchon et bu une bonne lampée d'alcool doux et chaud pour apaiser ma panique. Si Laura était morte, si elle était vraiment morte, cela faisait-il de moi une meurtrière, ou bien sa mort serait-elle classée comme un homicide involontaire ? La seconde option était tellement moins glamour.

Je ne sentais plus mes lèvres et je claquais des dents comme si j'avais passé la nuit dehors, dans le froid, ou que j'avais aperçu un fantôme. Moi qui m'étais toujours crue solide sur le plan physique. Toutes ces heures passées à écouter d'épouvantables histoires de violence, plongée dans les affaires de meurtre et des photos de scènes de crime sordides, ne m'avaient pas préparée à la réalité du sang frais sur un cadavre.

Bleep s'étirait contre la paroi de son vivarium et je l'ai soulevé pour le poser sur ma clavicule. Son muscle puissant, presque semblable à une langue, a calmé les battements de mon cœur tandis qu'il rampait en direction de mon épaule gauche.

J'ai envoyé un texto à Sam. *J'arrive pas à dormir.*

Sa réponse m'est parvenue tout de suite. *Ah OK.*

*La faute à Laura*, j'ai ajouté.

*On aurait vraiment dû la buter*, a-t-il rétorqué.

Ma chambre est devenue floue. N'était-ce pas incriminant ? J'ai effacé son message. J'ai repris une rasade de bourbon et essuyé l'alcool qui coulait sur mon menton avant qu'il risque d'atteindre Bleep.

*Désolée*, j'ai écrit à Sam, mais il ne m'a pas répondu.

Mon alarme a égorgé mon sommeil à vif. Une douleur atroce pulsait à mon front et je l'ai palpé du bout des doigts, non sans appréhension. Ma blessure m'a fait l'effet d'un morceau de viande crue. *Laura*. Des éclats de souvenirs m'avaient bombardée durant toute la nuit et je me débattais encore contre eux quand j'ai ouvert les yeux. *Laura*. J'ai attrapé mon téléphone pour faire taire l'alarme. *Laura*. Un océan nauséeux s'est mis tanguer en moi, une marée montante d'acidité. *Laura*.

J'étais en nage, entortillée dans mes draps qui empestaient encore le parfum de Laura. L'alcool, la sueur et cette écœurante odeur de roses. Je me suis redressée et j'ai aperçu mon reflet dans le miroir : une blonde avec le front en sang. *Laura*. La soudaine morsure du vomi au fond de ma gorge. Je me suis jetée en avant à la seconde où une gerbe brûlante éclaboussait les livres et les assiettes au pied de mon lit. J'ai péniblement repris mon souffle, un filet de bave amère aux coins de la bouche, et j'ai fini par replonger dans un sommeil noir.

Un vrombissement lancinant, comme celui d'une mouche à viande tournant au-dessus d'un cadavre. Laura dans sa robe lie-de-vin. Laura avec un verre d'Old Fashioned à la main, son troisième ou quatrième d'affilée. Laura recrachant la fumée de sa cigarette. Laura et son rouge à lèvres tout barbouillé.

Laura, la mâchoire pendante, du sang coulant sur sa tempe.

Quand je suis revenue à moi, la lumière du jour était grise et ma chambre puait le vomi. J'ai cherché mon téléphone à tâtons sur mon lit. Il était plus de 9 heures, et j'avais quatre appels en absence de la librairie. J'ai rappelé le numéro, tremblante d'adrénaline à l'idée de dire une connerie.

« Librairie Spines, bonjour. » J'ai reconnu l'accent mancunien et traînant de Kofi.

« Salut, heu… c'est Roach.

— Ça va ? a-t-il répondu, indifférent à ma voix pâteuse.

— Quelqu'un a essayé de me joindre ?

— Ah, ouais. Laura est encore aux abonnés absents ce matin. Sharona est fumasse. »

Laura était morte. Cette vérité m'a submergée comme une vague. Je me suis demandé ce que dirait une *normie* à ma place. Le plus important était de continuer à parler d'elle au présent.

« Elle n'est pas venue ce matin ?

— Non. Elle doit avoir le crâne fracassé.

— *Quoi ?*

— Le crâne fracassé. La tête à l'envers. La gueule de bois, quoi. Sharona voulait que tu viennes plus tôt pour la remplacer, mais tant pis.

— Je suis déjà debout, ai-je menti. J'arrive. »

Je me suis arrachée à mon lit, et Laura était morte. Les immondes flaques de vomi au bourbon devraient attendre. J'ai enfilé un tee-shirt AC/DC et des leggings par-dessus mes sous-vêtements de la veille, enfoncé mes pieds nus dans une paire de baskets froides et humides, et remonté la fermeture éclair de mon sweat à capuche System of a Down. Un iPhone est tombé de ma poche. Celui de Laura. Son écran de verrouillage était une photo de Taylor Swift, lèvres carmin et longue crinière blonde. Je ne connaissais pas le mot de passe. Pourquoi l'avais-je emporté ? C'était un objet inerte, inutile. Pouvait-on le géolocaliser, remonter sa trace jusqu'ici ? J'aurais dû le balancer quelque part cette nuit, mais je n'avais pas les idées claires. Je me suis frotté la figure à deux mains.

Laura. Ça faisait maintenant huit heures que j'étais partie de chez elle. Son corps avait déjà dû refroidir à température ambiante et une ombre mauve apparaîtrait bientôt aux endroits où son sang avait cessé de circuler.

Mon instinct me soufflait de me ruer chez elle pour voir la chose de mes yeux, mais les meurtriers retournaient toujours sur la scène du crime. J'ai eu un accès de panique, du mal à respirer. J'aurais dû me faire porter pâle – pâle, pâle, comme le cadavre de Laura –, mais je savais que je devais garder la tête froide et me comporter comme si de rien n'était. J'étais rentrée très tard, j'avais ramené une collègue ivre morte chez elle après une fête, j'avais glissé sur une plaque de verglas et je m'étais ouvert l'arcade sourcilière. Voilà. J'avais la gueule de bois, la tête de quelqu'un ayant réchappé d'un accident de voiture, mais tout était comme d'habitude. Tout était normal. Rien à signaler.

Dehors, il faisait froid. Le ciel était plombé, menaçant de neige. J'ai voulu presser le pas, mais j'ai dérapé sur le trottoir scintillant de givre et j'ai dû ralentir pour ne pas perdre l'équilibre. L'intérieur de mes baskets frottait contre mes pieds nus et mes doigts ont viré au rose pâte à modeler.

Il y avait du monde à la librairie. Ça grouillait de clients en train d'empoigner les livres et de se marcher sur les pieds. Je me suis frayé un chemin à travers la mêlée pour me réfugier dans le silence de l'ascenseur.

Dans la salle de pause, quelqu'un avait laissé une assiette de bonshommes en pain d'épices. J'ai posé mon sac et mon sweat à capuche dans mon casier et enfilé ma chemisette noire par-dessus mon tee-shirt AC/DC. Sous l'évier, j'ai trouvé la trousse de premiers soins et je suis allée m'enfermer aux toilettes avant d'ouvrir les deux robinets à fond. Un énième haut-le-cœur m'a saisie et j'ai régurgité une gerbe de bile jaunâtre. En la regardant s'écouler et disparaître dans le siphon, je me suis demandé si Laura avait déjà vomi dans ce lavabo. J'ai emballé son téléphone et son tube de rouge à lèvres dans du papier toilette et je les ai enfoncés dans la poubelle réservée aux protections menstruelles. Je me suis lavé les mains, je me suis passé de l'eau sur la figure, et j'ai ouvert le kit de premiers secours. J'ai collé un gros pansement sur ma blessure et j'ai tiré la chasse pour donner le change.

De retour en salle de pause, j'ai trouvé Eli debout près de l'évier, en train de boire un verre d'eau. Il avait mauvaise mine. Mal rasé, les cheveux sales. Il m'a aperçue au moment de reposer son verre.

« La vache, qu'est-ce qui t'est arrivé ? m'a-t-il demandé en désignant mon front. Ça va ? »

Il avait les yeux porcins et rougis, et toujours cette curieuse petite cicatrice ronde au milieu de la joue. Elle avait l'air à vif, comme s'il l'avait grattée.

« C'est rien », j'ai répondu en touchant mon front par réflexe. J'ai tourné la tête en me demandant s'il sentait l'odeur du vomi au bourbon dans mon haleine. « Je me suis juste cassé la figure hier soir. Sur une plaque de glace. C'est moins grave que ça en a l'air.

— Ça a une sale gueule, quand même. Tu es sûre que tu es en état de travailler ?

— À fond », lui ai-je répondu en passant devant lui pour me diriger vers la porte.

Il a posé une main sur mon bras.

« Au fait, je voulais te demander… tu as pu raccompagner Laura chez elle, hier soir ?

— Oui. » Je me suis sentie blêmir.

« Tu l'as trouvée comment ? Elle allait à peu près bien ?

— Ouais, tranquille. Elle m'a proposé d'entrer pour prendre un dernier verre. »

Il m'a dévisagé, interdit. « Ah bon ?

— Elle nous a servi deux bourbons et on est restées un bon moment dans son salon à parler de sa mère. Elle n'était pas triste, cela dit. Elle avait même l'air plutôt heureuse. Oui, heureuse de partager ses souvenirs d'elle. »

Eli a passé sa main dans ses cheveux, l'air perplexe. Il aurait fallu que je la boucle, à ce stade, mais c'était plus fort que moi. La panique avait pris les commandes.

« Elle a voulu qu'on sorte s'acheter une autre bouteille, ai-je poursuivi. Mais je lui ai répondu que j'avais déjà assez bu comme ça – clairement ! » j'ai ajouté en désignant mon pansement, avant de lâcher un petit rire forcé, suraigu et inhumain. Il a résonné à travers la pièce et Eli a grimacé.

« OK, merci », m'a-t-il répondu d'un ton dubitatif. Je me suis demandé si je n'en avais pas trop dit.

À midi, j'ai surpris Noor et Kofi en train de remplir des bouteilles d'eau pétillante vides avec du gin tonic de supermarché. Je m'en foutais pas mal, à vrai dire. Ils ont passé le reste de l'après-midi avec des petits sourires scotchés sur la figure, à picoler entre deux clients en plaisantant sur le fait qu'ils avaient drôlement soif. Leur haleine sentait l'acétone et le citron vert. Chaque fois qu'ils passaient devant moi, j'avais à nouveau la gerbe.

Je suis restée plantée derrière la caisse du premier en luttant contre des accès de nausée et d'angoisse. Il y avait moins de monde à l'étage, et je me retrouvais un peu seule avec mes pensées glauques. Je me suis demandé ce qu'aurait fait Laura si elle était venue bosser aujourd'hui. Elle se pavanerait devant les clients, sans doute dans une tenue bien voyante, comme sa minirobe vert foncé avec son collant de lutin à rayures rouges et blanches, à faire des blagues et à enchanter tout son petit monde.

Maintenant qu'elle était partie, cela dit, j'avais une chance de reconstituer mon rayon True Crime. Ça m'a mis du baume au cœur. Quand une femme aux traits rubiconds munie d'une liste griffonnée au dos d'une enveloppe s'est avancée vers ma caisse, un sourire factice m'est venu spontanément aux lèvres.

« Bonjour, lui ai-je lancé d'un ton enjoué. Je peux vous aider ? »

Eli était dans la réserve, en train d'empiler des livres de poche sur un chariot pour en remettre sur les tables situées près de l'entrée.

« Alors, je lui ai demandé, Laura a appelé ?

— Non », a-t-il répondu, la mâchoire serrée. Il s'est essuyé le front avec le bras avant d'avaler une longue gorgée d'une bouteille d'eau en plastique. Je me suis demandé s'il carburait au gin, lui aussi.

« Sharona avait insisté pour que tout le monde soit là aujourd'hui, ai-je persiflé l'air de rien.

— Je ne sais pas ce que tu essaies de me faire dire, Roach.

— Elle est censée venir à la réunion, au moins ?

— Je n'en ai aucune idée. Je ne sais pas où elle est. Je termine ça, et je vais chez elle pour frapper à sa porte. »

Si elle ne venait pas lui ouvrir, ferait-il demi-tour, ou entrerait-il par effraction pour en avoir le cœur net ? Envisagerait-il le pire – accident, suicide – ou n'était-ce que moi ? Avait-il son propre jeu de clés ? Combien Laura en avait-elle ? Appellerait-il la police si elle ne lui ouvrait pas ? Voudraient-ils m'interroger ? Fouiller mes affaires ?

« Mais on est le 24 décembre. » Ma voix s'est fêlée. « Tu ne crois pas qu'elle sera avec sa famille ?

— Sa famille, c'est nous », a-t-il répliqué en sortant de la réserve.

Quand les derniers clients se sont éloignés de ma caisse pour se diriger vers la sortie, je me suis sentie un peu étourdie, comme si je venais de fumer ma première cigarette. Mais le boulot n'était pas terminé. Il fallait fermer les portes, vider les poubelles, imprimer les comptes de la journée, remonter les fonds de caisse pour les ranger au coffre. C'était au-dessus de mes forces. Je me suis glissée dans l'ascenseur en me demandant si je n'allais pas me planquer aux chiottes et laisser les autres gérer la fermeture sans moi.

Là-haut, Eli était en train de discuter avec Sharona, planté à l'entrée de son bureau. Je ne tenais pas particulièrement à espionner leur conversation jusqu'à ce que j'entende mon prénom.

« Et Roach ? » demandait Sharona.

Je me suis approchée sur la pointe des pieds pour mieux les entendre.

« Elle dit qu'elles sont restées ensemble un moment pour boire un verre.

— C'est… étonnant.

— Je suis vraiment inquiet, Shaz. Elle m'a laissé des messages complètement dingues… ça n'avait pas l'air d'aller du tout.

— Écoute, Jim vient d'arriver. Finissons-en d'abord avec la réunion, et on passe chez elle après. OK ?

— OK. » Il s'est passé les mains dans les cheveux. Puis il a pivoté sur ses talons et il m'a vue plantée là, dans une posture trop compromettante pour prétendre que je n'étais pas en train d'écouter aux portes. « Tout va bien, Roach ?

— Pas vraiment », ai-je répondu. C'était la stricte vérité. Une vague de panique m'a envahie à l'idée d'Eli et Sharona se rendant ensemble chez Laura. « Il faut que je m'en aille. Je peux ?

— Juste une minute », a répondu Sharona en sortant de son bureau, la mine sombre, tel un bourreau s'avançant vers la potence. « Je veux voir tout le monde en salle de pause. Maintenant. »

Jim, le directeur régional, avait une coupe de cheveux à la mode et une barbe rousse en bataille. Il s'est dirigé droit vers Eli et lui a donné une grande tape fraternelle sur l'épaule.

« Ça va, vieux ? » lui a-t-il demandé.

Les relents de son after-shave capiteux m'ont brûlé les narines. Je me suis demandé si quelqu'un était mort. Quelqu'un d'autre, je veux dire. Barbara, notre ancienne cheffe. Peut-être que Noël à Loughton avait eu raison d'elle. J'ai réprimé une folle envie de rire. Il fallait que je me calme et que je respire un bon coup. Je sentais bien que je perdais les pédales et que mon comportement devenait erratique.

Martin et Barry se sont assis chacun sur une table différente. Je me suis enfoncée dans mon fauteuil et j'ai sorti *Un tueur si proche* par habitude. Je le tenais posé sur mes genoux, comme un talisman, en effleurant ses pages douces et onctueuses.

« Merci à tous d'avoir pris la peine de rester, a déclaré Jim, assis sur l'une des tables. Bon, je ne vais pas tourner autour du pot. J'ai de mauvaises nouvelles à vous annoncer. »

L'atmosphère dans la salle s'est modifiée aussitôt, comme quand le soleil disparaît derrière un nuage.

« Malgré tous nos efforts, le groupe traverse une période difficile. Le commerce de proximité bat de l'aile et ce site pâtit de sa situation géographique, tout au bout d'une enfilade de magasins ayant déjà mis la clé sous la porte. Noël a été un beau succès, grâce à vous tous, mais la fréquentation en temps normal n'est pas au rendez-vous. Ça ne suffit pas pour maintenir à flot un magasin de cette taille, et nous sommes très loin de nos objectifs annuels.

— Mais il y a eu un monde fou, a objecté Martin, dépité. On a bossé comme des dingues.

— Ça ne suffit pas à éponger les pertes des autres mois, lui a répondu Sharona avec une note de regret dans la voix.

— Mais je tiens à rassurer tout le monde, a ajouté Jim : il n'est pas encore question de licenciement économique.

— Pas encore ? a répété Barry, une lueur de colère dans le regard.

— Minute, ça veut dire que la librairie va *fermer* ? a lâché Martin.

— Le 26 décembre sera notre dernier jour, hélas », a annoncé Sharona.

Jim a opiné, Eli a baissé la tête, et je n'ai rien ressenti du tout.

« Et vous nous annoncez ça le soir du réveillon de Noël ? s'est emporté Barry d'un air incrédule, le visage de plus en plus cramoisi.

— Croyez-moi, ça n'a pas été une décision facile pour la direction et ils ont vraiment fait le maximum pour…

— Mais c'est Noël, putain ! s'est exclamé Martin.

— Je sais que c'est une déception pour l'ensemble de l'équipe, a répondu Sharona avec douceur. Et aussi que cette librairie était comme une deuxième maison pour certains d'entre vous, depuis des années. Vous êtes un atout pour Spines, un atout considérable. Fermer une librairie ne se fait jamais de gaieté de cœur. C'est toujours la dernière chose qu'on souhaite, pas seulement pour nos collaborateurs, mais aussi pour les quartiers dans lesquels nous sommes implantés. »

J'en avais assez entendu. J'ai fermé les yeux, et j'ai laissé la pénombre m'envahir.

Noor et Kofi ont filé vers un des pubs de la grand-rue, rien que tous les deux, pour célébrer la fin du marathon de Noël et trinquer à la mémoire de la librairie. Ils étaient jeunes. Ils rebondiraient. Kofi était encore étudiant et il n'avait qu'un contrat à durée déterminée, de toute manière. Quant à Noor, elle ne rêvait que d'un aller simple pour la Thaïlande. Ça ne faisait rien, pour eux. Martin et Barry sont partis dans la direction opposée, peut-être pour aller boire un verre de consolation de leur côté. Après tout, on est moins triste quand on se tient compagnie.

Je suis restée devant la librairie, les yeux vides tournés en direction de la grand-rue déserte, de la place vide du marché, des rideaux de fer baissés, des enseignes éteintes, des affichettes délavées – « Liquidation totale », « Tout doit disparaître » – et des vitrines peintes en blanc.

« Tu ne vas pas au pub, Roach ? m'a demandé Eli en passant sa tête dans l'entrebâillement de la porte.

— Non.

— Tu n'es pas obligée de nous attendre. Rentre chez toi, si tu veux, hein ? »

J'aurais aimé trouver un moyen d'arrêter le temps, de l'empêcher d'aller à pied chez Laura. J'aurais aimé trouver une mission urgente à lui confier, un truc bidon qui m'aurait laissé une heure devant moi pour tenter d'empêcher l'inévitable. Je sentais l'affolement crépiter dans ma poitrine, mais il n'y avait rien à dire ou à faire pour le contraindre à changer ses plans. Sharona et lui allaient fermer le magasin puis se rendre chez Laura, qui ne viendrait pas leur ouvrir la porte. C'était aussi inexorable que l'écoulement des secondes. J'étais impuissante.

« Je sais que tu dois être sous le choc, a-t-il ajouté, interprétant de travers l'expression sur mon visage. Mais tu ne vas pas perdre ton boulot, OK ? Sharona veillera personnellement à ce que chacun d'entre vous retrouve autre chose ailleurs – peut-être un endroit avec un gros rayon True Crime, qui sait ? »

Un flocon a virevolté entre nous et on a tous les deux levé les yeux vers le ciel. Un autre a atterri sur ma joue, et Eli a penché la tête pour observer le tourbillon chaotique de la neige. Il avait l'air tellement ordinaire, à cet instant. Je ne voyais vraiment pas ce que Laura lui trouvait.

Si on était dans un roman d'amour, et si j'étais Laura, il aurait balayé tendrement le flocon sur ma joue avant de glisser sa main dans mes cheveux blonds. Dans une vision folle et ridicule, je nous ai vus tomber dans les bras l'un de l'autre. Nos lèvres se seraient rapprochées ; on aurait quitté la librairie ensemble.

Mais ce n'était pas de la romance, et je n'étais pas Laura. C'était du true crime et je m'appelais Brogan Roach.

« À plus, je lui ai dit en m'éloignant pour me diriger vers le Mother Black Cap.

— Joyeux Noël ! m'a-t-il lancé. Et rendez-vous après-demain pour un dernier tour de piste ! »

Alors que je traversais le marché, j'ai réalisé que je n'avais aucune intention de retourner bosser dans une librairie. C'était fini, terminé. Il n'y aurait pas de nouvelle section True Crime, pas de nouvelle salle de pause, pas de nouveaux codes d'entrée, pas de nouveaux habitués, pas de nouveaux collègues. J'en avais ras le bol de vendre des bouquins. Qu'ils ferment donc ce magasin pour toujours et qu'ils recasent les membres de l'équipe dans leurs autres succursales londoniennes. Qu'est-ce que ça pouvait bien me faire ?

J'ai sorti mon téléphone et j'ai envoyé un SMS.

Au Rose and Crown, un vieux type aux longs cheveux gras et à la moustache négligée jouait les piliers de comptoir avec sa pinte de bière. Il avait le regard inquisiteur du client qui cherche à établir le contact avec quelqu'un et j'ai prié intérieurement pour qu'il me laisse tranquille, qu'il trouve un autre pigeon à emmerder avec son verbiage de *normie* sur la météo, sur Noël ou sur l'atroce discours de la reine. J'ai gardé la tête basse et je l'ai soigneusement ignoré en passant commande de mes deux pintes de Dark Fruits et de mes deux shots de sambuca avant de partir chercher une table près de la fenêtre.

Dehors, la neige tombait en un voile épais, comme un linceul recouvrant les voitures qui roulaient au pas dans la grand-rue. Leurs phares avaient du mal à percer le blizzard. La chaleur qui régnait dans la salle était pulvérisée chaque fois que quelqu'un ouvrait la porte et que je voyais entrer un parfait inconnu avec un large sourire et deux joues roses, m'inspirant une déception amère. Peut-être qu'il était trop tard. Peut-être qu'il ne viendrait plus.

Je ne pouvais pas m'empêcher de penser à Laura, par fragments décousus. J'imaginais Sharona frappant à sa porte, Eli planté au bout de l'allée, les mains dans les poches, soufflant une brume blanche dans le froid. Si ça se trouve, ils se retourneraient en entendant un ivrogne brailler un chant de Noël et penseraient aux douces réjouissances qui les attendaient chez eux. Si ça se trouve, ils repartiraient sans demander leur reste, la conscience tranquille, leurs angoisses apaisées.

Ou à l'inverse, basculeraient-ils en mode panique ? Sonneraient-ils l'alarme, ameuteraient-ils tout le quartier ? Eli essaierait-il de défoncer la porte, Sharona préviendrait-elle la police ?

Peut-être que Laura l'avait déjà fait la nuit dernière. Peut-être que les flics étaient déjà en route au moment de notre ultime confrontation. Peut-être que son appartement – la scène de crime – grouillait déjà d'uniformes et d'agents de la police scientifique. Peut-être qu'Eli et Sharona découvraient des rubalises bleu et blanc en travers de sa porte à leur arrivée. Le policier à la mine sombre qui garderait l'entrée refuserait de leur dire quoi que ce soit, mais ils comprendraient qu'il s'était passé quelque chose de grave.

Quoi qu'il en soit, personne n'aurait le réflexe de m'appeler. Personne ne songerait à me tenir au courant.

« Va te falloir plus qu'un putain de shot pour te faire pardonner », a plaisanté Sam en s'installant sur la chaise en face de moi. Une fine pellicule de neige commençait déjà à fondre sur ses cheveux et à goutter sur les épaules de son perfecto. Il a écarquillé les yeux en découvrant le pansement sur mon front. « La vache, qu'est-ce qui t'est arrivé ?

— J'ai dérapé en allant au boulot ce matin.

— Merde, Brodie… ça a l'air grave, bordel, pourquoi tu m'as pas prévenu ?

— J'en sais rien. » J'ai alors senti un truc se débloquer en moi, et je n'ai pas pu retenir mes larmes. « Je croyais que tu m'en voulais.

— Eh, là… pleure pas. » Il est venu s'asseoir à côté de moi, il a pris ma tête entre ses mains et il m'a embrassée sur le nez. Il s'était douché juste avant de venir et ses longs cheveux sentaient le propre, genre shampoing antipelliculaire à l'eucalyptus.

« J'ai merdé, tu sais.

— Mais non, a-t-il répondu en coinçant une mèche

de cheveux derrière mon oreille. Tout va bien. J'étais furax, c'est clair, mais on avait tous trop bu. T'inquiète pas pour ça. »

J'ai compris alors que je l'aimais, que je l'aimais vraiment, et que je n'allais pas lui dire la vérité. Certains fantasmes devaient rester imaginaires. Je le savais, désormais. J'ai bu une bonne lampée de ma pinte. Elle était presque vide.

« Ça s'est bien passé, avec l'autre meuf ? m'a-t-il demandé. Tu as pu obtenir ce que tu voulais ?

— Nan. Elle était trop bourrée.

— Merde. »

Il a avalé une longue gorgée de cidre, engloutissant d'un coup un tiers de sa pinte.

« Je suis désolée, ai-je dit en tournant mon verre vide entre mes mains.

— Me traîne plus jamais aux fêtes de ton boulot, OK ?

— Ça risque pas. » Je lui ai dit pour la fermeture de la librairie.

« On s'en branle, a-t-il répondu en me tendant l'un des deux shots de sambuca. Fuck la librairie, fuck les livres, fuck tout ce bordel. Et fuck aussi l'autre connasse dont j'ai oublié le prénom.

— Laura.

— Voilà. Fuck Laura. Laisse-la crever, bébé. Qu'elle aille au diable. » Il a brandi son verre et on a trinqué. On a avalé nos shots de sambuca cul sec et il a embrassé mes larmes de ses lèvres humides et douces qui sentaient bon l'anis.

« Fuck Laura », j'ai murmuré, et j'ai eu l'impression de pouvoir enfin respirer.

On a continué à picoler et à devenir franchement infernaux, à remettre sans arrêt des pièces dans le juke-box numérique pour faire brailler l'énergie brute et frénétique des premiers AC/DC dans le silence tranquille du pub.

Quand le barman a annoncé qu'il servait les dernières commandes, on est sortis d'un pas chancelant dans la nuit.

« Je connais un pub qui reste ouvert tard », j'ai dit, et c'est comme ça qu'on a pris le chemin du Mother Black Cap en chantant « St. Anger » à pleins poumons, titubant devant les *normies* qui mangeaient des kebabs sur Hoe Street.

Il y avait pas mal de monde, au pub. Jackie était dans le feu de l'action, à raconter ses blagues et ses anecdotes dans son top à paillettes et son plus beau jean pendant que « Fairytale of New York » beuglait dans les enceintes. Elle a d'abord failli ne pas me reconnaître, mais son regard est passé très vite de mes cheveux blond platine à mon pansement.

« C'est quoi, ça ? Qu'est-ce qui t'est arrivé ?

— J'ai glissé. Sur une plaque de glace.

— Et ça, tu te l'es fait quand ? m'a-t-elle demandé en prenant une de mes mèches entre ses doigts d'un air admiratif.

— Hier soir », j'ai répondu en la laissant palper la texture de mes cheveux. Elle avait mis trop de parfum, trop de laque, trop de rouge à lèvres, mais ce cocktail à base d'Obsession, d'Elnett et de Smirnoff sentait la maison. J'ai ressenti un curieux élan d'affection envers elle.

« Tu ressembles à Debbie Harry jeune », a-t-elle commenté, avant de marquer une pause en semblant prendre conscience tout à coup que Sam n'était pas juste un client planté là par hasard mais qu'il était avec moi.

« Et qui avons-nous là ? a-t-elle demandé en levant sa paille vers sa bouche avant de le désigner du menton.

— C'est mon copain, j'ai répondu, et il a eu un grand sourire. Sam, je te présente ma mère, Jackie.

— Voilà qu'elle débarque à minuit avec un pansement sur la figure, les cheveux décolorés et un mec à son bras – tu es vraiment ma fille, dis ? »

Non, ai-je pensé. Je n'étais plus la fille qu'elle connaissait. J'étais devenue quelqu'un d'autre – je n'étais plus ni libraire, ni vierge, ni simple fan de true crime. J'étais une participante active. J'étais une meurtrière, une criminelle. J'étais diabolique.

Jackie a roulé des yeux, un imperceptible sourire au coin des lèvres, avant de se remettre à parler avec un tel débit que j'avais du mal à la suivre.

« Sam, tu ressembles à un roadie que j'avais surnommé Pringle. Matty Pringle. Il tournait avec Maiden. Non, Zeppelin. C'est ça, Zeppelin et après, Sabbath. Qu'est-ce qu'on se marrait avec lui. Il est mort, depuis. Mais crois-moi, il pouvait t'emmener partout backstage, de Liverpool à Londres, en échange d'une bouteille de Bacardi et d'une…

— On va se prendre à boire », l'ai-je interrompue avant qu'on ne puisse plus l'arrêter. Sam m'a tenu la main pendant qu'on se frayait un chemin vers le bar, mais, avant ça, je me suis penchée vers ma mère pour lui toucher l'épaule. Nos regards se sont croisés un moment, puis quelqu'un l'a appelée et elle s'est retournée.

On s'est trouvé une table dans un coin de la salle.

Après les dernières commandes, ma mère a fermé les portes, baissé le rideau de fer, et la nuit a continué juste entre nous, avec les habitués. Sam et moi avons tapé une bouteille de Jack Daniel's et il a pris les commandes du jukebox en faisant forte impression sur ma mère avec ses références métal des années 80. Juste avant les prémices de l'aube, on s'est retrouvés à crier sur « Shout at the Devil », l'haleine sucrée et bien chargée, mais j'avais l'impression que le diable était juste là, à mes côtés.

Le 1er janvier, la rue de Laura ressemblait toujours à une carte de vœux de Noël : lumières dorées aux fenêtres, portes ornées de couronnes de houx avec pommes de pin, rondelles d'oranges séchées et rubans de velours rouges. Des trucs de récup, aussi, parce que les trucs de récup étaient plus branchés que les merdes en plastique vendues dans les supermarchés. Des sapins de Noël clignotaient derrière les baies vitrées avec leurs guirlandes aux couleurs des emballages des Quality Street.

Retourner sur la scène de crime était une erreur de débutante, mais il s'était écoulé une semaine – une semaine passée à attendre, à surveiller les infos, les réseaux sociaux, à guetter les sirènes des voitures de police. J'étais une tueuse, c'était fatal que je me fasse prendre.

Les serial killers en cavale avaient quelque chose de presque surnaturel : cette capacité irréelle à se fondre dans le décor, à se cacher à la vue de tous, à disparaître sans laisser la moindre trace. Pourtant, c'étaient souvent les détails les plus idiots et les plus ordinaires qui menaient à leur capture. Un ticket de stationnement. Un test ADN sur un site de recherches généalogiques. Un siphon bouché. Un monogramme sur du papier à lettres. Une disquette d'ordinateur.

J'avais récupéré les pièces à conviction les plus compromettantes chez Laura cette nuit-là (mon jeu de clés, mes fringues), mais je n'avais pensé qu'à effacer les traces de ma dernière visite. Son appart devait littéralement être saturé de mon ADN – entre mes cheveux, les restes de salive sur le verre à whisky, les goulots de bouteille et les cannettes de bière dans la poubelle de déchets recyclables, les fibres de mes vêtements et surtout mes empreintes digitales disséminées partout comme des confettis. Il y aurait même des traces d'urine, de matières fécales et de sang dans la salle de bains. Je m'étais montrée négligente pour la bonne raison que je n'avais pas l'intention de commettre un meurtre, et ça me rendait dingue. Je devais au moins vérifier si son cadavre était encore là. Je voulais en avoir le cœur net.

Aucune lumière ne semblait allumée chez elle. Derrière les rideaux à moitié tirés, le salon paraissait tout gris. Il n'y avait ni scellés ni rubalises autour de sa porte, pas plus que d'agent posté devant l'entrée. Tout avait l'air normal. J'ai emprunté l'allée et frappé à la porte. J'ai agité le clapet de la boîte aux lettres, puis je me suis éloignée de quelques pas : si quelqu'un ouvrait, il serait accueilli par ma sublime indifférence. Mon souffle dessinait de petites boules de coton dans la nuit.

J'ai tenté d'imaginer Laura vivante, dans un lieu accueillant et chaleureux, entourée de sa famille, en train de boire du vin chaud et de grignoter des tartelettes aux fruits, de rire et de se chamailler avec une joyeuse bande de sœurs comme les quatre filles du docteur March, échangeant des blagues et se titillant entre elles. Sauf que non – bien sûr que non. Elle n'avait ni frères et sœurs ni parents, pour autant que je sache. Elle gisait seule dans cet appartement. J'ai passé mentalement en revue les cinq stades de la décomposition du corps humain comme on récite son chapelet. La putréfaction avait déjà dû lui donner une teinte un peu verdâtre, comme la peau d'une granny smith ou d'un granité au citron vert. Les micro-organismes de ses intestins devaient dévorer ses tissus mous et sécréter des liquides qui partageaient les mêmes caractéristiques moléculaires que le cocktail chimique donnant leur goût acide et sucré aux framboises. Durant la phase active du processus, des mouches viendraient lui pondre dans la bouche, les narines, les oreilles et les cavités oculaires, qui ne tarderaient pas à grouiller d'asticots.

L'appart demeurait silencieux. Personne ne venait m'ouvrir. Prête à affronter la puanteur d'un cadavre laissé à l'air libre, je suis entrée, mais je n'ai rien senti de bizarre. À peine de vagues relents d'humidité et de tabac froid. J'ai appelé son prénom en traversant le couloir pour aller vers sa cuisine, lieu de son dernier repos. Tout était vide et propre, les surfaces rutilantes. L'évier et le plan de travail avaient été briqués, il n'y avait plus rien dans les placards. Le frigo était éteint, la porte entrouverte. Dans sa chambre, le matelas était nu. Plus aucun vêtement ne jonchait le sol : les robes jetées en tas, les escarpins abandonnés, les tubes de rouges à lèvres, les écharpes vaporeuses, les piles de livres et les verres de vin, les cartes postales, les carnets, les poèmes – envolés.

Je suis passée dans le salon. Les bougies chauffe-plat poussiéreuses, les bouquins de poche empilés, les vieilles tasses de café, les bouteilles de vin. Disparues. Ne restaient plus que le canapé avachi et les rayonnages vides de sa bibliothèque. Une curieuse pluie de confettis roses, mauves et blancs recouvrait les coussins du canapé. J'ai enfoui ma main dedans, ramassé une poignée au creux de ma paume et les ai laissés retomber en une délicate pluie de papier.

J'ai compris qu'il s'agissait des exemplaires de son recueil de poèmes, *leurs moments d'insouciance étaient si beaux*, celui qui m'avait tant bouleversée, celui que j'avais tant aimé, déchirés en mille morceaux, réduits en charpie. Personne d'autre n'aurait pu faire une chose pareille.

C'était un message. Elle était vivante, et elle était partie.

À mon retour au Mother Black Cap, le bar était calme et à peine éclairé. Jackie regardait *EastEnders* avec les sous-titres, comme à son habitude. Elle portait sa gueule de bois avec une dignité silencieuse, mais le verre posé devant elle avait la couleur orange vif et reconnaissable entre mille du Lucozade.

« Oh, ce truc est arrivé pour toi, m'a-t-elle dit en me tendant un courrier. Je crois que c'est là depuis un moment. Je l'ai trouvé derrière le comptoir. »

L'adresse était griffonnée salement au stylo-bille. J'ai déchiré l'enveloppe et j'en ai sorti plusieurs pages rédigées à la main. *Chère Brogan*, pouvait-on lire. *Merci pour votre lettre. Vous pouvez m'appeler Lee.*

# Épilogue

## *1re partie*

*Août 2022*

La brise estivale apporte le fumet délicieux d'un barbecue et agite doucement le feuillage des arbres. Le rideau de fer de la librairie s'abaisse en grinçant et la clé reste un peu coincée dans la serrure quand je me penche pour fermer.

Ce sera soirée tranquille à la maison, me dis-je. C'était déjà ce qui était prévu hier, mais il faut croire que les vieilles habitudes ont la vie dure. On a commencé par une bouteille de rosé en terrasse. La fin d'après-midi a cédé sa place au début de soirée, et Gemma m'a convaincue de l'accompagner chez Jessie. On s'est retrouvées autour du brasero dans son jardin pour continuer à siroter du rosé. De chouettes camarades, du vin frais, une guitare et le doux crépitement des flammes. De la chaleur, de l'amour et des éclats de rire, l'envie d'être là et nulle part ailleurs.

J'ai mis du temps à tracer mon chemin jusqu'ici, dans un lieu où je me sente à l'abri. Je suis restée disloquée, paranoïaque et traumatisée si longtemps.

La soirée de Noël chez Spines constitue la « pièce manquante », quand j'y pense. Les fragments que je suis parvenue à rassembler ne suffisent pas à tout reconstituer. Il ne me reste rien, aucun souvenir durable de la fête, juste la vague impression de m'être sentie en chute libre et en danger. Pétrie de honte, je me rappelle m'en être prise à Lydia en lui disant des horreurs pour la choquer et l'embarrasser devant tout le monde. Le regard blessé d'Eli, sa douceur et sa déception mises à nu. La colère de Sharona. Et puis Roach. Roach, sa robe vulgaire, ses cheveux décolorés et son maquillage appliqué à la truelle, Roach, toujours dans mes pattes, toujours à l'affût. Roach, avec son collier qui ressemblait comme deux gouttes d'eau à celui de ma mère – sauf que non, je l'avais retrouvé dans le bordel de ma chambre. Elle ne me l'avait pas volé. Elle ne savait même pas qu'il existait. Elle m'avait raccompagnée chez moi quand tous les autres s'étaient défilés, et… ma foi, le reste est une énigme, une toile vierge, un trou noir.

Eli m'a aidée à combler certains trous quand je suis ressortie de l'hôpital, mais sa version me paraissait tout aussi improbable. Je nous ai fait du café et on s'est assis autour de la table de bistrot bleu pâle de ma cuisine, comme on l'avait fait tant de fois auparavant.

« Quand tu n'es pas venue travailler, le lendemain, pour la deuxième journée consécutive, Sharona était hors d'elle, m'a-t-il raconté en serrant son mug entre ses mains. Mais je savais qu'un truc clochait. Je le sentais au fond de moi. Tu m'avais laissé des messages en pleurant et en me reprochant de ne pas décrocher, mais je ne les ai eus que le lendemain matin. On est allés chez toi après le boulot pour voir si tout allait bien, et c'est là qu'on a rencontré ta voisine… Amber ? La jeune mère avec son bébé ? »

J'ai secoué la tête. « Je ne la connais même pas.

— Pourtant, elle te connaissait. Elle nous a raconté que tu t'étais fait agresser la nuit d'avant. Que tu étais venue frapper chez elle, couverte de sang.

— Quoi ? ai-je lâché, abasourdie. Agresser ? »

J'ai aussitôt pensé à Roach. J'avais le souvenir flou et perturbant d'une empoignade. Une engueulade devant ma porte – ou étions-nous encore dans le taxi ? À moins que je mélange tout et qu'il s'agisse de l'accrochage que j'avais eu avec… j'osais à peine y repenser. Je me suis fait violence pour me repasser la scène. Lydia, j'avais insulté Lydia. Se pouvait-il que je confonde ? Des flashs m'assaillaient comme une nuée de mouches, à la fois déplaisants et insaisissables.

« Elle ne t'a pas trouvé l'air particulièrement bourrée, juste… » Il a cherché le mot juste. « … à cran.

— À cran ?

— Tu as escaladé le mur de son jardin et tu es entrée chez toi par la fenêtre de ta chambre. Tu ne t'en souviens vraiment pas ? »

J'ai fait non de la tête en m'efforçant de ne pas pleurer. C'était comme si quelqu'un d'autre avait pris le contrôle de moi-même et m'avait fait faire des choses que je n'aurais jamais faites en temps normal. Je me sentais écœurée.

« Elle s'est inquiétée quand on lui a expliqué que tu ne t'étais pas pointée au travail. Genre, vraiment inquiétée. Elle nous a expliqué que tu avais une grave blessure à la tête, et on a tous convenu que tu étais peut-être en danger. »

J'ai touché la blessure à mon front, les contours de ma cicatrice toute fraîche. « Je n'ai pas le moindre souvenir de tout ça.

— On a appelé la police pour signaler une potentielle urgence vitale. Et… » Des larmes brillaient dans ses yeux et il s'est passé une main sur le visage. « Quand je t'ai vue là, étendue par terre dans ta cuisine, j'ai cru que tu étais morte, Lau. Si tu n'avais pas frappé chez ta voisine la veille au soir, on ne t'aurait peut-être pas retrouvée à temps. C'était un miracle. »

Un miracle. Ça ne ressemblait pas un miracle. Ça me faisait surtout l'effet d'un cauchemar. J'ai tenté d'imaginer la version de moi-même capable de prendre de telles décisions absurdes et illogiques : aller frapper chez ma voisine en réussissant à la convaincre que j'étais sobre, escalader le mur de son jardin… rien n'allait dans cette histoire. Je n'aurais *jamais* laissé la fenêtre de ma chambre ouverte. Mon téléphone avait disparu, mais mes clés et mon porte-monnaie avaient été retrouvés sur le canapé. Je m'étais servi un verre, j'avais allumé une lampe. Qu'avait-il donc bien pu se passer ? Qu'est-ce qui avait changé entre le départ de Roach et le moment où j'étais allée frapper chez la voisine ? Ça n'avait aucun sens.

J'étais obsédée par la pensée de ce qui avait pu m'arriver, obsédée par mon absence de souvenirs et par les hypothèses qui revenaient se bousculer dans ma tête tard le soir. Ce lieu était souillé, désormais, et mes chances de vivre en paix à Walthamstow semblaient pourries jusqu'à l'os. Il était temps que je parte. Je devais rendre cet appart, de toute manière – cadeau de fin d'année de mon propriétaire. Mais il n'y avait pas que ça. Il fallait que je quitte Walthamstow, et il fallait que je quitte Spines. Il fallait que je m'éloigne de Roach.

Roach, la pièce manquante du puzzle. J'ai bien songé à lui envoyer un message, à lui demander si elle savait ce qui m'était arrivé cette nuit-là, mais je n'ai jamais pu me résoudre à le faire. Chaque fois que je pensais à elle, je sentais la panique m'encercler la poitrine et j'avais du mal à respirer. Pour finir, le besoin vital de prendre mes distances avec elle aura été plus fort que mon envie de connaître la vérité. Sans compter qu'au fond de moi, je savais que je ne pourrais pas croire un seul mot qui sortirait de sa bouche.

Eli a fini sa tasse de café et s'est levé.

« Désolée pour ta joue », ai-je dit en désignant sa cicatrice. Il a eu un petit sourire, et il m'a serrée contre lui. J'ai senti sa main chaude glisser vers mon omoplate, juste à l'endroit où se trouverait mon aile si j'étais un ange, et il a lâché très vite : « Je suis désolé, tu sais, vraiment désolé que les choses se soient terminées comme ça.

— Moi aussi », ai-je répondu en pensant à nous deux et à notre premier baiser éméché, ce premier épisode à jamais manquant dans ma mémoire.

« On se revoit bientôt », m'a-t-il fait promettre en partant. J'ai dit oui. Le soir même, je commençais à faire mes valises.

J'ai donné ma démission. Sharona a convaincu les RH de m'octroyer une dispense spéciale pour que je n'aie pas à retourner travailler jusqu'à la fin de mon préavis, et voilà. J'étais libre. Je me suis mise en quête d'un boulot hors de Londres, et j'ai fini par me retrouver ici : dans cette merveilleuse librairie indépendante en bord de mer.

Sharona est venue me rendre visite l'an dernier. Elle s'était rasé le crâne d'un côté pour laisser ses boucles poivre et sel cascader en liberté de l'autre. Elle a aimé la douceur de l'endroit, admiré cette petite librairie qui était devenue mon chez-moi.

« Ça te ressemble », a-t-elle commenté en promenant son regard autour d'elle. Je voyais exactement ce qu'elle voulait dire : les sachets en papier à rayures rose et blanc, les sucres d'orges colorés près de la caisse, l'odeur des beignets frits qui flottait depuis la jetée, la vue sur l'immensité scintillante de la mer.

« C'est bien plus mignon que Brighton, a-t-elle ajouté. On s'y est installées, je te l'ai dit ? Je suis tombée amoureuse de la librairie et de la ville.

— Ça s'est passé comment, la mission là-bas ? » lui ai-je demandé en prenant un ton dégagé. On comprenait toutes les deux le sens caché de ma question.

« Ça a été, m'a-t-elle répondu, un sourire affectueux dans le regard. Il a demandé Lydia en mariage.

— Au secours », ai-je lâché en détournant la tête. Ça l'a fait rire.

Nous avons marché jusqu'à un pub sur le front de mer pour prendre des pintes de bière dans de grands gobelets en plastique. Les mouettes tournoyaient dans le ciel, leurs ailes blanches déployées face au vent.

« Tu es heureuse, n'est-ce pas ? a-t-elle voulu savoir en me touchant la main.

— Oui. Je suis heureuse. Même si j'aurais préféré en arriver là sans avoir besoin d'arroser toute ma vie d'essence pour y mettre le feu.

— Il a fallu que tu touches le fond pour trouver la force de remonter à la surface », a-t-elle analysé.

J'ai bien aimé la métaphore. Toucher le fond pour trouver la force de remonter à la surface de ma propre vie. Je n'avais même pas réalisé que je retenais mon souffle depuis si longtemps, que je me noyais sous le poids de mon chagrin. Le deuil ne connaît ni résolution ni fin heureuse. C'est une horloge au tic-tac perpétuel, une journée qui ne se termine jamais. Ma mère est morte. C'est une chose à la fois très banale et écrasante. Elle me manque beaucoup – elle me manquera toujours –, mais j'avais besoin d'espace pour respirer, et pour guérir.

Une fois que j'ai quitté Walthamstow, j'ai pu me remettre à l'écriture. J'ai commencé un livre sur ma mère et j'ai honoré la mémoire des quatre autres femmes ayant perdu la vie cet été-là : Elsie, Agata, Safa, Lana.

J'ai redécouvert le bonheur des choses simples. Revoir de vieux amis, en découvrir de nouveaux. Sentir la caresse du soleil sur mon visage, le sable sous mes pieds. Trouver du verre poli sur la plage, arrondi et façonné par la force des vagues. La joie de vivre à nouveau avec quelqu'un, la joie d'entendre les carillons tinter dans la brise, la joie de découvrir un bol de tomates parfumées laissées par une voisine prévenante.

La joie de rentrer chez soi en se sachant à l'abri.

# Épilogue

## *2de partie*

*Août 2022*

Une cloche d'église égrène onze coups dans le lointain. Je tire une dernière taffe sur ma cigarette roulée et jette mon mégot d'une pichenette sur les pavés, où il se laisse emporter par la brise et roule dans le caniveau. Des vagues viennent lécher tranquillement les petits cailloux de la grève tandis que je longe la courbe du trottoir avant de m'arrêter devant une petite maison au bout d'une allée constituée de dalles de pierre. Une mouette pousse un cri au-dessus de moi, et les notes mélodiques du carillon suspendu devant l'entrée lui répondent.

La matinée est calme et tranquille. C'est très beau, ici. Paisible.

Un panier de tomates difformes est posé sur le rebord de la fenêtre, avec un petit mot qui volète doucement dans la brise. Je soulève l'une d'elles, toute réchauffée par le soleil, et lis le message, rédigé au crayon à papier :

*L & G,*
*On passait juste vous apporter des tomates du jardin. On en a des TONNES. Un verre bientôt à la maison ?*
*Bisous, J + M*

Les voisins se connaissent tous. C'est une vraie communauté. Ils partagent les fruits de leur potager quand ils en ont trop : rhubarbe, courgettes, tomates. Ils s'invitent à boire l'apéro dans leur jardin, promènent les chiens les uns des autres. Il leur arrive même de ne pas fermer leur porte à clé.

J'ouvre et entre sans aucun problème, comme si j'étais la bienvenue – rien à voir avec les portes verrouillées, les vitres opacifiées et les volets impénétrables de Londres. La maison sent le propre et le frais, avec une note florale sous l'envahissante odeur de produit d'entretien. Sur le meuble à chaussures, j'aperçois une paire de Doc Martens impeccable avec coutures jaunes apparentes, plusieurs paires de Converse usées, une collection de ballerines vert émeraude, framboise et bleu nuit.

Les murs du salon sont envahis de bouquins, une affiche encadrée de *Frances Ha* trône sur le manteau de la cheminée. Le canapé est d'un beau velours vert. Je passe ma main dessus comme si je caressais un chat, et sa couleur passe du ton pâle de la sauge à celui, plus sombre, des branches d'un sapin. Le velours apporte une telle profondeur aux couleurs.

Je me dirige vers la bibliothèque et passe les rayonnages en revue jusqu'à ce que je tombe enfin sur ce que je cherchais : des mémoires intitulées *Leurs moments d'insouciance étaient si beaux*. Je souris en reconnaissant le titre, retourne le livre entre mes mains, le soupèse, caresse sa couverture mate et cartonnée avant de l'ouvrir pour le feuilleter et humer l'odeur de l'encre fraîchement imprimée sur le papier.

Laura.

Laura et sa poésie.

Laura et sa tragédie.

Pas Laura Bunting, mais Laura Cordovan. Le nom de sa mère, et non celui de son père. Évidemment. Bunting, c'étaient les garden-parties, Wimbledon et les mariages royaux. Cordovan, c'était le sang. Le trauma et l'horreur. C'étaient les rues désertes de Londres sous la pluie, un assassin, un tueur de femmes à l'affût durant un été de malheur.

Je ne m'étais pas trompée, en fait : Laura Bunting était bel et bien morte sur le sol de sa cuisine. Je l'avais tuée, mais sans cadavre ni autopsie, sans enterrement ni pierre tombale. Laura Bunting était morte, mais Laura Cordovan était née de ses cendres pour prendre sa place.

Quand j'ai compris que je n'étais pas une meurtrière au sens premier du terme, ça faisait déjà un bon moment que je recherchais en vain la trace de Laura Bunting, pour la bonne raison qu'elle n'existait pas. Je m'étais rendue aux soirées de poésie au Nib et avais parcouru la salle du regard dans l'espoir d'apercevoir ses cheveux blonds. J'avais traîné dans les bars et les pubs du coin, m'attendant plus ou moins à l'y trouver un verre à la main, avec son grand sourire écarlate. J'avais traqué son imperméable camel parmi les clients du marché. J'avais fait le tour de toutes les librairies, des petites boutiques indépendantes aux grosses succursales de Spines, en épiant à travers les vitrines. Mais elle n'était nulle part.

J'ai imaginé qu'elle s'était installée à Brighton,

qu'elle avait quitté le métier pour de bon, qu'elle avait ouvert sa propre librairie. Je l'ai imaginée en couple avec Eli ; j'ai imaginé qu'ils se disputaient et ne s'adressaient plus la parole. Toutes les possibilités se déployaient sous mes yeux comme un jeu de tarot, et je n'avais aucun moyen de savoir quelles cartes étaient les bonnes. Elle avait disparu des réseaux sociaux. Plus aucune trace numérique ne reliait notre passé à son présent.

C'est Sam qui a fini par tomber dessus : une nouveauté en grand format, un récit très personnel sur le meurtre, par une jeune autrice du nom de Laura Cordovan.

Cordovan.

Je connaissais cette histoire. Je la connaissais très bien. J'ai cherché sa photo sur Internet, et oui : c'était elle. Toujours là, depuis le temps, à la fois partout et invisible. Ses réseaux sociaux, son site Internet, son agent, un reportage entier dans *The Guardian*, un article dans *The Bookseller*. Tout était là, les trois dernières années de sa vie déballées devant moi, une page après l'autre.

Sa vie en ligne n'est que rayons de soleil et coupes glacées à la fraise, mouettes et grèves de galets blancs, cabines de plage aux couleurs chamallow. Elle a l'air heureuse. Elle s'achète des fleurs et des livres d'occasion, des cafés à emporter dans des gobelets en carton, elle lit de la poésie et écrit tous les jours. J'essaie de deviner qui partage sa vie, amant ou partenaire visible à l'arrière-plan, dans le coin d'une photo, mais je ne trouve pas le moindre indice. Peut-être qu'elle habite en colocation. Peut-être qu'elle a enfin consenti à ouvrir sa porte à quelqu'un.

Je relis les *blurbs* en diagonale. *Récit très intime*...

*meurtre de sa mère aux mains de... réflexion poétique autour du traumatisme... critique de la prééminence du true crime dans la pop culture... lyrique, à vif et sans concession...*

Du Laura tout craché : me donner si peu à me mettre sous la dent. Mais ça ne fait rien. Tout a changé, désormais. Je ne suis plus la face sombre de sa lumière. Je ne suis plus une meurtrière – si tant est que j'aie jamais pu prétendre à ce titre.

Non. Nous sommes des sœurs d'écriture, des pairs. Je remets son livre en place sur l'étagère et sors de mon tote bag un jeu d'épreuves brochées du mien. D'une écriture appliquée au feutre fin – pas de vulgaires gribouillis au stylo-bille pour Miss Laura Cordovan –, j'inscris une dédicace personnalisée sur la page de titre de mon livre, le projet que j'ai commencé durant ces nuits de décembre solitaires à la librairie, galvanisée ensuite par ma correspondance avec Lee Frost.

*Chère Laura,*
*J'espère que tu auras autant de plaisir à lire mes mots*
*que moi à lire les tiens.*
*Ton amie et admiratrice,*
*BROGAN ROACH xox*

Je le serre quelques instants contre mon cœur. Quand Laura lira mon livre, elle verra tout le soin et l'amour que j'ai mis dans le récit de notre histoire, tout le temps que j'ai passé à mieux connaître Lee Frost, les lettres que nous avons échangées, la belle amitié qui est née entre nous, les détails qu'il était le seul à pouvoir me confier. Elle comprendra que nous ne sommes pas si différentes, tout compte fait. Nous avons chacune notre histoire à raconter.

Je range mon exemplaire dédicacé de *Lee et Moi : dans l'ombre de l'Étrangleur de Stow* par Brogan Broach à côté de *Leurs moments d'insouciance étaient si beaux* par Laura Cordovan. Nos deux livres vont si bien ensemble.

Pour la première fois depuis des années, notre lien ténébreux palpite. L'air marin fait tinter le carillon et j'entends la porte d'entrée s'ouvrir. Lorsqu'elle s'avance dans le couloir, je prends une grande inspiration et je sens le parfum des roses.

REMERCIEMENTS

C'est un peu vertigineux de penser au nombre de gens brillants qui ont aidé ce petit livre abominable à voir le jour. Tout d'abord, un immense merci à mon agente de choc Zoe Ross et à mon incroyable éditrice Bethany Wickington d'avoir donné sa chance à une tarée comme moi, et merci à Olivia Davies d'avoir assuré à la place de Zoe quand il le fallait.

Merci aux super équipes de Hodder et de United Agents, notamment Steven Cooper, Drew Hunt, Kerri Logan et Callie Robertson (surtout pour votre amour des escargots). Ellie Wheeldon pour ton expertise audio, Emma Noakes et Victoria Blunt pour avoir donné vie à Roach et Laura. Sharona Selby, merci pour tes talents affûtés de correctrice, et merci à Lewis Csizmazia pour la création de la géniale et sublime couverture anglaise. Merci à mon éditrice américaine Luiza Smith et à toute l'équipe de Scarlet, ainsi qu'à Caroline Eisenmann.

Je tiens à remercier Andrew Cowan, Henry Sutton et Giles Foden de chez UEA, et Robert Graham de chez MMU, pour la sagesse qu'ils m'ont transmise et avec laquelle je continue ma pratique de l'écriture. J'aimerais aussi remercier mes collègues chez big group d'avoir facilité l'écriture de ce livre en me faisant don du plus beau cadeau qui soit – le temps – et pour leur soutien et leur enthousiasme. Rendez-vous au Pig & Whistle.

Remerciements éternels à Julia Armfield, Eliza Clark, Will Dean, Catherine Ryan Howard, Erin Kelly et Catriona Ward pour vos gentils mots et votre généreux soutien de la première heure. Ça compte beaucoup pour moi. Dans le même ordre d'idées, je tiens à remercier les libraires et les premiers lecteurs de ce livre pour l'avoir défendu et porté avec autant de passion – c'est fou, extraordinaire, et je ne vous remercierai jamais assez.

Tout mon amour et ma reconnaissance à Anna Wood, Andy Morwood et Cat pour plus d'une décennie d'amour, de soutien inconditionnel et d'encouragements – avec mention particulière à Eugene Noone, dont la lumière brille à travers chaque mot. Des bisous et des cannettes à ma beauté Emily Hatzar, ma première lectrice et ma lectrice préférée, et merci à Kishani Widyaratna pour ta sagesse quand j'en avais le plus besoin. Remerciements infinis à Kirsty Logan et Heather Parry pour avoir joué les coachs, et à Jordan Taylor-Jones pour tous ses messages vocaux. Amour et petits mots doux à mes amis de partout, particulièrement Bethany Rutter, Beth John-Bernier, Bret Boyer, Dominic Noble, Jenny Tighe, Nisha Ranshi et Sian Granville. Émoji cœur noir, émoji shaka.

Tout mon amour, et mes remerciements du fond du cœur, à ma famille pour avoir toujours cru en moi en tant qu'écrivaine. Particulièrement à Gina et Pete, pour tout, et à Henry, Angela, Steve et Jane pour tout le reste.

Enfin, merci à mon tendre et merveilleux mari, Alex Clements, avec amour et niaiseries mutuelles. Je n'y serais jamais arrivée sans toi.

PAPIER CERTIFIÉ

Composition réalisée par Soft Office

---

Achevé d'imprimer en France par
CPI BRODARD & TAUPIN (72200 La Flèche)
en avril 2025
N° d'impression : 3061210
Dépôt légal 1re publication : mars 2025
LIBRAIRIE GÉNÉRALE FRANÇAISE
21, rue du Montparnasse – 75298 Paris Cedex 06
marketing@livredepoche.com

20/3260/8